W0328956

06/2500

Über 40 Jahre
Heyne Science Fiction
& Fantasy
2500 Bände
Das Gesamt-Programm

Fantasy

Herausgegeben von Friedel Wahren

Ein Verzeichnis weiterer Bände dieser Serie finden Sie am Schluß des Bandes.

JOHN MADDOX ROBERTS

CONAN UND DIE AMAZONE

Einundfünfzigster Roman der Conan-Saga

Deutsche Erstausgabe

WILHELM HEYNE VERLAG
MÜNCHEN

HEYNE SCIENCE FICTION & FANTASY
Band 06/9008

Titel der Originalausgabe
CONAN AND THE AMAZON
Aus dem amerikanischen Englisch übersetzt von Edda Petri
Das Umschlagbild malte Thomas Thiemeyer
Die Karten auf Seite 6/7 und 8 zeichnete Erhard Ringer
Die Innenillustrationen sind von Klaus D. Schiemann

Umwelthinweis:
Dieses Buch wurde auf
chlor- und säurefreiem Papier gedruckt.

Redaktion: F. Stanya
Copyright © 1995 by Conan Properties
Erstausgabe bei Tom Doherty Associates Inc., New York
(A Tor Book)
Copyright © 1999 der deutschen Ausgabe und der Übersetzung
by Wilhelm Heyne Verlag GmbH & Co. KG, München
http://www.heyne.de
Printed in Germany 1999
Umschlaggestaltung: Atelier Ingrid Schütz, München
Technische Betreuung: M. Spinola
Satz: Schaber Satz- und Datentechnik, Wels
Druck und Bindung: Presse-Druck, Augsburg

ISBN 3-453-14028-1

Die Hyborische Welt Conans

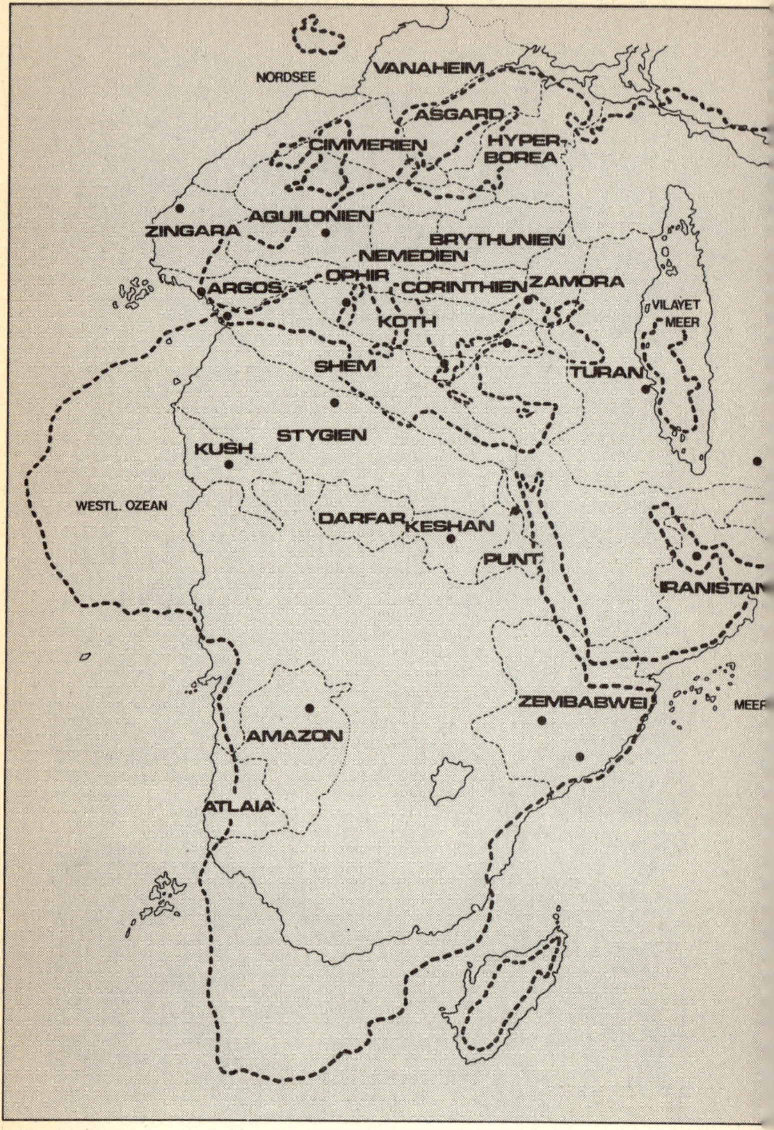

NORDSEE
VANAHEIM
ASGARD
CIMMERIEN
HYPER-
BOREA
ZINGARA
AQUILONIEN
BRYTHUNIEN
NEMEDIEN
OPHIR
ARGOS
CORINTHIEN
ZAMORA
VILAYET
MEER
KOTH
SHEM
TURAN
STYGIEN
KUSH
WESTL. OZEAN
DARFAR
KESHAN
PUNT
IRANISTAN
ZEMBABWEI
AMAZON
ATLAIA

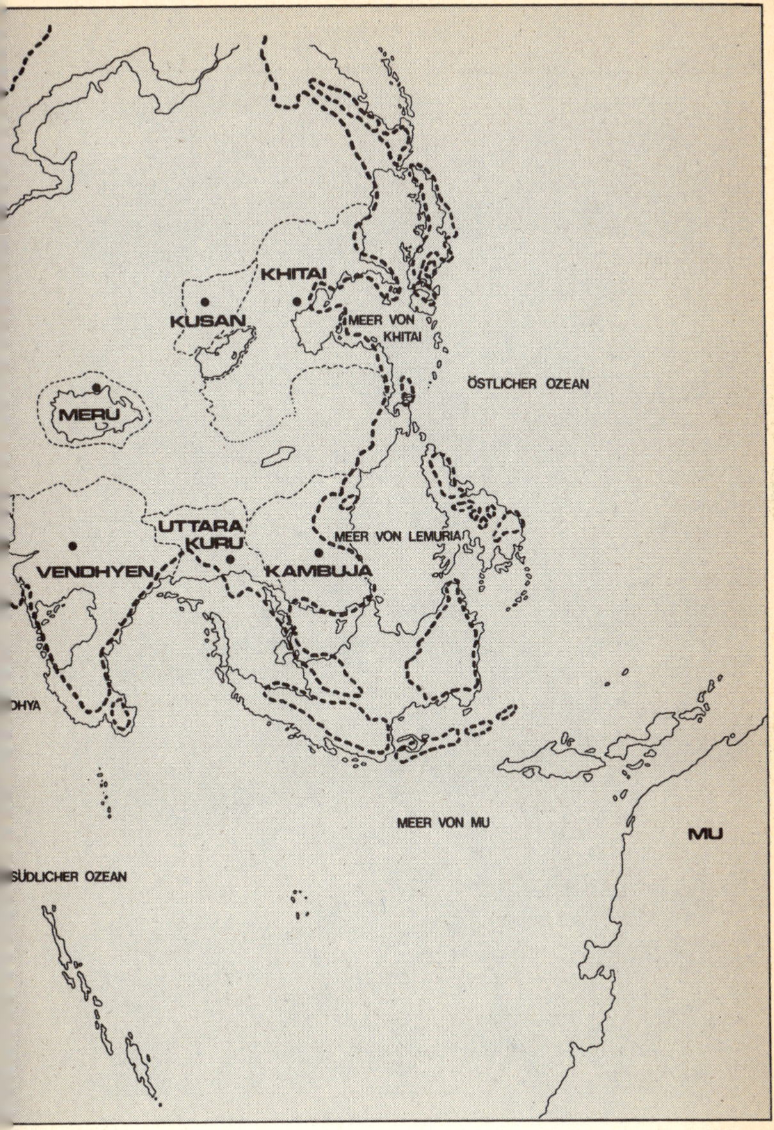
KHITAI
KUSAN
MEER VON KHITAI
ÖSTLICHER OZEAN
MERU
UTTARA KURU
VENDHYEN
KAMBUJA
MEER VON LEMURIA
DHYA
MEER VON MU
MU
SÜDLICHER OZEAN

NEMEDIEN
BRYTHUNIEN
OPHIR
CORINTHIEN
ZAMORA
KOTH
SHEM
TURAN
VILAYET MEER
Tor
Edram
Kelbaza
Charnina
Wiccana
Hain
Yaralet
VALKIA
Höhle v.
Zelata
PELLIA
Shamar
Belverus
Lema
Ebenen
Hanumar
Dinander
Zikkurat
Paß
KEZANKIAN GEBIRGE
Tempel
Pirogia
Potrebia
STEPPE
Yezud
Leucta
Numalia
Stadtstaaten
Burg Slott
Bahari
Ianthe
Mornstadinos
Urlaub
Opkothard
Zahmahn
WÜSTE
Innasfain
KARPASH GEB
Shadizar
Larsha
Tempel des Blutbefleckten Gottes
Khorshemish
Vanatta
Dagoth Hügel
Negs Burg
Arenjun
Wüste von Koth
Salzsee
Khalis
Elkad
Shahpur
Maypur
Khrosha
Korveka
Khauran
VARETH
Tantusium
Yivga
FLAMMENDE BERGE
Kherdpur
QIRLATA
Insel der eisernen Statuen
Eruk
Khoraja
Paß
STRASSE DER KÖNIGE
Sultanapur
HARANGI
Ft. Wakla
Marschen von Mehar
Shumir
Khanyria
Akrel Oase
KHAROYA
Vezek
Akif
ZAHEEMI
Bubastes
Wüste
Shamla Paß
ZUAGIRS
ÖSTLICHE WÜSTE
Skaurauls Feste
Nippr
Altaku
SHAN - E - SORKH
DRACHENBERGE
Akhlat
Ilbars
Nebthu
Kizil - Bezzin
Makan - E - Mordan
Oase
Aghrapur
Zhurazi Archipel
Akbitana
Yukkub
Samara
NEBELGEBIRGE
Styx
Tamba - Syn
Sabatea
KHOZGARI
Shushan
KARAWANEN STRASSE
Aphaka Oase
PIRATEN
Bakhr
KARAWANENSTRASSE
Stadt des Set
Shangara
Seyan
Kuthchemes
SHANKI
Khawarizm
Xapur
Pteion
Rasht
TAIA
NACKTE WÜSTE
Gala

Eins

Die Stadt hieß Leng. Sie lag im Bergland im Osten Brythuniens, nahe den Grenzen zu Corinthien und Nemedien, wo sich die beiden Pässe trafen, die Zugang zu den Hochebenen im Osten, Westen und Süden ermöglichten. Einst hatte auf diesen Pässen reger Verkehr geherrscht, und Leng war eine blühende Stadt gewesen. Doch dann hatten sich die Verkehrswege verlagert, und viele Jahre lang war die Stadt verlassen gewesen. Ein Ort, in dem ab und zu eine Karawane Unterschlupf vor dem Wind suchte, der unablässig durch die Berge pfiff, und die Hirten ließen ihre Kühe und Schafe auf Weiden grasen, die früher die prachtvollen Gärten reicher Kaufleute in Leng gewesen waren.

Doch jetzt belebte sich die Stadt allmählich wieder. Kleinere und größere Gruppen kamen aus allen Richtungen in die Stadt. Etliche Besucher waren beritten, andere gingen zu Fuß – darunter waren nicht wenige Sklaven, die durch Ketten und Halsringe aneinander geschmiedet waren. Die meisten der Neusiedler waren Männer. Frauen waren eher selten.

Es war bereits später Nachmittag, als ein Wanderer über den letzten Bergkamm schritt und auf die sich dahinschlängelnde staubige Straße nach Leng hinabschaute. Die rote Abendsonne warf lange Schatten und färbte die Westseite der höheren Gebäude karmesinrot. In Leng waren die Mauern niedrig und aus roh behauenen Quadern errichtet. Viele Blöcke waren aber herabgefallen und hatten beträchtliche Breschen hinterlassen. Die schweren Stadttore waren längst verfault, so daß die Stadt jedem offen stand, der eintreten wollte.

Die meisten noch bestehenden Häuser waren sehr niedrig, nur gelegentlich erhoben sich vier- oder fünfstöckige Wohntürme – einst die Festungen reicher Familien. Aus einigen Häusern stiegen Rauchfahnen zum Himmel hinauf. Conan sah, wie mehrere Reisende trotz der späten Stunde die Stadt ungehindert betraten.

Der Mann auf dem Bergkamm war ein Hüne, mit muskulösen Gliedmaßen. Achtlos bot er seinen mit Narben übersäten nackten Oberkörper dem schneidenden Wind dar. Er trug hohe, mit Pelz verbrämte Stiefel und einen Lendenschurz aus Wolfsfell. Über den breiten Schultern lag ein Umhang aus zottigem Ziegenfell, als einziges Zugeständnis an das rauhe Wetter. Die Handgelenke und Unterarme waren mit bronzebesetzten Lederbändern geschützt. Dazu trug er den passenden Gürtel, an dem ein Langschwert und ein Dolch mit gerader breiter Klinge hingen.

Der Wind blies dem Wanderer die blauschwarze Mähne ins Gesicht, das kantig war und wie der Oberkörper Narben zeigte. Es war auch ebenso sonnengebräunt und wettergegerbt. Nur die strahlend blauen Augen bewegten sich, als er auf die Stadt hinabblickte. Dann schritt er entschlossen auf Leng zu.

Hundert Schritte vor der Stadt traf der Hüne mit der schwarzen Mähne, der aus dem Norden gekommen war, auf eine Gruppe Männer, die von Osten herbeimarschierten. Sie waren gut bewaffnet und wirkten wie Räuber, musterten ihn jedoch friedlich.

»Sei gegrüßt, Fremder«, rief der Anführer. Der Mann trug Tunika und Hosen aus Steppseide. Beide, Kleidung und Mann hatten offenbar schon bessere Zeiten gesehen, doch wirkte er äußerst selbstsicher. »Ich sehe, daß noch ein abgerissener Abenteurer sich nach den Freuden Lengs sehnt!« Seine Gesichtszüge waren etwas orientalisch. Er hatte einen hängenden Schnurrbart, aber braune Haare und hellgrüne Augen.

»Mir ist zu Ohren gekommen, daß in Leng ein Mann ohne Sippe oder Nation schlafen kann, ohne Gefahr zu laufen, ins Gefängnis geworfen oder am nächsten Morgen gehängt zu werden«, sagte der Hüne. »Ansonsten sehe ich, daß nicht allzuviel für das Nest spricht.« Er ging neben dem Anführer weiter. »Ist es im Osten jetzt auch so schlimm wie im Norden?«

»Sieht so aus. Ich bin Kye-Dee, Hyrkanier aus dem Nordosten, Schildkröten-Clan. Unser neuer Kagan hat ein Dekret erlassen, wonach Banditen ausgerottet werden sollen. Das hat meinen Clan getroffen, der sich nie mit niedriger Arbeit befaßt hat. Wir haben jenseits der Berge von Leng gehört. Es soll ein Ort sein, wo ein Mann sich ruhig niederlassen kann, ganz gleich, wie bewegt seine Vergangenheit war. Ich mag Städte nicht, aber der Winter steht vor der Tür, und selbst ein Bandit braucht ein Dach über dem Kopf.«

»Ich bin Conan aus Cimmerien«, stellte sich der Mann mit der schwarzen Mähne vor. »Ich bin ein Söldner. Zuletzt stand ich im Dienst eines Herrn an der brythunischen Grenze. Er fing eine Rebellion gegen seinen Lehnsherrn an und verlor.« Er wechselte mit dem Hyrkanier einen Händedruck.

»Ah, Pech! Damit kann man sich leicht unbeliebt machen.« Kye-Dee rückte die Schlinge für den Bogen und den Köcher auf der Schulter zurecht. An seinem Gürtel hing ein kurzes Krummschwert.

»So ist es in der Tat gekommen«, bestätigte Conan. »Die wenigen meiner Kameraden, die überlebten, wurden in den Bergen gejagt. In einem Dorf oben in den Bergen habe ich von Leng gehört. Wie du gesagt hast: Der Winter naht, und diese Berge sind kein angenehmer Platz, wenn der Nordwind pfeift und du keine Mauern, kein Dach und kein Feuer hast.«

Kurz vor der Stadtmauer trafen sie auf Pferche, die aus Ästen und Gestrüpp gebaut waren. Darin standen Schafe, Ziegen, Kühe und Schweine. Überall bewachten Bauern in Felltuniken Weidenkäfige, die vollgestopft mit Hühnern, Enten und Gänsen waren.

»Die Einheimischen bereichern sich an den Neuankömmlingen«, sagte Conan. »Männer, die im ganzen Leben nie mehr als ein paar Kupfermünzen gesehen haben, verlangen jetzt Gold und Silber für dieses Federvieh.«

»Die Landbevölkerung riecht Profit meilenweit«, sagte Kye-Dee und spuckte auf die Erde. »Du solltest mal sehen, wie sie nach einer Schlacht aus ihren Löchern gekrochen kommen und die Toten ausplündern.«

»Das habe ich oft gesehen«, sagte Conan grimmig. »Aber nicht immer warten sie geduldig, bis die Männer tot sind. Sie erschlagen auch die Verwundeten. Wenn ein Mann nicht mehr die Kraft hat, sich zu wehren, machen sie sich manchmal nicht die Mühe, ihn zu töten, sondern schneiden ihm die Finger ab, um die Ringe zu bekommen, oder gar die Hand, um einen Armreifen abzuziehen.«

»Das sind Schweine auf zwei Beinen!« rief ein anderer Hyrkanier.

Conan zuckte mit den Schultern. »Nun, sie haben ebensowenig Grund, Soldaten zu lieben wie wir sie.« Er musterte seine neuen Gefährten. Viele humpelten, als hätten sie Fußschmerzen. »Ich habe selten Männer eures Volks zu Fuß gesehen.« Die Hyrkanier waren Nomaden, ein Reitervolk, denen der Gedanke, zu Fuß zu gehen, entsetzlich vorkam.

Kye-Dee lächelte verlegen. »Vor ein paar Tagen wurden wir von Kagans Häschern im Schlaf überfallen. Sie haben alle unsere Pferde gestohlen. Wir haben als einzige überlebt, weil wir in die Dunkelheit geflohen sind. Sie haben sich nicht die Mühe gemacht, uns zu verfolgen, da sie annahmen, ohne unsere Pferde würden wir ohnehin bald sterben.«

»Vor ein paar Tagen habe auch ich noch im Sattel gesessen«, bekannte Conan. »Ein Räuber wollte mich aus der Entfernung töten. Er war ein lausiger Bogenschütze und hat mich verfehlt, aber seine Pfeile haben mein Pferd getötet. Ich habe ihn umgebracht und dann meinen Sattel versteckt, aber ich bezweifle, daß ich je dorthin zurückkomme, um ihn zu holen.«

Sie schritten durch den Torbogen und betraten Leng. Die niedrigen, schlammfarbenen Hausmauern machten einen trostlosen Eindruck, aber die Menschen auf den Straßen waren ein bunt zusammengewürfeltes Völkchen, das sich hier wohl aus der Hälfte aller Rassen und Völker der Welt zusammengefunden hatte. Man sah Männer in langen, gestreiften Burnussen der Wüstenbewohner, in fließender nemedischer Seide, sogar einige in der eng anliegenden modischen Kleidung aquilonischer Stutzer. Conan sah reisende Kaufleute mit harten Gesichtern und Männer, die offensichtlich Deserteure aus den Armeen der umliegenden Länder waren. Es gab Frauen in den herausgeputzten Gewändern zamorischer Huren und andere, weniger glückliche Frauen, die demselben Gewerbe nachgingen, aber Sklavenketten trugen.

»Eine seltsame Stadt«, meinte Conan. »Eine Geisterstadt, die wieder zum Leben erwacht ist.«

»He, mein Freund!« rief Kye-Dee einem schwerbewaffneten Händler zu, mit einer Bude voll Heiltränken und wundertätigen Salben für allerlei Krankheiten bei Mensch und Pferd. »Wo können müde Wanderer sich hier stärken und ein Dach als Schutz gegen diesen vermaledeiten Wind finden?«

»Ich glaube, Männer wie ihr seid am besten im *Roten Adler* aufgehoben«, sagte der Händler und zeigte auf einen Wohnturm. Auf der einen Seite prangte die primitive Malerei eines roten Adlers mit ausgebreiteten Schwingen und einem bösartig gekrümmten Schnabel.

»Warum Männer wie wir?« fragte Conan.

Der Händler grinste hämisch. »Weil der *Rote Adler* der Lieblingstreff für Schurken und Banditen ist. Zugegeben, es gibt nur wenige ehrliche Menschen in dieser Stadt. Auf alle Fälle suchen die hartgesottensten Burschen den *Roten Adler* auf. Selbst Achilea steigt dort ab und zu für eine Nacht ab.«

»Achilea!« rief Conan verblüfft. »Aber sie ist doch eine Ausgeburt der Phantasien an den Lagerfeuern, keine richtige Frau!«

»Oh, sie ist eine richtige Frau«, erklärte Kye-Dee. »Ich habe sie selbst aus der Entfernung gesehen. Man erzählt sich, sie wäre sehr schön und sehr grausam.«

»Das muß ich mit eigenen Augen sehen«, sagte Conan. »Laßt uns zum *Roten Adler* gehen.«

Auf dem Weg dorthin rief der Cimmerier sich die verschiedenen Erzählungen über die beinahe legendäre Achilea ins Gedächtnis zurück. Angeblich lebte in der Steppe im Nordosten des Landes ein Stamm wilder Frauen, von denen jede eine Kriegerin war und die keine Männer oder Knaben bei sich duldeten. In unregelmäßigen Abständen machten sie männliche Gefangene, mit denen sie sich einen Monat lang paarten. Danach töteten sie die Männer in einer grauenvollen Zeremonie. Ging ein männliches Kind aus einer Verbindung hervor, gaben sie es an die Karawanen weiter, die zufällig vorbei kamen. Es wurde jedoch auch behauptet, daß sie männliche Säuglinge töteten. Mädchen wurden zu Kriegerinnen erzogen.

Einmal hatte er auch gehört, die Königin dieser furchteinflößenden Frauen heiße Achilea. Sie war der

Schrecken aller Länder in der Umgebung, doch dann empörte sich ihr Stamm gegen sie, und sie wurde von einer Rivalin gestürzt. Warum das alles geschehen war, blieb ein Rätsel. Aber die Königin war mit einigen Getreuen davongeritten und war zu einer Gesetzlosen geworden, die auf den Steppen und dem besiedelten Land Karawanen, Dörfer, ja sogar Städte überfiel und plünderte. Jahrelang hatte Conan angenommen, daß Achilea auch nur eine jener zahlreichen Legenden war, die man überall antraf. Immer eine bizarre, angsteinflößende Gestalt, die nie jemand tatsächlich gesehen hatte, aber jeder jemanden kannte, der sie gesehen hatte.

Als sie sich in der Abenddämmerung dem Turm näherten, waren bereits viele seiner kleinen Fenster erleuchtet. Im spärlichen Tageslicht sah der Cimmerier, daß das Dach aus Reet bestand. Vor dem Turm standen ein Brunnen und mehrere Wassertröge. Pferde, Maultiere, Esel und Kamele tranken oder standen kauend davor.

Conan und seine neuen Gefährten mußten die Köpfe einziehen, als sie durch die niedrige Eingangstür traten. Sie gingen vier Stufen hinunter und standen im Schankraum. Die Balkendecke war so niedrig, daß der hünenhafte Cimmerier sie mit dem Scheitel berührte. Kerzen, kleine Fackeln und Laternen verbreiteten ausreichend Licht. Die Einrichtung war bunt. Da gab es lange Tische mit Bänken, kleine und runde Tische mit Stühlen darum und niedrige Tische für die Gäste, die es vorzogen, auf den Strohmatten zu sitzen.

An einem Ende des Raums war eine Theke, die aus Steinplatten bestand, die man auf schwere Quader gelegt hatte. Dahinter stand ein Hüne, dessen Arme und Beine Baumstämmen glichen. Sein Bauch brachte die Lederschürze fast zum Platzen. Auf dem geschorenen Kopf waren bunte Blumen eintätowiert. Der nach oben gezwirbelte Schnurrbart umrahmte eine gebrochene

Nase, in der Juwelen glänzten. Hinter ihm waren Fässer aufgestapelt. In einem Regal lagen Weinschläuche. Daneben standen auch Tonkrüge und Lederbecher.

Die Schenke war gut besucht. An jedem Tisch saßen Männer. Würfel klapperten. Bei einem halben Dutzend Glücksspiele hatten viele Münzen die Hände gewechselt. Auf einer Seite warfen Gäste Dolche auf eine rohe Zielscheibe. Die Trinker, die direkt unter der Zielscheibe saßen, störten sich nicht an den über ihren Köpfen dahinzischenden Klingen.

Viele der Männer hielten inne, um die Neuankömmlinge zu mustern. Offensichtlich zufrieden widmeten sie sich sogleich wieder ihren unterschiedlichen Vergnügungen. Doch ein Mann schien sich an Conans spärlicher Bekleidung zu stoßen, die selbst bei den freizügigen Gepflogenheiten im *Roten Adler* sehr primitiv war. Als der Cimmerier mit seinen Begleitern an einem langen Tisch vorbeiging, lehnte sich der Mann vor und machte eine beleidigende Bemerkung über Conans Kleidung.

»He, da kommt ein Wilder! Offensichtlich ist er gerade erst vom Baum geklettert!« sagte der Bursche laut. »Wirt, als nächstes läßt du wohl auch Ziegen und Esel herein, was?« Höhnisch verzog er den Mund, wodurch sein ohnehin häßliches Gesicht noch abstoßender wurde. Der struppige Bart verbarg nicht das Brandmal, das ihm ein zamorischer Henker auf die Wange gedrückt hatte.

»Wer Geld zum Bezahlen hat, kann von mir aus nackt hereinkommen«, sagte der Wirt und wischte sich die Hände an der Lederschürze ab.

Conan blieb stehen und blickte den Mann mit der Brandnarbe finster an. »Wenn dir mein Aussehen nicht gefällt, kannst du versuchen, es zu ändern«, sagte er mit leiser, eisiger Stimme. Er beugte sich nach unten, bis sein Gesicht nur noch einen Zoll von dem des anderen entfernt war. »Ich sehe das Brandzeichen eines Diebes auf deinem Gesicht. Als die Zamorer dich hatten, haben sie sich nicht die Mühe gemacht, dich als Totschläger zu verurteilen.« Die blauen Augen des Cimmeriers brannten wie Schwefelflammen.

Das Narbengesicht wurde blaß. Bis jetzt hatte er nur die barbarische Kleidung, aber nicht den Mann gesehen, der sie trug. »Ich … ich werde meine Klinge nicht mit dem Blut eines Barbaren besudeln«, sagte er prahlerisch.

»Du kannst meine benutzen«, bot ihm Kye-Dee an und machte sich daran, die Scheide vom Gürtel zu lösen.

»Es reicht, Arpad!« rief der Wirt. »Du solltest mehr Verstand haben, als einen Krieger wie diesen herauszufordern. Steck deine Nase wieder in den Humpen, wo sie hingehört, und hör auf, meine Gäste zu belästigen.« Um seinen Worten Nachdruck zu verleihen, schlug der Hüne mit einem Schlegel auf die Theke.

»Dieser Tiermensch ist mir völlig gleichgültig, Indulio. Wenn es dich stört, werde ich sein Blut nicht vergießen«, erklärte Arpad und rang sich ein Grinsen ab, um nicht vollends als Feigling dazustehen. Dann wandte er seine Aufmerksamkeit wieder dem Ale zu. Aber sein Gesicht war vor Scham gerötet. Der Cimmerier blieb noch einen Moment lang lächelnd neben ihm stehen, dann ging er zur Theke.

»Wir sind durstig, hungrig und müde«, sagte der Hyrkanier. »Wie ich sehe, hast du was zu trinken. Wie steht's mit Essen und einem Platz zu schlafen?«

»Das kommt darauf an«, sagte der Wirt. »Habt ihr Geld?«

Der Cimmerier und seine Gefährten holten aus ihren Börsen Münzen, und schon bald lag ein kleiner Stapel Kupfer- und Silbermünzen auf der Theke. Der Wirt Indulio strahlte.

»Dafür könnt ihr hier drei Tage und drei Nächte lang essen, trinken und schlafen.« Mit einer Pranke wischte er die Münzen von der Theke, mit der anderen fing er sie auf. Dann ließ er die Münzen durch einen Schlitz in eine eisenbeschlagene Kiste fallen, die zu seinen Füßen stand. »Danach müßt ihr wieder was hinlegen.«

»Wo schlafen wir?« fragte Conan.

Der Wirt zeigte nach oben. »Bis jetzt benutzt noch keiner den vierten Stock. Seid aber vorsichtig mit Kerzen und Lampen. Über euch ist nur das Reetdach. In meiner Schenke gibt es keinerlei Raufereien. Außerdem laßt ihr gefälligst die Finger von meinen Dienerinnen. Ansonsten könnt ihr tun und lassen, was ihr wollt.«

»Ich werde mich an die Hausordnung halten«, versprach Conan. »Aber dieser Bursche Arpad hat meine Geduld auf eine harte Probe gestellt. Als ich noch jünger war, hätte ich ihm den Schädel gespalten, ehe das dritte Wort durch seine Zähne gekommen wäre. Aber jetzt bin ich geduldiger und langmütiger geworden.«

»Ich habe nichts dagegen einzuwenden, wenn Männer sich gegenseitig umbringen«, sagte der Wirt. »Aber sie müssen es draußen tun.«

Conan, Kye-Dee und die anderen fanden eine leere Ecke und setzten sich auf die Strohmatten. Endlich hielten sie Humpen in der Hand. Ein Sklave brachte aus einem Raum hinten einen niedrigen Tisch und stellte ihn in ihre Mitte. Gleich darauf erschien eine Dienerin mit einem Eisenring um den Hals und setzte eine Platte mit dampfenden Rippchen vor die Gäste. Eine andere Sklavin brachte Käse, Obst und einen Stapel Fladenbrote. In der Schenke unterbrachen fast alle Männer ihre Spiele und machten sich über das Essen her.

Während der Cimmerier aß, bemerkte er, daß dieser Arpad ihm ständig finstere Blicke zuwarf. Es war nicht zu übersehen, daß Arpads Kumpane, ebenso übel aussehende Burschen, ihm Vorwürfe machten, weil er sich so unmännlich vor dem Kampf gedrückt hatte, den er herausgefordert hatte. Conan senkte nicht die Augen. Er war sich sicher, daß er Arpad töten müßte, ehe die Nacht vorüber wäre. Früher oder später würde Arpad soviel trinken, daß er die Herausforderung erneuerte. Diese Aussicht jedoch störte den Cimmerier nicht im geringsten.

Als die Humpen wieder gefüllt waren, überließ Indulio die Theke einer Dienerin und setzte sich zu den neuen Gästen.

»Ihr scheint von weither gekommen zu sein, meine Freunde«, sagte er.

»Stimmt«, sagte Conan. Dann erzählten er und seine Gefährten kurz von ihrer Pechsträhne. »Wie kommt es, daß diese Stadt so plötzlich so beliebt ist?« fragte der Cimmerier, als alle fertig waren.

Der Wirt zwirbelte genüßlich seinen Schnurrbart. »Ihr seid nicht die einzigen, denen es schlecht ergangen ist. Zum ersten Mal seit ungefähr fünfzig Jahren herrscht Friede in Nemedien, Ophir, Koth, Corinthien und Zamora. Die Könige nutzen das aus und säubern ihre Länder von Banditen. Am schlimmsten ist, daß alle in diesem Punkt zusammenarbeiten. Ein Bandit kann sich nicht einmal mehr in Sicherheit bringen, indem er über eine Grenze flieht. Vor einem halben Jahr erkannte ich diese beschränkten Entfaltungsmöglichkeiten. Da fiel mir Leng ein. Ich hatte die Stadt auf meiner Flucht von Zamora nach Brythunien kennengelernt. Der König von Brythunien schert sich einen Dreck um dieses Bergland an der Grenze. Da habe ich die Nachricht verbreiten lassen, Leng wäre ein sicheres Versteck: eine komplett erbaute Stadt, beinahe unbewohnt, wo die Männer abwarten können, bis sich alles wieder normalisiert hat. Dann habe ich einen Wagentreck mit Waren beladen und bin hergekommen, um das beste Gebäude der Stadt als meine Herberge in Besitz zu nehmen.

Danach mußte ich nur noch ein Dach auf den Turm setzen und warten. Innerhalb zweier Tage trafen vierzig Menschen ein, einen Monat später waren es hundert weitere. Jetzt ist die Stadt fast vollständig bewohnt.« Er strahlte vor Genugtuung.

»Was tun die Menschen hier, wenn sie nicht länger für Essen und Unterkunft zahlen können?« fragte Conan.

»Sie ziehen in ein leerstehendes Haus, von denen die meisten ein Dach brauchen. Für wenig Geld bringen die Bauern das Stroh fürs Dach. Übrigens – Hände weg von den Bauern! Wenn ihr denen auch nur eine einzige Ziege stehlt, ziehen sie mit ihren Herden ab, und wir können alle verhungern.«

»Eine gute Regel«, meinte Conan. »Ich habe nie …« Er brach ab, als sich die Tür öffnete und eine bizarre Gruppe den Schankraum betrat.

Als erstes kam ein Zwerg herein, der eine frisch getötete Antilope auf den Schultern trug. Seine kleinen Arme und Beine waren sehr muskulös, aber sein Körper ähnelte einem Bierfaß. Der Kopf war größer als bei einem normalen Menschen, aber seine Züge waren gleichmäßig und keineswegs abstoßend. Allerdings entstellte ihn der Ring durch die Nase. Hinter ihm traten drei Frauen ein, die mit Bogen bewaffnet waren. Hasen und Fasane baumelten an ihren Gürteln. Wie eine Maske war bei jeder ein breiter Streifen über die Augen gemalt. Sie trugen kurze, ärmellose Tuniken, Beinkleider aus Rehleder und unzählige kleine Amulette. Ihr Haar war ungepflegt und lang. Sie ähnelten eher wilden Tieren als gewöhnlichen Frauen. Doch als Conan die letzte Gestalt sah, vergaß er alles andere im Raum.

Sie trug einen pelzverbrämten weiten Umhang. Der Kragen bestand aus Federn. Eine goldblonde Mähne umrahmte das schöne, wenn auch harte Gesicht, das durch die riesigen grauen Augen und die vollen, leuchtendroten Lippen beherrscht wurde. Wind und Sonne hatten ihr Gesicht gebräunt. Nur einige alte Narben waren weiß geblieben. Eine Narbe verlief vom Nasenflügel über den hohen Wangenknochen bis zur Schläfe, die andere, kleinere, senkrecht neben dem Kinn.

Als sie so hocherhobenen Kopfes dastand, war Conan über ihre Größe verblüfft. Er blickte nach unten, um zu sehen, ob sie Stiefel mit dicken Sohlen trug, doch ihre Beine unter dem grauen Fell, das sie sich um die Unterschenkel gebunden hatte, waren nackt. Diese Frau war nur knapp eine Handbreit kleiner als er. Voll Bewunderung schaute er ihr nach, als sie durch den Schankraum schritt. Er hatte gekrönte Königinnen gesehen, die sich weit weniger aristokratisch bewegten.

»Indulio!« rief die Frau, als der Zwerg die Antilope auf die Theke wuchtete. »Bereite das für uns zu!« Die Frauen legten auch die Hasen und Fasanen ab und gingen zum Kamin, wo ein Feuer loderte.

»Sofort, Achilea«, sagte der Wirt und sprang trotz seiner Leibesfülle leichtfüßig auf. »Sie jagen ihr eigenes Fleisch«, erklärte er Conan. »Und meine Diener bereiten es für sie zu. Als Gegenleistung dafür behalte ich Felle und Federn.« Er verließ den Tisch und gab den Dienerinnen Anordnungen.

Achilea streifte die buntbestickten Handschuhe ab. Ihre Hände hatten hervortretende Knöchel. Conan wußte, daß hartes Training mit dem Schwert, von frühester Jugend an, solche Hände hervorbrachte. Indulio nahm von dem Regal hinter der Theke ein silberbeschlagenes Stierhorn und füllte es mit Ale. Dann reichte er es ehrerbietig Achilea. Sie trank es zur Hälfte leer und ging zu ihren Gefährtinnen ans Feuer. Die Männer, die dort saßen, rückten eilig beiseite, um ihr und ihrem Hofstaat Platz zu machen. Von der Bank aus musterte sie zum ersten Mal die Schenke. Ihr Blick blieb einen Moment lang an Conan hängen, dann schweifte er weiter. Der Cimmerier spürte, wie sein Blut vom Herzen in die Gliedmaßen schoß. Er verzehrte sich nach dieser Frau, wie er sich in seinem ganzen Leben noch nach nicht vielen Dingen verzehrt hatte.

»Was für Männer seid ihr eigentlich?« rief eine leicht schwankende Stimme. Conan wußte, daß es Arpad war, der sich wohl wieder mutig fühlte. »Welcher Mann macht einem so schamlosen Weib Platz, he? Glaubt ihr etwa, dieses Flittchen ist die Kriegerkönigin, für die sie sich ausgibt?« Er lachte schrill und wiehernd. »Das ist doch bloß eine Hure aus dem Norden, die sich für eine Banditin ausgibt, die es nie gegeben hat.«

Conan bemerkte, daß Arpad inzwischen so viel getrunken hatte, daß er gefährlich war. Aufmerksam beobachtete er die Reaktion der Frau. Der Zwerg und die anderen Frauen griffen nach ihren Waffen, doch Achilea gebot ihnen mit einer Handbewegung Einhalt. Sie leerte das Trinkhorn und warf es dem Zwerg zu, der es geschickt auffing. Dann erhob sie sich zu ihrer vollen, einschüchternden Größe.

»Was willst du von mir, Kerl?« fragte sie mit tiefer, vibrierender Altstimme. Conan fand auch die Stimme erregend.

»Was ich will?« Wieder lachte Arpad. »Na, was jeder Mann hier will, Weib! Sich mit deinem Riesenkörper vergnügen! Was ist dein Preis?« Er wühlte in seiner Börse und holte drei Kupferlinge hervor. Diese warf er ihr vor die Füße. »Mit Sicherheit kannst du nicht mehr als das verlangen!«

Einen Moment lang blickte Achilea auf die Münzen.

Dann schaute sie Arpad an. »Unser Gastgeber mag kein Blutvergießen in seiner Schenke.« Sie schlug mit den Knöcheln gegen die Deckbalken über ihren goldblonden Locken. »Die Decke hier ist ohnehin für einen ordentlichen Schwertkampf zu niedrig. Komm mit hinaus und stirb!« Sie ging zur Tür, ihre Begleiterinnen folgten ihr.

Sofort leerte sich die Schenke, weil alle Gäste dieses seltene Vergnügen sehen wollten. Arpad war begeistert, weil ihm seine Kumpane auf den Rücken schlugen und ihm Mut zusprachen. Mit aufmüpfigem, dümmlichem Grinsen erhob er sich und stolzierte zur Tür. Seufzend stand auch Conan auf und nahm die Scheide mit dem Schwert auf, das neben ihm auf der Strohmatte lag.

»Was soll's. Ich werde hinausgehen und diesen Schwachkopf töten«, sagte er. »Eigentlich geht es ja um mich, nicht um sie.«

Indulio legte ihm die Hand auf die Schulter. »Nein, mein Freund. Sie würde dich lieber töten, als dich den Kampf für sie austragen lassen. Laß die Dinge nur ihren Lauf nehmen.« Dann ging er mit dem Cimmerier und den Hyrkaniern hinaus.

Im Hof vor dem *Roten Adler* hatten die Männer mit Fackeln einen Kampfplatz abgesteckt. Aus den Seitenstraßen kamen weitere Neugierige auf den Hof, als sich die Nachricht von dem ungewöhnlichen Kampf wie ein Lauffeuer in der Stadt verbreitet hatte. Conan schob sich mit Hilfe der Ellbogen zum Rand des Fackelkreises. Von dort aus konnte er das Geschehen gut verfolgen.

Arpad stand in der Kreismitte und grinste überzogen mutig. »Komm her und begegne deinem Meister, Weib!« Seine Finger spielten unruhig am Griff des Schwertes, das lang war und eine gerade schmale Klinge besaß.

Achilea holte unter dem Umhang ein Schwert in einer Scheide hervor. Sie zog es heraus und reichte dem Zwerg die Scheide. Eine der Frauen nahm ihr den Umhang ab. Sie trat in den Feuerkreis. Bei ihrem Anblick stockte Conan der Atem. Er war schon mehreren Kriegerinnen begegnet, und etliche waren außergewöhnlich gewesen, doch noch nie hatte er eine Frau wie Achilea gesehen.

Sie hatte breite Schultern. Man konnte das Spiel ihrer Muskeln sehen, als sie mit der Klinge kleine schnelle Kreisbewegungen ausführte. Um die schmalen Handgelenke hatte sie schwarze Lederbänder gewickelt. Conan hatte den Eindruck, daß diese Gelenke ihre einzige Schwachstelle waren. Ihr Bauch war flach und schien so hart wie Kopfsteinpflaster zu sein. Die Beine waren gut geformt, aber auch sehr muskulös.

Trotz dieser unglaublichen Muskulatur wirkte sie in Conans Augen alles andere als maskulin. Ihre Brüste waren voll, die Hüften wohl gerundet. Ihr schmale Taille zierte ein breiter, mit Metallplättchen besetzter Ledergürtel, an dem ein rotes Fuchsfell befestigt war, das durch die Beine verlief. Ansonsten trug sie nur ihre Fellbeinkleider. Obgleich sie eindeutig einer hellhäutigen Rasse angehörte, war ihr Körper ebenso tief gebräunt wie ihr Gesicht. Dadurch wirkten die hellen Augen und die goldenen Locken um so reizvoller. Sie schien den schneidend kalten Wind nicht zu spüren.

Conans Herz hämmerte in der Brust. Achilea glich einer herrlichen Löwin: kraftvoll, stolz und tödlich. Am liebsten hätte er Arpad mit einem Schlag niedergehauen, weil er es wagte, eine solche Schönheit zu bedrohen. Aber er war sicher, daß diese Amazonenkönigin tödlich beleidigt wäre, würde er sich einmischen. Er mußte sich mit dem Zuschauen zufriedengeben.

Arpad hatte sein dummfreches Grinsen verloren. Offenbar hatte er Achilea noch nie ohne Umhang gesehen, und jetzt wurde ihm klar, daß sie keineswegs nur die Kriegerin spielte, sondern wie ein Raubtier bereit war, sein Blut zu vergießen. Auf so ein Risiko hatte er sich nicht einlassen wollen, doch jetzt war es zu spät, um zurückzustecken.

Conan musterte die beiden genau. Arpad stand unter Spannung. Achileas Anblick hatte ihn mit einem Schlag nüchtern gemacht. Mit den zusammengebissenen Zähnen und dem starren Blick glich er einem Mann, der kurz vor einem Zusammenbruch stand. Er hielt das Schwert mit der Rechten so fest, daß die Knöchel weiß hervortraten. Die Schwertspitze zitterte leicht, war jedoch auf Achileas Bauch gerichtet. Den linken Arm hatte er ausgestreckt, um das Gleichgewicht zu wahren.

Achilea dagegen stand ganz entspannt da, das Gewicht auf einem Bein, die Hüfte verführerisch herausgedrückt. Sie hielt beide Arme locker gesenkt. Das Schwert schien nur zu baumeln. Nur der leicht vorgestreckte Kopf verriet, daß ihre scheinbare Ruhe ebenso vorgetäuscht war wie bei einer zusammengerollten Viper.

Sekundenlang standen sich die Gegner außerhalb der Reichweite des jeweils anderen gegenüber. Die Zuschauer waren so still, daß man nur den Wind vernahm, der in die Flammen der Fackeln blies. Für Arpads Nerven war die Anspannung zuviel. Er machte einen Ausfall nach vorn und setzte alles auf diesen Stoß. Seine Schwertspitze zielte auf den verwundbaren Hals der Frau, wo ein auch nur ein Zoll tiefer Stich den sicheren, schnellen Tod bedeutete.

Der Stoß war genau, doch Achilea parierte ihn, indem sie ihre Klinge in kreisförmiger Bewegung nach oben führte. Blitzschnell trat sie einen Schritt vor und versuchte, mit einem horizontalen Schlag Arpad den Bauch aufzuschlitzen. Ihr Schwert war breiter und um eine Handspanne kürzer als Arpads. Überrascht schrie Arpad auf und sprang zurück. Die scharfe Klinge verfehlte seinen Bauch um Fingerbreite. Schnell stieß er in Richtung Achileas Augen. Doch sie legte sich geschickt zurück und beugte anmutig das hintere Bein. Dadurch behielt sie vollkommen das Gleichgewicht.

Auge in Auge umkreisten die beiden sich. In ihnen loderte der Wunsch, zuzustoßen und zu töten. Arpad hielt das Schwert ausgestreckt, den anderen Arm hatte er schützend vor Bauch und Brust gelegt. Conan wußte jetzt, daß Arpad vorzugsweise mit der Schwertspitze kämpfte. Stöße waren schneller und kosteten weniger Kraft als ein Klingenabtausch. Daher war Arpads Kampfstellung eher die eines Degenfechters als die eines Schwertkämpfers.

Achilea hielt ihre Klinge weit nach rechts, mit der Spitze nach außen. Auch den linken Arm hatte sie mit gespreizten Fingern zur Seite gestreckt. Diese Hand würde sie nicht nur zum Schutz, sondern auch als Waffe einsetzen. Als sie so mit leicht gebeugten Knien dastand, sah es aus, als würde sie ihre vollen Brüste der Klinge Arpads als Geschenk anbieten. Diese Strategie war sehr riskant. Conan wußte, daß selbst die härtesten Muskeln einer scharfen Klinge nicht viel mehr Widerstand leisteten als weiches Fleisch.

Eigentlich entsprach es Conans Charakter keineswegs, um einen anderen Menschen zu bangen, doch jetzt befürchtete er, daß die Frau ein zu gewagtes Spiel einging. Damit hätte sie einen vorsichtigen Schwertkämpfer aus der Reserve locken können, aber Arpad war ein verzweifelter Mann. Und er hatte bewiesen, daß er sehr schnell war. Selbst für den besten Schwertkämpfer war es nicht leicht, sich gegen einen Narren zu schützen. Wenn Arpad sich mit vollem Gewicht in einen Stoß legte, konnte er Achilea durchbohren, selbst wenn ihn das den Kopf kostete. Ein Doppeltod war für einen guten Kämpfer kein annehmbarer Ausgang eines Zweikampfs.

Arpad schien so nervös zu sein, daß er genau so einen Stoß ausführen wollte. Doch dann siegte das bißchen Verstand, das er noch besaß. Er führte mehrere schnelle Querschläge aus. Damit wollte er herausfinden, wo Achileas Schwachstellen waren. Stahl klirrte gegen Stahl, als sie seine Schläge parierte. Dann glitt sie vorwärts, und ihre blitzende Klinge beschrieb zwei Doppelachten. Vier Schläge erfolgten in verwirrender Folge: rechts-links, rechts-links. Arpad rettete sich nur durch seine eidechsengleiche Wendigkeit. Dennoch trug er zwei leichte Kratzer am Kopf davon. Jetzt waren die beiden Gegner gefährlich nahe. Arpad schlug mit der Rückhand zu. Doch dieser Schlag war zu ungestüm, um tödlich zu sein. Die flache Klinge traf Achilea jedoch gegen das Kinn.

Schnell sprangen die beiden zurück und schafften so Platz, um sich wieder zu umkreisen. Beide Kämpfer waren schweißüberströmt, und der Atem zischte aus ihren Lungen. Sie kämpften erst kurze Zeit, aber der Kräfteverschleiß bei einem Kampf rührt auch von der Anspannung her, nicht allein von den Schlägen. Die Zuschauer wurden ungeduldig. Leise murmelten sie und warteten gespannt auf die Entscheidung.

Wieder bot Achilea sich weit offen dar. Diesmal nahm Arpad ihr Angebot an. Seine gereizten Nerven kosteten ihn viel Kraft. Weniger Kraft bedeutete auch, daß seine Schnelligkeit nachließ. Und das hieß baldiger Tod. Doch jetzt legte er die gesamte Kraft in den nächsten Stoß.

Mit schrillem Kampfschrei führte Achilea einen waagrechten Schlag von rechts nach links, um den Mann im Vorwärtssprung zu halbieren. Gleichzeitig wich sie nach links, um seiner Klinge zu entgehen.

Doch Arpad kannte noch einen letzten Trick. Er

stellte mitten in der Attacke den Führungsfuß fest auf den Boden, hemmte damit seine Vorwärtsbewegung, so daß Achileas Klinge harmlos an ihm vorbeizischte. Gleichzeitig tat er einen kurzen Sprung nach vorn und schlug mit dem Schwert auf ihren bloßen Hals.

Während Achileas Klinge weit am Ziel vorbeisauste, packte sie blitzschnell mit der linken Hand Arpads Handgelenk. Damit gelang es ihr, die scharfe Schneide keine drei Fingerbreit von der pulsierenden Schlagader unter ihrem linken Ohr aufzuhalten. Beide Kämpfer hatten die Körper gegen einander gepreßt und versuchten, mit ihrer ganzen Kraft den Gegner mit der eigenen Waffe zu verwunden. Arpads linke Hand war um Achileas rechten Unterarm gekrallt, dicht über dem Gelenk.

Atemlose Stille herrschte bei den Zuschauern. Nur das Keuchen und Stöhnen der Kämpfenden waren zu hören. Arpads Hand zitterte, als er seine Klinge gegen ihren Hals drücken wollte. Achileas Muskeln wölbten sich unter der schimmernden Haut, als sie ihre Waffe herausziehen wollte.

Mit traumgleicher Langsamkeit hob sich Achileas rechter Arm. Als erstes tauchte der Schwertgriff zwischen den beiden Leibern auf, dann die Klinge. Es sah aus, als zöge sie quälend langsam die Waffe aus der Scheide. Doch die Klinge war mit Blut gerötet. Arpads Augen quollen hervor. Er keuchte. Dann schoß ihm Blut aus dem Mund, und die bleichen Finger lösten sich vom Schwertgriff. Achilea ließ ihn los. Er taumelte zwei Schritte zurück. Jetzt sahen die Zuschauer die entsetzliche Wunde, die sich von seiner rechten Hüfte über den Bauch bis zum Brustbein zog. Blut und Gedärme quollen aus dem klaffenden Schnitt. Inmitten einer Blutlache brach er zusammen.

»Hure!«

Conan wußte nicht, welcher der beiden Gefährten

Arpads das gerufen hatte; denn jetzt stürzten sich beide mit gezückten Kurzschwertern auf Achilea. Noch nie hatten die Umstehenden gesehen, daß jemand so unglaublich schnell das Schwert herausriß und dem Gegner den Kopf abschlug wie Conan. Dann schleuderte eine von Achileas Frauen ihre Axt durch den Kreis. Die halbmondförmige Schneide halbierte das Gesicht des zweiten Manns. Auch er schaffte es nicht, an den Fackeln vorbeizukommen.

Einige Sekunden lang herrschte absolutes Schweigen. Dann ergriff Indulio das Wort.

»Der Kampf ist vorbei. Geht wieder hinein und benäßt eure trockenen Gurgeln.« Schnell löste sich die Menge auf. Alle redeten aufgeregt über diesen großartigen Kampf, mit dem unerwarteten Höhepunkt. Viele riefen Achilea Komplimente zu, doch sie schien diese nicht zu hören.

Conan blieb stehen und beobachtete sie, während sich ihre Frauen um sie bemühten. Eine wischte ihr mit einem nassen Tuch das Blut ab, das ihren Körper bedeckte. Eine zweite tupfte ihr den Schweiß von der sich hebenden und senkenden Brust. Nachdem das Blut entfernt war, sah Conan die dünne rote Linie, die von der linken Hüfte über den Bauch nach oben führte. Es war das Spiegelbild der Wunde, die sie Arpad zugefügt hatte. Sie hatte ihre Klinge beim Schneiden fest gegen ihn gepreßt, doch hatte sie nicht verhindern können, daß ihr Schwert mit der anderen Seite der Klinge auch ihre Haut ritzte, als sie es herausgezogen hatte. Conan nickte anerkennend. Es war ein tapferer und meisterhafter Schachzug gewesen. Die meisten Kämpfer hätten versucht, sich zu lösen und den Kampf weiterzuführen, selbst auf die Gefahr hin, sich eine schwere Verwundung einzuhandeln.

Als Achilea von Blut und Schweiß befreit war, legte ihr eine Gefährtin den weiten Umhang über die Schultern. Sie tätschelte ihr den Rücken und flüsterte ihr Koseworte ins Ohr. Der Zwerg stand dabei und stützte sich auf eine Keule. Ein höhnisches Lächeln lag auf seinen feinen Zügen. Als Achilea wieder würdevoll aussah, ging sie zum Cimmerier hinüber. Seinen scharfen Augen entging nicht, daß ihre Schritte eine Spur von Müdigkeit verrieten.

»Ich glaube, ich schulde dir Dank, Fremder«, sagte sie.

»Bei Crom! Ich werde niemals untätig zusehen, wie ein großartiger Kämpfer von elenden Feiglingen erschlagen wird.«

»Crom?« fragte Achilea. »Ich habe gehört, wie Männer aus Aesir diesen Namen ausgesprochen haben. Doch sie haben ihn verflucht, nicht bei ihm geschworen. Bist du ein Cimmerier?«

»Ja. Ich heiße Conan.«

Neugier flackerte in ihren großen grauen Augen auf. »Conan der Cimmerier? Ich glaube, diesen Namen habe ich schon gehört. Du bist ein Söldner und Abenteurer, habe ich recht?«

Conan nickte. »Ja, und der Name Achilea ist mir auch nicht unbekannt, allerdings hielt ich dich noch vor wenigen Minuten für eine Legende.«

»Schön, daß wir uns getroffen haben, Cimmerier. Das sind Payna, Lombi und Ekun.« Die drei Frauen schauten Conan nur mit wildem Blick an. »Und das ist Jeyba.« Der Zwerg grinste und hob lässig zum Gruß die Hand. Achilea blickte Conan an. »Einst war ich eine Königin. Jetzt sind diese mein Königreich und meine Armee.«

»Dann bist du besser dran als ich«, sagte Conan. »Mir folgt nicht ein einziger Mann, und meine Börse ist leer.«

Zum ersten Mal lächelte Achilea. Allerdings nur verhalten. »Komm mit hinein, Cimmerier, und setze dich zu uns. Das wenigste, das ich für dich tun kann, ist die Bitte an Indulio, dir von seinem besten Ale einzuschenken.«

Mit einer höflichen Geste, die Conan in Nemedien gelernt hatte, forderte er sie auf, ihm vorauszugehen. Lachend betrat sie den Schankraum. Der Cimmerier folgte ihr. Hinter ihnen stellte die Frau, die Ekun hieß, einen Fuß auf das Gesicht des Mannes, den sie getötet hatte, und zog ihre Axt heraus. Jeyba durchsuchte mit geübten Fingern die Taschen und Börsen der drei Toten.

In der Schenke nahm Achilea wieder den Platz auf der Bank vor dem Feuer ein. Conan holte sich einen Schemel und setzte sich ihr gegenüber, so daß ihre Köpfe auf gleicher Höhe waren. Während eine ihrer Frauen ihr Trinkhorn holte, streckte Achilea ihre langen, kräftigen Beine aus, um die nackten Füße am Feuer zu wärmen. Conan fiel auf, wie klein und wohlgeformt ihre Füße mit dem hohen Spann waren.

Die Frau, die Lombi hieß, kam mit dem bis zum Rand gefüllten Horn zurück. Achilea war durstig und nahm einen tiefen Zug. Dann reichte sie dem Cimmerier feierlich das Horn. Er ergriff es mit beiden Händen und nickte. Jetzt sah er, daß der Silberbeschlag uralt sein mußte. Die Muster waren sehr seltsam. Ein altes Familienerbstück, vermutete er, das sie beim Verlust ihres Heims und ihres Throns noch hatte retten können. Doch vielleicht hatte sie es auch gestohlen. Er hob das Trinkgefäß und leerte es. Das Ale war ausgezeichnet, und der Silberrand war noch warm von der Berührung ihrer Lippen.

Dienerinnen stellten einen Tisch zwischen Conan und Achilea und luden volle Platten ab. Als Achilea zu essen begann, kam der Zwerg zurück und ließ ein Häuflein Münzen, Ringe und andere Schmuckstücke auf den Tisch fallen. Achilea teilte annähernd ein Drittel ab und schob es vor Conan hin.

»Dein Anteil«, sagte sie. »Du hast einen der drei getötet.«

Der Cimmerier schob das Häuflein zurück. »Es hätte mein Kampf sein müssen, nicht der deine. Arpad hatte mich herausgefordert. Ich habe ihn vor seinen Gefährten zum Kuschen gebracht. Seine Mannesehre war beschämt. Er hat nach einer Möglichkeit gesucht, sie wiederzugewinnen. Er glaubte, dich könnte er leichter töten als mich.«

»Ich trage nur meine eigenen Kämpfe aus. Dieser Kerl hat mich beleidigt.« Achilea schob die Wertsachen wieder vor den Cimmerier. »Nimm das, sonst beleidigst du mich.« Diesmal steckte Conan Münzen und Schmuck in einen Beutel, der an seinem Gürtel hing. Dann brachte eine Dienerin das gebratene Fleisch.

»Teile das Abendessen mit uns«, forderte Achilea den Cimmerier auf. Es klang wie ein Befehl. Conan hatte zwar vor knapp einer Stunde gegessen, aber ein Mann findet immer Platz für ein paar Bissen, zumal ein Abenteurer nie wußte, wo oder wann er wieder etwas zu essen bekäme. Aus diesem Grund lehnte Conan niemals eine Gelegenheit ab, etwas zwischen die Zähne zu schieben.

Während des Essens sprachen sie wenig. Die Amazonenkönigin und ihr Gefolge aßen, als wären sie halb verhungert. Ihr Jagdausflug hatte sie zu Fuß über viele Meilen rauhen Geländes geführt. Sie warfen die Knochen den Hunden zu, die sich im Schankraum herumtrieben und auf Almosen hofften. Als die Platten weggebracht waren, lehnten sich alle zurück, tranken Ale und unterhielten sich. Nachdem Achilea ihr Horn mit Conan geteilt hatte, hatte sie einen Humpen für den Cimmerier bestellt. Auch darin war bestes Ale.

»Du scheinst dir wegen deiner Zukunft nicht ganz sicher zu sein, Cimmerier«, sagte Achilea. »Geht es dir wie allen anderen hier?«

»Stimmt. Es gibt verflucht wenig Arbeit für Söldner und auf Banditen wartet der Henker oder der Galgen. Die Aussichten sind schlecht. Aber im Gegensatz zu den übrigen hier sehe ich diese Stadt nicht als Zuflucht auf Dauer.«

»Wie meinst du das?« fragte sie und bewegte die Zehen in der wohligen Wärme des Kamins. »Ich halte Leng für einen guten Ort, sich auszuruhen und das Ende dieser schlechten Zeiten abzuwarten.«

»Nun ja, vielleicht für ein paar Tage oder auch einen Monat. Aber auch hier wird sich die Lage verflucht verschlechtern, ehe der Winter vorbei ist. Ich habe das schon an anderen Orten erlebt. Allmählich kommen immer mehr Schurken, und ehe man es sich versieht, wimmelt es von Männern, die nichts anderes kennen, als zu töten und zu stehlen. Hier stören keine Gesetze diese Banditen. Aber die Preise sind hoch, und die meisten Menschen sind arm. Sie beginnen einander auszuspionieren. Jeder erhebt gegen jeden die Hand. Die am meisten Verzweifelten werden die örtlichen Bauern ausplündern, worauf diese verschwinden werden. Danach werden wir großen Hunger leiden, aber es wird keinen Ort geben, wo wir ihn stillen können.«

Achilea nickte mit ernster Miene.

»Es könnte auch noch viel schlimmer kommen«, fuhr Conan fort. »Wenn diese Stadt so überfüllt ist, daß sie zu platzen droht, könnte es einem der Könige in der Nachbarschaft einfallen, sie zu belagern und sich einzuverleiben. Wenn alle Herrscher zusammenarbeiten, können sie die Banditen für viele Jahre ausrotten. Diese Stadt kann niemals eine Belagerung durch eine richtige Armee durchstehen. Die Mauern sind niedrig und halb zerfallen. Nur wenige der Gauner haben den Mut zu kämpfen. Außerdem gibt es keinerlei Nachschub für Proviant.«

Conan nahm einen tiefen Schluck und starrte mit

finsterer Miene in die Flammen. »Nein, darauf will ich nicht warten. Ein paar Tage werde ich hierbleiben, nicht länger als einen Monat. Wenn sich vorher keine gute Gelegenheit bietet, breche ich auf und suche mir einen Ort, der mehr zu bieten hat, selbst wenn ich weit durch feindliches Gebiet marschieren muß.«

»Ich habe immer gehört, daß Cimmerier schreckliche Schwarzseher sind. Offenbar ist das so. Aber auch ich fühle, daß du recht hast. Leng ist kein guter Ort, wo man sich lange aufhalten sollte. Nun, vielleicht kommt bald eine günstige Gelegenheit. Bis dahin, laßt uns das Leben genießen.«

Conan nickte, behielt jedoch seine Gedanken für sich. Er würde Leng nicht ohne diese großartige Frau verlassen.

Zwei

Am nächsten Tag begleitete der Cimmerier Achilea und ihr Gefolge auf die Jagd. Von den Hyrkaniern hatte er sich einen Bogen geborgt und versprochen, ihnen dafür ein Stück leckeres Wildbret mitzubringen. Nach etlichen Übungsschüssen auf ein Strohziel war er zufrieden. Die Waffe lag gut in der Hand. Dann ging er zu Achilea und ihren Frauen, die sich im Stall um ihre Pferde kümmerten.

»So, jetzt werden wir sehen, ob du ebensogut schießen kannst, wie du dein Schwert führst, Cimmerier«, sagte Achilea und strich liebevoll über die glänzende Flanke ihres kastanienbraunen Wallachs.

»Ich vermag mit allen Waffen gut umzugehen«, grinste Conan.

»Warum lachst du, du Gauner?« fragte Achilea.

»Arpad hat dir doch noch seinen Stempel aufgedrückt.« Conan berührte ihr Gesicht, wo sich ein blauer Fleck vom Kinn bis zum rechten Wangenknochen hinaufzog. Dort hatte Arpads Klinge sie getroffen. Die wilden Frauen blickten den Cimmerier wegen dieser Geste empört an, doch ihre Königin lächelte nur wehmütig.

»Ich bin schon schlimmer verletzt worden, und ich möchte diesen blauen Fleck nicht gegen die Wunde eintauschen, die ich ihm geschlagen habe. Komm jetzt, laß uns jagen!«

In den Ebenen hätten sie zu Pferde gejagt, doch im zerklüfteten Bergland war das unpraktisch. Dem Cimmerier fiel es leicht, sich in den Bergen zu bewegen, schließlich war er von Kindesbeinen an in seiner rauhen Heimat steile Wände hinaufgeklettert. Er war verblüfft, als er sah, daß Achilea und ihre Gefährtinnen sich beinahe ebenso mühelos wie er in schwierigem Gelände bewegten. Payna, Lombi und Ekun liefen locker über gepflügte Äcker, sprangen über Felsspalten, alles so behende und lautlos wie Rehe. Mit hoch erhobenen Köpfen sperrten sie Augen, Nase und Ohren auf, um ein Wild oder einen Feind beizeiten zu wittern.

Auch ihre Königin war schnell wie der Wind und unermüdlich. Sie genoß ihre Rolle als wildes Tier. Sie zuckte nicht mit der Wimper, wenn sie mit bloßen Füßen über rauhen, steinigen Boden lief. Jeyba, der Zwerg, hatte es schwerer, mit den kurzen Beinen Schritt mit seinen langbeinigen Gefährtinnen zu halten. Doch der kleine Mann schien aus Eisen gemacht zu sein. Er fiel nicht zurück und beschwerte sich auch nie.

Sie jagten den ganzen Vormittag. Fährten gab es reichlich, aber das Wild war wachsam. Gegen Mittag machten sie an einem eiskalten Fluß Rast. Die drei Frauen und der Zwerg knieten auf allen vieren und tranken das Wasser wie Tiere. Achilea dagegen trank vornehm aus einem Silberbecher. Conan setzte sich ihr gegenüber und betrachtete sie mit offener Bewunderung.

»Ich bin überrascht«, sagte er. »Ich habe immer gehört, daß ihr ein Reitervolk wärt – wie die Hyrkanier, deren einziges Heim der Sattel ist. Bis jetzt hegte jeder Nomade, den ich getroffen habe, abgrundtiefen Abscheu, zu Fuß zu gehen. Doch du und deine Frauen, ihr bewegt euch, als hättet ihr gespaltene Hufe wie Bergziegen. Wie ist das möglich?«

»Die Hyrkanier!« Achilea schnaubte verächtlich. »Das ist ein verweichlichtes Volk, das ohne seine Pferde Krüppeln gleicht.«

Conan hatte für die Hyrkanier schon alle möglichen Namen gehört, doch niemals hatte jemand sie verweichlicht genannt.

»Mein Volk ist nicht wie die Hyrkanier«, fuhr Achilea fort. »Wir haben keine Schaf- und Viehherden, die uns mit ihrem Fleisch und der Milch ernähren. Wir jagen unser Essen, und es gibt in unserem Land viele Tiere, die man nicht hoch zu Roß jagen kann. Wir lieben unsere Pferde, aber Pferde sterben auch. Wir sind nicht hilflos, wenn wir zu Fuß gehen müssen.« Ihre Augen hingen am Horizont im Nordosten, als würden sie über eine grenzenlose Entfernung und viele, viele Jahre hinwegschauen.

»Jedes Jahr werden alle Mädchen, die das fünfzehnte Jahr erreicht haben, an einen geheimen Ort in die Berge im Norden gebracht. Dort ist das Gelände unbewohnt. Nur Heide, Felskuppen und dichtes Gebüsch. Dort gibt es sehr viel Wild, aber auch viele Raubtiere. Die Mädchen werden dort zurückgelassen. Sie haben nur ein Messer und eine Schlinge bei sich. Im folgenden Jahr werden die Mädchen abgeholt, die überlebt haben, und die nächste Gruppe wird ausgesetzt. Nein, wir brauchen keine Pferde, um zu überleben.«

»Wie viele Mädchen überleben?« fragte Conan.

»Für gewöhnlich die Hälfte. Manchmal weniger«, antwortete Achilea mit so gleichmütigem Ton, als spräche sie über das Wetter.

»Ihr seid ein hartes Volk«, meinte der Cimmerier.

»Alle anderen sind natürliche Beute«, erklärte Achilea.

Der Cimmerier hatte nicht geglaubt, daß es auf dieser Welt noch ein Volk gäbe, das so hart und so wild wie seines wäre. Doch diese Amazonen schienen sich von den Cimmeriern nicht sonderlich zu unterscheiden.

»Und was ist mit dir?« fragte er Jeyba, der neben

dem Fluß hockte und sich die Lippen mit dem Handrücken abwischte. Der Zwerg grinste.

»Ich komme aus den Grenzkönigreichen«, erklärte der kleine Mann. »Als Kind wurde ich als Sklave an die Hyperborer verkauft und mußte in den Steinbrüchen mit Pickel und Hammer schuften. Das war keine angenehme Arbeit, aber sie hat mich stark gemacht.« Er ballte eine Faust, um die Muskelberge auf seinem kurzen Arm vorzuführen. »Eines Tages habe ich dem Aufseher mit dem Vorschlaghammer den Schädel eingeschlagen. Hundert von uns sind geflohen. Drei Jahre lang haben wir als Banditen gelebt und die Landhäuser reicher hyperborischer Lords geplündert. Jedes Jahr wurden wir weniger.«

Er lächelte bei der Erinnerung. »Es war ein gutes Leben, aber es kam, wie es kommen mußte. Ich wurde mit meinen wenigen verbliebenen Freunden gefangengenommen und zur Hinrichtung in die nächste Stadt geschafft. Als wir auf dem Marktplatz erschienen, kreischte und verhöhnte uns die Menschenmenge. Nacheinander wurden meine Freunde einzeln in die Mitte des Platzes geführt und mit Händen und Füßen an vier Ochsen gebunden. Dann trieb man die Ochsen mit Peitschenhieben in alle vier Himmelsrichtungen. Die Männer wurden bei lebendigem Leib zerrissen. Bei dieser grandiosen Darbietung brach die Menge in tosenden Beifall aus.

Dann war ich an der Reihe. Sie haben mich auf die Reste meiner Kameraden gelegt und an jede Hand und an jeden Fuß einen Ochsen gebunden. Aber ganz gleich, wie sehr sie die Tiere schlugen, weigerte ich mich, in Stücke gerissen zu werden. Leider wurde ich auch nicht größer. Dann haben sie noch vier Ochsen an meine kurzen Gliedmaßen gebunden. Doch in diesem Augenblick ritten meine Königin und ihr Gefolge in die Stadt. In Panik flohen die Städter. Ich blieb mit acht

Ochsen und den Leichenteilen meiner Freunde zurück.«

»Die Ochsen haben wir geschlachtet, um ihr Fleisch zu essen«, erklärte Achilea. Lächelnd fuhr sie dem Zwerg durch den buschigen Haarschopf. »Meine Frauen wollten auch ihn umbringen, doch ich hielt sie zurück. Ich hoffte, daß jemand, der so stark war, daß vier Ochsen ihn nicht zerreißen konnten, ein guter Gesellschafter sein würde.«

»Gnade war immer deine Schwäche, meine Königin«, sagte Payna. Es war das erste Mal, daß Conan eine der Frauen sprechen hörte.

»Das reicht!« fuhr Achilea sie an.

»Verzeih mir, meine Königin.« Payna warf sich auf die Knie und drückte das Gesicht auf Achileas nackte Füße.

»Ach was! Steh auf!« sagte Achilea und strich der Frau über die Haare, als wäre diese ein Kätzchen. »Du hast recht, wenn du mich ab und zu tadelst. Aber ich habe nur zweimal einem Mann das Leben geschenkt. In dieser Hinsicht kannst du mich wirklich nicht beschuldigen, zaghaft zu sein.«

»Bringt ihr tatsächlich alle Männer um, die zu euch stoßen?« fragte Conan.

»Ja, das tun wir«, lautete Achileas lakonische Antwort. »Und da wir gerade davon sprechen, Männer umzubringen ...« Sie zeigte auf ein Gebüsch auf dem steilen Hang des gegenüberliegenden Ufers. »Ich sehe die Geweihspitzen eines prächtigen junges Hirsches hinter den Büschen. Den wollen wir uns holen.«

Die Pirsch auf den Hirsch dauerte den gesamten Nachmittag. Das Tier war mißtrauisch und wachsam. Immer blieb es weit vor den Jägern. Als die Sonne im Westen sank, stand der Hirsch gut sichtbar auf einem Kamm, gut zweihundert Schritte entfernt, als wollte er die Verfolger verhöhnen.

»Er ist zu weit weg«, sagte Achilea. »Und bald ist es dunkel. Laßt uns zurückkehren nach Leng. Wir müssen eben mit leeren Bäuchen schlafen gehen. Morgen kehren wir ganz früh hierher zurück. Über Nacht wird er sich nicht weit von dieser Stelle entfernen.«

»Du gibst zu leicht auf«, sagte der Cimmerier und legte einen Pfeil auf die Bogensehne.

»Das hat mir noch nie jemand vorgeworfen«, spottete sie lächelnd. »Laß uns sehen, was du auszurichten vermagst.«

Conan hob den Bogen mit der linken Hand, bis der Widerhaken des Pfeils hoch über den Horizont in den Himmel zeigte. Dann zog er die Sehne mit der Rechten, bis der Daumen sein Ohr berührte und die scharlachroten Federn des Schafts neben seinem Mundwinkel lagen. Er ließ los. Nach dem Schnappen der Bogensehne hörte man nur das Zischen des Pfeils. Er stieg hundert Schritte hoch in die Luft, dann hatte er den Zenit des Halbkreises erreicht und flog nach unten, bis man ihn nicht mehr sah. Sekunden später sprang der Hirsch hoch, machte drei Sätze und brach zusammen.

»Du hast nicht gelogen«, sagte Achilea. »Du kannst in der Tat gut schießen.«

Schnell und geschickt brachen Achileas Frauen den Hirsch auf und nahmen ihn aus. Die drei und der Zwerg aßen die rohe Leber und spülten sie mit Hirschblut hinunter. Selbst ausgewaidet war der Hirsch noch sehr schwer. Auf dem Rückweg nach Leng wechselten sich Conan und der Zwerg damit ab, ihn auf den Schultern zu tragen.

Der Zwerg schleppte den Hirsch in den *Roten Adler*, während Achilea und ihre Frauen im Stall der Herberge ihre Pferde versorgten. Conan ging mit ihnen. Auch er war hungrig und durstig, doch wollte er Achilea nicht aus den Augen lassen.

»Neuankömmlinge«, meinte sie und nickte zu seltsamen Tieren hinüber. »Woher mögen diese Tiere wohl stammen?«

Es waren zwei außergewöhnlich große cremefarbene Kamele. Sie hatten zwei Höcker mit zottigem Fell, dadurch unterschieden sie sich von ihren einhöckerigen Artgenossen in den südlichen Ländern, die glattes Fell hatten und auch Dromedare genannt wurden.

»Das sind wunderbare Tiere«, sagte Conan und wusch sich das Hirschblut von den Schultern. »Vorausgesetzt, man mag Kamele.«

»Ich mag sie nicht«, erklärte Achilea. »Aber ich gebe zu, daß sie nützlich sind. Und außerdem schmecken sie nicht übel.«

Dann gingen sie in den Schankraum und ließen sich am Tresen ihr Ale geben. Indulio gratulierte ihnen zu dem prächtigen Hirsch, den der Zwerg gebracht hatte. Er füllte Achileas Silberhorn und Conans Humpen. Der Cimmerier blies den Schaum ab und nahm einen großen Schluck.

»Wer ist auf den weißen Kamelen hergeritten?« fragte er und stellte den Humpen ab.

»Die beiden dort drüben.« Indulio nickte zum Feuer, wo zwei Gestalten in weiten Gewändern sich wärmten. Die Kapuzen hatten sie weit ins Gesicht gezogen, so daß man ihre Züge nicht zu erkennen vermochte. Der Zwerg stand schimpfend vor ihnen und fuchtelte aufgeregt mit den Armen.

»Jeyba ist ärgerlich, weil sie meinen Platz besetzt haben«, sagte Achilea. Sie ging zum Kamin. Der Cimmerier folgte ihr. »Sei friedlich, Jeyba. An einem so kalten Abend verweigere ich müden Reisenden den Platz am Feuer nicht. Friede mit euch, Fremde. Woher kommt ihr?« Belustigt beobachtete Conan, wie Achilea die gnädige Aristokratin statt der pöbelhaften Banditenkönigin spielte. Wahrscheinlich weil die Kleidung der beiden ebenso kostbar war wie ihre Reittiere. Der

Stoff war aus hellem Kamelhaar gewoben und unvergleichlich warm. Er war so leicht wie Nebel und unglaublich teuer. Die beiden schoben die Kapuzen zurück.

»Wir danken euch, Mylady«, sagte der Mann mit dem Bart. »Euer Spaßmacher machte uns heftige Vorhaltungen. Doch wir glaubten, er übertreibe, als er von Eurem hohen Rang sprach. Doch jetzt sehen wir, daß er die reine Wahrheit gesagt hat. Bitte, verzeiht uns, daß wir Euren Platz eingenommen haben.« Beide wollten aufstehen, doch Achilea bedeutete ihnen mit einer Handbewegung, sitzenzubleiben.

»Bleibt und wärmt euch.« Sie verschränkte die Knöchel und ließ sich vor dem Kamin nieder. Selbst diese Geste führte sie königlich aus. »Doch Jeyba ist kein Spaßmacher. Er trägt die Keule keineswegs nur zur Zierde.«

Conan betrachtete die Neuankömmlinge verblüfft. Der Mann und die Frau sahen sich verblüffend ähnlich: schlank, dunkles Haar, helle Haut, schwarze Augen. Es mußten Geschwister sein, wahrscheinlich Zwillinge. Auch die Kleidung unter den weiten Umhängen war von feinstem Stoff. Sie trugen kostbare Ringe, Armreifen und Ketten. Er fragte sich, wie es ihnen gelungen war, bei dem Ritt durch die rauhen Berge so sauber zu bleiben. Vielleicht waren sie bereits früher am Tag eingetroffen und hatten ein Bad genommen und saubere Kleidung angelegt.

»Wieso seid ihr nach Leng gekommen?« fragte Conan das aristokratische Paar. »Hier treffen sich die übelsten Schurken. Ich hätte gedacht, ihr zögt eine bessere Unterkunft vor. Doch zugegebenermaßen ist die Auswahl in diesem Ort recht begrenzt.«

»Entschuldigt Conans unverschämte Frage«, sagte Achilea. »Sein Volk, die Cimmerier, sind schrecklich ungehobelt.«

Conan war verärgert, weil sie sich so viel Autorität anmaßte, schwieg jedoch.

»Ein Cimmerier?« fragte die Frau. Ihr Stimme klang weich und verführerisch. »Erst eine Anazonenkönigin der Gesetzlosen, dann ein cimmerischer Krieger. Offenbar ist diese Karawanserei ein Sammelplatz für legendäre Menschen.«

Achilea schaute sie verwirrt an. »Welches Wort habt Ihr benutzt? ›Amazonenkönigin‹?«

»So nennt mein Volk euch«, erklärte der Mann mit dem Bart. »Doch bis jetzt habe ich die Amazonen für Mythen gehalten.«

»Und nun zum Grund unseres Hierseins«, sagte die Frau. »Als wir nach Leng kamen, haben wir uns erkundigt, wo wir wohl die härtesten Männer finden könnten. Allerdings haben wir nicht erwartet, daß eine Frau die härteste von allen wäre.«

»Wenn ihr nach einem Diebesnest gesucht habt, habt ihr es gefunden«, sagte Conan. »Ich staune nur, daß ihr immer noch am Leben und im Besitz eurer Habe seid. Unser Wirt sorgt zwar drinnen für Ruhe und Ordnung, aber sobald ihr beiden einen Schritt vor die Tür setzt, seid ihr leichte Beute.«

»Wir sind nicht vollkommen hilflos. Das kann ich dir versichern«, sagte der Mann. Conan sah jedoch bei beiden keine Waffen außer den identischen Dolchen, deren mit Juwelen besetzte Griffe aus den Schärpen ragten.

»Warum sucht ihr nach harten Männern?« fragte Achilea. Ihre Dienerin Lombi massierte ihr währenddessen die Schultern. Dabei musterte sie die Fremden mit unverhohlenem Mißtrauen. Achilea rollte genüßlich den Kopf.

»Gestattet, daß wir uns vorstellen«, sagte die Frau. »Wir sind Monandas und Yolanthe aus Icaria, das liegt in den rabirischen Bergen Zingaras.«

»Ihr seid sehr weit von eurer Heimat entfernt«, meinte Conan. Die beiden sahen weder wie Zingarer aus, noch trugen sie die Landestracht. Doch das hatte nichts zu sagen. In vielen abgeschiedene Gemeinden lebten Menschen, die sich von den nur wenige Meilen entfernten Nachbarn in Kleidung und Aussehen unterschieden. Und Reisende legten oft die Kleidung an, die gerade an einem bestimmten Ort erhältlich war.

»Ja, es ist ein weiter Weg von Zingara, wenn du das meinst«, sagte Monandas. »Doch ist er nur ein Bruchteil der Strecke, die wir insgesamt zurückgelegt haben.«

»Eure Kamele entstammen keiner Zucht dieser Gegend«, sagte der Cimmerier. »Sie sehen so aus, als kämen sie aus dem Osten.«

»Das stimmt«, bestätigte Yolanthe. »Wir haben einige Zeit in Samara, in Turan, gelebt. Und davor in Vendhyen.«

»Für Menschen, die so jung sind, wie ihr, seid ihr weit gereist«, meinte Achilea. Das Paar schien höchstens zwanzig Jahre alt zu sein.

»Wir sind ruhelos«, sagte Monandas. »Wir wollen stets neue Dinge sehen, neue Menschen, neue Orte. Nirgends hält es uns lange.«

»Reist ihr zum Vergnügen?« fragte Achilea. »Oder sucht ihr nach etwas?«

»Beides trifft zu«, antwortete Yolanthe. Dann lächelten beide auf die gleiche Art.

»Und jetzt müssen wir uns zurückziehen und ausruhen«, erklärte Monandas. Sie standen auf und verneigten sich. »Es war uns eine Ehre, Eure Bekanntschaft zu machen, Mylady.« Dann verneigten sie sich auch vor dem Cimmerier – doch nicht so tief. »Krieger, guten Abend. Vielleicht sprechen wir morgen weiter, wenn es euch beliebt.«

»Ich freue mich schon darauf«, entgegnete Conan.

Die beiden gingen hinaus. Die Männer an den Tischen verstummten, als das Paar vorbeikam, und hielten die Augen auf die Humpen mit Ale oder die Würfel gerichtet. Jetzt verstand Conan, warum die beiden unbelästigt blieben. Sie hatten etwas an sich, daß sogar die Galgenvögel im *Roten Adler* bei ihrem Anblick ein ungutes Gefühl beschlich. Obgleich sie ihren Schmuck offen zur Schau trugen, würde niemand es wagen, sie anzugreifen. Das war in der Tat eigenartig, da sie keineswegs bedrohlich wirkten. Doch Conan wußte, daß es mehr als eine nur eine Art von Gefahr gab. Monandas hatte eindeutig nicht gelogen, als er erklärt hatte, sie seien nicht vollkommen hilflos.

»Was hältst du von den beiden?« fragte Conan, nachdem das Paar verschwunden war und in der Schenke wieder der übliche Lärm herrschte.

»Sie sind wirklich eigenartig«, antwortete Achilea. »Sie sehen sich so ähnlich. Sie müssen Zwillinge sein. Und wie sie sprechen: erst einer, dann der andere. Als würde man mit einer einzigen Person mit zwei Stimmen reden.«

»Ich mag sie nicht«, erklärte der Cimmerier. »Irgend etwas stimmt nicht.«

»Aber was?« sagte Achilea. »Ich habe es auch gespürt, aber ich möchte wissen, ob dir dieselben Dinge wie mir aufgefallen sind.«

»Sie haben einen weiten Ritt durch die Wildnis hinter sich, sehen aber so sauber und frisch aus, als hätten sie ihr Heim nie verlassen. So ausgedehnte Reisen, wie sie angeblich unternommen haben, müßten irgendwelche Spuren hinterlassen, selbst bei so jungen Menschen. Doch sie scheinen Hitze, Wind, Anstrengung und Entbehrung völlig unbeschadet überstanden zu haben. Sie sehen aus wie Kinder eines Aristokraten oder reichen Kaufmanns, denen es niemals im Leben an irgend etwas gemangelt hat und die immer von Dienern umhegt wurden.«

Achilea nickte. »Ich habe denselben Eindruck. Und da ist noch etwas: Ihre Gesichter sind jugendlich, die Hände ohne Falten. Aber ihre Augen sind uralt und erfahren. Ich weiß nicht, wie ich es beschreiben soll; denn ihre Augen sind so klar wie bei Jungen und haben keinerlei Fältchen. Trotzdem wirken sie uralt.«

»Ja, ich weiß, was du meinst«, sagte Conan. »Und sie haben bis jetzt nicht verraten, warum sie nach harten Männern suchen.«

»Ich habe das Gefühl, daß wir das bald erfahren werden«, sagte Achilea. »Ich wette, daß sie uns schon bald einen Vorschlag machen werden.«

»Nur ein Schwachkopf ließe sich auf diese Wette ein. Jeder kann sehen, daß wir ihre Aufmerksamkeit erregt haben. Sie haben mit niemandem sonst gesprochen. Es sei denn, ehe wir kamen.« Er winkte dem Wirt Indulio, herzukommen.

»Diese beiden seltsamen Fremden – haben sie mit irgend jemand gesprochen, ehe wir hereinkamen?« fragte der Cimmerier.

Indulio schüttelte den Kopf. »Nein. Sie kamen ungefähr eine Stunde vor euch. Sie haben uns gebeten, ihre Kamele zu versorgen. Dann haben sie sich ans Feuer gesetzt. Die Männer am Kamin haben ihnen sogleich ohne Murren Platz gemacht. Ein vornehmes Paar. Man würde nie erwarten, solche Leute in meiner Schenke zu sehen, aber sie haben etwas an sich, daß die Menschen dazu bringt, ihnen zu gehorchen.«

»Haben sie gesagt, ob sie nach jemandem suchen?« fragte Achilea.

»Nein, nach niemand Bestimmtem«, antwortete Indulio. »Ich weiß nicht mehr, ob er oder sie gefragt hat: ›Ist das der richtige Ort, um harte Männer zu finden?‹ Ich habe ihnen gesagt, daß meine Gäste die rauhesten Burschen aus den fünf Nachbarländern seien. Damit schienen sie zufrieden zu sein. Dann ließen sie sich Becher mit Wein geben und setzten sich an den Kamin. Was haben sie mit euch geredet?« Seine Augen funkelten neugierig.

»Hauptsächlich über Reisen«, antwortete Conan. »Daß sie erst kürzlich in Turan gewesen wären – und davor in Vendhyen. Aber wir können kaum glauben, daß so junge Menschen so weit gereist sind.«

»Ich glaube nicht, daß sie gelogen haben«, sagte Indulio. Er griff in seine Börse und holte eine kleine viereckige Goldmünze heraus, auf der ein Elefant eingeprägt war. »Damit haben sie für ihr Essen, die Unterkunft und Pflege ihrer Kamele bezahlt. Die Münze stammt aus Vendhyen. In unserer Gegend sieht man so etwas nicht oft. Ich habe sie eingesteckt.«

»Wirklich ein seltsames Paar«, meinte Conan. »Irgendwie fühle ich mich in ihrer Gesellschaft nicht wohl.«

»Ihr Geld ist gut«, erklärte Indulio. »Und das ist alles, was mich kümmert.«

Drei

Am nächsten Tag gingen sie nicht auf die Jagd. Der Hirsch lieferte viel Fleisch, selbst nach dem Anteil für die Hyrkanier. Sein schönes Fell und das Geweih brachten ihnen eine Sonderration von Indulios bestem Ale ein. Achilea und ihr Gefolge bewegten die Pferde, während Conan im Hof vor dem Stall saß und seine Waffen pflegte. Die umliegenden Mauern des *Roten Adlers* schützten sie vor dem schneidenden Wind. Die Sonne schien warm von oben.

Als erstes nahm sich der Cimmerier sein Schwert vor. Die Scheide bestand aus dünnem Holz, das außen mit geöltem Leder bezogen und innen mit geschorenem Schaffell ausgekleidet war. Die Klinge war gerade und hatte zwei Schneiden. Auf beiden Seiten verlief eine tiefe Blutrinne. Der Kreuzstange war kurz und schwer, der dreieckige Knauf aus schlichter Bronze, ohne jeglichen Schmuck. Der Griff bestand aus Holz, das mit Bronzedraht umwickelt war. Diese Waffe war für einen Kämpfer gemacht, für harten Einsatz, nichts anderes. Conan musterte jeden Zoll genau. Er prüfte die Schneiden, ob sie auch rasiermesserscharf waren, drehte sie im Sonnenlicht nach allen Seiten, um auch die kleinste Spur von Rost zu entdecken. Mit den mächtigen Fäusten zerrte er am Knauf, um zu prüfen, ob auch alles fest war.

Als er sich davon überzeugt hatte, daß sein Schwert in bestem Zustand war, griff er zum Dolch. Die breite Klinge war dreizehn Zoll lang und nur auf einer Seite scharf. Der Rücken war so dick, daß er auch bei der Abwehr kräftiger Schläge nicht bräche. Schneide und Rücken liefen zu einer Spitze aus, mit der man jede Rüstung durchbohren konnte. Der Griff bestand aus der Geweihstange eines Hirsches, der Knauf war eine flache Bronzekappe. Der Dolch wurde fast täglich benutzt. Conan schärfte die Klinge mit einem Wetzstein, bis er sicher war, damit ein fallendes Haar spalten zu können.

Nachdem der Cimmerier die Waffen wieder in die Scheiden gesteckt hatte, blieb er sitzen und schaute Achilea und ihren Frauen beim Reiten zu. Sie saßen so natürlich auf den Pferden, als wären sie mit ihnen verwachsen. Statt Sättel benutzten sie nur ein Polster, das mit einem breiten geflochtenen Gurt befestigt war. Sie zügelten die Rosse mit Seilen und verschmähten die üblichen Trensen aus Metall. Sie ritten auch ohne Steigbügel. Statt dessen preßten sie ihre kräftigen Waden gegen die Flanken der Pferde.

Conan langweilte sich bereits in Leng. Die Vorstellung, einen ganzen Winter in diesem Ort zu verbringen, war ihm unerträglich. Hätte man ihn nach einem siegreichen Krieg gut entlohnt, hätte er vielleicht die kalten Monate mit Glücksspiel und losen Weibern verlebt. Doch jetzt war das anders. Wenn er nur jagen konnte, um das Leben zu fristen, würde er lieber in einer Höhle hausen. Es gab nur einen Grund, der ihn hier festhielt: Achilea. Als sie sich vom Pferd schwang, ging er zu ihr.

»Ich hatte Bedenken, lange in Leng zu bleiben«, sagte Conan. »Ich würde viel lieber woanders sein, wo sich mehr tut, als Gaunern beim Würfelspiel zuzuschauen.«

Achilea lächelte. Dabei vertiefte sich die Narbe auf ihrer Wange. »Ein Mann der Tat, richtig? Ja, ich weiß, wie du dich fühlst. Ich wäre auch lieber woanders. Aber die Frage ist: Wohin soll ich gehen?«

Der Cimmerier wies mit dem kräftigen Arm nach

Süden. »Dorthin. In die warmen Länder. Und es wäre am besten, sofort aufzubrechen, ehe der Schnee die Pässe blockiert.«

»Wie weit würdest du kommen?« fragte sie. »Dort liegen Zamora und Corinthien. An jeder Grenze stehen Wachposten. Hinzu kommen noch die berittenen Patrouillen. Wie lange würde es dauern, bis sie dich erwischen?«

»Ich habe niemanden ausgeraubt«, meinte er mürrisch.

Achilea lachte. »Was heißt das schon?« Sie schaute ihm offen in die Augen. »Du bist jeden Zoll ein Schurke – und es gibt viele Zoll bei dir. Niemand wird dich für einen reisenden Kaufmann oder heiligen Mann halten. In unsicheren Zeiten treiben sich viele Abenteurer umher. In Friedenszeiten erweckt jeder bei Lord oder Zahlmeister Mißtrauen.«

»Du hast recht«, gab der Cimmerier zu. »Aber ich kann es nicht ertragen, monatelang in diesem langweiligen Nest eingesperrt zu sein.«

»Hab Geduld«, sagte sie. »Ich habe das sichere Gefühl, daß sich bald etwas ändert.«

Am Abend saßen sie vor dem Kamin und tunkten Brotstücke in den dicken Eintopf, als die mysteriösen Zwillinge erschienen. Niemand hatte sie tagsüber gesehen. Sie betraten den Schankraum in derselben Kleidung wie am Vorabend.

»Teilt das Abendessen mit uns«, sagte Achilea und deutete auf den Tisch, der vor ihr stand.

Sie verneigten sich. »Danke, aber wir haben bereits auf unseren Zimmern gespeist«, sagte Yolanthe. »Doch setzen wir uns gern zu Euch, wenn Ihr das gestattet.« Sie nahmen auf der Bank Platz, und Indulio brachten ihnen Becher mit Glühwein. Sie hielten die Becher aus gehämmertem Metall in den Händen und genossen die Wärme.

Conan saß auf dem Kaminsims und stellte die leere Schüssel beiseite. »Gestern abend habt ihr gesagt, daß ihr nach Männern sucht, die tapferer sind als der Durchschnitt. Zu welchem Zweck sucht ihr nach ihnen?«

»Meine Schwester und ich haben unser ganzes Leben lang nach einem Ort gesucht, ohne zu wissen, wo dieser lag«, sagte Monandas und sprach damit zum ersten Mal über ihre Verwandtschaft. »Jetzt kennen wir die genaue Lage, doch ist der Weg dorthin weit und sehr gefährlich.«

»Wenn ihr beiden so weit gereist seid, wie ihr behauptet, dürfte euch ein bißchen Gefahr nichts ausmachen«, entgegnete Conan.

»In der Tat«, meinte Yolanthe. »Doch haben wir gewisse Mittel, um Gewalt zu vermeiden. Diesmal ist es aber anders. Wenn wir den Ort erringen wollen, nach dem wir streben, können wir auf dem Weg dorthin Kämpfe nicht vermeiden. Wir können aber auch nicht viele Männer mitnehmen. Daher müssen die, die uns begleiten, von überragender Tapferkeit sein.«

In den folgenden Minuten schwiegen alle. Dann erhob Achilea die Stimme. »Mir ist klar, daß ihr uns einen Vorschlag unterbreiten wollt. Laßt ihn hören.«

»Habt ihr von der verlorenen Stadt Janagar beim Opal-Tor gehört?« fragte Monandas.

»Der Name sagt mir nichts«, antwortete Achilea.

»Ich habe auch noch nie davon gehört«, meinte Conan.

»Seit vielen Jahren existiert dieser Name auch für uns nur in uralten Schriften«, erklärte Yolanthe. »Darin steht, daß Janagar bereits stand, ehe das Meer Atlantis verschlang, und daß es über fünftausend Jahre bewohnt war und in jedem Jahrhundert an Pracht gewann.«

»Aber auf dem Höhepunkt wurde das prächtige Janagar plötzlich von den Bewohnern verlassen«, nahm Monandas die Erzählung auf. »In einer einzigen Nacht flohen alle Bewohner. Und keiner kehrte je zurück. Die Geschichten, die sie verbreiteten, bewogen andere Menschen, sogar die gesamte Gegend zu meiden. So wurde das Land, das einst fruchtbar und bebaut war, eine Wüstenei. Im Lauf der Zeit geriet sogar die genaue Lage der Stadt in Vergessenheit.«

»Ich habe auf meinen Wanderungen ähnliche Geschichten gehört«, sagte Conan. »Ich bin auch schon auf Ruinen einstiger prächtiger Städte gestoßen. Welche Anziehungskraft birgt Janagar für euch?«

»Janagar war unvorstellbar reich«, antwortete Yolanthe mit funkelnden Augen.

»Auch die Ruinen, von denen ich gesprochen habe, bargen früher wohl viel Reichtum«, sagte Conan. »Doch jetzt sind sie kahle, eingefallene Steinhaufen. Dort gibt es nicht mehr Reichtum als in diesem erbärmlichen Nest Leng, wo sich nur noch Füchse und Eulen aufhalten.«

»Die meisten Städte verfallen im Lauf der Zeit«, sagte Monandas. »Für gewöhnlich werden sie schwächer und dann von Feinden gestürmt und ausgeplündert. Wenn Bewohner freiwillig die Stadt verlassen, nehmen sie üblicherweise ihre Wertsachen mit. Doch alle Berichte über Janagar stimmen überein, daß die Menschen, die aus der Stadt flohen, nur wenig oder nichts mitnahmen. Nachdem die Stadt verlassen war, hat niemand sie je wieder betreten. Sie war für die Menschheit viele Jahrhunderte lang verloren.«

»Demnach glaubt ihr, daß Janagar immer noch samt seinen Schätzen unangetastet steht?« fragte Achilea und nahm einen tiefen Schluck aus dem Horn.

»Das tun wir«, bestätigte Yolanthe. »Und jetzt wissen wir auch, wo sie ist. Was wißt ihr über die Länder südlich von Khauran?«

»Ich war schon weit im Süden«, sagte Conan. »Welche Gegend meint ihr?«

»Was weißt du über das Land, das auf halbem Weg zwischen Khoraja und den Städten Zamboula und Kutchernes nördlich des Styx liegt?« fragte Monandas.

Conan runzelte die Stirn. »Eine Wüste, so wild und öde, wie ich keine andere kenne. Am Rand treiben räuberische Stämme ihr Unwesen, und die Wüste kann nur mit Karawanen durchquert werden, die sehr viel Wasser und Nahrung für Mensch und Tiere mitführen.«

»Und dort liegt die verlorene Stadt Janagar«, sagte Yolanthe. »Sie ist unser Ziel. Werdet ihr mit uns reiten?«

»Allein bis Khauran ist es sehr weit«, gab Conan zu bedenken. »Und danach beginnt das wahrlich wilde Land. Warum wartet ihr nicht bis dort, um Leibwächter zu suchen, da ihr beide doch gewohnt seid, allein zu reisen?«

»Als wir in alten Handschriften nach Hinweisen auf die genaue Lage Janagars suchten, fanden wir heraus, daß auch andere diese Spur aufgenommen haben«, erklärte Monandas. »Vielleicht haben diese Leute auch von unserer Suche erfahren, so wie wir von der ihren. Diese Rivalen können uns jederzeit angreifen. Deshalb brauchen wir unbedingt Schutz – von jetzt an.«

»Wer sind diese Rivalen?« fragte Conan. »Und wieso seid ihr so sicher, daß sie eine Gefahr bedeuten?«

»Wir haben keine Ahnung, wer sie sein könnten«, erklärte Yolanthe. »Doch ist es besser, kein Risiko einzugehen.«

»Wie lautet euer Angebot?« wollte Conan wissen.

»Einen Anteil an den Schätzen, sobald wir die Stadt gefunden haben. Ferner Verpflegung für Mensch und Tier für die Dauer der Reise«, antwortete Monandas.

»Das ist ein recht unsicheres Angebot«, meinte der Cimmerier mürrisch.

Yolanthe lächelte. »Ist eure Situation hier so rosig?«

»Nein, beim Ewigen Himmel, gewiß nicht!« stieß Achilea hervor. »Euer Plan führt uns zumindest in wärmere Gegenden. Jawohl, ich komme mit euch!«

Conan mißtraute den Geschwistern und ihrem wahnwitzigen Vorhaben. Doch wollte er Achilea nicht aus den Augen verlieren. »Ich habe kein Pferd«, sagte er.

»Wir geben dir ein Reittier«, versprach Monandas. »Gibt es hier noch andere gute Männer?«

Nachdem der Cimmerier sich entschieden hatte, schob er die Zweifel beiseite. Er nickte zu dem kleinen Tisch hinüber, wo Kye-Dee und seine Gefährten saßen.

»Diese Hyrkanier scheinen recht fähig zu sein. Sie sind von Natur aus hervorragende Reiter und Bogenschützen und sind seit vielen Generationen Banditen. Der Rest hier ist Abschaum.«

»Ich kenne diese Hyrkanier nicht«, sagte Achilea. »Aber ich verbürge mich dafür, daß der Rest in der Tat Abschaum ist.«

»Diese Männer brauchen ebenfalls Pferde«, warf Conan ein. »Könnt ihr euch auch darum kümmern?«

»Können wir«, erklärte Yolanthe. »Sprichst du mit ihnen?«

»Ja.« Der Cimmerier nickte.

»Du kannst ihnen sagen, daß es sich um eine sehr gefährliche Schatzsuche in den Süden handelt, doch nicht mehr«, warnte Monandas. »Ich möchte nicht, daß unsere Mission in aller Munde ist.«

Die Geschwister erhoben sich. »Morgen früh kaufen wir die Pferde«, versprach Yolanthe. »Wir brechen noch vor dem Mittag auf.« Damit verabschiedeten sich die beiden.

Conan nahm einen der beiden Becher mit dem Wein,

den die zwei nicht angerührt hatten, und goß den Wein aus.

»Naja, jetzt heißt es mitmachen«, sagte er. »Die beiden sind wahnsinnig.«

»Na und?« Achilea lächelte spöttisch. »Hast du nicht heute morgen gesagt, du wolltest in den Süden? Wenn uns zwei so eindeutig vornehme Personen mitnehmen, sind wir keine Gesetzlosen, sondern Leibwächter und verrichten gesetzestreu unsere Arbeit. Wenn es sonst nichts einbringt, kommen wir dadurch zumindest durch Zamora in die Länder, wo man als Räuber seinem Gewerbe nachgehen kann, ohne sonderlich gestört zu werden.«

»Vielleicht«, meinte Conan und gab ihr den zweiten Becher mit dem Wein. Dann ging er zu den Hyrkaniern, um mit ihnen zu sprechen.

Am nächsten Morgen ritten sie aus Leng hinaus. Der Cimmerier und die sechs Hyrkanier saßen auf Pferden, die ihnen fremd waren.

Als sie sich der Grenze zu Zamora näherten, ritt der Cimmerier voraus. Die vermeintliche Grenze zu Brythunien erstreckte sich entlang des Kamms des nordwestlichsten Karpash-Gebirges. Doch nur ein vor Jahrhunderten von einem zamorischen König aufgestellter Grenzstein markierte diesen Verlauf. Die Inschrift dieses Steins verkündete den Ruhm und die Heldentaten dieses Königs und seiner Ahnen und erklärte, das gesamte Land südlich davon gehöre zu Zamora. Doch in diesem kargen Hochland machte sich keine Nation die Mühe, Grenzposten aufzustellen oder Patrouillen auszuschicken.

Die wahre Grenze lag viele Meilen südlicher, wo die Bergstraße vom Paß herab in das fruchtbare Land führte. Auf diese Grenze ritt der Cimmerier zu, als die Sonne am fünften Reisetag aufging. Eine halbe Meile hinter ihm ritten Achilea und ihr Gefolge. Dann kamen die Zwillinge auf ihren großen Kamelen. Die Hyrkanier ritten zum Schluß und bildeten die Nachhut. Die Söhne der Steppe waren glücklich und zufrieden, wieder im Sattel zu sitzen. Sie machten sich keine Gedanken über die Gefahren der noch bevorstehenden Reise, sondern genossen es, frei vom unvernünftigen neuen Kagan zu sein.

Kaum hatte Conan die Ausläufer des Gebirges hinter sich gelassen, sah er ein Fort mit niedrigen Mauern aus Lehmziegeln vor sich. Auf dem einzigen stumpfen Turm flatterte lustlos die königliche Fahne Zamoras in einer flauen Brise. Soweit er sehen konnte, hatte man ihn noch nicht entdeckt. Während er über die nächsten Schritte nachdachte, hörte er Achileas Pferde antraben.

»Warum wartest du hier?« fragte Achilea und hielt neben ihm an.

»Ich habe versucht mich daran zu erinnern, ob jemand mich in dieser Gegend aufhängen will«, antwortete er. »Es ist schon eine Weile her, daß ich hier durchgekommen bin.«

Auch Achilea runzelte die Stirn. »Ich habe in dieser Gegend nie einen Überfall begangen. Für gewöhnlich nehme ich den Paß über die Kezankischen Berge weiter südöstlich von hier und habe mehr im zentralen Teil des Landes geplündert. Aber ich nehme an, mein Name und meine Beschreibung könnten auch hier verbreitet sein.«

»Wir können nur hoffen, daß unsere neuen Herren uns irgendwie herausreden«, sagte er. »Bei einem Angriff – der Gegner ist uns zahlenmäßig weit überlegen – müssen wir zurück in die Berge reiten und weiter westlich einen anderen Übergang nach Corinthien versuchen.«

»Der Plan klingt gut«, meinte sie.

Wenige Minuten später kamen die Kamele. Die

Pferde schnaubten und scheuten, weil sie den Geruch dieser Wüstenschiffe nicht mochten. Monandas und Yolanthe saßen in zeltartigen Gebilden zwischen den Höckern. Sie hielten an und musterten die Gegend.

»Die Grenze?« fragte Monandas. »Gut. Wir warten hier auf die anderen. Dann rücken wir gemeinsam vor.« Jetzt hörten sie leise die Töne aus einer Messingtrompete.

»Man hat uns entdeckt«, sagte Conan. Die Hyrkanier ritten herbei und blickten neugierig nach vorn.

»Jetzt reiten wir hinunter«, sagte Yolanthe. »Ihr haltet euch alle hinter uns und überlaßt uns das Reden. Los!« Die Kamele setzten sich schwankend in Bewegung, die Rosse folgten ihnen.

Als sie den letzten Hang hinabritten, verließ eine Schar Reiter das Tor des Forts. Die Morgensonne schien auf die glänzenden Helme, Rüstungen und Speerspitzen. Ein Reiter trug das königliche Banner. Der lange Schaft davon steckte in einer Halterung neben den Steigbügel. An der Spitze ritten zwei Offiziere mit schimmernden Kürassen und bunten Federbüschen auf den vergoldeten Helmen. Als sie die Karawane erreicht hatten, ritten sie nicht mehr hintereinander, sondern bildeten eine Linie, um die Straße zu sperren. Die Offiziere hoben die Hand, um zum Halten aufzufordern. Dieser Befehl galt auch für die kleine Karawane.

»Woher kommt ihr und welche Geschäfte führen euch hierher?« fragte der Anführer, während der zweite Offizier in seine Satteltasche griff und Schreibutensilien und eine Pergamentrolle hervorholte.

»Ich bin Monandas, und das ist meine Schwester Yolanthe. Wir sind Gelehrte aus Zingara und durchqueren euer Land auf unserem Weg in den Süden.«

»Habt ihr irgendwelche Waren anzumelden?« fragte der Offizier barsch.

»Wir sind keine Kaufleute«, erklärte Yolanthe. »Wie ihr sehen könnt, haben wir keine Packtiere, abgesehen von denen, die unsere Ausrüstung tragen.«

»Wir müssen nachschauen, ob einer von euren Wachen auf unserer Liste gesuchter Verbrecher ist«, sagte der Offizier. »Bringt sie ...«

»Warte!« sagte der andere Offizier und musterte den Cimmerier scharf. Dann steckte er die Schriftrolle wieder in die Satteltasche und holte eine kleinere heraus. »Ich glaube nicht, daß wir die Suchliste brauchen. Siehst du den Kerl mit der rabenschwarzen Mähne dort drüben? Ich bin sicher, daß er auf der Liste der Verbrecher steht, die man auf der Stelle töten soll. Und dieses Riesenweib mit den blonden Haaren steht auch drauf, wenn ich mich nicht irre.« Er entrollte die kleinere Rolle und überflog sie.

Conan hatte alle Muskeln angespannt und machte sich für einen Ausbruch bereit. Doch Monandas schaute ihn nur neugierig, ja ein wenig spöttisch, an. Dann wandte er sich wieder den Offizieren zu.

»Ich sehe keine Personen, auf die deine Beschreibung paßt«, erklärte er.

»Vielleicht hat dich die aufgehende Sonne geblendet«, fügte Yolanthe hinzu.

Der Anführer blickte seinen Untergebenen verärgert an. »Was ist los, Manius? Ich sehe keinen Mann mit schwarzer Mähne, auch keine Frau. Nur heruntergekommene Hyrkanier, die sich oft als Wächter für Karawanen verdingen.«

Der Offizier mit der Schriftrolle kniff die Augen zusammen und musterte die kleine Gruppe verwirrt. »Aber ... ich hätte schwören können ...« Dann schüttelte er den Kopf.

»Zuviel Sonne«, erklärte sein Vorgesetzter und reichte Monandas ein Pergament. »Das ist euer Grenzpaß. Wenn ihr Zamora verlaßt, müßt ihr ihn abgeben.

Doch nun fort mit euch.« Er machte kehrt und ritt mit seiner Schar zurück zum Fort.

Die Karawane setzte ihren Weg fort und war bald am Fort vorbei.

»Wie habt ihr das gemacht?« fragte Achilea.

Ein Lächeln umspielte Monandas' Mundwinkel. »Wie wir bereits sagten, sind wir nicht völlig hilflos.«

Conan Nackenhaare waren immer noch gesträubt. »Er hat nicht einmal die Abgaben für die Grenze und die Straßen verlangt.«

»Ja, das hat er nicht«, meinte Yolanthe. »Er war in der Tat vergeßlich. Vielleicht liegt hier etwas in der Luft.« Dann zog sie den Vorhang an ihrer Sänfte zu. Monandas ebenso.

Conan ritt wie üblich an der Spitze. Diesmal blieb Achilea an seiner Seite.

»Was hältst du davon?« fragte sie.

»Es hat mich nicht überrascht«, antwortete er. »Ich habe gesagt, daß ich die Geschwister nicht mag, und nach allem, was vorgefallen ist, mag ich sie jetzt noch weniger. Sie treiben mit Magie Geschäfte, und das gefällt mir überhaupt nicht.«

Achilea zuckte mit den Schultern. »Nicht jeder, der sich eines oder zweier mächtiger Zaubersprüche bedient, ist gleich ein schrecklicher Zauberer. Jedenfalls haben sie uns vorhin eine Menge Ärger erspart.«

»Stimmt. Ohne einen guten Vorsprung wäre es mir unangenehm gewesen, die Schar Soldaten auf den Fersen zu haben. Aber trotzdem mißfällt es mir, wie die beiden sie abgeschüttelt haben. Sie haben weder die Macht der Worte benutzt, noch irgendwelchen Staub oder einen Trank. Es war, als beherrschten sie die Soldaten allein kraft ihrer Gedanken.«

»Ich habe so etwas auch noch nie gesehen«, pflichtete sie ihm bei. »Es war so ähnlich, wie wenn eine Kobra ihr Opfer allein durch den Blick lähmt. Aber trotzdem kümmert es mich nicht. Solange sie ihre Künste nicht an uns erproben, können sie die Zamorer nach Lust und Laune verzaubern.«

Am Abend erreichten sie die erste zamorische Stadt, eine Ansammlung niedriger Häuser und kleiner Tempel, wo beständig Gongs von den schlanken Türmen ertönten. Wohlgeruch stieg in Rauchwölkchen vor den Altären der Götter auf. Auf dem Marktplatz herrschte das übliche rege Treiben der Händler. Das Dorf war nicht viel größer als Leng, aber weitaus ansehnlicher.

Dicht vor der Stadt erhob sich die Ruine eines einst großen Tempels. Augenscheinlich war diese Gegend früher viel reicher und dichter bevölkert gewesen, da viel Geld nötig war, um einen solchen Bau zu errichten und zu erhalten. Der dachlose Tempel bedeckte ungefähr einen Hektar Land. Ringsum schützte ihn eine niedrige Steinmauer. Sein Turm ragte fast dreißig Meter hoch auf, doch er war nur ein Stumpf. Früher war er mit Sicherheit noch höher gewesen. Große eckige Statuen von Wächtergottheiten oder Dämonen standen vor dem ehemaligen beeindruckenden Eingang des Tempels. Die Abenddämmerung senkte sich herab. Störche flogen anmutig zu ihren Nestern auf dem Turm.

»Wir werden hier unser Lager aufschlagen«, erklärte Monandas und zeigte auf eine Wiese innerhalb der Tempelwände, wo Wasser aus dem Mund eines grotesken steinernen Hauptes in einen langen Trog floß.

»Warum nicht in der Stadt?« fragte Conan.

»Wir ziehen es vor, uns von Menschen so weit wie möglich fern zu halten«, antwortete Yolanthe. »Hier gibt es ausreichend Wasser und Weidegrund. Wenn das Lager aufgestellt ist, kannst du ja in die Stadt gehen, wenn du willst.«

Alle stiegen ab, nur zwei Hyrkanier nicht, die Brennholz sammeln sollten. Conan, Achilea und ihr Gefolge tränkten ihre Pferde am Trog und banden sie dann in einiger Entfernung an. Das üppige Gras reichte ihnen fast bis zu den Knien.

»In bezug auf die Weide hat sie recht«, sagte Conan und blickte zur Stadt hinüber. »Ich frage mich nur, warum. Schau hinüber.« Er zeigte auf das Land hinter der Stadt, wo kleine Lagerfeuer auf den Hügeln brannten. »Dort sind Hirten, die Schafe und Rinder bewachen. Warum sind sie nicht hier, wo es Wasser und Gras in Hülle und Fülle gibt? Es sieht aus, als sei das Gras hier seit Jahren nicht geschnitten worden.«

Achilea zuckte mit den Schultern. »Vielleicht war es zu stark abgeweidet, und man will dem Boden Zeit geben, sich zu erholen. Was gehen dich Hirten und Stadtleute an? Die sind doch für Leute wie uns nur Beute.«

»Mit liegt überhaupt nichts an ihnen. Es ist nur ...« Er machte eine Pause, weil er seine schlimmen Ahnungen nicht in Worte fassen konnte. »Auch dies ist etwas, das mir an unserer Reise nicht gefällt.« Plötzlich rauschten Flügel hinter ihnen. Conan fuhr herum und zückte fluchend sein Schwert. Eine gewaltige Schar Fledermäuse erhob sich aus ihren Verstecken unter dem Tempel.

Achilea lachte. »Du bist heute abend so ängstlich, Cimmerier. Das sind nur Fledermäuse, auf der Suche nach ihrem Abendessen. Dabei fällt mir ein, daß auch mir ein Essen guttäte.«

Conan war es peinlich, seine Besorgnis so offen gezeigt zu haben. Schnell steckte er das Schwert zurück in die Scheide und folgte der Amazone. Wie immer bewunderte er ihren anmutigen, verführerischen Gang.

Ein Hyrkanier blieb zurück, um die Tiere zu bewachen. Mondandas und Yolanthe zogen es vor, in ihrem Zelt zu bleiben. Sie kümmerten sich um keinerlei Vergnügungen, die die kleine Stadt vielleicht zu bieten hatte. Alle anderen machten sich auf den Weg.

Sehr schnell fanden sie eine Herberge, in der die Karawanen zu übernachten pflegten, und stärkten sich. Obgleich sie hier weit von den Zentren der Zivilisation entfernt waren, waren Essen und Wein viel besser als das, was sie in den Bergen bekommen hatten – und viel billiger. Die Einheimischen beäugten sie neugierig, machten aber keinen Ärger.

Als sie zurückkehrten, stieg der Mond gerade über der Turmruine empor und tauchte das Moos und die Ranken, die an den Seiten wie ein zerfetzter Vorhang herabhingen, in silbriges Licht. Die Steine des alten Tempels schimmerten sanft. Die Reliefs zogen tiefe Schatten. Das Gras raschelte leise in der sanften Brise. Die Kamele knieten neben dem kleinen Zelt, dahinter standen die Pferde und hatten die Köpfe gesenkt. Es war eine friedliche Szene, doch der Cimmerier war mißtrauisch.

»Irgend etwas stimmt nicht«, sagte er leise zu seinen Gefährten.

»Du siehst immer alles schwarz«, tadelte ihn Achilea.

»Alles ist bestens«, erklärte Kye-Dee. Er schwankte leicht, da er sehr viel mehr als der Cimmerier getrunken hatte. »Was könnten wir mehr wünschen? Bestes Gras, keinen Sturm und keine Soldaten, die uns verfolgen.« Die anderen Hyrkanier lachten und nickten. Sie hatten Weinschläuche mitgenommen und tranken alle paar Schritte einen kräftigen Schluck.

»Ich weiß es nicht«, meinte Conan mürrisch. »Aber ich werde es bald herausfinden.«

Die anderen suchten ihr Nachtlager auf. An einem so schönen Abend brauchten sie sich nur auf dem hohen Gras in eine Decke zu rollen.

Doch der Cimmerier fand keine Ruhe. Er wußte, daß er nicht schlafen durfte, wenn er so üble Ahnungen hatte. Deshalb setzte er sich ans Wachfeuer, bis alle anderen eingeschlafen waren. Dann stand er auf, versicherte sich, daß er die Waffen bei sich trug, und verließ den Lichtkreis des Feuers.

Er vermochte nicht zu sagen, was ihn zur Tempelruine zog. Inmitten der eingefallenen Mauer ragte der Spitzbogen des Eingangs unversehrt auf. Die Holzportale waren allerdings längst verrottet. Der Cimmerier schob die Ranken beiseite, die vom Bogen herabhingen, und ging hindurch.

Dahinter befand sich der Innenhof. Ein Fuchs ergriff schnell die Flucht, und eine Eule schrie in der Dunkelheit. Ansonsten war es gespenstisch still, als der Cimmerier lautlos über den gepflasterten Hof lief. Einst hatten die kleinen Steine des Pflasters prächtige Muster und Bilder gezeichnet. Doch im Lauf der Jahrhunderte hatte die Sonne ihre Farben verblassen lassen. Im Mondlicht besaßen sie nur noch einen Hauch ihrer früheren Schönheit.

Auf der anderen Seite des Hofes ragte der eigentliche Tempelbau mit dem zerstörten Turm auf. Durch den offenen Eingang und durch die schlitzähnlichen Fenster hindurch sah der Cimmerier ein Licht flackern. In den Fenstern waren noch auf wunderbare Weise rote Scheiben. Sie machten die Szene noch unheimlicher. Langsam und vorsichtig näherte sich Conan dem Tempel. Seine Rechte lag am Schwertknauf. Er war auf alles vorbereitet.

Stufen führten zur Tempeltür hinauf. Conans weiche Sohlen berührten kaum die Steine, als er hinaufging. Oben blieb er stehen und lauschte. Er spitzte die Ohren, um auch das leiseste Geräusch zu hören. Es entging ihm nicht, daß sich eine Schlange in zwanzig Schritt Entfernung durchs Unkraut schlängelte. Doch aus dem Tempel drang kein Laut. Er preßte sich in die Schatten neben dem Eingang und schob sich hinein.

Die Mauern des Tempels waren zum Großteil unversehrt. Aber das Dach fehlte, so daß man den Himmel sah. Aus den Rissen im Boden wuchsen Grasbüschel und Unkraut heraus. Ranken überwucherten die Wände. Sogar kleine Bäume wuchsen dort. Am anderen Ende des Tempels stand ein Altar in einer Nische. Auf diesem Altar brannten Kerzen. Zwei Gestalten standen davor.

Mondandas und Yolanthe hatten ihre Umhänge mit den Kapuzen abgelegt und trugen nur noch ein weißes ärmelloses Gewand. Das Gewand des Mannes schien aus schwerer Seide zu sein. Yolanthes war aus einem Stoff, der so durchsichtig war, daß das Kerzenlicht hindurchschien und ihre schlanke Figur enthüllte. Beide vollführten in absolutem Schweigen ein seltsames Ritual. Sie schritten mit präzise abgezählten Schritten vor dem Altar auf und ab, hoben und senkten die Arme dabei wie Priester. Ihre Finger beschrieben mit verblüffender Schnelligkeit Symbole in der Luft.

Der Cimmerier hielt sich im Schatten und schob sich langsam näher an das mysteriöse Paar heran. Er sah, daß sie rhythmisch die Lippen bewegten, als sängen sie eine Litanei. Doch es kamen keine Töne. Ihre Augen waren geweitet, doch schienen sie nichts wahrzunehmen. Aber dann hatte der Cimmerier den Eindruck, als sähen sie etwas ganz anderes als die Tempelruinen, in denen sie sich gerade befanden.

Conan verließ die schützende Wand und huschte in den Schatten eines mannshohen Podests neben der Altarnische. Einst hatte das Podest eine Statue von doppelter Lebensgröße getragen – jetzt waren nur noch Füße und Knöchel geblieben. Der Rest lag als Steinhaufen auf dem Boden. Auf der anderen Seite der Nische stand ebenfalls so ein Podest. Seine Statue war – abgesehen vom fehlenden Kopf – unversehrt. Im schwachen Schein des Mondes sah Conan, daß es ein

Mann oder ein göttergleicher Mann in einem Gewand mit anmutigem Faltenwurf war.

Jetzt wandten die Zwillinge die Gesichter dem Altar zu und hoben die Arme. Die Oberarme waren parallel mit dem Boden, die Unterarme senkrecht und die Handflächen gen Himmel gewandt. Beide bewegten gleichzeitig die Lippen, doch noch immer kam kein Laut. Da sah Conan, daß noch eine Person in der Nische war. Er schüttelte den Kopf und blickte verblüfft auf den Mann. Wie konnte er ihn zuvor nicht bemerkt haben?

Der Mann saß mit untergeschlagenen Beinen auf dem Altar. Er trug ein weißes Gewand. Sein Gesicht war majestätisch, der silberne Bart lag ihm wie ein Fächer über seiner Brust. Er trug ein Tuch auf dem Kopf, das mit Silberfäden bestickt war. Seine Augen waren weiß, wie bei einem Blinden.

Die Zwillinge senkten die Arme, schienen aber weiterhin zu sprechen. Offenbar antwortete ihnen der Alte auf dem Altar, denn seine Lippen bewegten sich. Aber es kam kein Laut daraus hervor. Die drei waren so still, daß der Cimmerier hätte glauben können, taub geworden zu sein, hätte er nicht die Geräusche außerhalb des Tempels gehört.

Die drei führten ihre unheimliche Unterhaltung weiter, doch der Cimmerier hatte nicht die leiseste Ahnung, was sich vor seinen Augen abspielte. War der Alte wirklich ein Mensch? Oder ein Dämon? Oder ein Gott? Conan lief es eiskalt über den Rücken, aber er spürte nicht den Abscheu, den er für gewöhnlich bei schwarzer Magie empfand.

Er war sicher, daß er hier nicht viel mehr erfahren würde. Deshalb schlich er lautlos aus dem Tempel. Der Mond stand hoch am Himmel. In der Ferne sah er die Feuer der Hirten. Er ging zu seinem Lagerfeuer, hob einen Weinschlauch auf, den die Hyrkanier vergessen hatten, und marschierte zum nächsten Feuer der Hirten. Auf dem Weideland hörte er, wie etwas parallel zu ihm schlich. Ein Windhauch trieb ihm den Geruch eines Wolfs in die Nase. Doch darüber machte er sich keine Sorgen. Kein Wolf griff einen Menschen an, solange Schafe und Kälber in der Nähe waren.

Als er in den Feuerschein trat, fuhren die Hirten erschrocken zusammen. Sie sprangen auf und griffen nach den Speeren.

»Wer bist du?« fragte ein Graubart in rauher Lederkleidung. Seine Gefährten waren ein etwas jüngerer Mann und ein Junge, ungefähr dreizehn Jahre alt. Die Speerspitze des Jungen zitterte ein wenig. Die Männer hingegen hielten die Speere mit fester Hand und musterten den Cimmerier mit finsteren Blicken. Conan war in seiner Jugend auch Hirte gewesen und wußte, daß dieser Beruf in einem Land, wo es so viele Wölfe, Bären und Löwen gab, nichts für Feiglinge war.

»Ein Freund«, antwortete der Cimmerier und hielt den Weinschlauch hoch. »Ich lagere mit meinen Gefährten beim alten Tempel.«

»Dann bist du einer dieser Narren«, sagte der jüngere Mann. Als sie sich überzeugt hatten, daß Conan allein war, senkten sie die Waffen.

»Narren? Was meinst du damit?«

Der Alte nahm den Weinschlauch, den Conan ihm hinhielt. »Komm, setz dich zu uns ans Feuer. Er hat euch Narren genannt, weil ihr euer Lager an einem Ort aufgeschlagen habt, der verflucht ist.«

Um das von Steinen eingedämmte Feuer lagen Baumstämme. Die drei Hirten setzten sich auf den einen, der Cimmerier nahm ihnen gegenüber Platz.

»Das habe ich mir schon gedacht, als ich sah, wie hoch das Gras steht und wieviel Wasser es gibt. In einem Weideland wie diesem sieht man das nicht oft.«

»Stimmt«, meinte der Jüngere. »Der Anblick ist verführerisch, nicht wahr? Aber wir sind nicht so dumm, dorthin zu gehen.« Alle drei Hirten tranken aus dem Weinschlauch, dann gab der Junge ihn Conan. Dieser nahm einen Schluck und reichte ihn dem Graubart.

»Wie haltet ihr die Tiere davon ab, ins Gras zu laufen? Ich habe keinen Zaun gesehen.«

»Wir brauchen sie nicht zurückzuhalten«, erklärte der Alte. »Nicht mal mit *Gewalt* könnten wir sie dorthin treiben.«

»Ja, Rinder und Schafe fressen das Gras nur bis auf fünfhundert Schritte vor dem verfluchten Tempel. Aber sie tun keinen Schritt über diese Linie hinaus und fressen auch keinen Grashalm dahinter. Schau es dir bei Tag an, Fremder: Das Gras umgibt den Tempel in einem perfekten Quadrat, als hätte ein Baumeister mit der Schnur eine Linie gezogen.«

»Wie ist das geschehen?« fragte der Cimmerier.

»Man erzählt sich, daß Ardubal der Neunte, der große König, der vor vielen, vielen Jahren über Zamora herrschte, bei seiner Suche nach magischem Wissen die Götter beleidigt hätte«, erklärte der Graubart. »In diesem Tempel führte er schreckliche Rituale durch. Auf dem Höhepunkt seiner Macht opferte Ardubal tausend Männer auf dem Altar. Es waren nemedische Kriegsgefangene. Die Götter waren über seine gotteslästerlichen Taten so ergrimmt, daß sie König und Tempel vernichteten und den gesamten Tempelbezirk mit einem Fluch belegten. Zamora fiel an die Nemedier. Eine Generation lang haben wir unter ihrem Joch leben müssen.«

»Ja, das erzählt man sich«, bekräftigte der jüngere Mann. Der Junge, von dem Conan noch kein Wort gehört hatte, nickte lediglich.

Conans Neugier war mit dieser Geschichte keineswegs gestillt, aber er war sicher, daß er von diesen Männern nicht mehr hören würde. Als der Weinschlauch leer war, marschierte er zurück ins Lager und rollte sich in seine Decke, um zu schlafen. Verflucht oder nicht, dachte er, das hohe Gras ist ein schönes, weiches Bett.

Am nächsten Morgen brachen sie das Lager ab. Conan ging zu den Zwillingen und lenkte ihre Aufmerksamkeit auf das eigenartige Grasquadrat.

»Seltsam, nicht wahr?« meinte Monandas. »Aber die Welt ist voll kleiner Rätsel wie dieses.«

»Gestern abend habe ich eine Geschichte über diesen Ort gehört«, fuhr Conan fort. Dann berichtete er, was die Hirten ihm erzählt hatten. Daß er die beiden im Tempel beobachtet hatte, ehe er die Hirten aufsuchte, ließ er geflissentlich unerwähnt.

Die Geschwister lachten. »Das Landvolk hat immer eine Geschichte parat, um rätselhafte Dinge in der Umgebung zu erklären. Für gewöhnlich spielt immer eine berühmte Gestalt aus der Vergangenheit eine Rolle darin. In dieser Gegend ist das stets Ardubal der Neunte. Er war ein großer König, verlor letztendlich aber Zamora an die Nemedier.«

»Hat er tatsächlich bösen Zauber ausgeübt?« fragte Conan.

»Wer weiß?« sagte Monandas achselzuckend. »Auf alle Fälle hatte er nichts mit diesem Tempel zu tun. Für Bauern ist alles, was vor ihren Großeltern geschehen ist, bereits tiefste Antike. In ihren Geschichten werden Menschen und Ereignisse, die durch Jahrhunderte getrennt sind, oft geschildert, als hätte sich alles zur selben Zeit ereignet. Doch jedem, der sich ein wenig in der Welt umgeschaut und viele Ruinen gesehen hat, ist auf den ersten Blick klar, daß dieser Tempel seit über tausend Jahren verlassen dasteht.« Er umschrieb mit dem Arm die Ruinen.

Conan betrachtete im Licht dieser Erklärung alles genau. »Stimmt«, gab er zu. »Alles war sehr solide gebaut. Es waren mehr als dreihundert Jahre nötig, daß so viele Steine herabfielen und Bäume auf den Mauern wuchsen.« Er überlegte. »Was ist eurer Meinung hier geschehen?«

»Warum bist du so neugierig?« fragte Yolanthe.

»Weil kein Tier der Gegend dieses Gras fressen will«, antwortete Conan. »Aber unsere haben es fröhlich gefressen und das Wasser getrunken. Wie ist das möglich?«

Monandas runzelte die Stirn. »Es scheint den Tieren nicht geschadet zu haben. Cimmerier, wir haben dich als Wächter in unsere Dienste genommen, weil du die Länder im Süden kennst. Mit derartigen Kleinigkeiten mußt du dich nicht befassen. Und jetzt halte ich es für wünschenswert, wenn du dich um dein Pferd kümmerst. Wir brechen in einer Stunde auf.«

»Wie ihr wünscht«, sagte Conan. Er hatte wissen wollen, was die Geschwister planten, aber jetzt war ihm klar, daß er im Augenblick nichts erfahren würde. Als er fortging, schauten die Zwillinge ihm nach. Ihre Mienen verrieten nicht, was sie dachten.

VIER

Die Route nach Süden führte sie in wärmere Gegenden. Das Land war weitgehend bebaut, doch gab es auch noch viel Wald mit Wild in Hülle und Fülle. Der Cimmerier, die Hyrkanier und Achileas Gruppe waren hervorragende Jäger. Deshalb brauchten sie nur selten Proviant zu kaufen und konnten größere Städte umreiten, wo man ihnen vielleicht lästige Fragen gestellt hätte. Die kleine Karawane hatte bereits die halbe Strecke zwischen Shadizar und Arenjun zurückgelegt und würde in wenigen Tage die Grenze nach Koth erreichen.

Seit dem Vorfall im zerfallenen Tempel hatte es keinerlei übernatürliche Zurschaustellung mehr gegeben, aber der Cimmerier behielt seine Dienstherren dennoch scharf im Auge. Seine Gefährten schienen derartige Bedenken nicht zu hegen, sondern waren glücklich über den Klimawechsel, die regelmäßigen, üppigen Mahlzeiten und das Fehlen von Verfolgern.

Hätte der Cimmerier nicht diese instinktive Abscheu vor jeglicher Art von Magie gehabt, hätte er sich ebenfalls glücklich geschätzt. Doch hatte ihn das Unerklärliche, das er nachts im Tempel gesehen hatte, mißtrauisch gemacht. Er machte sich auch wegen der Mission der überheblichen Zwillinge große Sorgen. Ihre Schatzsuche erschien ihm töricht und aussichtslos.

Noch etwas verbitterte den Cimmerier. Alle Versuche, Achilea näherzukommen, waren stets schroff abgewiesen worden. Im Gegensatz zu den meisten Frauen schien sie von seinen körperlichen Vorzügen überhaupt nicht beeindruckt zu sein. Wenn sie seine kriegerischen Fähigkeiten bewunderte, so verbarg sie das bewundernswert gut. Schlimm war auch, daß ihre drei Gefährtinnen und der Zwerg sich nie weit von ihr entfernten. Jedesmal, wenn Conan sich ihr näherte, kamen sie sofort, mit der Hand an der Waffe, zu ihr. Beim ersten Zeichen einer Bedrohung hätten sie den Cimmerier sofort getötet. Conan hegte den Verdacht, daß die drei wilden Weiber auch die leiseste Liebesgeste für ein todeswürdiges Verbrechen hielten.

Sie erreichten die Grenze zwischen Zamora und Koth, am östlichsten Zipfel dieses Landes. Auf diesem halbtrockenen Grasland weideten riesige Herden von Rindern mit zottigem Fell und mächtigen Hörnern. Die berittenen Hirten waren kaum weniger abstoßend als ihre vierfüßigen Pfleglinge. Die Grenzposten machten der Karawane keine Schwierigkeiten, da sie jetzt in einem Land waren, wo sich weder Könige noch Stammesfürsten um kriegerische Männer kümmerten, die Reisende oder Menschen, die sich hier niedergelassen hatten, überfielen und ausraubten.

»Ab jetzt müssen wir die Bogen gespannt und die Pfeile griffbereit halten«, erklärte Conan, als sie in Koth einritten. »Und nachts verdoppeln wir die Wachen. In dieser Gegend treiben sich Räuber und Banditen aller Art herum, aber sie werden sich von einer Karawane fernhalten, die wachsam und gut bewaffnet ist, besonders da man gleich sieht, daß wir keine Schätze bei uns haben.«

»Wer hat dich zu unserem Führer gemacht, Cimmerier?« fragte der Zwerg Jeyba mit finsterer Miene.

»Ja, genau!« riefen die drei Gefährtinnen Achileas, die stets eifersüchtig darüber wachten, daß die Autorität ihrer Königin nicht angetastet wurde.

»Hi, hi!« lachte Kye-Dee schrill. »Eine Meuterei der Weiber und Zwerge! Ich glaub, ich träume!« Die Frauen und der Zwerg griffen nach den Waffen.

»Aufhören!« befahl Achilea. Ihr Gefolge hielt sofort inne. »Dieser Strolch nimmt sich zuviel heraus, aber sein Rat ist gut. Wenn die Reise ab jetzt gefährlich wird, dürfen wir nicht streiten.«

»Na schön!« rief Conan wütend. »Bei Crom, wer führt jetzt das Kommando? Wenn uns um Mitternacht Räuber überfallen, bleibt keine Zeit, sich darum zu streiten, wer das Sagen hat.«

Die Zwillinge saßen in ihren Sänften auf den Kamelen und schienen den Streit nicht zu bemerken. Doch bei den letzten Worten des Cimmeriers steckten sie die Köpfe durch die Vorhänge – wie immer gleichzeitig.

»Wir werden alle notwendigen Befehle erteilen«, sagte Monandas. »Vergeßt nicht, wir sind eure Dienstherren.«

»Ja, aber ihr seid keine Krieger«, gab Conan zu bedenken. »Einer von uns sollte das Kommando über eure Wachen haben.«

»Dann wählen wir Achilea«, erklärte Yolanthe. »Schließlich ist sie aus königlichem Geblüt.« Wenn sie das ironisch meinte, zeigte sie es nicht.

»Nun gut«, sagte der Cimmerier, immer noch vor Wut kochend. »Wenn ihr einen Krieger aufgrund der Herkunft und nicht aufgrund seiner Erfahrung wählt, könnt ihr das haben.«

Genau in diesem Moment griffen die Räuber an. Reiter galoppierten hinter einer Kuppe hervor. Sie schwenkten ihre Waffen und stießen schrille Kriegsrufe aus.

»Ich warte auf deine Befehle, Kommandantin«, sagte Conan zu der verblüfften Achilea.

Sie schüttelte die Überraschung ab, erhob sich in den Steigbügeln, um das Gelände zu mustern. Die Feinde kamen schnell von links. Achilea deutete nach rechts auf einen Hügel neben einer tiefen Wasserrinne.

»Wir reiten dort hinauf! Dann sind wir über ihnen.

Kamele in die Mitte, wir anderen bilden einen Kreis um sie. Die Rinne bleibt in unserem Rücken.«

»Das ist ein Fehler«, erklärte Conan. »Aber, nur zu! Ich halte sie auf!«

»Nein! Bleib bei uns!« rief Achilea, doch der Cimmerier preschte bereits den Angreifern entgegen. Fluchend ergriff sie die Zügel des einen Kamels und gab dem Zwerg ein Zeichen, das andere zu nehmen. Sie ritten zum Hügel, während die Hyrkanier sie gegen die Feinde abschirmten. Die Söldner ritten in wildem Zickzack, wie Hyrkanier stets kämpften, und spannten die Bogen.

Die Entfernung zwischen dem Cimmerier und den Räubern verringerte sich rasch. Jetzt vermochte er die Angreifer genauer zu betrachten. Es waren zwanzig. Die meisten waren wohl kothische Steppenreiter. Aber auch sie unterschieden sich aufgrund des Kopfputzes und der Kleidung. Sie kamen aus verschiedenen Stämmen. Er sah Khorajer und Khauranier, aber auch einen Mann, der die Rüstung eines zamorischen Kavalleristen trug. Gesetzlose, Ausgestoßene und Deserteure, kein Kriegerstamm.

Der vorderste Reiter senkte die Lanzenspitze auf Conan und trieb sein Pferd zu größerer Geschwindigkeit an. Den Schaft hatte er unter den rechten Arm gepreßt. Er lehnte sich nach rechts und hielt den Schild aus zerbeultem Stahl als Schutz gegen einen Hieb des Gegners hoch. Sein Gesicht verzerrte sich vor Freude über die leichte Beute, als er sah, daß Conan keine Lanze trug.

Der Cimmerier trieb sein Roß nicht an, da es kein ausgebildetes Schlachtpferd war. Statt dessen zückte er das Schwert und hielt die Augen auf die näher kommende Lanzenspitze gerichtet. Als diese nur noch wenige Fuß entfernt war, duckte er sich. Als der scharfe Stahl über ihn dahinschoß, richtete er sich auf, wodurch der hölzerne Schaft nach oben gedrückt wurde und sich unter dem Schild eine Lücke ergab. Conan hielt das Schwert mit beiden Händen und zog dem Gegner die Klinge quer über die Brust. Die scharfe Schneide durchtrennte den leichten Harnisch, die Rippen darunter, bis sie die Organe traf. Eine Blutfontäne schoß aus der Wunde, als Conan sein Schwert herausriß. Doch schon ritt er weiter und hielt nach dem nächsten Opfer Ausschau.

Zwei Reiter fielen aus dem Sattel, getroffen von den Pfeilen der Hyrkanier. Der Rest war offensichtlich verblüfft. Die Beute war nicht so leicht zu töten, wie sie erwartet hatten. Zwei Reiter vor Conan schlugen einen Bogen. Sofort heftete sich der Cimmerier an den einen. Als er auf Armeslänge heran war, schaute der Mann über die Schulter. Es war sein letzter Blick, denn schon sauste Conans Klinge herab und spaltete ihm die Wirbelsäule wie einen Ast in der Mitte. Der Unglückliche stürzte vom Pferd. Der Cimmerier blickte zu den anderen. Sie hielten sich von diesem schrecklichen Reiter mit der blauschwarzen Mähne fern und ritten statt dessen zum Hügel.

Dort sah Conan das, was er erwartet hatte. Achilea, die Zwillinge und die übrigen hatten soeben den Kamm des Hügels erreicht – aber sie mußten feststellen, daß sie dort keineswegs allein waren.

»Blödes, anmaßendes Weib!« stieß Conan hervor. Dann preschte er in gestrecktem Galopp zum Hügel.

Die Karawane war von einer anderen Gruppe Gesetzloser überrascht worden, die in der Wasserrinne, die sich um den Hügel zog, auf der Lauer gelegen hatte. Sechzehn Mann, auf kleinen schnellen Pferden, galoppierten von der Rinne zum Hügel hinauf. Mit angelegten Lanzen hielten sie geradewegs auf die beiden Kamele zu.

Achilea und ihre Anhänger hielten sich dicht bei den

Kamelen. Die drei kriegerischen Frauen warteten kampfbereit, während Achilea bereits mit jedem blitzschnellen Schwerthieb den Angreifern tiefe Wunden schlug. Jeyba war auch nicht faul. Seine Keule hob und senkte sich und zerschmetterte Schädel und Knochen. Die Hyrkanier mochten den Nahkampf nicht. Deshalb hielten sie sich in einiger Entfernung von den Lanzen, schickten jedoch bei jeder günstigen Gelegenheit ihre todbringenden Pfeile auf die Feinde.

Dann stürmte Conan den Abhang herauf. Seine Klinge wirbelte wie stählerne Windmühlenflügel. Ein Bandit ritt geschickt an Achilea vorbei, geradewegs auf die Kamele zu. Gerade als er mit der Hand nach dem Vorhang an Yolanthes Sänfte griff, zischte Conans Klinge durch die Luft und trennte die Hand am Gelenk ab. Der Mann drehte sich mit offenem Mund um. So sah er noch das Schwert, das wieder herabsauste. Diesmal spaltete es ihm den Schädel.

Die Räuber hatten genug. Vor Enttäuschung laut heulend machten die Überlebenden kehrt und flohen. Die Hyrkanier blieben ihnen dicht auf den Fersen und schossen ihnen begeistert Pfeile in die Rücken.

»Halt, kommt zurück!« rief Achilea. Die Hyrkanier hörten sie entweder nicht oder schenkten ihrem Befehl keine Beachtung.

»Haben wir Verluste?« fragte Conan und wischte seine Klinge ab.

Achilea blickte auf ihre Frauen und den Zwerg, die ebenfalls ihre blutige Waffen reinigten. »Ich habe niemanden verloren. Du scheinst auch noch in einem Stück zu sein. Für die Hyrkanier kann ich erst sprechen, wenn sie zurückkommen, diese verfluchten Meuterer.«

»Die Hyrkanier haben ein Sprichwort«, sagte Conan lächelnd. »›Es gibt keinen schöneren Anblick unter dem Immerwährenden Himmel als den Rücken eines Feindes in Pfeilschußweite.‹«

Yolanthe schob den Vorhang beiseite, wobei sie der abgehackten Hand des Banditen keinerlei Beachtung schenkte, die sich direkt neben ihrem Gesicht im Stoff verkrampft hatte. »Ist alles in Ordnung?« Ihre Miene war völlig heiter, ihre Stimme so ruhig wie immer.

»Wir haben euch gesagt, daß wir euch schützen würden«, antwortete Achilea. Sie war immer noch wütend.

»Doch hast du vor dem Überfall sehr rechthaberisch gesprochen«, fügte Monandas hinzu. Auch er hatte den Kopf aus der Sänfte gesteckt. »Conan, hast du Achilea nicht gesagt, daß es ein Fehler wäre, auf diesen Hügel zu reiten?«

»In der Tat«, erklärte der Cimmerier.

»Und warum hast du das gesagt?« fragte Yolanthe mit honigsüßer Stimme.

»Wir sind zwölf bewaffnete Wachen«, erklärte Conan. »Jeder konnte sehen, daß uns nur zwanzig Angreifer entgegenritten. Abschaum wie dieser greifen niemals an, wenn sie nicht drei zu eins überlegen sind. Wagen sie ohne diese zahlenmäßige Überlegenheit einen Angriff, dazu noch auf offenem Gelände, mit einem Hügel oder einem Fluchtweg in der Nähe, weiß man, daß sie den Gegner in einen Hinterhalt treiben wollen.«

Achileas Gesicht war flammendrot. »Ach, welch großartiger Kommandant du bist! Ich habe auch schon einige Überfälle durchgeführt, Cimmerier!«

»Ja, doch du bist es gewohnt, selbst zu überfallen, und weniger, dich zu verteidigen. Ich habe als Hauptmann in etlichen Armeen Männer geführt und fast vierzig Karawanen als Wächter begleitet. Ich war auch Räuber und Pirat. Daher kenne ich die Gepflogenheiten dieser Aasfresser.«

»Dann sag uns doch, Conan, warum dieser Abschaum uns überhaupt angegriffen hat«, sagte Jeyba.

»Du hast doch selbst behauptet, sie würden eine wachsame und gut bewaffnete Karawane, die offensichtlich keine Reichtümer mitführte, in Ruhe lassen. Sie mußten wissen, daß sie viel zu verlieren, doch nur wenig zu gewinnen hatten. Trotzdem haben sie angegriffen. Wieso?«

»Ja, stimmt!« sagte Achilea. Sie war sehr erleichtert, daß es nicht mehr um ihren taktischen Fehler ging. »Sie sind geradewegs auf die Kamele zugeritten. Aber die Tiere trugen kein Banner, auf dem stand, daß sie Schätze trugen.«

Diese Frage peinigte auch den Cimmerier. Aber er war zu wütend auf Achilea, um ihr beizustimmen.

»Liegt das nicht auf der Hand?« fragte Monandas.

»Nein, überhaupt nicht«, antwortete Achilea. Ihre Augen funkelten unter den gesenkten Brauen.

»Sind das nicht herrliche Tiere?« fragte Yolanthe und streichelte den weißen Hals ihres Reittiers. »Und ist dieser Stoff nicht kostbar?« Wie nebenbei löste sie die abgetrennte Hand vom Vorhang und warf sie auf den Boden. Dann streichelte sie die schwere Seide.

»Wer hat schon solche Tiere und solche Sänften, wenn nicht reiche Menschen? Zweifellos haben sie uns für hochgestellte Persönlichkeiten gehalten – für die Familie eines Stammesführers oder Mitglieder eines Priesterordens. Pflegen diese Banditen nicht oft solche Menschen gefangenzunehmen, um Lösegeld zu erpressen?«

Conan nickte. »Ja, das tun sie.«

»Da haben wir die Erklärung«, sagte Yolanthe. »Laßt uns weiterreiten.« Sie blickte Achilea an. »Ich bin immer noch dafür, daß du unsere Wachen befehligst. Zweifellos wirst du von nun an wachsamer sein.« Die Geschwister zogen sich in ihre Sänften zurück und schlossen die Vorhänge.

Achilea saß mit scharlachrotem Gesicht auf ihrem

Roß und bebte vor Wut. Conan sah, daß ihr Kriegerstolz zutiefst verletzt war. Yolanthes milde Worte hatten sie wie Peitschenhiebe getroffen.

In diesem Moment kehrten die Hyrkanier mit lautem Triumphgeschrei zurück und schwenkten die bluttriefenden Skalpe der toten Banditen.

»Jippie!« schrie Kye-Dee und zügelte sein Pferd. »Das war weitaus mehr Spaß, als Hasen zu jagen.«

»Warum seid ihr nicht zurückgekommen, als ich es befahl?« schrie Achilea ihn an. »Es hätte leicht sein können, daß beide Angriffe nur zum Schein erfolgten, um uns von denen wegzulocken, denen wir Schutz gelobt haben.«

Conan verschluckte ein Grinsen, als er diesen Versuch hörte, das Gesicht zu wahren. Kye-Dee ließ sich jedoch nicht einschüchtern.

»Hast du uns zurückgerufen? Wir haben dich nicht gehört. Als wir die Rücken der Feinde sahen, war uns nichts anderes mehr wichtig. Es war ein Geschenk des Immerwährenden Himmels, und es wäre ein schrecklicher Fehler, Geschenke der Götter zu verschmähen. Wir Hyrkanier haben ein Sprichwort: ›Es gibt keinen schöneren Anblick unter dem Immerwährenden Himmel als ...‹«

»Das kenne ich!« unterbrach Achilea ihn barsch. Sie riß ihr Pferd herum und ritt davon. Ihre Frauen und der Zwerg folgten ihr.

»Hi, hi!« lachte Kye-Dee. »Jemand hat der stolzen Kriegerin eine Distel unter den Hintern geschoben.«

»Halte dich am besten eine Zeitlang von ihr fern«, sagte Conan. »Früher oder später werden wir in den nächsten Kampf geraten. Dann hat sie Gelegenheit, ihren Fehler wiedergutzumachen. Sobald sie ein paar Schurken getötet hat, bekommt sie wieder bessere Laune.«

Sie ließen die toten Banditen liegen und ritten weiter

nach Süden. Sofort sammelten sich Wölfe und Bussarde, um ein Festmahl zu halten.

Es gab nicht viele Städte in der Gegend, durch die sie jetzt ritten. Die wenigen Dörfer waren kaum mehr als Flecken für Viehmärkte, wo man die Tiere kaufte oder in Form von Fleisch, Fellen und Talg auf Wagen fortschaffte. Der Gestank an diesen Plätzen war ein ausreichender Grund, sie zu meiden. Conan und die übrigen Wachen waren keineswegs empfindlich, doch die Zwillinge fanden den Gestank und die Fliegenschwärme unerträglich.

Andererseits kamen sie schneller vorwärts, weil sie nicht zu jagen brauchten. Da viele Rinder wegen der Felle geschlachtet wurden, kostete ein ganzer Stier nur einen oder zwei Kupferlinge. Jeden Abend füllten sie sich die Bäuche mit frischem Rindfleisch.

»Es ist sinnvoll, uns jetzt sattzuessen, wenn wir noch die Gelegenheit haben«, meinte Conan eines Abends, als sie am Feuer saßen und das schmackhafte Fleisch mit den Zähnen zerrissen. Die abgenagten Knochen warfen sie in die Flammen. »In der Wüste, südlich von hier, gibt es solche Mahlzeiten nicht mehr.«

»Ihr Cimmerier seid tatsächlich schreckliche Schwarzseher«, sagte Achilea. Sie hegte immer noch Groll gegen ihn. »Warum sich Sorgen machen, was der Morgen bringt? Vielleicht überleben wir die Nacht nicht.«

»Stimmt«, pflichtete Kye-Dee ihr bei. »Das Leben ist riskant und unbeständig.«

»Auch ich war früher so sorglos wie ihr«, erklärte Conan. »Aber als ich Hauptmann wurde und Männer führte, mußte ich mir Gedanken über die Folgen machen und sorgfältige Vorbereitungen treffen. Trotz der Banditen lebt sich's in diesem Land hier fett und sorgenfrei. In der Wüste ist das anders. Wenn wir uns der Grenze nähern – vielleicht aber auch in Khauran –, werde ich Erkundigungen über die Bedingungen im Süden einholen.«

»Was meinst du damit?« fragte Achilea mißtrauisch. Ihr mißfiel es, daß der Cimmerier wieder das Kommando übernahm.

»Die Wüste scheint sich nicht zu verändern, doch das stimmt nicht«, fuhr Conan fort. »Wasserlöcher trocknen über Nacht aus, ohne daß man einen Grund dafür sieht. Neue Stämme ziehen in Gegenden, die seit Jahrhunderten unbewohnt waren. In der Wüste kann es schwierig sein, einfach zu überleben. Jede Überraschung kann den Tod bedeuten. Möglich, das wir gezwungen werden, Schritte zu unternehmen, die uns widerstreben.«

»Was zum Beispiel?« fragte Kye-Dee und biß in eine dampfende Keule.

»Falls es in den letzten Jahren außergewöhnlich trocken war, müssen wir vielleicht die Pferde verkaufen und Kamele reiten.«

»Niemals!« schrie Achilea empört und sprang auf. Sofort folgten ihre Anhänger ihrem Beispiel und griffen zu den Waffen. »Niemals werde ich ein stinkendes, schwankendes, häßliches Kamel reiten!« Sie schüttelte sich bei diesem Gedanken und warf angeekelt ihre halbabgenagte Rippe in die Dunkelheit. Sofort begannen sich die Aasfresser darum zu streiten.

»Aber Conan, so verzweifelt werden wir doch nicht sein!« sagte Kye-Dee nicht verärgert, aber eindeutig entsetzt. »Kamele sind für Krämer und Dorfbewohner, aber keine Reittiere für Ehrenmänner, die frei unter dem Immerwährenden Himmel reiten!«

»Vielleicht haben wir keine Wahl«, meinte Conan. »Pferde können nicht in Gegenden überleben, wo Wasserstellen sehr weit auseinander liegen, und wir können unmöglich so viel Wasser mitführen, um uns und unsere Pferde zu versorgen. Wir haben Glück, wenn wir nicht Durst leiden müssen. Ein Kamel kann tagelang laufen, ohne zu trinken. Es kann von so wenig Futter leben, daß jedes Pferd verhungern würde. Wenn wir tiefen Sand durchqueren, sinken die Pferdehufe so tief ein, daß das Tier verendet. Kamele haben dicke Polster unter den Füßen und können ihr Gewicht verteilen.«

Er machte eine kurze Pause, ehe er fortfuhr. »Die Stämme der Wüste sind wegen ihrer Reittiere nicht sehr heikel. Sie reiten Kamele und kämpfen auch darauf.«

Achilea schnaubte verächtlich und setzte sich wieder. »Wer kann von einem so schwankenden Tier aus gut kämpfen?«

»Du kennst nur die Kamele mit zwei Höckern, die es im Hochland und in den Bergen deiner Heimat gibt«, erklärte Conan. »Die einhöckerigen Tiere der Wüsten im Süden sind kleiner und viel schneller, allerdings nicht hübscher – das muß ich zugeben. Ein Mann auf einem Kamel sitzt drei Fuß höher als ein Reiter auf einem Pferd. Das kann bei einem Schwertkampf durchaus ein Vorteil sein.«

»Kamele!« rief Achilea aus und schüttelte sich angewidert. »Ich hoffe, daß ich nie so tief sinken werde.«

Conan war froh, daß sie ihm wenigstens nicht mehr widersprach. »Wenn du vor der Wahl stehst, zu Fuß zu gehen oder ein Kamel zu reiten, nimmst auch du ein Kamel«, sagte er.

Kye-Dee schnitt Fleischfetzen mit seinem Krummdolch ab. »Unsere Dienstherren ...« Er nickte zu den Zelten hinüber. »Ich habe ihnen Fleisch gebracht, aber sie haben wie immer abgelehnt und erklärt, sie äßen ihren eigenen Proviant. Jetzt frage ich euch: Welche Menschen weisen gutes Fleisch zugunsten von Trockenfutter zurück?«

»Die Welt ist voller Sekten«, meinte Conan und

zuckte mit den Schultern. »Viele verlangen von ihren Anhängern, nur ganz bestimmte Speisen zu essen, und verdammen alles andere als gesetzwidrig. Manche essen kein Fleisch, andere nichts anderes. Ich habe heilige Männer getroffen, die sich von Insekten und Honig ernähren. Manche essen Tiere nur, wenn diese auf ganz bestimmte Art geschlachtet wurden. Ich halte das alles für schrecklichen Unsinn, aber ich habe anderen nie vorgeschrieben, welche Götter sie verehren oder welche Gesetze sie befolgen sollen.«

»Das ist die einzig wahre Einstellung«, sagte Kye-Dee. »Jemand, den man nicht töten kann, sollte man in Ruhe lassen.«

Der Cimmerier übernahm die erste Wache. Die anderen rollten sich in ihre Decken. Er saß am Feuer und starrte hinein. In den flackernden Flammen sah er die Schemen tanzender Dämonen. Immer noch machte er sich Sorgen – trotz seiner beschwichtigenden Worte. Seine Dienstherren, die Zwillinge, gaben ihm viele Rätsel auf. Eines davon war, daß er sie nie essen oder trinken gesehen hatte.

Doch noch mehr Kopfzerbrechen bereitete ihm der Überfall. Die Erklärung der Zwillinge, man hätte sie entführen wollen, um Lösegeld zu erpressen, klang einleuchtend. Trotzdem war der Cimmerier nicht überzeugt. Die Angreifer hatten viel mehr Kampflust und Entschlossenheit gezeigt, als er von solchen Straßenräubern erwartet hätte. Sie hatten ihren Angriff gut geplant und noch weitergekämpft, nachdem sie schwere Verluste hinnehmen mußten. Für gewöhnlich ergriffen solche Kerle nach zwei Toten die Flucht. Ihre gesamten Handlungen deuteten darauf hin, daß sie sich eine ungewöhnlich reiche Belohnung verdienen wollten.

Die Zwillinge hatten gesagt, sie rechneten mit Angriffen von anderen, die ebenfalls nach der legendären Stadt Janagar suchten. Trotzdem hatten sie gezögert, diesen Überfall ihren Rivalen zuzuschreiben. Warum? Den Cimmerier störte es außerdem, daß quälende Fragen schon im Vorfeld des Auftrages auftauchten.

Eines stand fest: Er würde die geheimnisvollen Zwillinge noch genauer beobachten als bisher.

Endlich erreichten sie eine größere Stadt. Sie hieß Zardas und lag an einem kleinen Fluß an der Kreuzung zweier Straßen, nördlich der Grenze zwischen Koth und Khauran. Hier fand auch ein großer Viehmarkt statt. Aber man hatte klugerweise die Pferche und Schlachthöfe zwei Meilen flußabwärts von der Stadt verlegt. Dadurch war die Luft in der Stadt nicht verpestet. Es herrschte auch nicht mehr Lärm als in anderen größeren Ansiedlungen.

Dicht vor der Stadtmauer gab es Einzäunungen für die Tiere der Reisenden. Hier lagerten mehrere kleine Karawanen. Ein Beamter hatte die Aufsicht über die Lager. Er sprach mit den Zwillingen und wies ihnen Plätze für die Pferde und die zwei Kamele zu. Er steckte die Gebühren für den Pferch, die Weide und das Wasser ein und erklärte ihnen den Weg zur besten Herberge der Stadt.

Mehrere Männer von anderen Karawanen kamen herbei, um die beiden weißen Kamele zu bewundern. Einige hatten noch nie die langhaarigen zweihöckerigen Tiere aus dem Norden gesehen. Und keiner hatte je so wunderschöne Exemplare vor Augen gehabt. Mondandas lehnte etliche großzügige Kaufangebote mit der Begründung ab, ihm und seiner Schwester bräche das Herz, müßten sie sich von den geliebten Tieren trennen. Nachdem alles erledigt und gesichert war, gingen sie durch das Tor in die Stadt.

Hier herrschte buntes Treiben. Die meisten Gebäude waren aus Ziegeln oder Steinen aus der Gegend erbaut und farbenprächtig bemalt. Viele hatten gestreifte Markisen. Buden von einheimischen und fliegenden Händlern säumten die Straßen.

»Meine Schwester und ich gehen zur Herberge«, sagte Monandas. »Wer kommt mit uns?«

Conan blickte zum Stand der Sonne hinauf. »Es ist noch zwei Stunden hell«, sagte er. »Ich glaube, ich sehe mich noch ein bißchen um. Ich war auf all meinen Reisen noch nie hier. Ich stoße dann abends zu euch.« Die anderen Wachen entschieden sich, die Freuden der Stadt zu erproben, ehe auch sie die Herberge aufsuchten. Deshalb gingen die Zwillinge allein.

»Ist das klug?« fragte Kye-Dee, nachdem sie gegangen waren. »Wir sollen doch für ihren Schutz sorgen, und sie können hier ebensogut wie draußen auf offenem Gelände angegriffen werden.«

Achilea zuckte mit den breiten Schultern. »Wir haben versprochen, sie auf dem Marsch zu bewachen. Von Städten war nie die Rede.«

»Stimmt«, meinte Conan. »Und nach dem Vorfall an der Grenze im Norden bin ich nicht so sicher, ob sie überhaupt Schutz brauchen.«

Als sie so ziellos durch die engen Straßen schlenderten, erweckten der Cimmerier und die Hyrkanier wenig Aufmerksamkeit. Hier sah man jeden Tag herumziehende Glücksritter. Anders war es mit Achilea und ihrem Gefolge. Niemand hatte so etwas je gesehen. Die Menschen starrten die bemalten wilden Frauen und ihre schöne große Königin mit dem vierschrötigen Zwerg mit offenen Mäulern an. Unweigerlich drängten ihnen Neugierige Gespräche auf. Der Cimmerier und die Hyrkanier gingen weiter und entfernten sich immer weiter von Achileas Hofstaat.

Schließlich fanden die Hyrkanier eine Bude, wo ein Glücksspiel stattfand, das sie aus ihrer Heimat kannten und das sie leidenschaftlich liebten. Conan ließ sie dort zurück und marschierte allein weiter. Er kam zu einem kleinen Bazar, wo Waffen und Rüstungen feilgeboten wurden. Wie immer erweckten die Werkzeuge seines Gewerbes seine Aufmerksamkeit. Sie betraten jetzt den Teil der Welt, wo leichte Rüstungen, gut geschmiedete Helme und kleine Rundschilde die bevorzugten Waffen waren. In der sengenden Sonne des Südens konnte man die schwereren Rüstungen des Nordens und Westens nicht tragen. Auch die Waffen waren leichter, anmutig geschwungene Schwerter, schlanke Lanzen und bösartige kleine Äxte mit elastischen Griffen aus Rhinozeros-Horn.

Ein blinder Shemite hatte eine seltsame Waffe ausgestellt. Sie war vollständig aus Stahl gearbeitet. Der Griff über dem schlanken Schaft war eine Faust, die einen Dolch hielt. Die Klinge war leicht geschwungen und glich einem dicken Dorn. Offensichtlich diente sie dazu, Rüstungen zu durchbohren.

»Eine bemerkenswerte Waffe, nicht wahr?« sagte ein Mann, der nach Art der Turanier gekleidet war. Die Jacke aus grauer Seide war mit Goldfäden bestickt. Er hatte die Hose aus schwarzer Seide in die Stiefel aus weichem roten Leder gesteckt.

»Zu zweckgebunden«, antwortete Conan. »Ich kann damit eine Rüstung durchbohren, aber wenn sie durch einen Helm oder einen Plattenpanzer dringt, dürfte sich die Spitze verbiegen.«

Der Mann strich sich durch das Bärtchen am Kinn. »Wenige Männer besitzen die Kraft, eine solche Waffe durch einen Plattenpanzer zu treiben.«

»Ich schon«, meinte Conan und warf die Waffe zurück auf den Tisch. »Mir ist eine Waffe lieber, die ich vielseitig verwenden kann.«

»So wie deine aus dem Norden?« Er blickte auf das Schwert, das an der Seite des Cimmeriers hing.

»Ja. Dieses Schwert ist schwer genug, um Rüstungen zu spalten, und so scharf, daß es Fleisch in dünne

Scheiben schneidet. Es liegt so ausgezeichnet in der Hand, daß es auch als Wurfwaffe hervorragend geeignet ist. Und mit dem Knauf kann ich Schädel spalten.«

Der Mann lächelte. Dabei sah Conan die bösartigen spitzen Zähne. »Du klingst wie ein Kenner von Waffen. Ich habe dich hier noch nicht gesehen. Bist du erst vor kurzem gekommen?«

»Vor einer Stunde bin ich eingeritten«, antwortete Conan.

»Allein?«

»Warum fragst du?« Sofort war der Cimmerier mißtrauisch. Der Frager trug Schwert und Dolch, doch in diesem Teil der Welt war jeder erwachsene Mann bewaffnet. Er sah wie ein Mann aus, der zu kämpfen verstand. Conan hatte keine Angst, aber die Neugier des Fremden störte ihn.

»Ich führe eine kleine Handelskarawane und suche nach fähigen Wächtern.« Er berührte die Brust und neigte leicht den Kopf. »Ich bin Vladig aus Akit in Turan.«

»Ich bin Conan der Cimmerier, und wie es der Zufall will, bin ich bereits Wächter einer Karawane, die nach Süden in die Wüste will.«

»Ah, das ist schade. Du scheinst ein hervorragender Mann zu sein. In die Wüste im Süden, hast du gesagt? Darf ich fragen, in welchen Distrikt?«

»Nördlich der großen Biegung des Styx, zwischen Zamboula und Kutchernes, südlich von Khauran.«

»Die Tote-Mann-Route! Das ist eine grauenvolle Gegend, mein Freund. Ich rate dir, einen anderen Weg zu wählen, ganz gleich, wo dein Ziel liegt.«

Conan wollte gerade sagen, daß er nicht von der Route, sondern bereits vom Ziel gesprochen hatte. Doch dann wollte er dem Fremden nicht zu viel erzählen. Statt dessen zuckte er mit den Schultern.

»Die Entscheidung liegt nicht bei mir. Ich wurde nur als Wächter angeheuert, nicht mehr.«

»Ja, manchmal ist es schwierig, mit den Eigenwilligkeiten der Dienstherren zu leben«, sagte der Fremde mitfühlend. Er zeigte auf eine offene Tür in der Nähe. »Trinkst du einen Becher Wein mit mir? Ich bin vor kurzem am Rand des Gebiets gewesen und könnte dir einige Gefahren aufzeigen, die du meiden solltest.«

Der Vorschlag gefiel dem Cimmerier. Er war immer bereit, den Wein zu trinken, den ein anderer bezahlte – vorausgesetzt es handelte sich um keinen Feind. Und er war begierig, mehr über die Verhältnisse im Süden zu erfahren.

Einige Minuten später saßen die beiden Männer in einer kleinen Taverne an einem Tisch unter einem Fenster, durch das die späte Nachmittagssonne in bunten Streifen durch die Markise draußen fiel. Der Fremde bestellte, und die Schankmaid brachte eine Karaffe mit Wein und zwei Becher. Karaffe und Becher waren aus gebrannter blauer Keramik, eine Besonderheit dieser Gegend.

Die Männer tranken auf gegenseitige Gesundheit. Der dunkelgoldene Wein war trocken und mit heimischen Gewürzen verfeinert.

»Zieht deine Karawane dorthin, um zu verkaufen oder um zu kaufen oder beides?« fragte Vladig.

»Das ist die Entscheidung der Besitzer«, antwortete Conan. »Wir reisen mit leichtem Gepäck.«

»Aha.« Vladig nickte. »Wenn eine Karawane ohne Handelswaren reist, bedeutet das, daß sie auf Sklavenjagd ist. Ein paar hundert Fuß Kette und Fesseln lassen sich leicht in Satteltaschen verstauen. Ja, die Toter-Mann-Route ist der kürzeste Weg zwischen hier und den schwarzen Ländern Punt und Zembabwei. Zurück mußt du aber eine leichtere Route wählen. Kein einziger Gefangener könnte die Tote-Mann-Route zu Fuß überleben.«

»Sind die Wasserlöcher niedrig?« fragte Conan.

»Noch niedriger als sonst, meinst du? Ja, die Oase Amun, einst für alle offen, leidet jetzt so unter Wassermangel, daß die Omri-Stämme sie streng bewachen, weil das Wasser kaum für sie selbst reicht. Sie jagen alle anderen Stämme fort und verlangen von durchziehenden Karawanen hohen Zoll. Von den etwa zwanzig Wasserstellen an der Großen-Wüste-Route, zwischen Turan und Stygien, kannst du dich höchstens noch auf zwölf verlassen.«

»Was ist mit der Strecke von Zamboula bis zur Biegung des Styx?« wollte der Cimmerier wissen.

»Besser, was das Wasser betrifft, aber die räuberischen Stämme sind gieriger als je zuvor. Überall ist es das gleiche: Um vor den Räubern sicher zu sein, muß man in großen Karawanen und mit starker Bewachung reisen. Doch solche Karawanen brauchen ungemein viel Wasser und Proviant. Alles in allem ist die längere Route, welche sich am Rand der Wüste hält, sicherer. Vielleicht dauert das doppelt so lange, und man zahlt den örtlichen Stammesführern Zoll, aber die Aussicht, lebend anzukommen, ist erheblich besser.«

»Vielleicht hast du recht«, sagte Conan, behielt jedoch seine Gedanken für sich. »Ich werde mit meinen Dienstherren darüber sprechen.«

»Das wäre klug«, meinte Vladig.

Sie leerten die Karaffe und sprachen über die Besonderheiten des Lebens in der Wüste. Dann trennten sie sich. Der Cimmerier fragte sich, warum der Mann so hilfsbereit gewesen war. Es war nicht ungewöhnlich, daß Reisende derartige Nachrichten austauschten, aber der Mann hatte bemerkenswert wenig nach Conans Herkunft gefragt, auch nicht nach seinen bisherigen Reisen oder den Ländern, welche er durchquert hatte, um Zardas zu erreichen. Und das kam dem Cimmerier in der Tat seltsam vor.

Vladig ging durch Zardas' enge Gassen. Es wurde bereits dunkel. Schließlich erreichte er eine hohe Mauer. Er holte einen Schlüssel aus dem Beutel am Gürtel und schloß das schwere Tor auf. Er betrat den Innenhof, wo auf Steinplatten Tröge mit duftenden Büschen standen. Hinter dem Hof erhob sich eine prächtige Villa mit weißgekalkten Wänden. Er stieg die Außentreppe zum Dach hinauf. Wie bei den meisten Villen der Vornehmen in diesem Stadtteil lagen die obersten Gemächer inmitten eines Dachgartens. Er schritt durch den Laubengang und klopfte an die Tür.

»Herein.« Die Stimme war tief und wohlklingend. Vladig trat ein. Er verneigte sich tief und berührte mit den Fingerspitzen die Brust.

»Ich habe deinen Wunsch ausgeführt, Meister.«

Der Mann, den er so angesprochen hatte, saß hinter einem Tisch, auf dem sich dicke Folianten und seltsame Instrumente befanden. Direkt vor ihm lagen Kristalle. Einige waren rund, andere länglich, wieder andere so spitz wie Nadeln. Der Mann war sehr groß und hager mit finsteren Zügen, einem grauen Spitzbart und einem darüber hängenden Schnurrbart. Sein Gewand war tief purpurfarben, ebenso der Turban.

»Nun, berichte!« verlangte der Mann im Purpurgewand. Dabei sah man seine kleinen spitzen Zähne. Seine Hände lagen auf dem Tisch. Die Finger waren unnatürlich lang. Von Zeit zu Zeit krümmten sich die Finger, als hätten sie einen eigenen Willen, und beschrieben komplizierte Muster mit den Fingerspitzen.

»Ich habe mit einem ihrer Wächter gesprochen, einem Hünen aus dem Norden mit rabenschwarzer Mähne. Ich hatte mir die Karawane angesehen, ehe ich mit dem Mann sprach. Ein seltsam bunter Haufen.

Hyrkanische Bogenschützen, ein Zwerg, der Nordländer, sogar mehrere bewaffnete Frauen.«

»Frauen?« wiederholte der Mann am Tisch.

»Ja, vier. Drei sind wilde Geschöpfe, halb Tier, halb Mensch. Ein blondes Riesenweib führt sie an, die gefährlicher als so mancher Bandit aussieht, den ich getroffen habe.«

Der Mann in Purpur starrte nachdenklich auf die Kristalle. Gleich darauf begannen diese violett zu schimmern. »Die Zwillinge haben eine besondere Begabung, kuriose Figuren um sich zu scharen.« Seine Finger vollführten noch kompliziertere Muster. Dann setzten sich die Kristalle in Bewegung.

Vladig fiel es schwer, die Hände seines Meisters zu betrachten. In Ruhestellung besaßen die Finger die richtige Zahl an Gelenken, doch wenn sie sich bewegten, glichen sie knochenlosen Tentakeln. Auch hatte er den Eindruck, daß es weit mehr als zehn waren, wenn sie sich schnell bewegten. Sie schlängelten sich so geschwind, daß man sie unmöglich zählen konnte.

»Der Wächter bestätigt deine Annahme, daß sie tief in die Wüste reiten wollen. Er behauptet, nicht zu wissen, was sie dort wollen, doch das nehme ich ihm nicht ab. Angeblich ist er nur ein schlichter Wächter, aber sein Benehmen ist das eines Anführers. Er spielt nur den einfachen Mann. Folglich wagte ich es nicht, ihn noch mehr auszuhorchen. Er war ohnehin ziemlich mißtrauisch.«

»Hast du ihn auf eine falsche Fährte gelockt?«

»Das war nicht nötig. Es genügte die Wahrheit. Wie jeder erfahrene Wüstenreisende erkundigte er sich nach Wasser, Gras und räuberischen Stämmen. Ich habe die Gefahren der Räuber auf der leichteren Route etwas übertrieben. Allerdings ist ihre Karawane so klein, daß sie durchaus gefährdet ist. In Wahrheit haben sie keine große Wahl. Wenn sie zu dem Ort wollen, wie du annimmst, müssen sie den direkte Weg nehmen. Und diese letzte Strecke dürfte ihnen den Tod bringen.«

»Manche Geschöpfe sterben nicht so leicht«, sagte der Mann in Purpur. »Berichte mir alle Einzelheiten deines Gesprächs.«

Während Vladig sprach, starrte sein Meister, der Arsaces hieß, mit düsterer Miene in die Kristalle. Sie bewegten sich im Einklang mit seinen Gesten. Sie sammelten sich und streckten sich dann wie Fangarme. Dabei wurde ihr Lichtschein immer stärker. Schließlich erhoben sie sich und bildeten eine Art menschliche Gestalt. Das violette Licht pulsierte, als schlüge ein Kristallherz.

»Von welcher Art ist dieser Nordländer?« fragte Arsaces, als Vladig geendet hatte.

»Er sagt, er stamme aus Cimmerien. Ich habe allerdings noch nie jemand aus diesem Volk kennengelernt. Ich glaube, das Land liegt nördlich von Aquilonien.«

»So ist es. Die Cimmerier sollen zu den wildesten Völkern dieser Erde gehören. Aber nur selten verläßt einer seine Heimat.«

»Wie die meisten Nordländer ist er eindeutig ein Schwertkämpfer. Er trägt ein Langschwert am Gürtel. Sein Benehmen ist das eines Kriegers, sein Blick scharf wie der eines Adlers.«

»Also ein furchterregender Mann. Aber es laufen viele Krieger auf der Welt umher, die ein Schwert zu handhaben wissen und laut prahlen. Das ist doch albern. Nur wahrlich große Zauberei ist von dauerndem Wert.«

»Wie du meinst, Meister«, pflichtete Vladig bei.

»Nun denn. Was du mir berichtet hast, gefällt mir. Melde mir, wenn sie die Stadt verlassen. Wir werden ihnen folgen.«

»Verzeih mir die Frage, Meister. Warum verlassen

wir die Stadt nicht vor ihnen? Sie müssen die südliche Route nehmen. Wir könnten einen günstigen Platz für einen Hinterhalt suchen und dort auf sie warten. Ihre Verteidigung ist lächerlich. Sie fallen uns wie reife Früchte in den Schoß.«

Arsaces Augen blickten seinen Schergen aus tiefen, dunklen Höhlen an. »Ich habe gesagt, daß wir ihnen folgen werden. Ich entscheide, wenn es Zeit ist für den Angriff. Und du kannst nicht beurteilen, ob ihre Verteidigung lächerlich ist. Ich habe dir doch gerade gesagt, daß Schwerter von Kriegern nicht zählen.«

Vladig schäumte vor Wut. Aber er verneigte sich abermals. »Wie mein Meister befiehlt.« Mit nochmaliger Verbeugung verließ er den Raum.

Als Arsaces allein war, dirigierte er weiterhin seinen kristallenen Homunculus, ließ ihn über den Tisch laufen und dabei die Bewegungen eines Kriegers nachahmen. Dann ließ er ihn wie eine Frau tanzen. Schließlich war der Magier müde. Noch eine rasche Fingerbewegung, und die Kristalle fielen zu einem ungeordneten Haufen zusammen. Ihr violetter Schimmer wurde schwächer und erlosch.

Mit nachdenklicher Miene wühlte der Magier in den Kristallen. Schließlich wischte er sie vom Tisch in eine elfenbeinverzierte hölzerne Schatulle mit einem Bronzedeckel.

Als der Cimmerier die Herberge gefunden hatte, trat er ein und setzte sich zu den Gefährten. Bei einem Mahl aus gut gewürztem Lamm, Brot und heimischen Früchten berichtete er von dem Gespräch mit dem Mann, der sich Vladig nannte.

»Glaubst du, daß man seinem Bericht trauen darf?« fragte Yolanthe. Die Zwillinge saßen bei den anderen, aßen jedoch wie gewöhnlich nichts, und die Becher blieben ebenfalls unberührt.

»Es klingt ganz vernünftig, was er gesagt hat«, antwortete Conan. »Aber ich werde noch mit anderen Karawanenmeistern sprechen, ehe wir aufbrechen. Ich fand es aber eigenartig, daß er so wenig über mich wissen wollte. Für gewöhnlich stellt einem der Mann, der einen zu einem Becher eingeladen hat, eine Menge Fragen. Diesmal war es andersrum.«

»Ja, das gefällt mir auch nicht«, meinte Achilea.

»Also, wenn dieser Kerl böse Absichten hegte, hätte er Conan doch ausgehorcht«, meinte Kye-Dee. »Vielleicht ist er ein heiliger Mann, der ein Gelübde abgelegt hat, Fremden zu helfen.«

»Nein«, widersprach der Cimmerier, »er ist ein Mann, der zu kämpfen versteht. Da bin ich ganz sicher.«

»Wir machen uns unnötige Sorgen«, erklärte Kye-Dee. Er rollte ein Stück Lamm in eine Brotscheibe und tauchte das Ganze in eine Schüssel mit Soße. Dann stopfte er sich alles in den Mund. »Sag mir, wie er aussieht, dann gehe ich los und töte ihn. Danach brauchen wir uns seinetwegen keine Sorgen mehr zu machen.«

»Nein«, widersprach Monandas und lachte leise. »So leicht sind unsere Schwierigkeiten nicht zu beseitigen. Conan, glaubst du, daß der Mann aus eigenem Willen mit dir gesprochen hat?«

»Darüber denke ich schon die ganze Zeit nach. Er schien offen und ehrlich zu sein, aber etwas in seinem Benehmen wies darauf hin, daß er nur der Hund eines anderen war. Da er über die Routen, die vor uns liegen, nur hilfreiche Angaben machte, vermute ich, daß er den Befehl hatte, uns dorthin zu schicken, wo sein Herr uns haben will.«

»Das ist schlau«, sagte Yolanthe. Doch war nicht klar, ob sie die Hinterlist des Mannes oder Conans Beurteilung meinte.

»Dann dürfen wir den Weg nicht nehmen, zu dem er geraten hat«, sagte Achilea.

Conan schüttelte den Kopf. »Wir haben keine große Wahl. Die Wüste bietet nur eine Handvoll möglicher Routen. Doch selbst diese sind gefährlich. Abseits davon sind wir verloren.«

»Wir reiten trotzdem in die Wüste«, erklärte Monandas ruhig. »Nicht in die Steppe und nicht in die Berge, die du so gut kennst. In der Wüste haben wir uns nach den Regeln der Wüste zu richten. Aber das muß nicht unbedingt zu unserem Nachteil sein, denn den anderen ergeht es ebenso.«

»Wer sind diese anderen?« fragte Kye-Dee.

»Es gibt immer Menschen, die sich auf ungeschützte Beute stürzen«, erklärte ihm Yolanthe. »Zweifellos wollen diese Leute herausfinden, wer wohin reitet, um die Fallen entsprechend aufzustellen.«

»Nun, dann haben wir nichts zu befürchten«, meinte Kye-Dee und nahm einen großen Schluck Wein. »Unsere Pfeile und die Klingen unserer Gefährten werden euch schützen.« Kye-Dee und seine Freunde dachten nie lange über etwas nach. Solange es genügend zu essen und zu trinken gab, dachten sie nicht an das Morgen und hielten jede Form von Besorgnis für unmännlich. Gefahr war die ständige Realität in ihrem Leben.

Fünf

Khaura lag hinter ihnen. Sie hatten das kleine Königreich fast unbemerkt durchquert. Je weiter sie nach Süden kamen, desto trockener wurde das Land. Es gab weniger bewölkte Tage, auch der Regen fiel selten und dann sehr spärlich. Die Karawane befand sich jetzt in einem Land, das von keinem Königreich beansprucht wurde, da es für ein halbwegs ordentliches Heer zu wenig Gras und Wasser gab. Kein König konnte ein Land für sich beanspruchen, das er nicht besetzen und mit keiner Garnison ausstatten konnte.

Sie ritten jetzt durch niedriges Hügelland, das kaum diesen Namen verdiente; oft schnitten tiefe Rinnen das Gelände ein. Es waren Flußläufe, die den Großteil des Jahres ausgetrocknet waren. Die wilden Tiere waren kleiner und liefen nicht in großen Herden umher wie weiter oben im Norden. Am zahlreichsten waren Gazellen und Impalas, flinke Geschöpfe, die wenig Nahrung und Wasser benötigten und geschickt den großen Raubkatzen aus dem Weg gingen, die nachts ihr Unwesen trieben.

Die Reisenden hatten bereits die dicken Umhänge, Felle und gesteppten Kleidungsstücke abgelegt – zumindest tagsüber. Auf Conans Rat hin hatten sie die weiten, fließenden, leichten Gewänder der Menschen im Süden gekauft. Diese boten Schutz vor der sengenden Sonne, erlaubten aber auch die Zufuhr von Luft.

»Wir brauchen unsere warme Kleidung, wenn wir tiefer in die Wüste vordringen«, warnte Conan. »Werft sie also nicht fort.«

»Ich dachte, je weiter wir nach Süden kommen, desto wärmer wird es«, sagte Achilea.

»So ist es in der Tat«, bestätigte Conan. »Die Sonne brennt gnadenlos herab. Die Steine und der Sand der Wüste werfen die Hitze wie ein großer Spiegel zurück in eure Gesichter, wodurch sie doppelt schwer zu ertragen ist. Doch aus irgendeinem Grund halten Steine und Sand die Hitze des Tages nicht so wie Gras, Erde und Bäume. Sobald die Sonne über dem Horizont herabsinkt, kühlt das Land sehr schnell ab. Um Mitternacht ist es beinahe so kalt, daß das Wasser gefriert.«

»Das ist doch nicht natürlich«, warf der Zwerg ein. »Ein heißes Land sollte auch nachts heiß sein.«

Um Conans Lippen huschte ein Lächeln. »Dann wirf doch deinen Umhang weg. Aber bitte mich in einer frostigen Nacht in der Wüste nicht, dir meinen zu borgen.«

Von Zeit zu Zeit verließ der Cimmerier die Karawane und ritt ein Stück zurück zu einer erhöhten Stelle. Von dort hielt er Ausschau nach etwaigen Verfolgern. Gelegentlich sah er andere Karawanen, zweimal auch bewaffnete Nomaden auf ihren kleinen drahtigen Wüstenpferden. Doch das war nicht außergewöhnlich und bedeutete für seine kleine, doch erfahrene und schwerbewaffnete Schar keine Bedrohung. Immer noch machte er sich wegen des Mannes Sorgen, der ihn ausgefragt hatte. Er war zutiefst mißtrauisch, und die geheimnisvollen Zwillinge mit ihrer seltsamen Suche trugen nicht dazu bei, seine Sorgen zu zerstreuen.

Am dritten Tag in der Wüste sahen sie eine riesige Schar Geier und anderer Aasfresser, die über einem Fleck vor ihnen kreisten.

»Da vorn liegt irgendein Kadaver«, meinte Kye-Dee.

»Es muß mehr sein als nur ein Mensch oder ein

Kamel, um so viele Vögel anzulocken«, gab Achilea zu bedenken.

»Reitet vorsichtig weiter«, warnte der Cimmerier. »Aber ich rechne nicht mit Ärger. Wären dort vorn lebende Menschen, würden die Vögel nicht so tief kreisen. Seht, jetzt lassen sich einige sogar nieder.«

Vorsichtig ritten sie weiter. Schon bald trug der Wind einen grauenvollen Gestank heran. Dann sahen sie formlose Haufen auf der Erde. Schakale und Hyänen trieben sich darin umher. Das ständige Knurren und Jaulen der Tiere und das Gekreisch der Vögel mischten sich zu schrecklichem Lärm.

Die Pferde scheuten bei dem Gestank und dem Lärm. Den großen Kamelen schien das nichts auszumachen. Die Karawane trieb die Tiere gewaltsam näher, bis zu sehen war, daß die Aasfresser sich um die Überreste von Menschen und Kamelen rauften. Die Leichen waren so verstümmelt, daß es schwierig war, sie zu zählen. Von den toten Kamelen war noch mehr vorhanden. Die Hyänen kämpften knurrend um diese Kadaver, während die Schakale sich gegenseitig Leichenstücke aus den Mäulern rissen. Die grotesken Geier stürzten sich herab, um auch einige Fetzen zu erbeuten. Empört kreischten sie, wenn die größeren Tiere sie verjagten.

»Welch ein Massaker hat hier stattgefunden?« fragte Achilea. Sie hielt sich einen Zipfel des Gewands vor die Nase, um den Gestank zu dämpfen.

»Eine Karawane?« fragte Yolanthe und steckte den Kopf aus der Sänfte. Sie schien nur neugierig zu sein. Der grauenvolle Anblick schien sie nicht anzuwidern.

Conan stieg ab und ging zu den Leichenbergen. Die Lasten, die die Kamele getragen hatten, lagen verstreut umher. Er untersuchte alles genau.

Schließlich erstattete er Bericht. Er deutete auf blutige Fetzen und Stangen. »Sie sind mit großen Zelten unterwegs gewesen. Karawanen nehmen nur kleine mit, um Platz zu sparen. Ich glaube, das waren Nomaden. Seht, es waren auch Frauen und Kinder unter ihnen.« Er deutete auf zerstümmelte Leichen, bei denen allerdings nur ein geübtes Auge Geschlecht und Alter feststellen konnte.

»Ich habe bisher keinerlei Spuren einer so großen Gruppe gesehen«, sagte Achilea. Der Gestank störte sie, doch der grauenvolle Anblick ließ sie kalt.

»Meiner Meinung nach sind sie von Süden hergekommen, als sie angegriffen wurden«, sagte Conan. »Ich schätze, es müssen hier mindestens hundert Tote liegen.«

»Wir könnten die Köpfe einsammeln und zählen«, schlug Kye-Dee vor. Er klang gelangweilt. Tote kümmerten ihn nicht, vor allem, wenn andere ihnen bereits alle Wertsachen abgenommen hatten.

»Nicht nötig«, sagte Monandas. »Wer hat das deiner Meinung nach getan, Cimmerier?«

»Ich sehe keine Pfeile«, antwortete Conan. »Manchmal kann man einen Stamm anhand der Federn am Schaft bestimmen.« Er beugte sich über einen Leichnam. »Ich sehe überhaupt keine Wunden, abgesehen von denen, welche die Zähne der Aasfresser ihnen zugefügt haben. Das bedeutet allerdings nicht viel. Die Kadaver sind so übel zugerichtet, daß ursprüngliche Wunden längst nicht mehr sichtbar sind.« Er war mit dieser Erklärung keineswegs zufrieden, doch reichte sie wohl für die anderen.

»Es gibt keinen Grund, noch länger zu bleiben«, sagte Achilea mit gerümpfter Nase. »Laßt uns weiterreiten.«

»Reitet ihr nur«, sagte Conan. »Ich möchte die Umgebung absuchen. Vielleicht finde ich heraus, wer für dieses Massaker verantwortlich ist und wohin die Mörder geritten sind. Wenn sie vor uns sind, sollten wir das wissen.«

»Ein guter Vorschlag«, meinte Yolanthe. »Doch finde dich bei uns ein, ehe es dunkel wird.«

Der Cimmerier nickte. Seine Augen hafteten auf den grausigen Leichenbergen in der Wüste. Die Karawane ritt weiter nach Süden. Ohne auf das Knurren der Hyänen zu achten, wanderte Conan zwischen den Leichen umher. Diese Aasfresser vermochten zwar einen ausgewachsenen Ochsen wegzuschleppen, doch mangelte es ihnen gänzlich an Kampfgeist. Sie näherten sich nur Opfern, die schwach, hilflos oder bereits tot waren.

Nachdem der Cimmerier sicher war, von den Toten nichts weiter zu erfahren, schwang er sich in den Sattel. Wie jeder gute Jäger ritt er in einer Spirale um den Schauplatz des Massakers herum und suchte nach den Spuren der Mörder. Plötzlich hielt er an und stieg ab. Der Boden war hart, aber er sah seltsame Spuren. Er beugte sich hinab und musterte sie genau.

Im Staub waren schwache parallele Linien zu sehen. Es gab zwei Paare, als hätte ein Geschöpf mit Klauen hier gesessen und sich dann auf ein Opfer gestürzt, wobei es diese Kratzspuren zurückgelassen hatte. Mit gerunzelter Stirn nahm Conan die nähere Umgebung in Augenschein. Aber er fand keine weiteren Spuren dieses Geschöpfs. Was immer es gewesen war, es benutzte nur zwei Füße mit Klauen. Conan wischte den Staub von den Kratzern fort. Ihm stellten sich die Nackenhaare auf. Obwohl die Spuren schwach waren, waren sie in den Stein unter dem Staub geritzt. Er war sicher, daß kein natürliches Tier so harte Klauen hatte.

Mit gebücktem Kopf ging Conan weiter und suchte den Boden ab. Er fand noch weitere ähnliche Spuren. Sie bildeten eine Zickzacklinie. Aufgrund der abnehmenden Tiefe der Kratzer vermochte er zu sagen, daß diese Geschöpfe beim Absprung nach Süden geblickt hatten. Seit vielen Tagen wehte der Wind direkt aus Süden. Diese Ungeheuer hatten ihren Hinterhalt so gelegt, daß der Wind ihren Geruch von den sich nähernden Nomaden wegblies.

Ihm lief es eiskalt über den Rücken, als er sich das schauerliche Massaker vorstellte. Er hatte Wölfe gekannt, manchmal auch Großkatzen, die in Rudeln jagten, aber nie hatten diese Raubtiere einen Hinterhalt geplant. Um welche Wesen mochte es sich hier handeln?

Die Opfer waren keine Neulinge in der Wüste gewesen wie seine Schar, auch keine Männer, die mehrfach mit Karawanen die Wüste durchquert hatten. Es waren Nomaden gewesen, die ihr gesamtes Leben inmitten von Sand, Steinen und der sengenden Sonne verbracht hatten. Trotzdem waren sie vollkommen überrascht worden. Vielleicht waren selbst den Nomaden der Wüste diese hinterlistigen Wesen unbekannt.

Ehe Conan den grauenvollen Ort verließ, schritt er nochmals die Linie der Spuren ab. Eine war deutlicher als die anderen. Ein kümmerlicher Busch hatte die Kratzer vor Wind und direktem Sonnenlicht geschützt. Er legte sich auf den Bauch und schnupperte. Ein schwacher, doch beißender Geruch stieg ihm in die Nase. Es roch wie scharfer Essig. Diesen Geruch vermochte er mit keinem lebenden Wesen zu verbinden. Er erinnerte ihn an die Werkstätten, wo Handwerker mit Säure Muster in die Klingen von Schwertern und Dolchen ätzten. Er kannte kein Tier, das so roch.

Der Cimmerier schwang sich in den Sattel und ritt weiter nach Süden. Dabei spähte er nach allen Seiten, doch nirgends war eine Spur der Ungeheuer zu sehen, die den Nomadenstamm ausgelöscht hatten. Welches Motiv hatten sie gehabt? Fressen? Die Aasfresser hatten sich schon so lange mit den Kadavern und Leichen beschäftigt, daß man das nicht mehr feststellen konnte. Und warum hatten diese Wesen sich mit der Habe des Wüstenvolks davongemacht? Hätten menschliche Aasgeier die Leichen gefleddert, hätten sie sorgsam alle Spuren hinter sich verwischt. Conan war bereit, diese Möglichkeit in Betracht zu ziehen. Er hielt sich für einen Meister im Fährtenlesen, doch hatte er Völker kennengelernt, die es verstanden, jede Spur mit einer geradezu übernatürlichen Geschicklichkeit zu verwischen.

Conan ritt nicht geradewegs zu den Gefährten, sondern im Zickzack. Dabei legte er viel mehr Weg zurück, als nötig gewesen wäre, aber er wollte sicher sein, keine weiteren Spuren der Mörder oder andere Gefahren zu übersehen. Doch er fand nichts.

Bei Sonnenuntergang war der Cimmerier wieder bei der Karawane. Noch ehe er sie sah, trug ihm die Brise aus dem Süden den Duft von Grillfleisch entgegen. Die Hyrkanier hatten eine Gazelle erlegt. Conan knurrte der Magen, denn er hatte außer ein paar Brocken trockenen Brotes seit dem frühen Morgen nichts mehr gegessen. Das schreckliche Massaker an den Nomaden hatte jeden Gedanken an Essen vertrieben. Doch jetzt war er halbverhungert.

Er ritt zum Feuer und schwang sich aus dem Sattel. Kaum berührte sein Stiefel den Boden, zückte er schon den Dolch und schritt zur Glut, über der die zerteilte Gazelle brutzelte.

»Hast du etwas gefunden?« fragte Kye-Dee den Cimmerier und schnitt dicke Scheiben von einer Gazellenkeule.

»Nicht viel, das einen Sinn ergibt. Aber jetzt möchte ich mit meinem Mund etwas anderes tun als reden.« Nachdem Conan seinen Hunger mit dem schmackhaften Fleisch und einer Handvoll getrockneter Datteln aus einem Lederbeutel gestillt hatte, spülte er mit Wasser aus einem Schlauch nach. Dann berichtete er von den eigenartigen Kratzspuren und ihrem noch eigenartigeren Geruch.

»Wie Säure sagst du?« meinte Monandas. Seine Miene war ernster als sonst.

»Ja, so hat es in den Werkstätten der Ätzer gerochen und wo Juweliere die Reinheit des Goldes feststellen. Aber ich habe noch nie ein natürliches Wesen getroffen, das so gerochen hat.«

»Was ist mit übernatürlichen Wesen?« rief ein Hyrkanier und drehte unruhig die langen schwarzen Zöpfe zwischen den Fingern.

»Mit denen will ich nichts zu schaffen haben«, erklärte der Cimmerier schroff.

»Gelehrte, welche Naturkunde studiert haben, behaupten, daß die winzigsten Geschöpfe ganz anders geschaffen sind als die großen«, sagte Yolanthe. »Vor vierhundert Jahren schrieb Uhnas von Kordova eine umfangreiche Abhandlung über sechsbeinige Kreaturen. Darin steht, daß viele von ihnen Säure als Waffe einsetzen oder um damit Material für die Nester oder Futter aufzuweichen, um es leichter verdauen zu können. Selbst die gewöhnlichen Ameisen haben eine scharfe Säure im Körper.«

»Aber Ameisen werden nicht so groß«, widersprach Conan. »Sie marschieren auch nicht auf zwei Beinen umher.«

»So sehr ich diese wissenschaftliche Diskussion auch schätze, glaube ich doch, daß du viel zuviel in ein paar Kratzer auf dem Boden und etwas Geruch hineinliest«, sagte Achilea mürrisch. »Die Nomaden wurden von Feinden angegriffen. Danach haben die Mörder ihre Spuren sorgfältig verwischt. Alles, was noch übrig war, haben die Hyänen und andere Aasfresser erledigt. Nichts daran ist geheimnisvoll. Wir müssen nur die Augen offenhalten, damit wir nicht auch überfallen werden. Das ist alles.« Ihr Ton verriet, daß sie sich selbst überzeugen wollte.

»In der Tat, das müssen wir«, sagte Monandas.

Als sie weiter nach Süden kamen, veränderte sich der steinige, karge Boden. Gestrüpp und Kakteen wurden immer seltener. Schließlich erhoben sich am Horizont Sanddünen wie Wogen eines Ozeans. Die Pferde ließen mißmutig die Köpfe hängen. Sie mochten die Veränderung nicht.

»Bei der ersten Gelegenheit müssen wir die Pferde gegen Kamele eintauschen«, erklärte der Cimmerier. »Nicht weit von hier liegt eine Oase, wo sich mehrere Karawanenwege kreuzen. Dort finden wir mit Sicherheit Karawanenmeister, die ihre Tiere gegen Pferde eintauschen, weil sie weiter nach Norden ziehen.«

»Mir gefällt diese Idee ganz und gar nicht«, erklärte Achilea. »Ich mag Kamele nicht! Das sind häßliche, stinkende Biester ohne Anmut oder Schönheit!«

»Du meinst, sie sind einer Königin nicht würdig?« fragte Kye-Dee und kicherte wieder. »Ich mag sie auch nicht, aber ich fürchte, der Cimmerier hat recht. Die Pferde halten nicht viel länger durch, und selbst ein Kamel ist besser, als zu Fuß zu gehen.« Die anderen Hyrkanier stimmten ihm eifrig zu.

»Dann werden wir es so machen«, bestimmte Monandas. »Unser Ziel liegt noch weiter im Süden, und wir brauchen Reittiere.«

»Kamele!« sagte der Zwerg und spuckte ins Feuer.

Am nächsten Tag überquerten sie eine niedrige Hügelkette und erblickten in der Ferne einen grünen Schimmer. Die Oase lag in einem windgeschützten Tal. Um dorthin zu gelangen, mußten sie durch einen Einschnitt zwischen den Hügeln reiten. Dort wartete ein halbes Dutzend Männer auf Kamelen. Die Pfeile lagen auf den Sehnen ihrer kurzen Bogen. Sie waren hochgewachsen, hager, von wildem Aussehen. Um die spitz zulaufenden Helme hatten sie schwarze Turbane gewickelt. Von den Turbanen hingen Schleier mit bunten Streifen bis zu den Steigbügeln hinab.

»Die können wir mit Leichtigkeit aus dem Weg schaffen«, meinte Kye-Dee prahlerisch und strich mit dem Daumen über seine Bogensehne. »Unsere Waffen haben die doppelte Reichweite.«

»Jawohl«, stimmte ihm Achilea bei. »Ich bin in der richtigen Stimmung zum Übungsschießen. Seit Tagen habe ich auf nichts anderes als Hasen und Gazellen geschossen.«

»Nein«, widersprach der Cimmerier. »Den Farben nach gehören sie zum Stamm der Omri. Und wenn dort sechs sind, warten hundert weitere in der Oase. Der Mann, mit dem ich gesprochen habe, hat erzählt, die Omri würden diese Oase als ihr Eigentum beanspruchen und von durchziehenden Karawanen Zoll verlangen. Wir werden zahlen, weil wir müssen.«

»Ich werde mit ihnen verhandeln«, sagte Monandas.

Beim Weiterreiten hielten sie die Waffen bereit, benahmen sich jedoch nicht herausfordernd. Während Monandas mit dem Anführer der Wachen sprach, beäugten der Cimmerier und seine Schar die fremden Kamelreiter mißtrauisch. Auch diese musterten die Fremden scharf. Die Wüstensöhne zeigten die tiefe Verachtung, die alle Nomaden für Fremde hegten. Es half ihnen, daß sie auf den Kamelen höher als die Reiter auf den Pferden saßen. Die gestreiften Gewänder verhüllten sie fast vollständig. Man sah nur ihre Hände und die feurigen schwarzen Augen. Ihre Stiefel waren aus weichem blauen Leder und ihre Schwerter hatten lange gerade Klingen.

»Für Wasser zahlen!« meinte Achilea mürrisch. »Das ist so übel wie in den Städten.«

»Nein«, widersprach Conan. »Denn diese Burschen verlangen nur für den Zugang zu ihrem Wasser und Gras Geld. Stadtmenschen würden auch auf die Waren und Tiere Zoll eintreiben.«

»Stadtmenschen!« stieß der Zwerg verächtlich hervor. »Kein Wunder, daß sie für echte Männer leichte Beute sind.«

»Diese Wüstensöhne sind das nicht«, warnte der Cimmerier. »Das sind Räuber wie wir. Fordert sie nicht heraus. Ich möchte Erkundigungen über die Bedingungen im Süden einholen – und über den ausgelöschten Stamm, den wir gesehen haben.«

Monandas gab dem Anführer das verlangte Geld. Dann ritten sie ins Tal hinab. Sie mußten die Pferde mit harter Hand zügeln, da diese beim Geruch frischen Wassers am liebsten losgaloppiert wären. Die Kamele behielten ihren majestätischen Gang bei.

Als die Pferde genug getrunken hatten, führten die Reiter sie vom Wasser weg. Conan befahl, die Tiere zu striegeln und sie gut zu versorgen. Er wollte, daß sie für den Tausch gut aussahen. Nachdem das erledigt war, ging er los, um den Scheich der Omri zu suchen. Dabei sah er, daß drei Karawanen in der Oase lagerten. Eine hatte mehr Kamele, als sie brauchte. Er nahm sich vor, mit dem Karawanenmeister noch vor Einbruch der Dämmerung zu sprechen.

Die Omri hatten ihr Lager gleich neben dem aus einer Quelle gespeisten Wasserloch aufgeschlagen. Sie gestatteten den anderen, ihre Tiere ans Wasser zu führen, um sie zu tränken, doch den Schatten der Palmen teilten sie mit niemandem. Conan schätzte, daß ungefähr achtzig kampffähige Omri anwesend waren. Er sah keine Frauen und Kinder. Mit den jeweils sechs Wachposten an den Zugängen war seine Schätzung von hundert Mann ziemlich richtig gewesen. Er wußte, daß die knappen Wasservorräte größere Abteilungen nicht erlaubten. Nur gelegentlich taten sich mehrere Gruppen zusammen, um als kleine Truppe die Städte am Rand der Wüste zu überfallen und zu plündern.

Er fand den Scheich unter einem schwarzen Zeltdach aus gewobenem Ziegenhaar. Der Omri ruhte auf einer Art Diwan aus Kamelsätteln und Decken. Von Zeit zu Zeit sog er den Rauch der Kräuter ein, die auf einem winzigen Kohlenbecken an seiner Seite verbrannten. Als der Cimmerier sich näherte, betrachtete der Wüstenscheich den Hünen mit dem herausfordernden Gang aus funkelnden Augen.

»Willkommen am Wasser und Gras meines Stamms, Fremder«, sagte der Scheich. Er deutete auf eine große Platte aus Messing mit Brotstücken, auf das grobes Salz gestreut war. »Frühstücke mit mir.«

Conan ließ sich mit untergeschlagenen Beinen dem Scheich gegenüber nieder und nahm ein Brotstück. »Du bist sehr großzügig, Scheich«, sagte er, ehe er das trockene Stück Brot in den Mund steckte. In der Wüste war es eine symbolische Handlung, Brot und Salz anzunehmen. Nach den uralten Gesetzen der Gastfreundschaft stellte er sich unter den Schutz des Scheichs. Von nun an würden die Götter jede verräterische Handlung gegen ihn erbarmungslos bestrafen.

Eine Zeitlang sprachen die beiden Männer über allgemeine Dinge: die Bedingungen in der Wüste im Süden, die Gelegenheit, günstig Pferde gegen Kamele einzutauschen. Dann kam Conan zu dem Punkt, der ihm am meisten am Herzen lag: dem ausgelöschten Stamm, den sie entdeckt hatten. Der Scheich hörte mit großen besorgten Augen zu, als der Cimmerier ihm beschrieb, was sie vorgefunden hatten.

»Set und Iblis!« rief der Scheich und machte die Geste zur Abwehr gegen das Böse. »Waren von den Menschen noch Gewandfetzen oder Schmuckstücke übrig?«

»Ich fand ein kleines Stück schwarzen Stoff, auf den weiße Zickzacklinien gestickt waren.«

Der Scheich schien ein wenig erleichtert zu sein. »Das heißt, es war der Stamm der Beni Nuer. Das ist Abschaum am Rand der Wüste, zu feige, um sich in die unendliche sandige Weite vorzuwagen. Sie sind kein Verlust, aber mir gefallen diese Spuren nicht, die du gefunden hast.«

»Was könnten sie bedeuten?« fragte Conan.

»Du hast mein Brot und mein Salz gegessen. Daher bin ich verpflichtet, dich zu warnen. Die Beni Nuer wurden von den *hadizza* getötet, den Dämonen des Wirbelwinds. Das sind unreine Geschöpfe aus der tiefsten Wüste. Seit der Zeit meines Urgroßvaters sind sie nicht mehr an den Rand vorgedrungen. Doch bei der letzten Wandlung des Monds habe ich von drei derartigen Überfällen gehört.«

»Was führt sie hierher?« wollte der Cimmerier wissen.

Der Scheich zuckte mit den Schultern. »Das sind Geisterwesen aus der Niederwelt. Wer weiß, was sie treibt?«

»Weißt du, wie sie aussehen oder wie sie töten?«

»Sie lassen keinen übrig, um darüber zu berichten. Doch ihre Opfer, Menschen oder Tiere, sind zerfetzt. Die Herzen sind aufgefressen, oft auch das Gehirn, aber der Rest ist reine, willkürliche Grausamkeit.«

Conan war klar, daß der Scheich über diese Geisterwesen nur wenig mehr wußte als alte Geschichten. Aber die Kunde, daß es noch mehr Überfälle gegeben hatte, war wertvoll. Desgleichen, daß diese innerhalb des letzten Mondes stattgefunden hatten. Conan wechselte das Thema.

»Weißt du etwas über eine alte Stadt, die Janagar heißt und in der tiefsten Wüste liegen soll?«

Der Scheich lachte. »Mein Freund, die Wüste ist voll von verlorenen Städten. Ich selbst habe ungefähr fünfzig gesehen. Bei manchen ragen die Turmruinen noch in den Himmel, andere sind so tief unter dem Sand begraben, daß die Köpfe ihrer kolossalen Statuen nur ab der Nase aus der Wüste herausschauen. Es ist die Torheit der Menschen, die sie dazu bringt, Städte zu bauen. Die Götter der Wüste holen sich ihr Eigentum immer zurück. Es gibt keine andere Weisheit, als die Wüste zu verstehen. Doch wenn du es wünschst, kannst du Asoq befragen, den Märchenerzähler. Er kennt mehr alte Geschichten als irgendein anderer in unserem Stamm. Vielleicht hat er von dieser Stadt Janagar gehört.«

Conan bedankte sich höflich beim Scheich und machte sich auf die Suche nach dem Märchenerzähler. Er war zufrieden. Seine Karawane war jetzt in Sicherheit, da die Gesetze der Gastfreundschaft in der Wüste stärker waren als die der Städte. Das bedeutete jedoch nicht, daß der Scheich sein lebenslanger Gefährte blieb. Der Schutz währte nur so lange, wie sie in der Oase waren. Sobald sie fortritten, wurden sie wieder rechtmäßig zur Beute – jedenfalls nach den Gesetzen der Omri.

Nach wenigen Nachfragen kam er zu einem kleinen Pferch aus aufgetürmten Steinen. Ein einzelner Omri wachte über die Kamele. Er war nach dem Maßstab der Nomaden ein alter Mann, da bei ihnen nur wenige ein hohes Alter erreichten. Seine Augen waren hell und klar, allerdings von unzähligen Runzeln umgeben. Er mußte nicht wie die jungen Krieger den anstrengenden Wachdienst und die Patrouillenritte in der Wüste leisten. Dennoch hing ein feines Schwert an seiner Seite, und er sah aus, als verstünde er durchaus, es zu benutzen.

Conan begrüßte den Alten und hielt ihm einen Schlauch mit Dattelwein entgegen. »Dein Scheich hat mir gesagt, du seist ein Born des Wissens und kennst die alten Geschichten der Wüste.«

Der Mund des Alten war vom Schleier verhüllt, doch seine Augen verrieten, daß er lächelte. »Fürwahr, das bin ich, Fremdling.« Er nahm den Schlauch und wandte scheu das Gesicht beiseite. Erst dann hob er den Schleier, um zu trinken. Er reichte dem Cimmerier den Schlauch zurück. »Ich danke dir. Welche Geschichten möchtest du hören, Fremdling? Ich kenne alle über Rustum den Prächtigen. Auch die über Könige und Schurken und über die Liebeshändel von Menschen und Göttern. Ich kann von Schlachten und Tod berichten, von den Sehnsüchten schöner Prinzessinnen – und natürlich von den Flüchen mächtiger Zauberer. Was möchtest du hören?« Die Stimme des alten Mannes war tief und melodisch, genau richtig für einen Märchenerzähler.

Conan nahm einen Schluck und reichte dem Alten wieder den Schlauch. »Ich möchte etwas über eine verlorene Stadt in der Wüste hören.«

Der Alte trank wieder. »Ach, da gibt es so viele! Die Stadt Brass erscheint Sterblichen nur einmal alle hundert Jahre. Von denen, die in sie hineinreiten, um die wunderschönen Verse zu lesen, die in Goldbuchstaben auf ihre Marmorwände geschrieben sind, verliert jeder dritte den Verstand. Doch die anderen zwei Drittel sind bis ans Ende ihres Lebens mit Glück gesegnet.«

Asocq dachte kurz nach. »Von Iklhar mit den Perlentürmen gibt es nur noch Ruinen. Ihre Bewohner haben schwer gesündigt. Da ließen die Götter drei Tage und drei Nächte lang Feuer herabregnen und verschonten weder Mensch noch Tier. Die Magier von Amanopet erhoben sie in den Himmel – Paläste, Häuser, Tempel und Mauern –, kein Sterblicher hat sie je wieder gesehen.«

Wieder wandte er sich ab und trank. »Von welcher verlorenen Stadt soll ich dir erzählen, Fremdling?«

»Kennst du die Stadt Janagar mit den Opaltoren?«

Die Augen des Alten verengten sich, als er den Schatz seiner vielen Erinnerungen durchstöberte. »Bei

Iblis, Fremdling, das ist die älteste und geheimnisvollste aller Geschichten.«

»Dann hast du von Janagar gehört?« fragte Conan begierig.

»Ja, das habe ich. Aber es ist schon so lange her, und es war eine so seltene Quelle, daß ich wohl der einzige Erzähler bin, der etwas über Janagar weiß. Schon von frühester Jugend an habe ich an den Lippen der Alten gehangen, wenn sie zum Zeitvertreib in langen Wüstennächten Geschichten und Lieder der Wüstenstämme vortrugen.

Als ich ein kleiner Junge war, hatte die Sippe meines Vaters vor den Mauern von Zamboula ihr Lager aufgeschlagen. Wie jedes Jahr besuchten wir den Kamelmarkt dort. Wir teilten unsere Wasserstelle mit einem kleinen Stamm, die Wadim hießen. Einst war es ein mächtiges Volk gewesen, doch neidische Stämme hatten sich zusammengeschlossen und den Wadim die Wasserlöcher und geheimen Weiden weggenommen. Nach fünf Generationen waren nur noch die wenigen Menschen übrig, die ich vor Zamboula sah. Alle waren sehr melancholisch, denn sie trugen den Namen eines verfluchten Volks. Deshalb bekamen ihre jungen Männer keine Frauen. Die Wadim waren zum Aussterben verurteilt.« Der Alte seufzte und nahm noch einen Schluck Wein.

»Bitte, fahr fort«, bat Conan und machte keine Anstalten, den Weinschlauch zurückzunehmen.

»Einen Monat später, auf dem Pfad nach Kassali in Punt, hörten wir, daß die Styger die Wadim ausgelöscht hätten. Diese bauten eine Feste am letzten Wasserloch, das der unglückliche Stamm noch besaß. Jetzt waren alle Geschichten der Wadim verloren, mit Ausnahme derer, die ich damals vor den Mauern Zamboulas gehört hatte.«

»Und Janagar kam in einer dieser Geschichten vor?«

»Ja. Laß mir Zeit, mich zu erinnern, Fremdling. Es ist viele, viele Jahre her.« Der alte Mann nippte am Wein und starrte mehrere Minuten lang ins Leere. Dann fuhr er fort.

»Jetzt kommt es mir wieder in den Sinn. Es war vor langer, langer Zeit. Damals waren die jetzigen Wüstensöhne nur Bauern und wühlten in der Scholle ...« Er drehte sich etwas beiseite, hob den Schleier und spuckte auf den Boden, um seine Verachtung für angesiedelte Menschen auszudrücken, selbst wenn es seine Ahnen waren. »Janagar die Verrückte glänzte wie ein Juwel inmitten des fruchtbaren Landes, welches jetzt das Herz der Wüste ist.

Janagar war sehr mächtig mit seinen hohen Türmen und riesigen Tempelanlagen, aus denen vor den Altären der Götter die duftenden Wolken des Weihrauch aufstiegen. Und Janagar war reicher, als man sich je hätte erträumen können. Die Paläste der Prinzen schimmerten golden und silbern. Die Menschen trugen Gewänder aus Seide und Samt. Sogar die Huren schmückten sich mit Juwelen, um die sie jede Königin unserer Tage beneiden würde.« Die Gesten des Alten waren so beredt wie seine Zunge. Die Hände mit den langen, dünnen Fingern zeichneten die Türme und Menschen der längst vergangenen Stadt in die Luft.

»Doch das Böse hielt Einzug im herrlichen Janagar. Die Könige der späteren Zeit und deren verweichlichte Höflinge verschrieben sich übler Zauberei. Reich und Macht genügten ihnen nicht. Nein, sie gierten nach Unsterblichkeit. Um diese zu gewinnen, übten sie schlimmste Schwarze Magie aus und führten die grausigsten Rituale aus. Über die Tempelstufen strömte das Blut der Menschenopfer, die in so entsetzlichen Zeremonien abgeschlachtet wurden, daß jeder normale Sterbliche bei diesem Anblick den Verstand verloren hätte.

Das ergrimmte die Götter. Sie waren nicht über das Blutvergießen zornig, denn Götter lieben Blutopfer, nein, es war der anmaßende Ehrgeiz dieser üblen Zauberer in Janagar. Sie wollten mächtiger als die Götter sein.« Der alte Mann beugte sich vor und sprach mit gedämpfter Stimme, als fürchte er, die unliebsame Aufmerksamkeit höherer Mächte auf sich zu lenken. »Du mußt nämlich wissen, Fremdling, daß selbst die Götter nicht wahrhaft unsterblich sind, sondern alle irgendwann einmal sterben müssen. Aus diesem Grund belegten sie Janagar mit einem Fluch. In einer schrecklichen Nacht flohen alle Bewohner, die fliehen konnten, aus der Stadt – um nie wieder dorthin zurückzukehren.

Aber einige flohen nicht. Diese grausamen Zauberer und ihre Speichellecker blieben. Bis zum letzten Moment bemühten sie sich, den Zorn der Götter abzuwenden. In jener Nacht verübten sie ihre allerschlimmsten Rituale und so mächtige Magie, die nicht einmal die Zauberer gewagt hätten, die völlig den Verstand verloren hatten. Durch das geballte Böse im Kampf zwischen Göttern und Sterblichen welkte das ganze Land um Janagar dahin. In jener Nacht nahm die Wüste ihren Ursprung. Bis heute breitet sie sich aus. Und das fluchbeladene Janagar liegt genau in ihrem Herzen.«

Bis jetzt klang die Geschichte so wie viele andere, die der Cimmerier gehört hatte. Um viele verlorene Städte rankten sich Sagen, daß die Bewohner die Götter erzürnt hatten, daß uralte böse Mächte dort lauerten oder daß sie fluchbeladen waren. War das bei Janagar genauso?

»Kennst du eine Legende, welche Jaganar mit den *hadizza* verknüpft, den Dämonen des Wirbelwinds?« fragte Conan.

Die Augen des Alten umwölkten sich. Er dachte angestrengt nach. »Nein, in der Geschichte, die ich vor so langer Zeit hörte, waren sie nicht erwähnt. Aber die *hadizza* spielen in vielen Geschichten eine Rolle. Vielleicht hatte eine davon ihren Ursprung in dem schrecklichen Fall Janagars. Warum sollten nicht die Dämonen der Wüste dort ihren Ursprung haben, wo die Wüste selbst entstand?«

»Ja, das ist möglich«, pflichtete ihm Conan bei. Er stand auf und dankte dem alten Mann. Dieser wollte ihn zum Bleiben nötigen, indem er ihm noch viele Geschichten über die Wüste versprach, doch der Cimmerier mußte noch andere Geschäfte erledigen.

Wie Conan erwartet hatte, waren die Karawanenmeister darauf erpicht, ihre Kamele gegen gute Pferde zu tauschen. Er verbrachte fast den restlichen Tag damit, die Wüstenschiffe zu mustern. Die Händler hofften, den unwissenden Mann aus dem Norden zu betrügen, indem sie ihm die Vorzüge minderwertiger Tiere anpriesen. Doch sie wurden bitter enttäuscht. Der Cimmerier kannte sich nämlich mit Kamelen hervorragend und ebensogut aus wie mit der Kunst des Feilschens. Letztendlich wurde man handelseinig und der Tausch durchgeführt. Die Hyrkanier, Achilea und ihr Gefolge betrachteten angewidert die Tiere, die sie reiten sollten.

»Das sind die häßlichsten Biester, die ich je gesehen habe!« rief Achilea. Blankes Entsetzen lag auf ihrem Gesicht.

»Bei einem Kamel schaut man nicht auf Schönheit«, erklärte Conan barsch, »sondern man achtet auf Kraft, Ausdauer und Mut. Diese Tiere werden nie einen Poeten anregen, Verse über sie zu schreiben, aber sie sind kräftig und gesund. Sie werden uns ans Ziel tragen – und was noch wichtiger ist: auch wieder zurück.«

»Sie haben so schöne Augen«, meinte Yolanthe. »So

groß und dunkelbraun. Und ihre Wimpern sind lang und geschwungen.«

Ein Kamel gurgelte und spuckte. Es verfehlte Achilea um Haaresbreite.

»Sie haben keine Manieren«, beschwerte sich die ehemalige Königin der Amazonen.

»Ich werde euch zeigen, wie man sie sattelt«, meinte Conan. »Und dann lernt ihr, sie zu reiten.«

Murrend wählten sich alle ihr Kamel. Während des Sattelns betrachteten die Wüstentiere die Menschen mit schlecht verhohlener Verachtung. Der Cimmerier zeigte den anderen, wie man die Kamele zum Niederknien brachte, damit man aufsteigen konnte. Männer der anderen Karawanen und Omri sammelten sich, um dieses seltene Vergnügen anzuschauen. Bald lachten alle schallend.

»Nicht die Fersen hineinbohren!« brüllte Conan. »Das sind keine Pferde. Sie verstehen nicht, was ihr wollt, wenn ihr sie so antreibt! Benutzt die Gerte!« Zu jedem Sattel gehörte eine Reitgerte – ein drei Fuß langer geschmeidiger dünner Stock.

Nachdem alle eine Stunde lang geübt hatten, war der Cimmerier zufrieden. Alle hatten zumindest die Grundbegriffe des Umgangs mit Kamelen gelernt. Es würde geraume Zeit dauern, bis sie sich mit den Wüstensöhnen messen konnten, aber sie konnten die nächste Wegstrecke im Sattel zurücklegen. Bei den Hyrkaniern kam sogar etwas Begeisterung über die Höhe der Kamele auf, die ihnen mehr Reichweite für die Bogen gab.

»Nun gut«, sagte Conan mit grimmiger Miene, als die Sonne den Horizont im Westen berührte. »Ich glaube, ihr werdet euch jetzt nicht mehr die Hälse brechen. Morgen reiten wir weiter nach Süden.«

»Ich hasse die Wüste«, erklärte Achilea mit finsterer Miene.

Conan lachte. »Ach ja? Nun, da habe ich eine Überraschung für dich, Weib.«

»Was willst du damit sagen, Schurke?«

»Bis jetzt sind wir noch gar nicht in der Wüste geritten. Das war nur trockenes Gelände.«

Bei dieser Enthüllung verlor die Königin ihre Selbstsicherheit. »Ist das wahr? Wenn das Gelände, das wir bisher durchquert haben, nicht die Wüste war, frage ich mich, wie die eigentliche Wüste aussieht?«

»Das wirst du wissen, wenn du sie siehst«, versprach er. »Es ist wie die Hölle, in der die Feuer ausgebrannt sind.«

Sechs

»Set und Iblis!« fluchte Jeyba der Zwerg. »Wo sind wir?«

Die kleine Karawane stand in einer Linie auf einer Düne. Vor ihnen erstreckte sich die Sandwüste mit den rollenden Dünen, die Wogen eines unendlichen Ozeans glichen. Darüber wölbte sich die Himmelskuppel. Kein Wölkchen trübte das helle Blau. Die Hitze der Sonne drückte auf sie wie der Zorn eines grausamen Gottes.

»Das ist die Wüste«, antwortete der Cimmerier.

»Wie finden wir den richtigen Weg?« fragte Achilea. »Es gibt keine Bäume, keine Berge, nicht einmal einen größeren Stein, an dem man sich orientieren könnte.«

»Für jemanden, der sich in der Wüste auskennt, ist es möglich, einen geraden Kurs zu halten«, sagte Conan. »Die Frage ist: Wissen wir, wohin wir wollen?« Er wandte sich an die Zwillinge, die jetzt ohne die Sänften auf den Kamelen saßen. »Ihr wißt, wo diese mysteriöse Stadt liegt. Könnt ihr sie finden?«

»Aber gewiß doch«, antwortete Monandas. »Wir führen euch auf direktem Weg ans Ziel.«

»Das reicht nicht«, sagte Conan. »Ich war noch nie in diesen Teilen der Leeren Länder. Daher weiß ich nicht, wo von hier aus nach Süden die Wasserstellen liegen. Falls es Oasen gibt, halten die Wüstensöhne sie geheim. Die Kamele können viele Tage marschieren, ohne zu trinken, aber irgendwann brauchen auch sie einmal Wasser. Wir haben in den Schläuchen Wasser für ungefähr zehn Tage, nicht mehr.«

Yolanthe lächelte. »Sei unbesorgt, Cimmerier. Unsere Vorräte sind mehr als ausreichend. Doch jetzt wollen wir eine Rast einlegen und uns in dem wenigen Schatten ausruhen, den wir zustande bringen. Wenn die Sonne niedrig steht, reiten wir weiter.«

»Das wäre das klügste«, sagte Conan. »In der Wüste reitet man am besten nachts. Allerdings fehlt mir der Glaube an eure Suche. Ich bin als Leibwächter gegen Räuber in eure Dienste getreten, verspüre jedoch wenig Lust, in dieser Sandwüste zu verdursten.«

»Ja, das gilt auch für uns«, sagte Achilea und zeigte auf ihre drei Frauen und den Zwerg.

»Wenn wir die verlorene Stadt nicht binnen fünf Tagen gefunden haben, müssen wir umkehren«, erklärte Conan. »Selbst dann werden wir verdammt durstig sein, wenn wir zu einer Oase kommen. Vielleicht fehlen uns dann auch ein oder zwei Kamele.«

»Die Zeit dürfte genügen«, sagte Monandas.

Conan zeigte ihnen, wie man neben den knienden Kamelen flache Gruben aushob, Sättel und Decken hineinlegte, die Gerten in den Sand steckte und mit Tüchern provisorische Zelte baute. So hatten sie während der heißen Stunden des Tages ein wenig Schatten.

Schweratmend lagen alle da und warteten darauf, daß die Sonne sich dem westlichen Horizont näherte und die Luft ein wenig kühler wurde. Dann brachen sie auf und ritten weiter.

Als die Sonne hinter dem Horizont versank, leuchtete der Himmel für wenige Minuten feurig karmesinrot. Dann brach sehr schnell die Dunkelheit herein. Gleich darauf sah man die ersten funkelnden Sterne. Im Nu waren es Hunderte, dann Hunderttausende. Alle glitzerten wie Kristalle am nächtlichen Firmament. Zwei Stunden nach Sonnenuntergang stieg der Mond rauf, und man sah in der Wüste beinahe so gut wie am Tag. Es fehlten nur die Farben, welche das Sonnenlicht hervorzauberte.

Die Karawane ritt beinahe lautlos durch die Nacht, denn die dicken Polster unter den Füßen der Kamele machten nicht soviel Lärm wie Pferdehufe. Um zu verhindern, daß die Metallteile am Geschirr klirrten, hatten sie diese – nach Art der Wüstenbewohner – mit Stoff umwickelt. Als einzige Laute hörte man das gelegentliche Schnauben der Kamele.

Wie gewöhnlich ritt der Cimmerier den anderen ein gutes Stück voraus. Alle seine Sinne waren auf einen möglichen Überfall vorbereitet. Er hatte das ungute Gefühl, die größte Gefahr drohe der Karawane nicht von menschlichen Feinden. Wie waren diese Wirbelwind-Dämonen? Konnte man sie bekämpfen? Würde Stahl gegen diese Ungeheuer etwas ausrichten, deren Klauen so hart waren, daß sie selbst Steine ritzten? Während er über diese quälenden Fragen nachdachte, ritt Achilea an seine Seite.

»Wie weißt du, wohin wir reiten müssen?« fragte sie. Sie sprach leise, da man nachts in der Wüste selbst ein geflüstertes Wort auf zehn Schritte verstehen konnte.

Conan deutete nach Südwesten. »Monandas hat gesagt, ich sollte mich nach dem Kleinen Drachen richten.« Das Gestirn aus neun Sternen leuchtete direkt über dem Horizont. Der Dämonenstar im Zentrum strahlte wie ein Rubin.

»In meinem Land nennen wir das Gestirn den Geflügelten Dämonen«, sagte Achilea mit leichtem Schauder. »Der rote Stern ist der am Himmel, der am meisten Unheil verheißt.« Conan hatte das Gefühl, daß sie zum ersten Mal, seit er sie kannte, Angst hatte.

»Dann ist er der richtige Führer«, meinte Conan grimmig. »Denn er geleitet uns an einen Unglücksort.«

»Wieso?«

Der Cimmerier berichtete ihr, was er vom alten Märchenerzähler der Omri gehört hatte.

»Was heißt das schon? Der Alte hat als Kind Geschichten gehört. Die verrückten Zwillinge lesen in Büchern. Das bedeutet doch gar nichts. Falls es diese Stadt tatsächlich gibt, ist sie so alt, daß das Böse längst verschwunden ist. Und an den Schatz, den die beiden zu finden hoffen, glaube ich nicht. Staub und Trümmer sind alles, was sie finden werden.«

»Wenn das das Schlimmste ist, werde ich nicht traurig sein«, sagte Conan.

»Was wirst du tun, nachdem deine Aufgabe vorbei ist?«

»Im Norden sind die Kriege ziemlich zu Ende. Aber im Süden gibt es riesige Länder. Dort gibt es für einen beherzten Krieger immer etwas zu tun. Wenn man mit Waffen umgehen kann, findet man auf jedem Markt einen Herrn, der einen in Dienst nimmt.«

»Wie sehen diese Länder aus?« fragte sie. Der Cimmerier war erstaunt, daß sie ganz ohne Feindseligkeit mit ihm sprach.

Er deutete nochmals nach Südwesten. »Wenn wir diesen Kurs halten und unterwegs nicht verdursten, kommen wir an den Fluß Styx, den manche auch Nilus nennen. Es ist der größte Strom der Welt. Dahinter liegt Stygien. Ich mag dieses Land nicht. Obwohl es reich ist, gibt es überall Zauberei, und es wird von Tyrannen beherrscht, die für meinen Geschmack viel zu viele Gesetze haben.«

Dann wies er mit dem Arm nach Süden. »Dort liegen Punt, Keshan und Zambabwei. Es sind wilde Länder mit zerklüfteten Bergen, Dschungeln und Savannen auf Hochebenen. Das Wild dort kann ich dir nicht beschreiben. Das mußt du sehen. Herden, so riesig, daß das Auge müde wird, sie zu überschauen. Es gibt gigantische Elefanten und Giraffen, kleine Antilopen und Tiere aller Größen dazwischen. Zebras, anzusehen wie schwarzweiß gestreifte Pferde, grasen friedlich neben Büffeln mit Hörnern, deren Spitzen über zwei Schritt auseinander liegen. Neben ihnen findet man das Rhinozeros, eine gepanzerte Belagerungsmaschine. Sein Nasenhorn ist so lang wie der Arm eines Manns. Und auf alle lauern die großen Raubkatzen. Löwen, Leoparden und Geparden, so schnell wie ein Habicht im Sturzflug.«

Achilea war von seiner Schilderung begeistert. »Das alles möchte ich gern sehen! Ich habe gedacht, hinter den Steppen lägen nur die Gebiete der Siedler, die lediglich als Beute etwas taugen. Sind die Menschen in diesen Ländern wild?«

»Jawohl, das sind sie. Sie haben alle dunkle Haut, aber sie unterscheiden sich im Aussehen und in der Sprache ungemein. Ich habe Pygmäen gesehen, die nicht größer als drei Fuß waren, und Stämme, wo der kleinste Mann über sieben Fuß mißt.«

»Wie kämpfen sie?« fragte Achilea aus berufsmäßiger Neugier.

»Die Lieblingswaffe ist der Speer in diesen Ländern. Manche verwenden auch Bogen und vergiftete Pfeile. In Keshan kämpfen viele vom Pferd aus. Doch weiter im Süden reiten die Menschen selten. In den Dschungeln gibt es viele Seuchen, die Pferde umbringen.«

»Gibt es auch hinter den Ländern, die du genannt hast, noch mehr Länder?«

»Ja. Ich habe noch niemand getroffen, der so weit in den Süden gekommen ist, daß er kein Land mehr unter den Füßen gehabt hätte. Die Schwarzen Königreiche sind riesig.«

Achilea deutete nach Westen. »Was liegt in dieser Richtung?«

»Der Styx machte eine große Biegung und fließt nach Westen ins Meer. Südlich davon liegt Stygien.

Nach Norden ist die erste Nation nach dieser Wüste Shem, und hinter Shem kommt Koth. Das sind Länder mit Weiden, wo die Menschen riesige Herden Vieh und Schafe züchten. Hervorragende Bogenschützen. Westlich von Koth liegt Argos, dann kommt Zingara. Alle diese Länder grenzen an den Westlichen Ozean.«

»Hast du alle diese Länder gesehen? Ich hatte keine Ahnung, daß die Welt so riesig ist.«

»In den meisten habe ich eine gewisse Zeit verbracht«, bestätigte er. »Ja, dorthin nimmt die Welt kein Ende. Und in dieser Richtung« – er deutete mit dem Daumen über die rechte Schulter – »liegen Iranistan, Vendhyen und Khitai. Man sagt, Khitai sei so groß wie alle westlichen Länder zusammen; aber woher jemand das wissen will, ist mir schleierhaft.«

»In meiner Heimat, in den Steppen«, sagte sie wehmütig, »habe ich mit Männern gesprochen, die mit ihren Karawanen bis Khitai gezogen sind. Sie haben bestätigt, daß das Land in der Tat sehr groß ist, aber für meinen Geschmack hat es zu ordentlich und langweilig geklungen.«

Conan lachte. »Das bezweifle ich nicht. Aber zum Glück für uns gibt es Orte, wo es nicht so ordentlich zugeht, in Hülle und Fülle. Ich habe Ophir, Aquilonien und Nemedien noch nicht erwähnt. Alle sind reich, kultiviert und kriegsfreudig. Und dann gibt es noch die piktische Wildnis, die ist so furchtbar wie die Schwarzen Königreiche. Nördlich davon liegen Asgard, Vanaheim und Hyperborea – und dann meine Heimat Cimmerien. Diese Länder sind nicht reich, aber sie bringen unvergleichlich großartige Krieger hervor. Ich hege auch keinen Zweifel daran, daß hinter dem westlichen Ozean noch andere Länder, Nationen und Königreiche liegen, die miteinander streiten und reif für Überfälle sind. Vielleicht sehe ich diese auch noch, ehe ich sterbe.«

»Du hast das Herz eines wahren Abenteurers«, sagte Achilea. Es kam ihm vor, als höre er einen Hauch von Bewunderung in ihrer Stimme.

»Ich glaube, du bist wie ich«, meinte er. »Du fürchtest dich vor kaum etwas, du hältst dein Wort, bist deinen Freunden gegenüber treu, liebst die Gefahr und bist stets bereit, über den nächsten Hügel zu reiten, um zu sehen, was dahinter liegt.«

»Das ist doch selbstverständlich«, sagte sie. »Ich bin eine Königin.«

»Nur ein Mensch, dessen Wort so fest wie Eisen ist, bleibt bei diesen wahnsinnigen Zwillingen. Aber auch ich habe ihr Geld genommen und werde diese Sache bis zum Ende durchstehen. Allerdings gebe ich zu, daß ich mich selten auf ein so schwachsinniges Unternehmen eingelassen habe.«

Diesmal lachte Achilea. »Das bezweifle ich stark, Conan. Ich glaube, du bist viele schwachsinnige Wagnisse aus reinem Spaß an der Freude eingegangen. Ich habe das gleiche getan. Ich bin hinter Schätzen hergeritten, die es nie gab, oder habe meine Rache noch verfolgt, obgleich jeder mit gesundem Menschenverstand längst aufgegeben hätte. Selbst wenn ein Sieg völlig aussichtslos war, habe ich weitergekämpft. Mein Leben mag kurz sein, aber es ist voll Feuer und Schwung.«

»Ja, da hast du recht. Ich möchte auch nicht anders leben.«

Eine Zeitlang ritten sie schweigend weiter. Der Cimmerier spürte, daß zwischen ihnen ein Band geknüpft würde. Gerade wollte er darauf aufbauen und ihr näherkommen – doch nicht mit seiner üblichen direkten Art –, als sie sich aufrichtete und nach vorn spähte. Innerlich fluchend richtete er auch seine Aufmerksamkeit voraus. Mußte diese Störung ausgerechnet jetzt kommen?

»Da kommt jemand«, flüsterte sie. Ihre Schwertklinge glitt leise aus der Scheide.

Conan hielt sein Schwert bereits in der Hand. Es hatte keinen Laut verursacht, als er es gezückt hatte. Seine Nasenflügel bebten. »Der Wind kommt uns entgegen, aber ich rieche nicht diesen Dämonengeruch.«

»Danke den Göttern dafür«, flüsterte sie. »Männer machen genug Ärger. Da brauche ich keine Dämonen. Wie viele sind es? Was meinst du?«

Der Cimmerier lauschte angestrengt, aber er hörte nur Schlurfen und ein tiefes Summen. »Wenn ich mich nicht irre, ist es nur ein einzelner Mensch, Mann oder Frau, und nicht sehr vorsichtig. Es könnte eine List sein, um unsere Aufmerksamkeit zu fesseln und uns einzulullen, damit die Verbündeten uns aus heiterem Himmel überfallen und töten können.«

»Ich bin keine Närrin!« erklärte sie empört. »Das weiß ich auch.«

Er zuckte mit den Schultern. Da ging sie hin, die gerade gefundene Zuneigung! Jetzt sah er, daß ihnen jemand entgegenkam. Der Mann ging zu Fuß. Er schlurfte. Als die Gestalt sich näherte, wurde das unbestimmte Summen zu einem traurigen Lied. Offensichtlich war der Fremde nicht glücklich. Er schien die Reiter erst zu bemerken, als er nur noch wenige Schritte vor ihnen war. Dann schaute er auf. Ihm fiel der Unterkiefer herab.

»Ahhh! Wer seid … Gnade, edle Herrschaften, ich bin es nur, Amram, der Unglückseligste aller Menschen! Ich will euch nichts Böses.«

Achilea lachte kurz. »Ach wirklich? Hör zu, Bursche, wegen dir machen wir uns keine Sorgen. Bist du allein?«

»O gewiß doch! Und ihr?«

Conan ging über die Gegenfrage hinweg. »Du mußt ein großer Narr sein, denn nur so einer würde allein durch diese Sandwüste wandern. Das macht mich mißtrauisch. Nicht umsonst nennt man diese Wüste ›Narren-Tod‹.«

»Ich bin nicht allein aufgebrochen«, erklärte Amram mit hängendem Kopf. »Nein, edle Herrschaften, meine Geschichte ist fürwahr traurig.«

»Das bezweifle ich nicht«, meinte Achilea. »Denn ein heruntergekommener Schurke wie du könnte keine andere erzählen.«

»Behalt ihn im Auge«, sagte Conan. »Ich reite voraus. Vielleicht erwartet uns dort ein Hinterhalt. Wenn du Kampflärm hörst, töte ihn und reite zurück zu den anderen.«

»Verstanden«, sagte sie. »Du kennst die Wüste besser als ich.«

Conan ritt eine halbe Meile immer im Zickzack und in großen Bogen. Dabei kam er bei jedem möglichen Ort für einen Hinterhalt vorbei. Er hatte es erlebt, daß in der Wüste Männer unter Strohmatten lagen und sich mit Sand bedeckten. Dort warteten sie geduldig stundenlang, bis ihre Opfer sich näherten. Waren diese direkt über ihnen, schossen sie mit gellenden Schreien wie Dämonen aus der Unterwelt in die Höhe und machten alle mit den Klingen nieder, bis die Opfer in einem See aus Blut lagen und die Beute ihnen gehörte. Doch sehr scharfe Augen vermochten die Anzeichen dieser Niedertracht zu erkennen. Die Augen des Cimmeriers waren dazu sehr wohl geeignet. Doch er sah keinerlei Anzeichen für einen Hinterhalt.

Befriedigt, daß kein Hinterhalt drohte, ritt Conan zurück zu Achilea, die auf ihn gewartet hatte. Der Fremde stand mit ängstlichem Gesicht neben dem Kamel der Amazonenkönigin. Er war klein und von schmächtigem Körperbau. Nachdem er die Kapuze zurückgestreift hatte, sah man sein schmales Gesicht mit der Hakennase. Als Achilea den Cimmerier zurückreiten sah, steckte sie ihr Schwert zurück in die Scheide. Sofort verzogen sich die Züge des Fremden zu einem einschmeichelnden Lächeln.

Conan und Achilea wollten weiterreiten. »Geh zwischen uns, Fremder!« befahl der Cimmerier. Der Mann gehorchte. »Und jetzt erzähl uns deine traurige Geschichte«, fügte Conan hinzu.

»Nun denn. Ich bin ein wohlhabender Kaufmann aus Baruba in Keshan ...«

»Dein Akzent klingt mehr nach Koth«, unterbrach ihn der Cimmerier.

»Ja, stimmt. Mein Vater war ein reicher Kaufmann, dessen Landgut in den idyllischen Hügeln von Ramat lagen, nahe ...«

»Dein Akzent ist nicht nur der von Koth, du sprichst khorshemisch«, warf Conan ein.

»Wie ich gerade sagen wollte, befand sich das große Handelshaus meines Vaters im berühmten Tempelbezirk dieser Stadt ...«

»Nein, dein Akzent klingt nicht nur khorshemisch«, fuhr der Cimmerier gnadenlos fort, »er ist sogar der aus Swamp, einem Distrikt am Fluß, wo es nur Absteigen und Freudenhäuser gibt.«

Amram biß die Zähne zusammen, doch dann fuhr er fort: »Ich sehe, daß du ein Mann bist, der weit herumgekommen ist. Nun ja, mein Vater war kein Großkaufmann. Er war Geldverleiher. Aber er hatte das erste Haus am Platz in diesem nicht besonders guten Viertel.« Er brach ab und quiekte, als der Cimmerier vom Sattel hinunterlangte und ihm die Hand um den Hals legte. Doch Conan drückte nicht zu. Er spürte nur die eigenartig rauhe Haut über dem Schlüsselbein.

»Wenn du der Sohn eines ehrenwerten Pfandverleihers bist, wundere ich mich, daß du die Narbe eines stygischen Sklavenhalsbands trägst«, sagte Conan.

»Wir sind noch keine hundert Schritte weit gekommen«, mischte sich Achilea ein, »und dieser komische Kerl ist bereits vom Kaufmannsprinzen zum Sklaven gesunken. Wieviel niedriger kann er fallen?«

Conans Finger schlossen sich enger um das Schwert. »Noch niedriger als ein Sklave ist eine Leiche. Möchtest du diese Rolle ausprobieren, Amram?«

»Gnade, Herr!« rief Amram. »Du hast mich mißverstanden! Vor langer Zeit diente ich in der Armee Koths, als wir mit Stygien Krieg führten. Ich wurde gefangengenommen und mußte in diesem Land viele Jahre zwangsweise Sklavendienste verrichten. Aber viele Soldaten erleiden das gleiche Schicksal. Mit Sicherheit kannst du das nicht unehrenhaft finden.«

»Und wieso streifst du jetzt in dieser Wüste umher, du schlangenzüngiger Schurke?« fragte Achilea.

»Darauf wollte ich gerade zu sprechen kommen, große Führerin. Ihr solltet nicht so ungeduldig sein. Eine gute Geschichte muß sich langsam entfalten, wie Wasser aus einem großen Aquädukt. Man darf sie nicht rasch und unüberlegt ausspucken, dann kann der Zuhörer sie nicht genießen.«

»Schon seltsam, welche Leute man mitten in der Nacht in der Wüste trifft«, meinte Conan.

»Vor mehreren Jahren entfloh ich aus der stygischen Gefangenschaft und schlug mich nach Keshan durch. Dort machte ich als Händler mein Glück und wurde nach geraumer Zeit sogar Herr meiner eigenen Karawane. Ich hatte die besten Kamele. Jedes Jahr zog ich von Baruba nach Punt, dann weiter nach Kutchernes und Zamboula und wieder zurück.«

»Womit hast du Handel getrieben?« wollte Conan wissen.

»Mit den gängigen Waren: Elfenbein, Federn, Perlen, die von der Westküste durch Kush und Darfar eingeführt wurden, Sklaven und so weiter. Auf dem Rückweg nahm ich Gewürze, Seide aus dem Osten – diese ist der stygischen überlegen –, gefaßte Edelsteine und Sklaven verschiedener Rassen. Letztere tauschte ich für gewöhnlich in Stygien gegen einheimische Erzeugnisse und feine shemitische Glaswaren ein, ehe ich nach Baruba zurückkehrte, wo ich mehrere Frauen und über ein Dutzend Kinder habe.«

»Die Waren, die du aufgezählt hast, werden in Stygien hoch besteuert, besonders die Seide«, bemerkte Conan. »Bist du den Zolleinnehmern irgendwie durch die Finger geschlüpft?«

Amram zuckte mit den Schultern. »Ich sehe keinen vernünftigen Grund, den Behörden mehr Arbeit als nötig zu machen. Ich bin ziemlich geschickt, sie zu umgehen.«

»Dann bist du also ein Schmuggler«, stellte Achilea fest.

»Welcher Karawanenmeister mit Selbstachtung ist das nicht?« fragte Amram ehrlich verblüfft.

Conan lachte. »Ja, das ist in der Tat wahr! Na schön, du hast uns deine Geschichte in großen Zügen vorgetragen. Ich glaube, wir können auch den Rest glauben. Doch jetzt berichte uns über den traurigen Teil.«

Amram seufzte dramatisch. »Die Zeiten wurden schlecht für den Karawanenhandel. Im Süden verendeten viele Kamele an einer neuen Seuche. Im Norden trockneten die Wasserlöcher aus. Als Folge wurden die Wüstenstämme immer räuberischer. Ich konnte nicht genügend Waren für eine ordentliche Karawane zusammenbringen, auch keine guten, erfahrenen Treiber anmieten, um die wenigen mir noch verbliebenen Kamele zu führen. Und so kam es, daß ich leider eine große Dummheit beging.« Er seufzte abgrundtief.

»Welche Dummheit war das?« fragte Conan. Aus Erfahrung wußte er, daß es an der Zeit war, den Erzähler etwas zu drängen. Das gehörte im Süden zu dem Ritual des Geschichtenerzählens.

»Ich trat in die Dienste eines Fremden, der die Wüste nicht kannte. Er war ein Wahnsinniger mit einer völlig schwachsinnigen Suche.«

Conan spürte, wie sich ihm die Nackenhaare kräuselten. Er blickte Achilea an. Auch sie schaute zu ihm herüber. »Welche Art von Suche war das?«

»Ich war in Kutchernes und besaß nur noch acht Kamele, eines davon gesundheitlich angeschlagen. Meine Männer hatten mich verlassen, um eine bessere Stelle zu finden. Dann kam dieser Fremde zu mir. Er sagte, sein Name sei Firagi. Er wollte eine Karawane mieten, die ihn in die tiefste Wüste bringen sollte. Alle anderen Karawanenmeister hatten sich geweigert, ihm zuzuhören. Aber ich war nicht in der Lage, ihn abzulehnen. Ich war völlig verzweifelt.«

»Beschreib ihn!« sagte Conan barsch.

»Ein großer, hagerer Mann, sehr gut gekleidet. Ich könnte ihn keiner mir bekannten Nation zuordnen. Er hatte einen seltsamen Akzent. Ich vermute, er könnte ein Irastani sein. Irgendwie wirkte er wie ein Gelehrter, aber damit meine ich nicht, daß er die Dinge der realen Welt studiert hat. Er war anmaßend und boshaft wie gewisse unangenehme Priester in Stygien.«

»Ich weiß, welche Sorte du meinst«, versicherte ihm der Cimmerier. »Sprich weiter.«

»Er sagte, er werde den Lohn für die Helfer und die Vorräte zahlen. Ich willigte ein. Aber die einzigen Männer, die bereit waren, ein so unsicheres Unterfangen zu wagen, waren der Abschaum aller Karawanentreiber, die, wie ihr wißt, bereits ziemlich niedrig eingestuft werden.«

»Ja, das ist mir klar«, meinte Conan.

»Was wollte er mitten in der Wüste finden?« fragte Achilea.

»Anfangs sprach er nicht darüber. Doch als die Tage dahingingen und wir nichts als endlosen Sand sahen, begannen meine Männer zu murren. Da erzählte er mir von einer phantastischen Stadt, angefüllt mit Schätzen, die seit vielen Jahrhunderten inmitten der Wüste verloren sei.« Amrum zuckte mit den Schultern. »Ich habe auf meinen Reise viele seltsame Dinge gesehen. So, warum nicht? Wichtiger war, daß er damit die Gier der Männer entfachte, so daß sie weitergingen, obwohl es eindeutig sehr gefährlich war. Dann verschwand ein Mann.«

»Desertiert?« fragte Conan.

Amram schüttelte den Kopf. »Nein. Eines Morgens sind wir aufgewacht, und der Mann war weg. Sofort habe ich unsere Vorräte überprüft, aber nichts fehlte. Welcher Narr verließe eine Karawane mitten in der Wüste, ohne ein Kamel oder etwas zu essen oder einen Wasserschlauch mitzunehmen? Doch nichts fehlte. Die Nacht war windig gewesen. Es gab keine Spuren, die verraten hätten, wohin er marschiert war. Wir kamen zu dem Schluß, daß er den Verstand verloren und in die Wüste gewandert war, um zu sterben. Das geschieht zuweilen.

Wir zogen weiter. Am nächsten Morgen war noch ein Mann verschwunden. Die Umstände waren die gleichen. Jetzt bekamen meine restlichen Männer Angst. Einer meinte, ein Fluch liege über uns. Ein Sanddämon würde die Männer in die Wüste locken, sagte ein anderer. Diese Dämonen nehmen zuweilen die Gestalt einer schönen Frau an, um die Männer ins Verderben zu locken. Manche singen ein unwiderstehliches Lied, das nur das erwählte Opfer hört. Der Mann kann dann nichts anderes mehr denken, als den Ursprung dieses Liedes zu finden. Dabei vergißt er alles andere.«

»Und danach?« drängte Conan.

»Sei nicht so ungeduldig, Conan«, tadelte Achilea. »Die Nacht ist lang, und dieser Bursche erzählt vortrefflich. Gestatte ihm, sein Epos auf seine Art vorzutragen.«

»Du hast Glück, Amram«, meinte der Cimmerier. »Für gewöhnlich hat diese Frau nicht soviel Nachsicht mit Männern.«

Die Amazonenkönigin lachte. Amram rang sich ein gequältes Lächeln ab. Er war offensichtlich erleichtert, daß seine Häscher in so guter Stimmung waren. »Herrin, du bist weise und schön. Nun, ich fahre fort. Meine Männer waren vor Angst außer sich und beschuldigten unseren Dienstherrn, mit den Dämonen gemeinsame Sache zu machen, indem er uns in die Wüste gelockt hatte, damit diese Scheusale uns verschlingen konnten. Er meinte, das sei doch barer Unsinn und daß die beiden Männer schlicht den Verstand verloren hätten. Wieder erzählte er von der großen Stadt, die ganz nahe sein müsse. Er bat uns, noch einen Tag weiterzuziehen. Ich war fürs Umkehren, doch die anderen ließen sich umstimmen.«

»Und am nächsten Morgen war wieder ein Mann verschwunden«, sagte Conan.

»Nein. Am nächsten Tag waren unsere Wasserschläuche aufgeschlitzt. Wir fanden nur noch feuchte Flecken im Sand. Nachdem wir unsere anfängliche Bestürzung überwunden hatten, liefen wir wütend zu Firagi. Diesmal stand er mit einem Lächeln auf dem hochmütigen Gesicht da. Nun müßten wir die Stadt suchen, erklärte er. Denn dort gebe es niemals versiegende Brunnen. Aber nur er allein könne uns dorthin führen.«

»Ich hätte ihn für diese Unverschämtheit sofort getötet und wäre umgekehrt – mit oder ohne Wasser«, erklärte Achilea.

»Ja, das sagst du nur, weil du neu in der Wüste bist, schöne und wilde Herrin. Wir, alles erfahrene Männer, wußten, daß eine Umkehr ohne ausreichend Wasser den sicheren Tod bedeutete. Keiner von uns war je so tief in die Wüste vorgedrungen. In der Tat hatte keiner von uns jemanden getroffen, der sich in diese Gegend gewagt hatte. Die Stadt war vielleicht nur ein Hirngespinst dieses Wahnsinnigen, aber sie war unsere einzige Hoffnung. Da wir keine andere Wahl hatten, folgten wir ihm weiter hinein in die endlose Sandwüste.«

Der Cimmerier hörte sich die Geschichte Amrams an, doch ließ er beim Weiterreiten keineswegs seine Hauptaufgabe aus den Augen: die Karawane vor Räubern zu schützen, mochten diese Menschen oder Dämonen sein. Die schwache Brise brachte keine Laute, abgesehen vom Atmen der Kamele. Er roch auch nur die Tiere, auf denen Achilea und er ritten, da in dieser Gegend nicht einmal ein stacheliger Kaktus oder ein kümmerlicher Busch wuchs, dessen Geruch sich in der trockenen Luft hätte verbreiten können.

»Nach drei schrecklichen Tagen waren wir vor Durst fast wahnsinnig geworden«, fuhr Amram fort. »Deshalb töteten wir ein Kamel und tranken sein Blut. Dann machten wir mit dem Holz seines Sattels ein Feuer und rösteten das Fleisch. Das gab uns ein wenig Kraft. Doch danach beäugten uns seine Artgenossen sehr mißtrauisch.«

Amram lächelte. »Bald fingen sogar die Kamele an zu stolpern und zu schwanken, nur Firagi ritt weiter, als könnten ihm Hitze, Durst und die unendlich vielen Meilen nichts anhaben. Er war besessen wie ein Fanatiker. Ich hätte ihn mit Freude getötet, aber dann wären wir alle gestorben. Ich schluckte den Wunsch, ihn zu töten, hinunter und schleppte mich weiter.«

Amram machte eine kurze Pause. »Dann brach ein Mann nach dem anderen zusammen, ebenso die Kamele. Wir Überlebenden holten uns aus dem Blut und Fleisch der Kamele ein wenig Kraft. Doch laßt euch sagen, meine Freunde, Blut vermag vielleicht das

Leben erhalten, aber es stillt den Durst nicht, da es so salzig ist wie das Wasser des Meeres.

Am Ende waren nur noch Firagi und ich übrig, und alle Kamele waren tot. Es kam die Stunde, in der mir bewußt war, daß ich nicht weitergehen konnte. Ich stapfte hinter Firagi her und beschloß, ihn zu töten, ehe ich meinen Geist aufgab, um mich und meine Gefährten zu rächen. Auch wenn sie zum Abschaum im Karawanenhandel gehörten, waren sie doch meine Kameraden in der Wüste gewesen. Ich wählte eine geeignete Stelle auf Firagis Rücken und schwang meinen Dolch.« An dieser Stelle zog Amram zur Verdeutlichung einen Dolch aus der Bauchschärpe. Die Klinge war wie der Hauer eines Ebers geschwungen.

»Hättest du das früher getan, hätte es dir mehr genützt«, meinte Conan.

»Sei still, Cimmerier!« fuhr Achilea ihn an. Die Geschichte hatte sie offensichtlich in ihren Bann geschlagen.

»Doch ehe meine Klinge seinen Rücken berührte, stieß Firagi einen Schrei aus«, fuhr Amram fort. »Er stand auf dem Kamm einer Düne, vor Schwäche schwankte er hin und her. Ich konnte nicht sehen, was ihn so aufgewühlt hatte. Ich steckte den Dolch wieder ein und ging weiter, um einen Blick zu wagen. Ich beschloß, ihn an der nächsten Düne zu töten. Ich hoffte, er hätte ein Wasserloch entdeckt. Die winzigste, schlammige Oase hätte mich mehr entzückt als die prächtigste Stadt voller Schätze.«

Wieder legte er eine dramatische Pause ein.

»Nun, rede weiter!« befahl Achilea.

»Es war keine Quelle, sondern tatsächlich eine Stadt.«

»Dann ist es also wahr?« stieß Conan hervor. Es widerstrebte ihm, dem Wort dieses heruntergekommenen Karawanenmeisters zu trauen.

»Ja, es ist wahr. Es war eine Stadt. Ob es dort auch

Schätze gibt, vermag ich nicht zu bestätigen, wie ich euch gleich erklären werde. Es war auch kein Trümmerhaufen wie so manche uralte Stadt in der Wüste, mit eingestürzten Türmen und Statuen, die bis zum Hals in Sand begraben sind. Nein, diese Stadt war bis zum letzten Dachziegel unversehrt. Ganz wie Khorshemish, meine Geburtsstadt, oder Luxur in Stygien, wo ich Sklave war.

Seht diese Stadt mit meinen Augen, edle Herrschaften: Hinter mächtigen Mauern erheben sich Türme hundert Schritte hoch in den Himmel. Manche sind aus Alabaster und so weiß wie Salz, andere aus purpurnem, grünem oder rotem Marmor, versehen mit Bronzekuppeln. Darüber erhebt sich ein Aufsatz, der in eine goldene Kugel oder einen Stern oder einen Halbmond ausläuft. Alles glänzt im Sonnenlicht. Diese Türme sind so schlank, daß die gewaltigen Wüstenstürme, die in jeder Generation einmal oder zweimal kommen, sie hätten umstürzen müssen. Diese Stürme sind so gewaltig, daß sie jedes Gebäude aus Lehm oder gebrannten Ziegeln zerstören. Nur die niedrigen Häuser aus gewachsenem Stein können sie überstehen. Aber die Sandkörner des Wüstensturms haben nicht einmal die polierte Oberfläche des feinen Marmors verkratzt. Ist das nicht ein großes Wunder?«

»Wenn es stimmt, ist es in der Tat ein großes Wunder«, meinte Conan.

»Sprich weiter!« forderte Achilea ungeduldig.

»Unter den Türmen sah ich die Umrisse der Paläste, die ebenfalls von Kuppeln gekrönt waren. Manche Kuppeln ähnelten Palmblättern, andere dem Turban eines Sultans, der mit funkelnden Juwelen besetzt ist. Es gab Terrassen, vielleicht hängende Gärten, wie man sie oft in den großen Städten Stygiens sieht. Aber nirgends sah ich auch nur einen Hauch von Grün, weder innerhalb noch außerhalb der Stadt.

Sogleich war mein Wunsch, Firagi zu töten, wie weggeblasen; denn er hatte mich tatsächlich zu dieser Stadt geführt, auch wenn es viel gekostet hatte. Firagi schrie wie ein Kamel, das nach langer Durststrecke Wasser sieht: ›Da ist sie! Wahrlich, da ist Janagar mit den Opaltoren!‹ Zum erstenmal sprach er den Namen der Stadt aus. Bis zu diesem Moment hatte ich nie von Janagar gehört, und ich halte mich für einen Mann, der mit den alten Erzählungen über die Wüste hervorragend vertraut ist.«

Conan und Achilea wechselten einen beredten Blick.

»Du bist gerade bei uns eine Stufe aufgestiegen«, sagte der Cimmerier. Diesmal klang er nicht so ungläubig wie zuvor. »Erzähl uns mehr.«

Amram grinste und nickte. »Ah, ihr wißt eine gute Geschichte tatsächlich zu schätzen! Gut, gut! Niemals habe ich etwas so Phantastisches erzählt, das obendrein wahr ist. Wohlan denn! Wir stolperten über die Düne zur Stadt hinab. Nachdem ich über meine anfängliche Verblüffung hinweggekommen war, fielen mir weitere seltsame Dinge an diesem Ort auf. Die Stadt lag in der Mitte einer riesigen Sandmulde. Diese Mulde war nicht sehr tief, aber tief genug, um die Stadt vor den Blicken zu verbergen, bis man den Kamm der letzten Düne erreicht hatte. Es flogen keinerlei Vögel über der Stadt, obgleich man sie selbst tief in der Wüste sieht, da die Vögel mit den langen Schwingen weit fliegen, wenn sie ein Aas erspähen. Doch über Janagar war der Himmel so tot und ohne Leben wie die Stadt.

Keine Spur von Leben gab es dort. Kein Rauch kräuselte sich über den Mauern, Palästen und Tempeln. Am unheimlichsten schien mir, daß auch kein Laut aus der großen Stadt drang. Für gewöhnlich hört man in einer Stadt selbst in tiefster Nacht, wenn alle schlafen, irgendwelche Geräusche. Und wenn es nur das Schnarchen eines Wachpostens oder das Taumeln eines Betrunkenen ist. Außerhalb einer Stadt gibt es immer den Geruch und die Laute von Vieh. Doch außerhalb Janagars herrschte Totenstille.

Ich glaubte bereits, alles sei ein Traum oder eine Fata Morgana, da hörte ich plötzlich ein Geräusch. Es war das angenehmste Geräusch, das ich mir vorstellen konnte!«

»Menschliche Stimmen?« fragte Achilea.

»Nein, Wasser! Ich hörte das Plätschern von Wasser! Meine schmerzenden Füße bekamen Flügel, als ich das letzte Stück Weg zur Stadtmauer zurücklegte. Unmittelbar vor dem gewaltigen Tor stand ein Trog, wie ihn viele Städte haben, damit die Ankommenden ihre Pferde und Kamele tränken können. Dieser Trog war zehn Schritte lang und zwei breit – und bis zum Rand mit reinem, klarem Wasser gefüllt! An einem Ende des Trogs sah ich ein Podest mit dem aus Stein gemeißelten Kopf eines phantastischen Tiers. Zwischen den Fängen in seinem Schnabel schoß das Wasser heraus. Ich fiel auf die Knie und tauchte mein Gesicht in das gesegnete Naß. Ich kam erst wieder heraus, als ich atmen mußte.

Dann sah ich, daß Firagi, dieser Narr, am Wassertrog vorbeimarschiert war, als hätte er ihn gar nicht gesehen. Jetzt stand er vor dem prächtigen Tor und starrte es mit offenem Mund an. Und in der Tat waren die Torflügel verziert und mit Opalen besetzt. ›Komm, trink!‹ rief ich ihm zu. ›Sonst verdurstest du.‹ Doch er hörte mich nicht – oder er wollte mich nicht hören. Statt dessen kreuzte er die Arme vor der Brust« – Amram senkte den Kopf und ahmte die Geste nach – »und sprach Worte. Ich war wie vom Donner gerührt, als das Tor zu ächzen und zu quietschen begann!

Die Türflügel waren zehn Fuß hoch, aus schwerem dunklen Holz gefertigt und mit Bronzebeschlägen und bronzenen Buckeln verziert. Ich hatte für ihre Schönheit kein Auge, denn es öffnete sich langsam. Majestätisch schwangen die Flügel nach außen, bis ein Mann durch sie hindurchgehen konnte. Wortlos schritt Firagi hindurch.

Ich war wie betäubt, doch nur kurz. Dann ging auch ich los, um diese mystische Stadt zu betreten, die das Ziel all unserer Leiden war. Doch da schwangen die Torflügel wieder nach innen. Ich lief schneller, doch der Spalt war bereits zu schmal, um mich einzulassen. Ich packte die Ränder, doch vergeblich. Sie entglitten meinen Fingern und schlossen sich leiser als eine gewöhnliche Haustür. Ich rief Firagi, aber er hörte mich nicht – oder wollte mich wahrscheinlich nicht hören.

Den ganzen Tag versuchte ich, in die Stadt einzudringen. Ich umrundete die gesamte Mauer. Dabei fand ich kleinere, schmucklose Tore, doch alle waren fest verschlossen. Die Mauer war zu glatt, um sie zu erklimmen. Ich hatte auch kein Seil oder Haken.« Wieder seufzte Amram tief.

Schließlich wanderte ich fort. Ich wußte, ich konnte nicht hinein. Wasser hatte ich im Überfluß, doch sollte ich verhungern? Ich rechnete damit, in der Wüste zu sterben, doch dann hatte ich das unaussprechliche Glück, auf euch, edle Herrschaften, zu treffen.«

»Du kamst aus Süden«, sagte Conan. »Warum bist du von der Stadt aus nach Norden marschiert?«

»Ich wußte, daß ich verloren wäre, wenn ich denselben Weg zurückginge. Ich wußte auch, daß die Wüste im Norden etwas weniger menschenfeindlich ist und es dort eine winzige Hoffnung gäbe, lebendig davonzukommen. Deshalb lenkte ich meine Schritte in diese Richtung.«

»Du scheinst ein Mann zu sein, der eine Gelegenheit nützt, wenn er sie sieht«, meinte Achilea. »Kannst du uns ein paar dieser Opale zeigen?«

Amram grinste. »Wenn ich gekonnt hätte, hätte ich

meine Taschen mit Opalen vollgestopft. Aber sie waren erst in einer Höhe von fünf oder sechs Schritten an den Türen angebracht. Die Erbauer dieser wunderbaren Stadt waren nicht so töricht, die kostbaren Steine unten einzusetzen, wo jeder sie erreichen kann.«

»Du hast einen langen Marsch und aufregende Abenteuer hinter dir«, sagte Conan. »Aber du klingst nicht wie ein durstiger Mann. Du hast uns nicht um Wasser gebeten.«

Amram griff in sein Gewand und holte einen kleinen, fast flachen Wasserschlauch hervor. Als er ihn schüttelte, hörte man leises Gluckern. »Ich habe die aufgeschlitzten Schläuche zusammennähen lassen und mitgenommen«, erklärte er. »Wir würden sie brauchen, um zu überleben, falls wir doch irgendwann Wasser fänden. Ich füllte sie vor den Toren Janagars und schleppte so viele mit, wie ich tragen konnte. Als ich euch traf, hatte ich nur noch diesen kleinen Schlauch. Deshalb sang ich das traurige Lied. Ich dachte, ich müßte in ein oder zwei Tagen sterben.«

»Dann liegt diese Stadt nicht weit von hier?« fragte Achilea.

»Wenn man auf einem Kamel reitet – nur drei Tage. Und da wir gerade von diesen nützlichen Tieren sprechen – habt ihr vielleicht ein Kamel, das ich reiten könnte? Ich bin schon viel zu lange zu Fuß unterwegs.«

»Wir gehören zu einer kleinen Karawane«, erklärte der Cimmerier. »Wir sind zwar nicht die Besitzer, doch bin ich sicher, daß diese dir erlauben werden, eines der Packtiere zu reiten, wenn deine Geschichte ihnen gefällt. Doch das liegt bei dir.«

»Sicher haben sie Mitleid mit einem armen Wanderer, der Hab und Gut verloren hat und in der weiten Wüste umherirrt.«

»Die beiden sind eigenartige Menschen«, meinte

Conan. »Folge unserer Spur, dann triffst du unsere Karawane. Geh zu den beiden, die auf den großen weißen Kamelen reiten, und erzähl ihnen, was du uns erzählt hast. Vielleicht sind sie nicht allzu glücklich, wenn sie von diesem Firagi hören, doch bezweifle ich, daß sie es dir ankreiden.«

Amram verneigte sich tief. »Mögen die Götter der Wüste über euch wachen und jegliches Leid von euch fernhalten.« Damit machte er kehrt und marschierte davon.

Nachdem der Mann verschwunden war, sagte Conan: »Kein Gott in dieser Gegend schert sich einen Dreck um einen Menschen oder seine Werke.«

»Was hältst du von Amram und seiner Geschichte, Conan?« fragte Achilea.

»Ich finde es höchst seltsam, daß wir ausgerechnet ihn in dieser endlosen Wüste in der Dunkelheit treffen.«

»Ja, allerdings. Ist es dir auch aufgefallen, daß er nicht gefragt hat, warum wir hier sind oder was wir suchen? Selbstverständlich scheint er halb von Sinnen zu sein. Das könnte eine Erklärung sein.«

»Könnte es«, pflichtete der Cimmerier ihr bei. »Und ich glaube, diese Begegnung ist nicht das letzte seltsame Ereignis auf dieser wahnwitzigen Suche.«

Sieben

Die Zwillinge waren geradezu überschwenglich begeistert von Amrams Geschichte gewesen. Jetzt ritt der seltsame kleine Mann auf einem Kamel an der Spitze und führte sie zu seiner legendären Stadt. Dicht hinter ihm ritten die anderen: Achilea und ihr Gefolge, Conan, Kye-Dee und die Hyrkanier. Diese schwankten zwischen freudiger Erwartung und unbestimmter Beklommenheit. Zwar ritten sie nicht mehr ziellos durch die Wüste, aber Amrams phantastischer Bericht hatte sich wie ein Leichentuch auf die Gemüter gelegt.

»Warum sind die Zwillinge so glücklich?« fragte Jeyba der Zwerg mißmutig. »Sie scheinen erleichtert zu sein. Dabei hatten sie doch behauptet, sie wüßten, wo diese Stadt liegt. Warum brauchen sie einen Führer?« Er wischte sich mit dem Handrücken den Schweiß von der Stirn. Da die Zwillinge nun einen Führer hatten, der sie schnell ans Ziel bringen würde, beschlossen sie, auch tagsüber zu reiten.

»Ich vermute, sie kannten die Gegend nur ungefähr, in der die Stadt liegen sollte, nicht die genaue Lage«, meinte der Cimmerier.

»Und ihre Kenntnis beruhte nur auf uralten Texten und Geschichten«, fügte Achilea hinzu. »Der Bericht dieses Manns scheint zu bestätigen, daß es die Stadt tatsächlich gibt und daß sie so unzerstört ist, wie sie gehört hatten.«

Conan tätschelte den Hals seines Kamels, worauf es leise grunzte. »Die Tiere werden schwächer und brauchen bald Wasser. Aber einen oder zwei Tage halten sie schon noch durch. Hoffentlich ist die Geschichte des Burschen wahr.«

»Und wenn nicht?« fragte Achilea.

»Dann werden wir – wie auch er – herausfinden, wie lange wir uns von Kamelblut ernähren können. Danach werden wir mit Sicherheit verrecken; denn wir sind diesem Traum so tief in die Wüste gefolgt, daß wir weder umkehren noch bis ans andere Ende weitermarschieren können, da laut Amrams Bericht im Süden die Wüste noch trostloser ist als der Teil, den wir bisher durchquert haben.«

Achilea spuckte angewidert aus. »Ich hätte mir nicht träumen lassen, daß ein Land so völlig ohne Leben sein könnte, ohne Schönheit oder irgend etwas, das sich anzuschauen lohnte.«

»Stimmt«, meinte Kye-Dee traurig. »Seit Tagen haben wir nichts anderes als Eidechsen als Zielscheiben gesehen. Wozu soll ein Land gut sein, in dem es keine lohnenden Ziele gibt?«

Conan hatte andere Sorgen als fehlendes Wild. Frisches Fleisch war eine feine Sache, aber er konnte auch lange mit anderer Nahrung auskommen. Er wandte sich an Achilea. »Reite mit mir zu dieser Düne da drüben«, sagte er und deutete auf eine Anhöhe, ungefähr eine Viertelmeile links von ihnen. »Es ist der höchste Punkt, den wir seit Tagen gesehen haben. Von dort aus können wir in alle Richtungen schauen.«

Die beiden ritten auf die Düne. Vom Kamm aus konnten sie in alle Richtungen meilenweit die flache Wüste überblicken.

»Du forderst mich nicht oft auf, dich bei einem Spähritt zu begleiten«, sagte Achilea.

»Ich wollte mit dir sprechen, ohne daß die anderen uns hören.«

»Das habe ich mir schon gedacht. Was macht dir Sorgen?«

»Anfangs hatten wir nur die Zwillinge, die nach Janagar suchten, jetzt haben wir auch noch Firagi. Und das gefällt mir ganz und gar nicht.«

»Aber sie haben uns doch anfangs gesagt, daß andere auch auf der Suche nach Janagar seien, was gefährlich werden könnte. Deshalb wollten sie uns als Leibwächter.«

»Stimmt, aber kommt es dir nicht seltsam vor, daß Menschen, die einen Schatz suchen, so wenig Vorkehrungen dafür treffen, ihn wegzuschaffen? Sie suchen nach einer Stadt, die angeblich bis obenhin mit Schätzen gefüllt ist, aber sie bringen nur Reitkamele und so wenig Packtiere mit, daß diese nur den für den Heimweg nötigen Wasservorrat und Proviant tragen können.«

Achilea runzelte nachdenklich die Stirn. »Aber haben die Zwillinge nicht gesagt, Ziel dieser Expedition sei es, die genaue Lage der Stadt und ihrer Schätze zu bestimmen?« gab sie zu bedenken. »Später können sie doch mit einer großen Karawane mit Hunderten von Kamelen zurückkommen und die Schätze bergen.«

»Das behaupten sie. Wenn wir jedoch Amram glauben, hat Firagi keinerlei Vorkehrungen getroffen, um zurückzureiten. Ihm schien es völlig gleichgültig zu sein, daß alle Männer und Kamele auf dem Weg zur Stadt starben. Es wäre für ihn völlig unmöglich gewesen, allein durch die Wüste zurückzukehren. Und dennoch würdigte er das Wasser keines Blickes, sondern betrat sofort die Stadt und schloß hinter sich das Tor.«

»Wahrscheinlich ist er ebenso wahnsinnig wie die Zwillinge«, meinte Achilea. Conans Bedenken hatten offensichtlich Eindruck auf sie gemacht. »Du machst dir zuviel Sorgen, Cimmerier. Ich hätte nie geglaubt, daß du zu den Angsthasen gehörst.«

»Ich bin kein Narr«, protestierte er empört. »Und ich lasse mich nicht für dumm verkaufen!«

»Und wie deutest du alle diese Ungereimtheiten, Conan?« fragte sie zurück. »Dieses Unterfangen schien uns doch bereits von Anfang an wahnwitzig zu sein. Bis jetzt habe ich nichts gesehen, was meine Meinung hätte ändern können. Doch das läßt mich inzwischen kalt. Mir scheint, du gibst dich nicht so leicht zufrieden.«

»Nein, zufrieden bin ich in der Tat nicht«, erklärte Conan. »Und was diese Ereignisse betrifft, sage ich dir: Was auch immer diese Wahnwitzigen in Janagar suchen, ist kein Schatz aus Juwelen und Edelmetallen. Es ist etwas, das man ohne Packtiere forttragen kann. Ich hege den starken Verdacht, daß es etwas ist, das wir nicht teilen können.«

Achilea spielte unruhig und mit gefurchter Stirn am Schwertknauf. »Ja, wahrscheinlich hast du recht«, stieß sie schließlich hervor. »Aber was können wir jetzt dagegen tun?«

»Verdammt wenig«, gab er zu. »Wir können nur weiterreiten. Aber ich werde mir von unseren mysteriösen Zwillingen ein paar Antworten verschaffen, sobald wir Janagar erreicht haben. Und wenn sie dieses Tor öffnen, werde ich ihnen auf den Fersen bleiben, wenn sie hineingehen, und mich nicht am Trog mit Wasser vollaufen lassen.«

Conan war verblüfft, als Achilea lachte. »Ich glaube, nur wenige Feinde erwischen dich mit dem Kopf im Wasser. Doch verstehe ich nicht, warum du so üble Laune hast. Wir haben diesen Auftrag übernommen, um aus Leng wegzukommen, richtig?«

»Richtig.«

»Und – liegt Leng nicht weit hinter uns?« Sie deutete auf die Wüste ringsum.

»Das stimmt«, pflichtete er ihr bei. Er vermochte ein Grinsen nicht zu unterdrücken. »Aber im Augenblick erscheint mir Leng gar nicht mehr so …« Er brach ab.

»Was ist?« Achilea wandte den Kopf in die Richtung,

in die der Cimmerier blickte. Weit im Nordosten glitzerte etwas.

»Reiter folgen uns«, erklärte er.

»Ja, dort ist unsere Spur. Aber bist du sicher, daß es Reiter sind? Im Sand sind so viele Kristalle und glänzende Mineralien.«

»Nein, ihr Glanz ist anders. Stahl glänzt heller. Und ich sehe, wie sie sich bewegen.«

Achilea studierte das Phänomen eine Zeitlang. »Ja, der Glanz bewegt sich. Und es sind mehrere. Meinst du, daß es Rüstungen sind?«

»Eher Lanzenspitzen. Es müßten schon überstarke Krieger sein, um in dieser mörderischen Hitze Rüstungen zu tragen. Diesen Reitern ist es anscheinend gleichgültig, ob man sie entdeckt oder nicht, sonst hätten sie Tücher um die Spitzen gewickelt.«

»Ich frage mich, wer diese Reiter sind.«

»Das kann ich dir nicht sagen, aber irgendwie muß ich an den Mann denken, der in der letzten Stadt so auffällig nach unserem Unternehmen fragte.«

»Glaubst du, er ist es?«

»Das werde ich heute nacht herausfinden.«

Als sie am Abend ein Lager ohne Feuer aufschlugen, berichtete Conan den Zwillingen von seiner Entdeckung.

»Nun, wir haben gewußt, daß andere auf derselben Spur waren«, meinte Monandas mit der Gelassenheit eines Philosophen.

»Ich werde sie mir näher anschauen«, erklärte Conan. »Wenn es ganz dunkel ist, gehe ich auf unserer Spur zurück, um festzustellen, wie viele es sind. Vielleicht gelingt es mir sogar, sie zu belauschen.«

»Ich komme mit dir«, sagte Achilea entschieden.

Conan zog es vor, derartige Unternehmen allein durchzuführen, doch er fühlte, daß jetzt nicht der richtige Zeitpunkt war, mit ihr zu streiten. »Gut.«

»Wir auch!« sagten Achileas Gefährtinnen wie aus einem Mund. Ihre hellen Augen funkelten in dem schwarzbemalten Streifen wie die von Wölfinnen.

»Nein!« widersprach Achilea, ehe Conan protestieren konnte. »Es gilt, Fremde auszukundschaften, nicht sie zu überfallen. Augen und Ohren von uns beiden werden genügen. Vielleicht brauchen wir zu einer anderen Zeit scharfe Klingen und Schnüre, doch nicht jetzt.«

Die Frauen fügten sich mit finsteren Mienen. Doch dann gaben sie sich größte Mühe, ihre Königin für diese Mission herzurichten. Sie holten ihre Farbentöpfe und nahmen ihr die weiten Wüstengewänder ab. Achilea saß fast nackt auf einem kleinen Teppich. Sie trugen eine so gute Tarnfarbe auf, daß ihr Körper mit der vom Mond beschienenen Wüste zu verschmelzen schien. Ihr Körper war hellbraun mit vielen dunklen Punkten und Streifen.

Conan traf schlichtere Vorbereitungen. Er zog sich ebenfalls aus und rollte sich im feinen Sand, bis ihn kein Glanz der Haut mehr verraten konnte. Danach schmierte er sich mit einer Mischung aus Ruß und Talg ein. Diese Salbe hatte er vor ihrem Aufbruch in die Wüste gekauft. Die Wüstensöhne schwärzten sich damit die Haut unter den Augen, um die grelle Sonne zu mildern.

Im Mondlicht sahen die beiden wie zum Leben erwachte Teile der Wüste aus. Sie hatten Stoffetzen um die Waffen gewickelt, damit diese nicht klirrten. Gleichzeitig veränderten sie damit ihre Umrisse. Der Mond war beinahe voll und stand auf halbem Weg zum Zenit, als die beiden aufbrachen. Anfangs liefen sie locker dahin. Dieses Tempo wollten sie beibehalten, bis sie sich ihrem Ziel genähert hätten.

Sie hätten sich leicht nach den eigenen Spuren richten können, doch der Cimmerier wollte nicht, daß die Verfolger seine und Achileas Fußabdrücke am nächsten Tag sehen konnten. Deshalb liefen die beiden zuerst eine halbe Meile nach Osten und vertrauten darauf, daß die Verfolger keine Späher aussenden würden, welche diese Spuren entdeckten.

Conans Sinne waren angespannt. Auch nicht die geringste Bewegung oder der leiseste Laut entging ihm. Und beides gab es, denn selbst die tiefste Wüste lebt. Die sengende Sonne jagte jegliches Leben während des Tages in Verstecke, doch nachts kamen Insekten, Eidechsen und kleine Säugetiere heraus, um zwischen Sand und Steinen nach Nahrung zu suchen. Schlangen und Raubtiere zeigten sich ebenfalls, um zu jagen. Der Cimmerier sah aus dem Augenwinkel eine Eidechse, die mit dem Schwanz schlug und einen Käfer verfolgte, dann wand sich eine Schlange seitlich eine Düne hinauf. Einmal huschte auch ein kleiner Fuchs mit riesigen Ohren vorbei, um eine Wüstenmaus zu jagen. Es gab sogar ab und zu Fledermäuse und Eulen, die auf dem Boden nisteten. Auf lautlosen Schwingen bewegten sie sich durch die Nacht.

Sie waren noch keine Stunde vom Lager entfernt, als sie Feuerschein sahen. Sofort blieben sie stehen, um sich zu beraten.

»Wenn sie Feuerholz mitgebracht haben, müssen sie viele Packtiere mitführen«, meinte Achilea.

»Das bedeutet, daß sie die Expedition ernst nehmen«, sagte Conan. »Aber ich muß zugeben, es ist schon ungewöhnlich, so weit in die Wüste Feuerholz mitzunehmen. Gewöhnlich will jeder diesen Teil so schnell wie möglich durchqueren. Da leistet man sich nicht den Luxus eines Feuers. Zu kochen gibt es wenig, und warme Kleidung genügt als Schutz gegen die kalten Nächte. Laß uns diese Karawane näher betrachten.«

Als nur noch eine Düne zwischen ihnen und der Karawane lag, hielten sie wieder inne.

»Ich rieche keinen Rauch«, meinte Conan.

»Es weht kein Wind«, sagte Achilea.

»In einer Nacht wie der heutigen müßte der Rauch wie ein Schleier über dem Feuer liegen. Wir müßten ihn riechen.«

»Reden nützt nichts. Wagen wir einen Blick.«

Sie krochen auf dem Bauch zum Kamm der Düne hinauf. Langsam hoben sie die Köpfe und spähten über die Sandbarriere. Eigentlich sah alles ganz normal aus: ungefähr zwanzig Männer. Die Hälfte saß um ein Lagerfeuer, vier standen hundert Schritt in jeder Richtung Wache, der Rest kümmerte sich um etwa vierzig Kamele, holte Vorräte aus den Satteltaschen oder war mit anderen Dingen beschäftigt. Trotzdem störte etwas bei diesem Bild. Plötzlich sah der Cimmerier, was es war.

»Das Feuer!« flüsterte er so leise, daß eine langbeinige Wüstenmaus, zehn Schritt entfernt, ihn nicht hören konnte. Achilea antwortete nicht. Doch sah er an ihren großen Augen, daß ihr dasselbe aufgefallen war wie ihm.

Die Flammen flackerten wie bei jedem gewöhnlichen Feuer, doch stimmte ihre Farbe nicht. Es gab zwar die üblichen Töne aus Rot, Gelb und Orange, doch darunter schimmerte tiefes Purpur – und es stieg kein Rauch auf. Es knisterte auch kein Holz. Die Flammen kamen aus einem Haufen glänzender Steine. Offensichtlich verströmten sie Wärme, denn über ihnen hing ein kleiner Kessel, wie ihn die Wüstenstämme verwendeten, um Kräutertee zu kochen. Fladenbrote lagen auf den flachen Steinen um die Feuerstelle.

»Was bedeutet das?« fragte Achilea. Bei ihren Worten stieß eine Eule auf die Wüstenmaus herab. Die Eule flog völlig lautlos, aber die Maus quiekte schrill, ehe die Eule ihr den Hals brach. Mehrere Männer am Feuer wandten den Kopf und spähten in die Richtung des Quiekens. Conan und die Amazonenkönigin erstarrten. Dann flog die Eule mit ihrer Beute davon, und die Männer widmeten sich wieder dem Abendessen.

»Siehst du den Kerl in den roten Stiefeln beim Feuer?« hauchte Conan.

»Dein Freund aus Zardas?«

»Ja. Der Mann neben ihm, der mit dem Turban, scheint das Kommando zu führen.«

Achilea betrachtete den Mann. Seine Kleidung war purpurrot wie die eines Königs. Nur ein sehr selbstbewußter, prahlerischer Mann ritt mit diesem Haufen übel aussehender Strolche durch die Wüste. »Ja, so sieht's aus«, meinte sie.

»Wir müssen uns näher heranpirschen, wenn wir sie belauschen wollen. Wir schlagen einen Bogen nach Norden und kriechen aus dieser Richtung zurück.«

»Das kostet zuviel Zeit«, protestierte sie. »Wir können um das Ende dieser Düne kriechen, dann durch die Rinne im Sand bis zu dem Fels, der dort drüben herausragt – ohne daß sie uns sehen.«

»Könnten wir«, stimmte Conan zu. »Aber morgen sehen sie unsere Spuren. Sie sind von Norden auf unsere Fährte gestoßen, und es ist unwahrscheinlich, daß sie in der Frühe nach ihren eigenen Fährten sehen. Selbst wenn jemand zurückgeht, haben sich unsere Abdrücke so mit ihren und unseren vom Vortag vermischt, daß nur ein piktischer Meister im Fährtenlesen sie entdecken könnte.«

»Ja, dein Plan ist klug. Wenn wir schon vorsichtig sein müssen, dann auch jetzt.«

Sie krochen die Düne wieder hinab und pirschten sich gebückt nach Norden – die Hand am Schwertknauf.

»Was hältst du von dem merkwürdigen Feuer?« fragte Achilea, als sie nach Westen bogen.

»Zauberei«, stieß er mürrisch hervor. »Wir haben einen Zauberer auf unserer Fährte.«

»Für eine Wüstendurchquerung ist dieser Zauber aber recht gut. Feuer ohne Holz. Wenn er auch noch Wasser herbeizaubern kann, haben sie keine Probleme.«

»Es gibt keinen guten Zauber«, erklärte Conan fest.

»Begegnungen mit dem Übernatürlichen bereiten dir Sorgen, nicht wahr?« meinte Achilea und lächelte. »Wenn man Magie gegen mich einsetzt, habe ich etwas dagegen, nicht jedoch, wenn ich durch sie Vorteile habe.«

»Wenn man Magie benutzt, ist der Preis, den man dafür bezahlen muß, immer größer als der Vorteil.«

»Wie du meinst.« Sie zuckte mit den Schultern. Das Spiel ihrer Schultermuskeln war im Mondlicht wunderschön anzusehen. »Ich zerbreche mir darüber nicht den Kopf. Ah, wir sind am Ziel.«

Sie waren zu den vielen Abdrücken gekommen, die ihre eigenen Kamele und die der Verfolger hinterlassen hatten. Jetzt marschierten sie darauf zurück. Als sie die angebundenen Kamele sahen, blieben sie stehen. Zwischen den sich ständig bewegenden Kamelbeinen sahen sie den Feuerschein. Etwa die Hälfte der Tiere kniete und hatte die häßlichen Beine untergeschlagen.

»Am besten schleichen wir uns durch die Kamele näher«, meinte Conan. »Es gibt keine andere Deckung.«

»Werden sie uns nicht durch ihre Unruhe verraten?« Achilea fühlte sich unter diesen Wüstenschiffen immer noch nicht wohl. Wären es Pferde gewesen, hätte sie keine Bedenken gehabt, durch die Herde zu schleichen.

»Inzwischen riechen wir auch wie Kamele«, versicherte ihr der Cimmerier. »Außerdem machen Kamele die ganze Nacht über Geräusche. Wenn wir vorsichtig sind, regen sie sich nicht auf. Der Wachposten auf dieser Seite patrouilliert ungefähr hundert Schritte hin und her. Ich arbeite mich näher, und wenn er kehrtmacht, krieche ich weiter. Du bist bei seiner nächsten Kehrtwendung an der Reihe.«

»Und wenn man uns entdeckt?«

»Es sind zu viele, als daß wir gegen sie kämpfen könnten. Lauf in irgendeine Richtung die Wüste. Wir treffen uns dann in unserem Lager wieder.«

»Verstanden. Los!«

Lautlos wie eine Raubkatze in hohem Gras schlich der Cimmerier zum Wächter. Beim Näherkommen sah er, daß der Mann nicht in der Wüste geboren war. Er trug lange Hosen und eine wattierte Jacke, keine Wüstengewänder. In den Armen hielt er eine Armbrust. Diese Waffe war in der Wüste fast unbekannt. Beim Gehen summte er vor sich hin. Immer wieder ließ er die Blicke über das Feuer hinweg in die Wüste schweifen. Das enthüllte auch, daß er in dieser Gegend ein Fremder war. Er benahm sich wie ein Wachposten auf der Mauer einer Festung. Ein Wüstensohn wäre viel weniger gegangen, sondern hätte mehr gelauscht. In der Wüste waren die Ohren weit wichtiger als die Augen.

Auch der gleichmäßige Takt war ein Zeichen seiner Unerfahrenheit in der Wüste. Auf einer Festungsmauer spielte das keine Rolle, doch bei einem Wachgang in offenem Gelände war es ein Geschenk für jeden Feind, der sich einschleichen wollte, da dieser sich genau ausrechnen konnte, wann der Posten wohin marschierte. Conan wartete, bis der Mann zehn Schritte vom Wendepunkt entfernt war. Dann legte er sich auf den Bauch und schlüpfte unter die Kamelherde. Einige Tieren schauten ihn an, doch behielten ihre gewohnte gelangweilte Gleichgültigkeit bei.

Conan lag vollkommen still. Wenige Minuten später

kroch Achilea an seine Seite. Diesmal wechselten sie keine Worte, sondern schoben sich schweigend näher ans Feuer. Ein Kamel kniete mit der Breitseite zum Feuer. Conan kroch zu ihm und schmiegte sich dicht an das Tier. Von hier aus vermochte er unter dem majestätisch geschwungenen Hals zum Feuer zu schauen. Er wußte, daß Achilea irgendwo in der Nähe das gleiche tat. Die Sitte ihres Volks, die jungen Frauen in der Wildnis ein Jahr lang auszusetzen, hatten sie offenbar zu einer hervorragenden Kriegerin gemacht. Bis jetzt hatte sie auf dem nächtlichen Spähgang keinen einzigen Fehler gemacht.

Doch dann zwang er sich, jeden Gedanken an die Frau zu verdrängen. Schließlich mußte er sich voll und ganz auf die Feinde konzentrieren. Die Männer hatten soeben ihr Abendessen beendet und es sich auf den Teppichen ums Feuer gemütlich gemacht. Als Rückenlehnen benutzten sie Kamelsättel. Genüßlich schlürften sie den duftenden Kräutertee. Ungefähr die Hälfte waren Söhne der Wüste. Man hatte sie wohl wegen ihrer Erfahrung in der Wüste und im Umgang mit Kamelen angeheuert. Conan sah die Abzeichen von mindestens drei verschiedenen Stämmen. Die übrigen waren, wie der Wachposten, offensichtlich Soldaten. Einige polierten ihre Rüstung oder reinigten Waffen, darunter drei weitere Armbrüste. Es war ein bunt zusammengewürfelter Haufe, wahrscheinlich Söldner. Die Armbrust war eine treffsichere und schlagkräftige Waffe, doch mörderisch langsam zu laden – erst recht auf dem Rücken eines Kamels. Deshalb bevorzugten die Wüstenreiter kurze Bogen, mit denen man schnell schießen konnte.

Ansonsten hatten die Männer Krummschwerter, lange schmale Lanzen und kleine Rundschilde. Ein Mann war offensichtlich zufrieden mit dem Glanz seines Brustharnischs. Er steckte ihn in eine Stoffhülle und dann in die Packtasche. Wie der Cimmerier vermutet hatte, bewahrten die Männer während des Ritts durch die Wüste ihre Rüstungen in den Packtaschen auf. Jede militärische Einzelheit war wichtig. Jetzt studierte er Vladig und den Mann mit dem purpurnen Turban. Nur die eiserne Selbstbeherrschung hielt den Cimmerier davon ab, einen Satz zu machen, als der Mann in Purpur dreimal in die Hände klatschte und die Flammen erloschen. Nur ein pulsierendes Glühen blieb zurück. Dieser Schimmer kam aus einem Haufen von Kristallen, die auf einem flachen Stein lagen.

»Wir brauchen keine Wärme mehr«, erklärte der Mann in Purpur. »Es ergibt keinen Sinn, die magische Essenz unnötig zu gebrauchen.«

»Wie du meinst, mein Lord Arsaces«, sagte Vladig. Er sprach nicht ganz so salbungsvoll wie Amram. Dennoch entgingen Conans scharfen Ohren die unmißverständlichen speichelleckerischen Beitöne nicht.

»Wie lange noch?« fragte ein Wüstensohn. »Deine Zauberkünste haben uns gute Dienste erwiesen, Lord Arsaces. Noch nie sind meines Wissens Männer so tief in die Leeren Länder vorgedrungen. Doch jetzt sind wir am Ende unserer Reichweite. Wenn wir mit allen Männern und Kamelen heil zurück in die Heimat kommen wollen, müssen wir bald umkehren.«

»Aber warum, mein Freund Dauda?« fragte Arsaces milde. »Habe ich euch nicht mit Feuer versorgt, das weder Holz noch Zweige braucht?« Er deutete auf die glühenden Kristalle. »Habe ich nicht Quellen gefunden, wo selbst ihr Wüstensöhne niemals Wasser vermutet hättet?«

»Das hast du in der Tat, mein Lord, und wir ehren dich dafür, aber die Götter des Sands lassen sich nicht verhöhnen. Sollten sie in unsere Richtung schauen und feststellen, daß wir die tödlichen Barrieren, die sie errichtet haben, um ihr Reich zu schützen, so leichfertig überwunden haben, könnten sie sich grausam rächen.«

»Du überschätzt deine Wichtigkeit bei unserem Unterfangen, Dauda«, sagte Arsaces mit leichter Verachtung in der Stimme. »Die Götter schenken den Handlungen schlichter Sterblicher keine Beachtung, es sei denn, es wären große Magier, welche imstande sind, die tiefen Gedanken der göttlichen Wesen zu stören.«

»Das lehrten uns unsere Ahnen nicht, Magier«, widersprach Dauda mit etwas weniger Respekt in der Stimme. »Man hat uns gelehrt, die Gesetze der Götter zu ehren und alles zu vermeiden, was ihren Zorn hervorruft, da sonst nicht du, der einzelne, sondern der gesamte Stamm leiden muß.«

»Welch bewundernswerte Frömmigkeit«, höhnte Arsaces. »Vor allem bei solchen Räubern, Dieben und Schurken, die der Schlinge des Henkers gerade noch entkommen sind.«

Dauda schien diese Beschimpfung nicht zu treffen. »Was kümmern uns die Gesetze fürs niedere Volk, für einfältige Kaufleute und Städter? Ich spreche von den Gesetzen der Wüstengötter, und ich glaube, daß wir das Risiko eingehen, sie zu beleidigen.«

»Das alles spielt keine Rolle, da wir in ein oder zwei Tagen unser Ziel erreichen werden. Ist es nicht so, mein Lord?« Vladig verlieh seiner öligen Stimme einen deutlich drohenden Ton.

Arsaces blickte Dauda scharf an. »Ja, so ist es. Höchstens zwei Tage.«

Vladig wandte sich an den Mann der Wüste. »Siehst du? Nur noch zwei Tage, klar? Unsere Kamele haben immer noch Fetthöcker, und wir selbst sind auch nicht ausgetrocknet. Nur noch zwei Tage, dann kehren wir um. Ist das nicht annehmbar?«

Daudas Hand war zum Schwertgriff geglitten, jetzt

ließ er sie langsam sinken. »Zwei Tage können wir noch überleben, ja. Aber nicht länger.«

»Genug geredet, jetzt ...« Er brach ab, als die Kristalle vor ihm aufflackerten. Rastlos bewegten sie sich. Sie schienen Funken zu versprühen. »Was ist das?« fragte der Magier.

»Was meinst du, mein Lord?« erkundigte sich Vladig besorgt.

Der Zauberer murmelte leise vor sich hin. Sofort bewegten sich die Kristalle heftiger. Conans Nackenhaare kräuselten sich, als sie sich erhoben und eine menschliche Gestalt bildeten. Diese Gestalt beugte sich vor, als spähe sie angestrengt in die Ferne, um etwas in der Dunkelheit zu erkennen. Dann streckte sich ein kristallener ›Arm‹ in Richtung Kamelherde. Die meisten Wüstenkrieger waren von dieser unheimlichen Erscheinung verstört, befingerten ihre Amulette und murmelten ebenfalls Zaubersprüche, um das Böse abzuwehren. Dauda blickte zur Herde.

»Khazim«, sagte er. »Geh und schau nach, ob bei den Kamelen etwas ist.«

»Ein Spion?« fragte Vladig.

»Nein, dann wären die Kamele unruhiger«, antwortete Dauda. »Aber sieh trotzdem nach.«

Der Mann Khazim eilte mit gezücktem Krummschwert zur Herde. Drei Gefährten begleiteten ihn, ebenfalls mit kampfbereiten Waffen. Einer kam geradewegs auf das Kamel zu, neben dem Conan lag. Der Cimmerier wußte, daß man nachts erst die Bewegung wahrnahm, dann die Umrisse und Farben. Wollte man im Dunkeln nicht entdeckt werden, mußte man ganz still liegenbleiben. Wenn Conan der Cimmerier sich das vornahm, war ein Stein im Gegensatz zu ihm ein lebendiger Gegenstand. Wenn nötig konnte er eine Fliege über seinen Augapfel wandern lassen, ohne zu blinzeln.

Der Mann schritt an ihm vorbei und bemerkte den unförmigen Schatten neben dem Kamel nicht. Er spähte über den Gesichtsschleier hinweg in alle Richtungen. »Hier sehe ich nichts. Siehst du etwas, Wakir?«

»Nur mein schlechtgelauntes Kamel. Dieser gotteslästerliche Homunculus ist nur ... Ooooh!« Der Mann stieß den Schreckensruf aus und sprang zurück. »Ein Sanddämon! Und ich bin daraufgetreten!« Vor seinen Füßen schoß etwas aus dem Sand. Dann taumelte Wakir nach hinten. Er hielt die Hände vors Gesicht, das soeben einen kräftigen Schlag von einem Schwertknauf hatte hinnehmen müssen. Die anderen Männer standen wie erstarrt da.

»Das ist kein Dämon!« schrie Arsaces. »Das ist ein Mensch! Fangt ihn lebend!« Vladig lief zu Wakir. Conan unterdrückte einen Fluch, als das Kamel neben ihm aufstand. Jetzt waren alle Kamele unruhig und schrien. Die plötzliche Aufregung in der friedlichen Nacht hatte sie erschreckt.

Conan stand auf und bemühte sich, hinter dem Kamel in Deckung zu bleiben. Er wollte nicht das Schwert zücken, weil ihn die Klinge durch den Glanz verraten hätte. Aber er hielt den Griff fest in der Rechten, um sie blitzschnell ziehen zu können.

»Hier ist er!« schrie jemand. Dann hörte Conan ein Knacken und Stöhnen, gleich darauf klirrte Stahl. Jetzt konnte er nicht länger warten. Er hätte mit Leichtigkeit fliehen können, doch er mußte die Feinde von Achilea ablenken. Jetzt standen alle Männer, die vorher um das Kristallfeuer gesessen hatten, auf den Beinen und hielten die Waffen kampfbereit in der Hand. Der Cimmerier zückte das Schwert und rannte auf die Männer zu. Dazu stieß er aus voller Lunge den cimmerischen Kampfschrei aus.

Mit offenem Mund starrten die Männer der schrecklichen Erscheinung entgegen, die ihnen aus tiefster

Wüstennacht entgegenstürmte. Doch es waren alles kampferprobte Räuber. Schnell stellte sich einer mit erhobenem Schild und Lanze dem Cimmerier in den Weg. Conans Klinge zerteilte den Schild wie dünnes Pergament. Man hörte den Armknochen knacken. Dann schrie der Mann vor Überraschung und Schmerzen laut auf. Der nächste Feind kam von rechts. Mit einem Rückhandschlag schickte Conan ihn zu Boden. Die flache Klinge hatte den Mann übers Kinn getroffen.

Arsaces schrie etwas in einer Sprache, die Conan nicht kannte. Der Mann griff nicht nach einer Waffe, sondern streckte die Arme zum mitternächtlichen Himmel. Seine Finger waren wie Klauen gekrümmt. Seine Schreie wurden rhythmisch. Licht strömte aus seinen Fingerspitzen.

»Er ist es!« schrie Vladig. »Der Cimmerier!« Mit dem Schwert in der Hand stürzte er vorwärts.

Jetzt kamen die Männer von allen Seiten. Conan war der Meinung, daß er die Männer für Achilea – falls sie noch lebte – genügend abgelenkt hatte. Jetzt war es Zeit, die Flucht zu ergreifen. Ein Schwertschlag, ein Fausthieb – und zwei Feinde flogen nach rechts und links. Blitzschnell lief der Cimmerier zwischen ihnen hindurch. Sekunden später befand er sich hinter dem Ring der Männer. Er hörte die Sehnen der Armbrüste, dann zischte ihm ein Bolzen über die Schulter. Das war also das Ergebnis aller Vorsicht! Immer noch hörte er aus dem Lager den rhythmischen Singsang Arsaces. Er fragte sich, wo Achilea war.

Eine Zeitlang hörte er noch die Schritte der Verfolger. Dann rief jemand: »Kommt zurück! Der Hund rennt so schnell wie eine Antilope. Ihr erwischt ihn nicht. Wachen! Habt ihr geschlafen?« Es war Daudas Stimme.

»Was ist mit dem anderen?« rief ein anderer aus einiger Entfernung.

»Auch entkommen!« lautete die wütende Antwort.

»Ich behaupte immer noch, daß es ein Dämon war.«

»Dämonen kämpfen nicht mit Stahl, du Narr!« rief Dauda.

»Der uns angegriffen hat, war der Mann, mit dem ich in Zardas gesprochen habe«, sagte Vladig. »Ich wette, der andere war diese Schlampe mit dem Schwert!«

»Kein Weib hat mir das angetan!« kreischte einer. Man hörte, daß er Schmerzen hatte.

Conan lachte und lief langsamer. Auch wenn ihr Spähausflug ziemlich erfolglos gewesen war, hatten sie dennoch bei den Verfolgern Verwirrung und Besorgnis ausgelöst. Er war sicher, daß Achilea entkommen war; aber war sie verwundet? Keiner der Männer hatte sich gebrüstet, sie mit dem Schwert getroffen zu haben, doch kann im Kampfgetümmel so manches geschehen, besonders in der Dunkelheit.

Der Cimmerier schüttelte die Besorgnis ab. Es war sinnlos, sich über etwas den Kopf zu beschweren, das man nicht ändern konnte. Bald verstummten die Schreie hinter ihm – nur ein eigenartig schriller Pfeifton blieb. Nie hatte er einen derartigen Laut gehört. Es lief ihm eiskalt über den Rücken. Dann war ihm klar, was es war: Der Gesang des Zauberers Arsaces in einer wahrhaft unmenschlich hohen Stimmlage.

Plötzlich hielt er es für eine ausgesprochen gute Idee, möglichst schnell zurück ins Lager zu laufen. Conan trabte los. Dann begann er zu rennen. Er wußte, wie unklug es war, nachts in so trügerischem Gelände zu rennen. Selbst ein Mann mit seiner Kraft und Körperbeherrschung konnte über einen Stein stolpern und stürzen. Er konnte auch in ein Loch treten und sich den Knöchel verstauchen oder auf eine giftige Schlange treten und den hohen Preis für die Störung der Nachtruhe zahlen. Schlimmstenfalls konnte er in Treibsand geraten, der einen Mann samt Kamel verschlang. Wenn er in gestrecktem Lauf hineingeriet, versänke er, ehe er wieder festen Boden unter den Füßen gewann.

Doch jetzt war er bereit, die kleinere Gefahr zu riskieren, um der größeren zu entgehen. Ihm war klar, daß Arsaces einen mächtigen Zauber heraufbeschwor, der mit Sicherheit gegen den Cimmerier gerichtet war. Doch wenn der Magier nicht wußte, wo Conan sich im Augenblick befand, tat er sich schwer, den Zauber genau auf ihn zu richten. Außerdem blieb Conan keine Wahl. Er fürchtete keinen Feind, der ihm mit einer Klinge gegenübertrat, wohl aber üble Magie.

Während er lief, wurde das Mondlicht ständig schwächer. Das war seltsam. Er blickte zum Mond hinauf. Ihm stockte der Atem. Die silberne Scheibe hatte sich blutrot gefärbt. Dann erloschen die Sterne. Einer nach dem anderen, anfangs die schwächeren, dann die hellen. Es wurde immer dunkler in der Wüste. Der Cimmerier wurde langsamer. Schließlich ging er nur noch. Es war Torheit, bei Mondlicht durch die Wüste zu rennen, in Dunkelheit war es schierer Wahnsinn.

Und es würde stockdunkel werden. Da war er sicher. Welcher Magier war so mächtig, daß er Mond und Sterne auslöschen konnte? Das vermochten doch nur die größten Götter! Während er darüber nachdachte, spürte er, wie ein feiner Regen auf seine mit Ruß und Talg beschmierte Haut rieselte. Verblüfft rieb er die feinen Körner zwischen den Fingern. Es war Sand.

Jetzt wurde ihm vieles klar: Der Magier hatte einen Sandsturm heraufbeschworen. Aber es war ein Sandsturm ohne Wind. Was hatte das zu bedeuten? Er wußte nur eins: In der Wüste konnte Sandregen ebenso todbringend sein wie Treibsand und viele andere Gefahren. Der Cimmerier marschierte weiter zum

Lager. Dabei band er sich Stoffetzen, die er vorher um sein Schwert gewickelt hatte, vors Gesicht, denn der Sand drang bereits in die Atemwege.

Vorsichtig setzte er einen Fuß vor den anderen und verengte die Augen zu Schlitzen, um mit den Wimpern den Sand abzuhalten. Doch bei den feinen Körnern half das nicht viel. Ständig mußte er blinzeln. Und war noch schlimmer war: Er war sich nicht mehr sicher, welche Richtung er einschlagen mußte. Zwar verfügte er über einen beinahe übernatürlichen Orientierungssinn, weit besser als die meisten Menschen, der durch die vielen Jahre in der Wildnis noch geschärft worden war. Doch selbst für seine Instinkte gab es Grenzen.

Ohne Licht, ohne Markierungspunkte, ohne Wind hatte er keinerlei Anhaltspunkte und mußte sich ganz auf sein inneres Gefühl verlassen – und selbst das ließ ihn teilweise im Stich. Obgleich der Cimmerier wußte, daß der Magier den übernatürlichen Sandsturm nicht viel länger würde halten können, lag es nicht in seiner Natur, anzuhalten und zu warten, bis sich die Bedingungen besserten. Immer hatte er das Verlangen, vorwärtszustürmen und zu kämpfen, allen Herausforderungen die Stirn zu bieten. Doch das half ihm in dieser Nacht nichts. Blindlings weiterzulaufen könnte ihn sogar zurück ins Lager des Zauberers führen.

Er beschloß anzuhalten, solange er noch halbwegs sicher war, daß er davor weggelaufen war. Er ließ sich mit verschränkten Beinen im Sand nieder und blickte in die Richtung, in der er weitermarschieren wollte, sobald er etwas sehen konnte. Dann band er sich noch einen Stoffstreifen über die Augen, um sie während des Wartens zu schützen. Da er ohnehin nichts sehen konnte, war es sinnlos, sein Augenlicht zu gefährden.

Dann atmete er ganz bewußt langsam, um nicht mehr Sand als nötig einzuatmen. Er fühlte sich elend, einfach so untätig dazusitzen, während der Sand auf ihn niederrieselte. Er wünschte, er hätte sein weites Wüstengewand und das Kopftuch dabei gehabt. Darin hätte er sich sehr viel wohler gefühlt. Doch hatte er dieses Mißgeschick nicht voraussehen können. Nun mußte er stoisch warten, wie er früher schon viele Qualen erduldet hatte.

Grade als er dachte, das Schlimmste überstanden zu haben, hörte er etwas. Er spitzte die Ohren. Nur das leise Rieseln und Wispern des fallenden Sandes. Doch da war das Geräusch wieder! Hohe Töne und ein Rauschen, als würden Fledermäuse durch die Nacht huschen. Doch in diesem Sandsturm flogen keine Fledermäuse umher. Die Laute kamen näher und wurden schriller. Keine gewöhnlichen Fledermäuse vermochten so zu schreien.

Vorsichtig schob der Cimmerier mit dem Daumen die Augenbinde hoch. Nichts! Völlige Dunkelheit. Die hohen Töne kamen von rechts. Dann auch von links. Es mußten mehrere sein – was immer es war. Langsam zog er das Schwert aus der Scheide. Dann erhob er sich noch langsamer. Dabei benutzte er nicht die Hände, sondern stemmte sich allein mit der Kraft seiner Beine hoch. Als er stand, wandte er den Kopf in sämtliche Richtungen, um alle Töne aufzufangen.

Plötzlich schlug ihm das Herz bis zum Hals. Es war kein Geräusch, sondern ein Geruch. Es war der ätzende Geruch der Säure aus den Gravurwerkstätten. Die entsetzlichen Dämonenscheusale, die den Nomadenstamm ausgelöscht hatten, verfolgten ihn durch die sandige Finsternis! Er biß die Zähne zusammen und wappnete sich für einen schrecklichen Kampf auf Leben und Tod. Bis jetzt hörte er zwei dieser Wesen. Offenbar konnten auch sie in der Dunkelheit nicht sehen; denn sie griffen ihn nicht an. Aber sie richteten sich nach irgend etwas bei ihrer Verfolgung. Wenn es nicht Klang war, dann vielleicht die Körperwärme.

Das Wesen links schien eine Spur näher als das rechte zu sein. Conan kämpfte nicht gern in der Dunkelheit, nicht einmal gegen menschliche Gegner. Zuviel blieb dabei dem Zufall überlassen. Seine cimmerischen Sinne vermochten einen Feind im Finsteren aufzuspüren, doch wurde man bei diesen Bedingungen leicht das Opfer eines ungeschickten Hiebes eines drittklassigen Schwertkämpfers. Jetzt mußte er gegen Wesen kämpfen, die er nicht sehen konnte, die er nie zuvor gesehen hatte und deren Schwächen er, falls sie solche hatten, nicht kannte. Er hatte keine Ahnung, wie groß die Gegner waren oder womit sie kämpften. Waren es Fänge oder Greifarme? Sicher war, daß diese Dämonen Waffen benutzten und hinterlistig und ohne jeglichen Skrupel töteten.

Allerdings hatte er im Gegensatz zu den Nomaden einen gewissen Vorteil. Ihn schwächte nicht die abergläubische Angst vor unbesiegbaren Wüstendämonen. Keine Frau und kein Kind lenkten seine Aufmerksamkeit ab. Vor allem verfügte er über seine Kraft, seine Schnelligkeit, unvergleichliche Kampferfahrung und sein cimmerisches Herz. Bis zum letzten Atemzug würde er furchtlos kämpfen.

Mit dem Schwert in beiden Händen wartete er auf die Dämonen. Links wurden die hohen Töne schriller. Das Ungeheuer hatte ihn gefunden. Rascheln und Zischen. Der Cimmerier spürte einen Luftsog. Er fuhr herum und ging in Kampfstellung. Jetzt konnte er mit einem waagrechten Schlag die gesamte Kraft der Arme und des Rückens ausnutzen. Er traf etwas und riß die Klinge heraus. Gleichzeitig rollte er auf die Seite. Dann sprang er blitzschnell auf und blickte sofort wieder in die Richtung, wo der Gegner gewesen war.

Ein ohrenbetäubender Schrei! Genugtuung wallte in ihm auf. Man konnte sie verletzen! Einen hatte er verwundet. Und wen man verwunden konnte, konnte man auch töten! Wieder ein Luftzug. Wieder schlug er zu. Doch diesmal traf er auf keinen Widerstand. Offenbar war das Ding unter der Klinge geblieben. Doch verschwendete er seinen Atem nicht an einen Fluch. Aus dem Handgelenk führte er einen gewaltigen Schlag nach unten. Doch da traf ihn etwas in die Körpermitte. Noch während er vorwärts geschleudert wurde, spürte er, daß seine Klinge etwas getroffen hatte. Das Ungeheuer zerrte an seinem Rücken. Vor Schmerzen sah er rote Schleier vor den Augen.

Er packte zu und erwischte eine Haut, die sowohl mit Schuppen als auch mit Haaren versehen war. Mit aller Kraft zerrte er an der Haut. Gleichzeitig schlug er mit dem Schwertknauf nach oben, wo er den Kopf des Gegners vermutete. Etwas platzte. Heiße, stinkende Flüssigkeit spritzte auf ihn. Wo diese ihn getroffen hatte, brannte die Haut wie Feuer. Die Schmerzen waren beinahe unerträglich. Dennoch zerrte und schlug er weiter.

Der Cimmerier zog den Arm zurück und stieß mit aller Kraft die lange Klinge durch etwas, das Knochen sein mochte, direkt in die lebenswichtigen Organe. Wieder ertönte ein gräßlicher schriller Schrei. Dann ließ das Ding los. Diesmal rollte der Cimmerier ein ziemliches Stück beiseite. Er bemühte sich, im Sand die ätzende Flüssigkeit wegzuscheuern. Zum Glück saugte der Sand viel davon auf, aber auch einen Großteil seiner Tarnfarbe.

Schnell stand er wieder auf und wartete. Er hielt das Schwert mit beiden Händen. Er hörte, daß die Dämonenwesen sehr wütend waren. Aber sie waren auch verwundet. Das Kreischen des einen wurde allmählich leiser, bis es jäh endete. Ein grimmiges Lächeln huschte um Conans Mundwinkel. Das Biest war tot, das war sicher. Das andere quiekte und stöhnte. Dann hörte er, daß es etwas nachschleifte. Vielleicht war eines der

Gliedmaßen verletzt. Gleich darauf trat Totenstille ein.

Conan wartete eine Zeitlang. Der ätzende Geruch erstickte ihn fast. Wieder schob er mit dem Daumen die Augenbinde hoch. Diesmal sah er mehrere Schritte weit. Das Licht war diffus, aber er wußte, daß sein Ursprung links von ihm lag. Demnach blickte er nach Süden. Wenige Minuten später hatte sich der Sandsturm gelegt. Er nahm das Tuch vom Gesicht. Die Morgensonne stieg über die Dünen im Osten. Wo er stand, sah man keinerlei Spuren menschlichen Lebens oder Fährten irgendwelcher Tiere. Der Sand hatte alles unter einer dicken Decke begraben.

Der Cimmerier ging in einer immer weiter werdenden Spirale umher und suchte nach Spuren seines soeben überstandenen Kampfes. Plötzlich bemerkte er, daß seine nackte Brust und die Schultern von roten Flecken übersät waren. Einige hatten Blasen in der Mitte. Er untersuchte den Stoff, mit dem er sich das Gesicht und die Augen verbunden hatte. Auch dort waren viele kleine Löcher. Ihm lief es kalt über den Rücken. Er hätte blind sein können! Diese Dämonenscheusale hatten Säure statt Blut oder Speichel.

Conan kam zu einem auffälligen Sandhaufen. Schnell stieß er mit der Schwertspitze hinein. Dabei fiel ihm auf, daß der einst so makellos reine Stahl jetzt schwarze, braune und blaue Streifen aufwies. Er hielt die Klinge dicht vor die Augen. Zahllose winzige Vertiefungen! Weitere Schäden der Säure. Wie gut, daß er sein Schwert so sorgfältig gereinigt und gepflegt hatte.

Das Herumstochern im Sand brachte einen Haufen rätselhafter Fragmente ans Licht. Am ähnlichsten waren sie noch dem zerbrochenen Panzer einer Riesenkrabbe. Aber dieser Panzer hatte viele kleine Höcker und Fetzen lederartiger, behaarter Haut. An manchen Stellen wuchsen Büschel fettiger Haare hervor. Er fand mehrere handähnliche mit Klauen bewehrte Fortsätze. Diese hatten ihm den Rücken zerkratzt. Von einem abgetrennten Armknochen hing ein zäher Lappen, der der Flughaut eines von Muskelschwund befallenen Fledermausflügels glich.

An einem einzelnen langen Zeh befand sich eine gekrümmte Klaue aus einer milchigen, durchsichtigen Substanz, wie Alabaster. Die Klaue sah zerbrechlich aus, doch als er mit ihrer Spitze über seine Klinge fuhr, hinterließ sie in dem harten Stahl einen langen Kratzer. Diese Klauen hatten die Ritzungen auf den Steinen beim Schauplatz des Massakers verursacht.

Conan stocherte weiter und holte den Schädel des Ungeheuers hervor. »Crom und Llyr!« fluchte er. Der Schädel war in Proportion und Form beinahe menschlich. Doch anstelle von menschlichen Kiefern waren hier Reihen von fingerähnlichen Fühlern, die wie bei einem Insekt vertikal arbeiteten. Es gab auch keine Augenhöhlen, sondern zwei flache runde Mulden, die doppelt soviel Raum wie Menschenaugen einnahmen. Conan fand keine Nasenlöcher. An einer Seite hatte er den Schädel aus Chitin mit dem Schwertknauf eingeschlagen.

Dieses Biest schien die Anlagen vieler Tiere in sich zu vereinigen: von Fledermäusen, Insekten und sogar Reptilien. An manchen Knochenresten klebte eine glasartige Masse. War das die Wirkung der Säure auf den Sand darunter? Oder bestanden die Weichteile des Biests aus diesem Material, das sich aufgelöst hatte? Die Zersetzung war übernatürlich schnell erfolgt.

In der Vergangenheit hatte der Cimmerier viele unerquickliche Begegnungen mit übernatürlichen Scheusalen gehabt. Er wußte, daß diese Ungeheuer, die aus anderen Welten herbeigezaubert worden waren, oft in dieser Welt ihre strukturelle Unversehrtheit beibehalten konnten, sobald die magische Macht, welche sie gerufen hatte, abgezogen war oder wenn ihr anderweltliches Leben sie verlassen hatte. Dann blieben die Körper leblos in einer Welt zurück, in welche sie nicht gehörten.

Der Cimmerier steckte das Schwert zurück in die Scheide und wandte sich von den widerlichen Überbleibseln ab. Jetzt war es höchste Zeit, die Suche nach den Gefährten aufzunehmen.

Acht

Die Sonne stand schon hoch über dem Horizont, als der Cimmerier stehenblieb und fluchte. Anfangs flüsterte er nur, dann wurde er lauter. Schließlich brüllte er aus Wut und Verzweiflung. Im cimmerischen Pantheon gab es nicht viele Götter, die man lästern konnte. Deshalb wechselte Conan schnell zu den Gottheiten Asgards und Vanahiem: robusten Göttern mit einfachem Geschmack. Dann arbeitete er sich durch die vornehmeren Götter Nemediens und durch die wahrhaft abartigen und widerlichen Zamoras. Er schäumte nicht nur vor Wut, sondern schämte sich bis in die Knochen. Letzteres Gefühl war bei ihm äußerst selten.

Doch jetzt saß Conan der Cimmerier in einer Klemme, die er im Leben nur sehr selten erlebt hatte: Er hatte sich verirrt!

In welche Richtung er auch blickte, überall sah er nur endlose Dünen. Den ganzen Morgen war er nach Süden marschiert und war sich sicher gewesen, so auf die Gefährten zu treffen. Doch nach der ersten Stunde wurde ihm klar, daß er sie verfehlt hatte. Wie ein Schiff, das vor dem Wind kreuzt, ging er im Zickzack weiter nach Süden, weil er hoffte, so die Spur der Karawane zu finden. Nichts. Ihm blieb jedoch keine andere Wahl, als weiter nach Süden zu marschieren. Das war die Richtung, in der das Ziel der Karawane lag, und nur auf dieser Route würde er sie finden. Niemals kam ihm der Gedanke, sich zurück nach Norden durchzuschlagen. Wenn ein Mann dazu imstande war, dann Conan der Cimmerier, aber er brachte es nicht über sich, die Gefährten in Gefahr im Stich zu lassen.

Er dachte an Achilea. Hatte sie sich ebenso verirrt wie er? Er befürchtete es. Und dann war sie in weitaus größerer Gefahr als er, denn die Sonne stieg höher – und die Sonne war in der Wüste der größte Feind. Achilea war beinahe nackt. Die sengenden Strahlen würden sie töten, ehe es Nacht wurde. Auch Conan war nur spärlich bekleidet, doch er hatte viele Jahre in den heißesten Ländern im Süden ertragen. Doch für Achilea war es der erste Ausflug in die Wüste. Da ihr das rauhe Klima im Norden nichts ausgemacht hatte, würde sie nie daran denken, wie verletzlich sie hier war.

Conan band sich aus Stoffetzen einen Kopfschutz. Es war besser als nichts, um die sengenden, hirnbetäubenden Sonnenstrahlen abzuhalten. Ansonsten würde er einen Sonnenbrand bekommen, aber auch der ging vorüber. Es gab hier keinen Busch oder Baum, geschweige denn ein Zelt, nicht einmal einen Felsen, unter dem man Schatten fand. Die tiefste Wüste war eine von der Sonne gebackene Öde, wo der einzige Schatten sein eigener war.

Hitzeschlieren waberten über dem Sand. In Niederungen sah er silberne Seen, doch stets waren sie Spiegelungen einer Fata Morgana. Der Cimmerier wußte, daß mit wachsendem Durst diese ›Wasserflächen‹ immer realistischer aussähen. Selbst erfahrene Wüstenreisende fanden auf der Jagd nach einer Fata Morgana den Tod, wenn sie ihr halbverdurstet nachhetzten.

Mit der unerschöpflichen Ausdauer seines Volkes marschierte der Cimmerier weiter, ohne sich um die Sonne, die Hitze oder seinen wachsenden Durst zu kümmern. An Essen dachte er überhaupt nicht. Ein Mann verdurstete sehr viel früher, als er verhungerte. Als er in der gleißenden Sonne trotz der dunklen Farbe unter den Augen ständig blinzeln mußte, riß er ein Stück der ehemaligen Augenbinde ab und knotete sie über die Augen. Die Säure hatte so viele Löcher in den Stoff gefressen, daß er Gaze glich und man durch ihn hindurchschauen konnte, während er die Blendung milderte.

Die Sonne stand tief im Westen und warf lange Schatten über den Sand, als er die Fußspuren entdeckte. Sie kamen aus Nordosten. Er kniete nieder, um sie sorgfältig zu studieren. Für eine Frau waren die Abdrücke sehr groß, aber sie gehörten eindeutig Achilea. Die Frau trug niemals Fußbekleidung, und er hatte ihre Fährten während der gemeinsamen Reise so oft gesehen, daß er sie sofort erkannte.

Die Spur verlieh ihm neue Energie. Er gab den Zickzackkurs auf und folgte der Fährte. Sollten die anderen sehen, wie sie zurecht kamen, jetzt galt Conans einzige Sorge dem Auffinden der Amazonenkönigin.

Mehrere Meilen lang zeigten die Abdrücke die für Achilea charakteristischen weiten Schritte. Dann wurde der Abstand kürzer, und bald darauf sah er lange Schleifspuren. Sie hatte die Fersen nicht mehr heben können. Die Spuren gingen ineinander über. Sie wurde schnell schwächer.

Bald sah er, daß sie gefallen war. Ihre Knie und Hände hatten Abdrücke hinterlassen, wo sie sich nach einem Fall aufgerichtet hatte. Nicht lange danach war sie in voller Länge hingefallen, hatte sich hochgestemmt und war ein paar Schritte weitergetaumelt. Die anfangs kerzengerade Spur wich jetzt nach beiden Seiten ab. Einmal hatte sie sogar kehrtgemacht und war ein Stück zurückgegangen. Doch dann hatte sie wahrscheinlich ihre eigenen Abdrücke gesehen und hatte sich wieder nach Süden weitergeschleppt. Als Conan sah, daß sie auf allen vieren weitergekrochen war, wußte er, daß sie nicht mehr weit sein konnte. Der untere Rand der Sonne berührte den westlichen Horizont, als er sie fand.

Die Amazonenkönigin lag in einer Mulde im Sand. Sie hatte sich auf die Seite gerollt. Selbst der hartgesottene Cimmerier zuckte zusammen, als er sah, wie stark die Sonne sie verbrannt hatte. Ihre wettergegerbte braune Haut war flammendrot. Doch wenigstens atmete sie noch. Conan lief zu ihr und drehte sie behutsam auf den Rücken.

»Laß mich«, sagte sie. Ihre Stimme war kaum zu verstehen. Sie starrte nach oben und schien ihn nicht zu sehen. »Ich will nicht, daß mich ein Mann so sieht. Geh weg! Nein, bedecke mich mit Sand und laß mich sterben. Ich will nicht, daß man mich so sieht – nicht einmal tot.«

Unwillkürlich mußte er lächeln. Sie hatte immer noch genügend Energie, um ihm zu trotzen. »Du gibst zu leicht auf, Weib. Wir werden es überleben.«

»Cimmerier? Nein, ich werde nicht überleben – ich will es auch nicht. Ich bin blind. Wenn ich die Kraft hätte, würde ich selbst mit dem Dolch ein Ende machen.«

Conan wedelte mit der Hand vor ihren Augen, erzielte jedoch keine Wirkung. »Wann hast du dein Augenlicht verloren?«

»Ehe ich das letzte Mal hingefallen bin. Vielleicht vor einer Stunde. Seit dem Nachmittag habe ich immer schlechter gesehen. Die Sonne hat mich geblendet. Das hier ist nicht mein Land, und es will mich nicht haben. Die Sonne ist der einzige Herrscher in dieser elenden Wüste.«

»Erst vor einer Stunde? Dann freu dich, es ist nur vorübergehend. Warst du noch nie auf einem sonnenbeschienenen Schneefeld für kurze Zeit blind?«

»Ja, aber das hat nie so weh getan.«

»Es ist aber genau das gleiche. Morgen früh kannst

du wieder sehen. Dann machen wir für dich eine Augenmaske wie die, die ich seit heute Mittag trage.«

»Wirklich?« krächzte sie. Aber in ihrer Stimme schwang ein Hauch von Hoffnung mit.

»Ich verspreche es dir. Die Sonne ist fast untergegangen. Wenn es ganz dunkel ist, gehen wir weiter. Jetzt ruh dich erst einmal aus.«

»Ich muß meine Frauen und Jeyba finden. Ich bin ihre Königin und kann sie in dieser Hölle nicht im Stich lassen.«

»Halte diesen Gedanken fest«, sagte Conan. »Du bist nicht wie gewöhnliche Frauen, und du darfst auch nicht wie eine von ihnen sterben.«

Achilea sagte nichts mehr, sondern verlor in seinen Armen das Bewußtsein. Endlich war die Sonne hinter dem Horizont verschwunden und verschonte die Welt mit ihren heißen Strahlen. Conan untersuchte Achilea im schnell schwindenden Licht. Er fand nur Wunden, die ihr die Sonne zugefügt hatte. Ihre Füße bluteten nicht, da die Sohlen so hart wie der Lederbezug eines Schilds waren. Das würde ihr helfen.

Conan ließ sie drei Stunden lang schlafen. Die Ruhepause hatte auch seine Kräfte gestärkt. Behutsam schüttelte er sie, um sie zu wecken. Jäh richtete sie sich auf und griff sofort nach der Waffe. Mit großen Augen starrte sie nach oben. Dann sanken ihre Schultern.

»Ich bin immer noch hier«, sagte sie fast tonlos. »Und ich bin immer noch blind.«

»Morgen früh siehst du wieder«, versicherte er ihr nochmals und nahm ihre Hände. »Steh jetzt auf! Wir müssen aufbrechen.«

Sie stand auf. Ihr Gesicht war zu einer starren Maske geworden. Sie mußte sich zwingen, nicht laut zu schreien. Conan war bewußt, daß sie sich so fühlte, als hätte man versucht, ihr bei lebendigem Leib die Haut abzuziehen. Er war keineswegs in viel besserem Zustand. »Ich weiß, du fühlst dich, als hätte man dich in siedendes Öl getaucht. Es wird dich aber nicht umbringen, obwohl du dir das wünschen wirst.«

»Wie kann ich blind weitermarschieren?« Ihre Stimme klang etwas weniger heiser und kräftiger.

»Leg eine Hand auf meine Schulter und geh hinter mir«, erklärte er ihr. »Ich werde dich vor jeder Gefahr auf dem Weg warnen.«

Und so machten sie sich im Schein des Wüstenmondes auf den Weg. Unzählige Sterne funkelten über ihnen am Himmelszelt. Zuversichtlich schritt der Cimmerier voran. Die blinde Frau hinter ihm verlangsamte seine Schritte kaum. Achilea war zu stolz, um ihr Zaudern zu zeigen.

»Kannst du irgend etwas vom Mondlicht sehen?« fragte Conan.

»Kein bißchen«, antwortete sie und schüttelte den Kopf so heftig, daß ihm die Enden ihrer goldenen Locken über den Rücken strichen. »Wie kannst du es hier so gut aushalten? Du stammst doch auch aus dem Norden.«

»Ja, aber ich bin ein Cimmerier«, sagte er, so als erkläre das alles. Sie schnaubte verächtlich.

Den Großteil der Nacht schaffte sie es, auf den Beinen zu bleiben. Die Abwesenheit der Sonne machte einen riesigen Unterschied. Als der Mond im Westen unterging, blieb sie plötzlich stehen und deutete in dessen Richtung.

»Ist das der Mond?«

»Ja, kannst du ihn sehen?«

»Einen ganz schwachen Schimmer.«

»Das bedeutet, daß du bald wieder sehen kannst. Habe ich es dir nicht prophezeit?«

»Das hast du«, gab sie mißmutig zu. »Aber einen Schimmer zu sehen, macht noch kein Adlerauge. Nun, es ist immerhin ein Anfang.«

Sie marschierten weiter. Nachdem der Mond untergegangen war, blieb ihnen nur das Licht der Sterne. Doch in der Wüste reichte das für den Cimmerier. Sobald die Sonne den Horizont rosig färbte, legte er Achilea die Augenbinde an.

»Ich sehe die Morgendämmerung«, sagte sie. »Aber von allen Dingen, die ich sehen möchte, ist die Sonne das letzte!«

Die Amazonenkönigin biß die Zähne zusammen und ging weiter. Diesmal ruhte Conans Hand auf ihrer Schulter, um sie zu steuern. Er ging links von ihr, um sie so weit wie möglich vor der Sonne zu schützen. Bald zeigte die Sicherheit, mit der sie dahinschritt, daß sie durch die Augenbinde etwas sehen konnte. Er war auch erfreut darüber, daß sie ihm nicht sagte, er solle die Hand wegnehmen.

»Hatte dieser Sandsturm eigentlich eine natürliche Ursache?« fragte sie unvermittelt.

»Nein, das war Zauberei. Selbst in der Wüste kann sich der Sand nicht ohne Wind erheben. Haben die Wüstendämonen dich in der Finsternis nicht angegriffen?«

»Wüstendämonen?« Er berichtete ihr von seinem verzweifelten, blinden Kampf gegen die widerwärtigen Scheusale. Achilea schien Zweifel zu hegen. »Zwei dieser komischen Biester haben eine ganze Karawane ausgelöscht? Und du hast eines getötet und das andere in die Flucht geschlagen, ohne es sehen zu können?«

»Ich bin nicht ganz unverletzt aus dem Kampf hervorgegangen. Wenn deine Augen besser sind, zeige ich dir die Spuren, die sie zurückgelassen haben.«

Lange vor der Mittagsstunde begann Achilea zu taumeln. Allein das Verantwortungsgefühl für ihr Gefolge trieb sie vorwärts, und jetzt versagten ihr langsam die Kräfte. Als die Sonne über ihren Köpfen stand, knickten ihre Beine plötzlich ein. Nach Luft ringend saß sie im Sand.

»Es hat keinen Sinn.« Mit letzter Kraft stieß sie die Worte zwischen den aufgeplatzten Lippen und der geschwollenen Zunge heraus. »Du kannst immer noch deine Klinge schwingen. Erledige mich und geh allein weiter.«

»Du trocknest wohl ein bißchen aus?« fragte er und setzte sich neben sie.

»Mach dich nicht über mich lustig. Benutze deine Klinge!«

»Wenn du das willst, nun gut«, sagte er. »Dann sei es so!« Er zückte den Dolch. Mit stolz erhobenem Kopf wartete sie.

Conan zog ihr die Augenbinde herunter. Sie funkelte ihn wütend an. Ihr Augenlicht war vollkommen wiederhergestellt. Der Cimmerier streckte seinen muskelbepackten Arm vor ihr aus und ritzte mit dem Dolch eine Vene am Unterarm.

»Da«, sagte er. »Trink!«

»Glaubst du etwa, ich sei ein Vampir?« Er las in ihren Augen Abscheu, aber auch Staunen.

»Das ist cimmerisches Blut, Weib. Das kräftigste in der Welt. Verschwende es nicht.« Er packte sie im Nacken und preßte ihren Mund auf seinen Arm. Anfangs wehrte sie sich etwas, doch dann gab sie nach und trank. Als er sie losließ, sank sie in den Sand. Seine kleine Wunde schloß sich bereits, weil das Blut sich verklumpte.

»Du bist ein seltsamer Mann, Conan«, sagte sie. Langsam kam sie wieder zu Kräften.

»Und du bist nicht wie andere Frauen. Das täte ich nicht für jede.«

Sie schaute ihn an und lachte plötzlich.

»Was ist so komisch?« fragte er verblüfft.

»Du siehst aus wie eine gefleckte Katze«, antwortete

sie und deutete auf seine Brust, die von kleinen Säurewunden übersät war.

»Das bekommt man, wenn man in der Finsternis gegen Dämonen kämpft. Glaubst du mir jetzt?«

»Na schön. Diesmal will ich dir glauben. Marschieren wir jetzt weiter? Ich fühle mich schon besser.«

»Ja, wir können auch gleich aufbrechen. Die Sonne verbrennt dich, ob du nun hier sitzt oder ob du dich bewegst.«

Sie erhoben sich und stapften los. Am späten Nachmittag war die Kraft erschöpft, die sein Blut Achilea verliehen hatte. Sie fiel zu Boden und war zu entkräftet, um zu sprechen. Auch der Cimmerier war nicht in der Laune zu sprechen. Wortlos hob er sie auf und legte sie sich über die Schulter. Sie war kein Leichtgewicht, aber er war kräftig und marschierte trotz der Last nicht langsamer weiter. Für den Rest des Tages und während der sternenerhellten Nacht wechselte er jede Stunde und legte sie auf die andere Schulter.

Der Cimmerier ging und ging. Vollkommen regelmäßig setzte er einen Fuß vor den anderen, ohne sich um die Schmerzen der Ätzwunden und der Schulter zu kümmern. Ihn trieb nur der eine Gedanke vorwärts: zu leben und Achilea zum Wasser und in den Schatten zu schaffen – und das bald. Einen weiteren Tag würde sie in der Wüstensonne nicht überleben. Er marschierte wie betäubt. Deshalb bemerkte er bei Tagesanbruch die Reiter nicht sogleich.

Als Conan die schrillen Schreie hörte, griff er sofort zum Schwert. Vier Reiter auf Kamelen näherten sich schnell. Die Sonne stand knapp über dem Horizont. Behutsam legte er Achilea auf den Sand und zückte beim Aufstehen das Schwert. Doch dann erkannte er die Jubelschreie. Im nächsten Moment umrundeten ihn die drei wilden Weiber und der Zwerg. Blitzschnell schwangen sie sich aus dem Sattel und liefen zu ihrer

Königin. Am meisten verblüffte es ihn, als er die prallgefüllten Wasserschläuche sah.

Die Frauen küßten und streichelten die Königin und gossen Wasser über sie. Sie hoben ihren Kopf und hielten einen Schlauch an die ausgetrockneten Lippen. Achilea trank gierig. Dann hustete sie und mußte sich übergeben. Doch schnell nahm sie wieder große Schlucke. Tränen bildeten schwarze Streifen auf ihrem Gesicht.

»He, langsam!« rief Conan. Nur mit Mühe brachte er die Worte über die geschwollene Zunge. »Zuviel Wasser bringt sie um.« Die Frauen hörten nicht auf ihn. Sie breiteten Gewänder über Achilea und hoben sie auf ein Kamel.

Der Zwerg trat zu Conan und reichte ihm einen Wasserschlauch. »Wie weit hast du sie getragen?«

Der Cimmerier nahm einen Schluck Wasser, spülte den Mund aus und spuckte es wieder in den Sand. Dann trank er einen kleinen Schluck und schluckte ihn. Es war eine Wohltat, wie er sie nur selten im Leben gespürt hatte.

»Einen Großteil des gestrigen Tages und die gesamte Nacht. Sie war eine Zeitlang blind.« Vorsichtig trank er noch einen Schluck.

Der Cimmerier war verblüfft, als der kleine Mann plötzlich die Arme um seine Mitte schlang und ihn kräftig drückte. »Du hast unsere Königin gerettet! Wir sind für den Rest des Lebens deine Sklaven!«

»Woher habt ihr das?« fragte Conan und hob den Wasserschlauch hoch.

»Das wirst du gleich sehen, Conan. Es ist nicht weit.«

Die Frauen saßen bereits auf den Kamelen. Lombi hielt Achilea vor sich. Conan bestieg Jeybas Tier. Der Zwerg setzte sich hinter ihn. Beim Reiten nahm der Cimmerier immer wieder einen Schluck Wasser. Er spürte, wie das segensreiche Naß vom Magen in die übrigen Körperteile drang.

»Wo sind die anderen?« fragte Conan.

»Sie warten auf uns«, antwortete der Zwerg. »Jedenfalls einige. Und jetzt mußt du mir berichten, was geschehen ist, nachdem ihr das Lager verlassen habt.« Der Cimmerier erzählte ihm, wie sie sich angeschlichen hatten, entdeckt wurden, gekämpft hatten und aus dem feindlichen Lager geflüchtet waren. Dann vom Sandsturm und seinem seltsamen blinden Kampf mit den Wüstendämonen.

Zwei Stunden nach dem Treffen war Conans Wasserschlauch beinahe leer, und er fühlte sich wieder bei Kräften. Jetzt kam der Hunger. Doch dann ritten sie auf den Kamm einer Düne hinauf, und er sah die Stadt.

Janagar lag tatsächlich in einer kreisrunden Mulde, wie Amram es beschrieben hatte. Die Stadt war nicht groß, schien aber nur aus prächtigen Gebäuden zu bestehen. Innerhalb der Mauern gab es nur wenig freies Land. Noch vor dem mit Opalen besetzten Tor sah der Cimmerier den Wassertrog, von dem Amram gesprochen hatte. Kamele grasten in der Nähe. Dort waren auch mehrere Zelte aufgeschlagen.

Als sie die Düne hinabritten, vermißte Conan die beiden weißen Kamele. »Wo sind die Zwillinge?«

»Wahrscheinlich in der Stadt«, antwortete der Zwerg. »Darüber hörst du gleich mehr.«

Die Hyrkanier stürmten ihnen entgegen. Sie grinsten. »Wir freuen uns, dich wiederzusehen, Cimmerier!« sagte Kye-Dee.

Steif stieg Conan vom Kamel. Seine von der Sonne verbrannte Haut schmerzte unsäglich. »Mir ist aufgefallen, daß ihr nicht nach uns gesucht habt«, sagte er mit finsterer Miene.

Kye-Dee grinste und zuckte mit den Schultern. »Es

sah so aus, als hätten die Götter dieses Orts dich ausgesetzt. Es ist nicht klug, die Götter herauszufordern.«

»Crom schütze mich vor Menschen mit religiösen Skrupeln«, stieß der Cimmerier hervor und trat zum großen Trog. Das Wasser floß ständig an einem Ende herein und am anderen über eine Abflußrinne hinaus. Sosehr er auch die Stadt erkunden wollte, das Wasser zog ihn stärker an. Er legte den Schwertgurt ab, setzte sich unter die Abflußrinne und ließ das Wasser über sich strömen. Welche Wohltat! Das Wasser wusch die restliche Fettfarbe und den Sand aus den Haaren und vom Körper. Die Schmerzen waren fast unerträglich. Doch als er sich aufrichtete, fühlte er sich wie ein neuer Mensch. Seit Tagen zum ersten Mal wieder sauber!

Die Frauen trugen Achilea zum Trog und ließen sie behutsam ins Wasser gleiten. Sie riß die Augen auf und schrie, als sie ihr Wasser auf den Kopf schöpften.

»Vorsicht!« rief der Cimmerier. »Sie hat schlimme Verbrennungen.«

»Das wissen wir!« rief Payna empört zurück. Doch sogleich wich ihre finstere Miene tiefer Schamröte. Sie warf sich vor dem Cimmerier zu Boden und berührte mit der Stirn seine Füße. »Verzeih mir, Herr! Du hast unsere Königin gerettet. Wir beten dich an.«

Der Zwerg grinste Conan frech an. »Es fällt ihnen nicht leicht, einen Mann anständig zu behandeln.«

»Eins steht fest: Sie kennen nur Extreme«, sagte Conan. Er half den Frauen, für Achilea ein Sonnendach zu errichten, während sie im Wasser lag. Dann setzte er sich in den Schatten eines Zelts und aß. Jeden Bissen spülte er mit einem großen Schluck Wasser hinab. Der Zwerg gesellte sich zu ihm. Als der Cimmerier satt war, berichtete ihm der kleine Mann, was inzwischen geschehen war.

»Nachdem ihr beide zu eurem Spähgang aufgebrochen wart, haben wir gewartet. Die Hyrkanier haben geschlafen, die Zwillinge waren tief in einem Gespräch mit Amram vertieft …«

»Da du Amram erwähnst – wo ist er eigentlich?« unterbrach ihn Conan.

»Dazu komme ich noch. Wir warteten auf Achileas Rückkehr, als sich eine riesige Staubwolke erhob und den Mond verdunkelte. Alles kam ganz plötzlich. Ich sah aber, wie Amram und die Zwillinge auf die Kamele stiegen und nach Süden ritten. Im Nu waren sie in der dunklen Wolke verschwunden.

Bang warteten wir, bis sich der unheimliche Sturm gelegt hatte. Immer wieder riefen wir den Namen unserer Königin. Wir hofften, sie würde uns hören und zum Lager finden. Doch sie kam nicht. Am Morgen legte sich der Sand, und wir waren allein. Wir sahen überhaupt nichts. Die Frauen wollten sofort aufbrechen, um nach Achilea zu suchen, aber ich drängte sie dazu, zuerst Wasser zu suchen.«

Der Cimmerier nickte. »Das war das Klügste, was ihr tun konntet.«

»Ja. Ich befürchtete, daß sie in der Dunkelheit an uns vorbeigelaufen war und wir sie eher finden würden, wenn wir nach Süden anstatt nach Norden ritten. Wenn die Zwillinge und Amram uns verlassen hatten, dann weil die gesuchte Stadt nahe war – und damit Wasser. Wir waren noch keine halbe Stunde geritten, da stießen wir auf die Fährten der Zwillinge und Amrams. Wenige Stunden später fanden wir diesen Ort. Wir tränkten die Kamele und ruhten uns kurz aus. Dann füllten wir die Wasserschläuche und suchten nach Norden die Wüste ab.«

»Und ihr habt von den Zwillingen und von Amram nichts mehr gesehen?«

»Wir sind ihren Spuren bis zu diesem Tor gefolgt.« Jeyba zeigte auf das mächtige Stadttor.

»Es war unhöflich von ihnen, uns so ohne jede Zeremonie zu verlassen«, sagte Conan. »Sobald Achilea sich erholt hat, müssen wir hineingehen und sie zur Rede stellen.« Der Cimmerier gähnte, streckte sich auf einer Decke aus und war sofort eingeschlafen.

Er schlief den restlichen Tag, die folgende Nacht und wachte erst bei Tagesanbruch auf. Die ersten Sonnenstrahlen färbten den Horizont im Osten rosig, als er das Zelt verließ und an den schläfrigen Kamelen vorbei zum Trog ging. Er steckte den Kopf ins Wasser. Dann schüttelte er den Kopf, daß die Tropfen aus seiner rabenschwarzen Mähne umherflogen.

Er lief zu Achileas Zelt und schaute hinein. Die drei Frauen schliefen im Sitzen mit ausgestreckten Beinen. Da Achileas Haut zu empfindlich für eine Decke war, lag sie nackt auf den Beinen, den Kopf in Paynas Schoß. Ihre Fersen ruhten auf dem Bauch des Zwergs, der laut schnarchte. Sie hatten Achileas Gesicht und Körper mit Öl eingerieben. Sie schimmerte im sanften Morgenlicht. Conan zog den Kopf zurück. Er war zufrieden, daß sie kräftig und regelmäßig atmete. Jetzt wußte er, daß sie sich schnell erholen würde. Sie war die stärkste Frau, die ihm je begegnet war.

Die Hyrkanier schliefen friedlich wie Hunde auf ihren Decken, von Gedanken unbeschwert, ohne Sorgen. In der Nähe des Trogs wuchs wegen des Wasserreichtums das Gras in Hülle und Fülle. Die Kamele würden mehrere Tage genügend zu fressen haben. Allerdings gab es weder Bäume noch Büsche. Es war an der Zeit, den seltsamen Ort zu erforschen.

Erst musterte er die Umgebung. Etwas an dieser kreisrunden Mulde störte ihn. Sie war keine natürliche Form der Wüste, denn dort wanderten die Dünen unerbittlich. Der Sand, den der Wind von ihren Kämmen blies, türmte sich an der Leeseite auf, während oben immer mehr Sand weggeweht wurde. So bewegten sich die Dünen wie unendlich langsame Wogen in einem braunweißen Meer. Niemals bildeten sie vollkommen runde Krater. Es schien, als hätte man um die tote Stadt eine kreisrunde Barriere errichtet.

Plötzlich erinnerte sich der Cimmerier: die Grasbarriere um den zerstörten Tempel, wo er die Zwillinge in stummem Gespräch mit dem bärtigen Alten gesehen hatte. Dort hatte die unsichtbare, unheimliche Grenze die Form eines großen Rechtecks gehabt. Hier war es ein Kreis. Aber er spürte, daß es zwischen beiden eine Verbindung gab.

Er ging zum hohen Tor und betrachtete es. Die Geschichte mit den Opalen stimmte. Sie glänzten und schimmerten in den komplizierten geometrischen Schnitzereien. Ihre Kanten waren so scharf, als wären sie erst vor wenigen Tagen fertig geworden und nicht Jahrhunderte aus der Witterung ausgesetzt gewesen. Doch waren die Tore an sich noch verblüffender, denn selbst die dicksten Bohlen hätten in diesem Klima längst verrottet sein müssen. Conan war sich sicher, daß das nicht die letzte Begegnung mit dem Unheimlichen in Janagar sein würde.

Langsam umrundete er die Mauer. Sorgfältig hielt er Ausschau nach Rissen, Ranken oder irgend etwas, das einen Aufstieg ermöglichte. Doch die Mauer war völlig unversehrt und ohne eine Spur von Grün. Sie war nicht so hoch, als daß er nicht eine Schlinge hinaufwerfen konnte, aber die Brustwehr war glatt, ohne Zinnen oder irgendeinen anderen Vorsprung, an dem eine Schlinge Halt gefunden hätte. Weder Conan noch die anderen hatten daran gedacht, Enterhaken mitzubringen. Sie verfügten auch nicht über das Werkzeug, um aus dem vorhandenen Metall Haken zu schmieden.

Die Stadt bot in der unberührten Wüste einen grandiosen Anblick, doch war sie nicht so groß wie etliche, die der Cimmerier auf seinen weiten Reisen gesehen hatte. Es war immer noch Morgen, als er den Rundgang um die Mauer beendete. Die Hyrkanier und der Zwerg saßen beim Frühstück. Kye-Dee grinste dem Cimmerier entgegen.

»Hast du für uns ein Hintertürchen gefunden?« fragte er.

»Nein. Aber ich hatte auch keine Hilfe. Ihr Schurken habt den ganzen Morgen geschlafen. Ein Feind hätte sich anschleichen und euch die Kehlen durchschneiden können.«

»Manche Männer sind nun dazu geboren, früh aufzustehen und zu arbeiten«, meinte Kye-Dee ungerührt. »Wir übrigen wissen, wie man das Leben genießt. Was hast du gefunden?«

Der Cimmerier erstattete Bericht. Der Hyrkanier nickte. »Ihr Cimmerier seid doch Vettern der Bergziegen«, sagte er. »Hast du versucht, die Mauer zu erklettern?«

»An einem Dutzend Stellen. Die Steine sind zu gut eingepaßt und überhaupt nicht verwittert. Wenn ich auch nur mit den Fingerspitzen Halt fände, könnte ich hinaufklettern; denn so hoch sind sie ja nicht. Aber ich habe nirgends einen Halt entdeckt. Es ist sehr ungewöhnlich, daß so alte Steine so glatt geblieben sind.«

»Es ist ein magischer Ort«, meinte der Zwerg mit finsterer Miene. »Uns blüht nichts Gutes.«

»Das muß sich erst noch herausstellen«, widersprach Conan. »Ich werde nicht ohne einige Antworten weggehen.« Dann wandte er sich an Jeyba. »Wie ist das Befinden eurer Königin?«

»Sie ruht. Am Morgen ist sie kurz aufgewacht, und wir haben ihr etwas Wasser gegeben. Jetzt schläft sie wieder.«

»Schlaf tut ihr gut«, sagte der Cimmerier. »Dann heilt ihr Körper schneller. Komm, Jeyba, schau dir das Tor mit mir an.«

Sie gingen zum Tor. Der Zwerg trat gegen die dicken

Bohlen, als prüfe er sie auf Termiten. »Wir könnten versuchen, es niederzubrennen«, schlug er vor.

»So dickes Holz brennt nicht so leicht«, meinte Conan. »Es könnte tagelang glimmen, ehe es zusammenfällt. Aber nicht deshalb habe ich dich von den anderen weggerufen.«

»Warum dann?«

Der Cimmerier bohrte seine leuchtendblauen Augen in die des Zwerges. »Wie hat sie ihr Königtum verloren, Jeyba? Wieso zieht sie ohne einen Stamm umher?«

Der Zwerg blickte verlegen zu Boden. »Ich weiß es nicht. Darüber spricht sie nie – nicht einmal mit mir, und ich folge ihr getreu seit vielen Jahren.«

»Und die Frauen? Haben sie nie etwas gesagt?«

Jeyba trat unruhig von einem Fuß auf den anderen. »Einmal ... nur ein paar Worte.«

»Und was waren das für Worte?« bohrte Conan nach.

»Nun ...« Jeyba sah umher, ob jemand sie belauschen könnte. »Conan, ich erzähle es dir nur, weil du deine Loyalität unserer Königin gegenüber bewiesen hast.«

»Verstehe«, sagte Conan ungeduldig. »Nun rede schon!«

»Also, vor mehreren Jahren hat Lombi sich in einer Weinhandlung, die wir geplündert hatten, ziemlich betrunken. Sie erzählte mir, daß Achilea nicht einmal zwei Jahre Königin war, als sie sich so schwer gegen ihr Volk versündigte, daß sich beinahe alle gegen sie empörten. Ihre jüngere Schwester war die Anführerin. Nur die ›Wildnis-Schwestern‹ hielten noch zu ihr. Das waren die jungen Frauen, die das Jahr in der Wildnis mit ihr geteilt hatten. Diese Frauen sind fürs gesamte Leben durch ein besonderes Band miteinander verknüpft. Man stieß Achilea und diese Frauen aus dem Volk aus, und ihre Schwester wurde Königin. Als Achilea mich zu sich nahm, gab es noch fast zwanzig dieser Wildnis-Schwestern. Jetzt hat sie nur noch drei.«

»Und mehr hat Lombi nicht erzählt?« fragte Conan.

Der Zwerg schüttelte den Kopf. »Dazu hatte sie keine Gelegenheit. Payna kam herein und hörte die letzten Worte. Sie hat Lombi halbtot geschlagen und geschworen, mir noch Schlimmeres anzutun, falls ich je wiederholte, was ich gehört hätte. Deshalb, Cimmerier, liegt mein Leben jetzt in deiner Hand. Denn sie hat es ernstgemeint.«

»Du hast nichts zu befürchten«, versicherte ihm Conan. »Und überhaupt habe ich jetzt ganz andere Dinge im Kopf.«

»Wie wir in die Stadt gelangen?« fragte der Zwerg.

»Das ist ein Problem. Ein anderes sind die Verfolger, die Achilea und mir auf dem Weg hierher dicht auf den Fersen waren. Wo sind sie? Janagar war ihr Ziel, aber bis jetzt haben sie sich noch nicht gezeigt. Ich war zu Fuß. Sie hätten mich längst überholen müssen, doch das haben sie nicht getan. Welches Spiel treiben sie?«

»Vielleicht sind sie im Sandsturm erstickt«, vermutete der Zwerg. »Mitra weiß, daß es uns beinahe so ergangen ist.«

»Das bezweifle ich«, sagte Conan ernst. »Würde dieser Zauberer einen Sandsturm heraufbeschwören, der alle umbringt? Nein, so wie er geredet hat, ist er jemand, der wartet und beobachtet, und andere das Risiko tragen läßt, bis er zustoßen und alles einsacken kann. Ich glaube, er lauert nur ein paar Dünen entfernt und schaut zu.«

Den gesamten Tag ruhten sie, besserten Schäden an der Ausrüstung aus und kümmerten sich um die Kamele. Am Abend erschien Achilea. Sie hatte noch große Schmerzen, konnte jedoch gehen. »Morgen betreten wir diese Stadt«, erklärte sie entschlossen.

NEUN

Conan vermochte ein Grinsen nicht zu unterdrücken, als er Achilea am nächsten Morgen aus dem Zelt kommen sah. »Fühlst du dich kräftig genug?«

»Um jemanden wie mich aufzuhalten, muß mir mehr widerfahren als ein kleiner Sonnenbrand und etwas Durst, du cimmerischer Hund«, entgegnete sie wütend.

Diesmal lachte Conan lauthals. Die Amazonenkönigin ging steifer als ein Mann in voller Rüstung. Ihre Haut schälte sich wie bei einer Schlange, die sich häutet. Darunter war die neue Haut so rosig wie die eines Neugeborenen. Sie bemühte sich, die finstere Miene beizubehalten. Doch dann mußte auch sie lachen.

»Na schön. Ich sehe eher wie eine sterbende Eidechse als eine Königin aus. Trotzdem bin ich immer noch eine Kriegerin. Und ich bin bereit, diese Stadt zu plündern.« Sie deutete auf Janagar.

Conan musterte das Tor. »Wir sollten das nicht tun, das weißt du doch«, sagte er. »Wir haben zugestimmt, sie hierherzuführen und unterwegs zu beschützen. Das haben wir getan. Jetzt könnten wir soviel Wasser fassen, wie wir mitführen können, und wegreiten. Damit hätten wir unsere Aufgabe ehrenvoll erfüllt.«

»Ja, das könnten wir«, meinte sie. Ihre Miene verfinsterte sich wieder. »Aber damit gebe ich mich nicht zufrieden. Uns winkte eine größere Belohnung. Die Zwillinge versprachen uns einen Anteil an den Schätzen der Stadt. Danach möchte ich suchen, selbst wenn sie nur Mondstrahlen in ihren Köpfen waren. Aber vor allem bin ich wütend über die Art, wie sie uns behandelt haben – einfach im Sandsturm davonzureiten, als wären wir nur Straßenköter. Ich lasse es nicht zu, daß man meine Ehre derartig beleidigt.«

»Ich ebensowenig«, erklärte der Cimmerier.

»Dann laß uns die Zwillinge finden.«

»Komm mit. Ich habe eine Idee«, sagte Conan. Sie gingen zum Tor, wo Jeyba mit einem aufgerollten Seil in der Hand dastand. Kye-Dee hielt ein Kamel und blickte mit gierigen Augen zu den Opalen hinauf. Die anderen Hyrkanier standen in der Nähe und verfolgten alles mit großer Aufmerksamkeit. Achileas Frauen folgten ihr.

»Und jetzt?« fragte Achilea.

»Jeyba behauptet, er sei ein starker Mann«, antwortete Conan. »Wir werden sehen, wie stark er tatsächlich ist. Jeyba, klettere auf das Kamel und stell dich auf seinen Rücken. Wenn du den Höcker zwischen die Beine nimmst, kannst du die Füße auf sein Rückgrat stellen.«

»Dein Wunsch ist mir Befehl.« Der Zwerg stellte sich auf den Rücken des Kamels. Das Tier wurde bei der ungewohnten Behandlung unruhig, doch Kye-Dee hielt es fest.

»Willst du es wirklich versuchen?« Achilea lächelte trotz der Schmerzen.

»Schau her!« Wie die Bergziege, von der Kye-Dee gesprochen hatte, sprang er auf das Kamel. Dann stieg er auf die muskelbepackten Schultern des Zwergs. »Ganz ruhig jetzt!« sagte er. Jeyba verzog das Gesicht, aber er packte Conans Fußknöchel und hielt das Gleichgewicht.

Conan stand auf dem Zwerg und streckte die Arme nach oben. Mit größter Mühe berührten seine Fingerspitzen den Türsturz über den schweren Torflügeln. »Laß los!« befahl er dem Zwerg. Nachdem der Zwerg die Knöchel losgelassen hatte, zog der Cimmerier sich mit zusammengebissenen Zähnen ein Stück höher. Allein seine Fingerspitzen fanden Halt. Er löste den Griff der rechten Hand und streckte den Arm nach oben. Dann zog er sich allein mit einem Arm hoch. Sein Oberkörper wurde bei dieser Anstrengung tiefrot. Die Muskelstränge an Hals und Schultern traten wie Stricke hervor und wirkten härter als die Steine, die er erklomm.

Die unten Stehenden schauten bewundernd zu diesem unglaublichen Kraftakt hinauf. Hand über Hand zog sich der Cimmerier über die geschnitzte Oberfläche, bis er die Zehen in eine Nische stellen konnte. Danach war das Klettern müheloser, und wie eine Fliege huschte er hinauf. Sobald er die Brustwehr ergreifen konnte, zog er sich schwungvoll darüber hinweg und glitt auf den Wehrgang.

Conan schaute umher, ohne dem Applaus der Gefährten draußen Aufmerksamkeit zu schenken. Unmittelbar hinter dem Tor lag ein kleiner Platz, ringsum viele Gebäude. Alles war vollkommen menschenleer. Zufrieden, daß niemand ihm auflauerte, beugte er sich über die Brustwehr. »Wirf mir das Seil herauf!« Der Zwerg gehorchte. Conan befestigte ein Ende an einem Steinpfosten, der wohl früher als Stütze eines Katapults gedient hatte. Dann ließ er das Seil an der Mauer hinabfallen.

»Kommt hoch!« rief er.

»Sollten wir nicht einen oder zwei Mann bei den Kamelen lassen?« fragte Kye-Dee.

»Nein. Die wandern nicht vom Wasser weg. Wenn genügend Gras da wäre, würden sie den Rest ihres Lebens hierbleiben.«

»Was ist mit den Schurken, die uns verfolgen?« fragte Achilea.

»Wenn sie auftauchen, könnten auch zwei Männer die Kamele nicht schützen. Aber bringt Proviant mit. Möglich, daß wir eine Zeitlang hierbleiben.«

Als erste kam Payna herauf, dann Lombi und Ekun. Geschickt hielten die Frauen sich am Seil fest und hangelten sich die Mauer hinauf. Achilea wollte es ihnen unbedingt gleichtun, obgleich sie noch längst nicht wieder bei Kräften war. Besorgt schauten die Frauen zu, als sie langsam die Mauer heraufkam. Gerade als sie aufgeben wollte, packte Conan ihr Handgelenk und zog sie mit einem kräftigen Ruck über die Brustwehr auf den Wehrgang.

Freudig erregt schaute sie umher. Ihre Augen funkelten vor Aufregung. »Endlich! Die Stadt der Schätze!«

»Nun ja, eine Stadt ist es!« meinte der Cimmerier. »Kommt endlich, ihr pferdefressenden Hunde!« rief er den Hyrkaniern unten zu.

»Sind wir Affen, die an Seilen klettern?« rief Kye-Dee zurück und musterte mißtrauisch das Seil an der Mauer.

»Habt keine Angst!« Die Geduld des Cimmeriers war langsam erschöpft. »Knotet am Ende des Seils eine Schlinge und stellt euch mit dem Fuß hinein. Dann ziehen wir euch herauf.«

»Was ist nutzloser als ein Hyrkanier ohne sein Pferd?« fragte Ekun angewidert.

»Das habe ich gehört!« brüllte Kye-Dee.

Schließlich standen alle Hyrkanier auf dem Wehrgang. Als letzter kam Jeyba. Er hatte Wasserschläuche und Proviantsäcke ans Seil geknüpft.

»Verdammt!« schimpfte Kye-Dee. »Ich wollte unterwegs ein paar Opale vom Tor reißen.«

»Wie hättest du das bewerkstelligt?« fragte Lombi und spuckte aus. »Du hast mit beiden Händen das Seil umklammert und die Augen fest zugekniffen.«

»Laßt uns gehen«, sagte Conan. »Jeder nimmt etwas vom Proviant mit. Wir müssen ein paar Leute finden.«

»Und ein paar Schätze einsacken«, fügte Achilea hinzu.

»Auch das«, pflichtete Conan ihr bei.

Während die anderen Proviant und Waffen aufnahmen, blickte der Cimmerier noch ein letztes Mal zum Kraterrand. Welch seltsamer Horizont in dieser Wüste: eine völlig gerade Sandstrecke, so gleichmäßig, als wäre sie aus Stein gehauen.

»Das ist eigenartig«, meinte er.

»Was?« fragte Achilea.

»Wo sind die Spuren? Viele Menschen und Kamele sind in den letzten Tagen über den Rand gekommen, es gab auch keinen Wind, dennoch ist alles so glatt wie eine Schüssel aus glasiertem Ton.«

Die Amazonenkönigin blickte ebenfalls hinaus. Dann schauderte sie. »In der Tat, Conan. Doch wir haben gewußt, daß dieser Ort nicht natürlich ist. Die Wüste erneuert sich aus sich selbst heraus, wie der Körper eine Wunde heilt.«

»Ja, wahrscheinlich hast du recht.« Da fiel dem Cimmerier ein Glitzern am Kraterrand auf. Er zeigte in die Richtung. »Siehst du dort etwas?«

Achilea spähte angestrengt. »Stahl ist es diesmal nicht. Es befindet sich unmittelbar auf dem Sand. Es sieht purpurn aus, wie violettes Glas oder« – sie warf ihm einen angstvollen Blick zu – »wie die Kristalle, mit denen der Zauberer gespielt hat.«

Jetzt blickten auch die anderen mißtrauisch auf die glänzende Stelle.

Conan nickte. Seine Augen waren schärfer. Er vermochte das winzige menschenähnliche Gebilde zu erkennen. »Ja, es ist der Homunculus.« Unwillkürlich griff er zum Schwert. »Was soll's! Wenn der Zauberer Mut hätte, wäre er hier unten und würde nicht von dort oben in der Wüste seinen kleinen Spion vorschicken. Kommt, es gibt viel zu tun.«

Unweit des Tors stießen sie auf eine Treppe, die auf den Platz hinabführte. Gleich darauf standen sie dort.

Dem Cimmerier fiel auf, daß diese Stadt keiner von denen glich, die er bis jetzt gesehen hatte. Nirgends lag Laub auf den Steinplatten, nirgendwo war Sand oder Schmutz, keine Zeichen dafür, daß je Tiere durchgezogen waren. Nicht einmal eine Feder von einem Vogel, der darübergeflogen war. Es war, als ob alle Bewohner der Stadt in ihre Häuser gegangen wären, um der Hitze des Tages zu entfliehen. Aber keine bewohnte Stadt wirkte so reinlich.

»Hast du je eine so seltsame Stadt gesehen?« fragte Achilea. Auch ihre Hand ruhte auf dem Schwertgriff.

»Oder eine, in der es so still war?« meinte Lombi.

»Oder eine, die so langweilig ist?« fragte Kye-Dee. »Warum stehen wir hier wie Narren herum, die noch nie eine Stadt gesehen haben, ganz zu schweigen davon, eine geplündert und in Brand gesteckt zu haben? Los, suchen wir uns einen Palast und sacken Schätze ein.«

Sie folgten diesem außerordentlich vernünftigen Rat und verließen den Platz, um die Stadt zu erkunden. Eine mit glatten weißen Steinen gepflasterte Straße führte vom Tor zu einer kurzen Treppe, über die man auf einen kleinen Innenhof gelangte, der von hohen Gebäuden mit prächtigen Balkonen umgeben war. In der Mitte versprühte ein Brunnen aus den Flügeln eines sich in die Lüfte schwingenden Phönix Wasser in den runden Teich.

»Das ergibt doch keinen Sinn«, meinte der Zwerg und blickte zum Himmel. »Mitten in der Wüste müßte soviel Wasser jeden vorbeifliegenden Vogel anlocken. Aber es sieht so aus, als wäre nie einer hier gelandet.«

»Ja, genauso ist es«, sagte der Cimmerier.

»Was?«

»Ich erkläre es euch später. Kommt!«

Sie gingen an zahlreichen großartigen Gebäuden vorbei, die alle in vollkommenem Zustand waren. In dieser Stadt schien es keine geraden, sondern nur kurze gewundene Straßen und unzählige Treppen zu geben, die zu kleinen Plätzen und Innenhöfen führten. Alles schien willkürlich angelegt zu sein. Manchmal endeten die Straßen als Sackgassen, und Conan und seine Gefährten mußten Häuser durchqueren, um zur nächsten Straße zu gelangen. Es gab lange Tunnel und Arkaden unter großen Gebäuden und so etwas wie Marktplätze unter Kuppeln aus durchsichtigem Alabaster.

In den Palästen sahen sie viele Gemälde, Fresken, Mosaiken und wunderbare Statuen, doch weniges, was man forttragen konnte. Auf den Gemälden und Wandbildern waren unsägliche Orgien und unvorstellbar blutige Szenen dargestellt. Die meisten schienen rituelle Handlungen darzustellen. Offenbar verehrten die Menschen, die früher einmal in Janagar gelebt hatten, ausschließlich Götter der Fruchtbarkeit und des Blutvergießens.

»Was waren das nur für Menschen?« fragte sich Achilea, als sie vor einem riesigen Fresko stand, auf dem nackte Körper – Menschen und Dämonen – auf so komplizierte Weise verschlungen waren, daß das Auge davon ermüdete, allen Windungen zu folgen.

Conan zuckte mit den Schultern. »Ich habe auf meinen Reisen viele Tempel und heilige Stätten gesehen, von den Eichenhainen Asgards bis zu den Dschungelheiligtümern der schwarzen Stämme und die großen Altäre der zivilisierten Länder dazwischen. Die meisten Menschen versuchen, sich die Gunst der Götter mit Ritualen, Opfern und Gebeten zu erkaufen. Sie hoffen, Gnade zu finden und den Zorn abzuwenden. Meist erflehen sie nur einfache Dinge: gute Ernte, gesunde Kinder und den Sieg in der Schlacht.

»Aber es gibt auch andere – alte, reiche Völker, die Hunger und Entbehrung vergessen haben und seit Generationen nur noch Luxus kennen. Sie wollen wie die Götter sein, und ihre Riten sollen ihnen Macht, ja sogar Unsterblichkeit einbringen. Vielleicht waren die Bewohner Janagars auch solche Menschen.«

»Und vielleicht wurden sie deshalb ausgelöscht«, sagte Achilea.

»*Wurden* sie tatsächlich ausgelöscht?« fragte der Zwerg und blickte mißtrauisch auf die völlig unversehrten Bauten.

»Es muß so gewesen sein«, sagte Achilea. »Diese Stadt ist unberührt, ohne jede Spur von Leben. Wie die Zwillinge gesagt haben: Die Bewohner Janagars sind in einer einzigen Nacht geflohen, und keiner ist je zurückgekehrt.«

Irgend etwas in ihren Worten klang falsch. Aber Conan wußte nicht, was ihn störte. »Diese Stadt ist ein Labyrinth. Laßt uns auf einen Turm klettern und uns einen Überblick verschaffen.«

Sie kamen zu einem Gebäude, an dessen Ecken hohe schlanke Türme aufragten, die von Sternen gekrönt waren. Sie traten ein. Vor ihnen lag ein riesiger Raum unter einer Kuppel. Die vielen Statuen aus Stein, Metall, Glas und Keramik waren so angeordnet, daß sie unglaublich lebendig wirkten. Wieder wurden die ausgefallensten Liebesspiele und die gräßlichsten Bluttaten dargestellt.

»Endlich!« rief Kye-Dee und zeigte auf die Gruppe eines Priesters mit einer abscheulichen Maske und seinem Opfer, einer wunderschönen Frau in Fesseln, aus deren aufgeschlitzter Kehle ein Blutstrom aus edelsten Rubinen, Granaten und Amethysten quoll. Ein Hyrkanier war vom Anblick dieser Juwelen wie geblendet. Schnell lief er zu den Statuen, öffnete den Lederbeutel am Gürtel und griff nach den Edelsteinen.

Auch bei Conan erwachte die Begierde, doch hielt ihn die widerliche Darstellung der Figurengruppe aus unerklärlichem Grund zurück. »Warte!« rief er. Doch der Mann beachtete ihn nicht. Seine Augen waren geweitet und funkelten vor Habgier. Er griff nach den Juwelen. Sofort wurde sein Körper steif. Nur der Kopf schnellte nach hinten, so daß man die Knochen brechen hörte. Er streckte die Zunge heraus, um zu schreien. Seine Augäpfel traten aus den Höhlen. Rauch stieg von seiner ausgestreckten Hand auf, dann quoll fettiger schwarzer Rauch in einer dicken Säule aus seinem aufgerissenen Mund.

Vor den Augen seiner entsetzten Gefährten brutzelte sein Fleisch, warf Blasen und fiel von den Knochen. Das unsichtbare, übernatürliche Feuer verzehrte ihn. Gleich darauf war von ihm nur ein Häuflein verkohlter Knochen inmitten einer zischenden Fettlache übrig. Sein Fleisch und das Blut waren verbrannt.

»Diese Menschen mögen lange tot sein, aber ihr Fluch ist noch sehr mächtig«, sagte Achilea. Ihre Stimme war so heiser wie am Ende des Wüstenmarsches. »Berührt nichts, bis wir wissen, daß es ungefährlich ist.«

»Wir werden die Totenfeier für ihn abhalten, wenn wir wieder in der Heimat sind«, sagte Kye-Dee zu seinen Gefährten. »Es sei denn, jemand möchte seine Knochen einsammeln.« Die Hyrkanier schüttelten energisch die Köpfe.

»Kommt, gehen wir weiter«, sagte Conan. Seine Bedenken bezüglich der Stadt waren jetzt doppelt so stark wie zuvor.

Sie gingen zu einer Ecke des riesigen Raums, wo sich ein Turm befand. Eine Wendeltreppe führte nach oben. Die Stufen waren zu einer Linksdrehung angeordnet. Das kam dem Cimmerier eigenartig vor, da seiner Erfahrung nach derartige Wendeltreppen beim Aufstieg immer nach rechts ausgerichtet waren. Verteidigungstürme waren so gebaut, daß der Schwertarm des Angreifers von der Mauer beengt wurde, der Verteidiger dagegen genügend Platz hatte, um auszuholen.

Anfangs waren die Stufen breit, dann wurden sie schmaler und enger. Der Turm verengte sich nach oben hin. Dadurch hatten die Erbauer das Gewicht verringert und zugleich Material eingespart, und von unten gewann der Betrachter den Eindruck, der Turm sei höher, als er tatsächlich war. Als die Wendeltreppe so eng war, daß der Cimmerier die breiten Schultern nur mit Mühe hindurchschieben konnte, gelangten sie auf eine breite Plattform, die den Turm umlief. Sie besaß eine halbhohe Brüstung aus Marmor, die einer feinen Spitze aus verschlungenen Ranken glich. Vorsichtig traten Conan und seine Schar hinaus. Sie bezweifelten, daß die Plattform nach so vielen Jahren noch sicher war.

»Als erstes müssen wir feststellen, ob da unten irgendwo unsere Verfolger lauern«, sagte der Cimmerier. Er spähte über die Stadtmauer hinweg. »Crom!« Auch allen übrigen stockte der Atem. Schnell griffen sie zu ihren Schutzamuletten und murmelten Abwehrzauber.

Man sah meilenweit. Doch erstreckte sich hinter der Stadtmauer keine Wüste, sondern gepflügtes Ackerland, das durch niedrige Steinmauern und gepflegte Hecken feinsäuberlich in Rechtecke geteilt wurde. Schnurgerade Kanäle durchzogen das Land. In vereinzelten Abständen standen kranartige Maschinen, die das Wasser aus den Kanälen auf die Felder schöpften. In der Ferne sahen sie Gebäude, die offenbar prachtvolle Landsitze waren.

»Was ist das?« rief Achilea.

Conan legte die starken Hände auf die Brüstung und blickte auf die Stadt hinab. Die anderen folgten seinem Beispiel. Buntgekleidete Menschen bevölkerten die

Straßen und Plätze. Eine Abteilung Soldaten ritt hindurch. Ihre vergoldeten Rüstungen und das bronzene Zaumzeug funkelten in der Sonne.

Langsam näherten sich die Soldaten dem Turm. Plötzlich hingen von den Terrassen der größten Gebäude Blumenranken in Hülle und Fülle. Auf den breiten Terrassen standen Zedern und Zypressen. Duftende Myrrhebüsche und Palmen mit Datteln wuchsen überall. Von den Opfern auf den Altären der Tempel stiegen große Rauchsäulen zum Himmel empor.

»Was geschieht hier?« fragte Achilea.

»Diese Stadt ist verflucht!« schrie Payna. »Laß uns so schnell wie möglich wegreiten, meine Königin!«

Conan gefiel diese unerwartete Wendung auch nicht, aber er hatte keine Angst. »Das ist irgendeine optische Täuschung. Wir sehen Janagar, wie es vor langer Zeit einmal war. Hört zu! Hört ihr einen Laut? Ich nicht. Alles ist so still wie zuvor, als wir durch die Straßen gingen.«

»Wir sind sehr weit oben«, meinte Kye-Dee. Er war noch nie auf einem so hohen Turm gewesen.

»Trotzdem würden wir etwas hören«, widersprach der Cimmerier. »Ich stand schon auf Türmen, die viel höher als dieser waren. Trotzdem hörte man den Hufschlag der Pferde auf den Straßen. Riecht einer von euch Rauch? Ich nicht, aber überall sind Feuer zu sehen.«

»Angenommen, du hast recht«, sagte Achilea. »Wohin sollen wir jetzt gehen?«

»Dorthin.« Conan zeigte auf ein großes Bauwerk auf einem Hügel in der Stadtmitte. Es wirkte gedrungen, doch das lag an seiner massigen Architektur. Die Kuppel war höher als die anderen und schien aus unzähligen Glasscheiben zu bestehen. »Wenn die Zwillinge in der Stadt sind, dann sind sie bestimmt dort.«

»Seht!« rief ein Hyrkanier und deutete nach unten.

Um das Fundament ihres Turms kam ein riesiger Elefant. Seine Flanken waren bunt bemalt, die langen geschwungenen Stoßzähne vergoldet. Auf dem Rücken saß die Statue eines Gottes oder Dämons, mit vielen Augen und scheußlicher Fratze. Es folgten weitere buntbemalte Elefanten mit ebenfalls abstoßenden Statuen. Musiker mit Flöten und Trommeln, mit Trompeten und Tamburinen begleiteten die Tiere. Tänzer und Tänzerinnen in Pelzen und Federn wirbelten in Ekstase umher. Götzendiener verletzten sich mit Messern und warfen abgeschnittene Gliedmaßen zu den Idolen hinauf. Doch bei alldem herrschte absolute Stille.

»Ich habe keine Ahnung, wer diese Menschen sind oder was sie tun«, sagte Conan. »Aber sie sind seit Tausenden von Jahren Staub in der Wüste. Nur mit Hilfe irgendeiner Magie sehen wir sie so, wie sie einst waren.«

»Laßt uns gehen«, sagte Achilea. Auch sie war so beunruhigt wie der Cimmerier. »Diese Visionen längst vergangener Zeiten machen mich schwermütig. Ich weiß nicht einmal, ob ich noch die Schätze haben will. Ich möchte nur ein paar Antworten.«

Niemand sprach ein Wort, während sie den Turm hinabstiegen und das Gebäude verließen. Draußen auf der Straße war alles so, wie es gewesen war. Die Soldaten, die Götzendiener, die Pferde und Elefanten – alles war verschwunden, so als hätte es nie existiert.

»Hier entlang«, sagte Conan, mehr um das peinliche Schweigen zu brechen, als um den Gefährten die Richtung anzugeben. Als sie durch die stille Stadt gingen, formte sich in seinem Kopf die Antwort auf eine Frage, die ihn quälte.

»Achilea, vorhin hast du gesagt, die Stadt sei genauso wie zu dem Zeitpunkt, als die Bewohner flohen«, sagte er.

»Ja, das sagte ich. Na und?«

Er blickte zu einem Balkon hinauf. Vasen standen an der Brüstung, nur die Blumen fehlten. »Warst du schon in vielen Städten?«

»In einigen«, antwortete sie. »Aber keine war so prächtig wie diese. Und?«

»Ich war in sehr vielen, aber sie waren *niemals* so vollkommen! Niemand baut eine Stadt und zieht erst ein, wenn sie fertig ist. Städte wachsen – wie Tiere. Sie beginnen als Welpen. Dörfer bei einem Fluß, an einer Bucht oder an einer Kreuzung von Karawanenstraßen. Manche werden zu großen Städten wie diese hier« – er machte eine Pause – »einmal war. Aber immer wachsen sie oder werden erneuert. Alte Gebäude werden abgerissen und neue erbaut. Feuer verzehren Häuser und Läden. Ich habe Städte gesehen, wo ständig Tempel gebaut wurden, weil über ein Dutzend Kulte ein eigenes, größeres Gotteshaus errichten wollte. Ein frischgestrichenes Haus stand neben einem, bei dem die Farbe längst abgeblättert war. Niemals ist eine Stadt so makellos!«

»Du denkst zuviel, Conan«, sagte Achilea. »Das hätte ich nie von dir gedacht.«

Der Cimmerier überhörte den Spott. »Irgendwie kann ich nicht glauben, daß die Bewohner von Janagar, die in Panik geflohen sind, sich noch die Zeit genommen haben, alle Bauprojekte fertigzustellen, ehe sie das Tor abschlossen.«

»Die Frau hat recht, Conan«, mischte Kye-Dee sich ein. »Du denkst zuviel.« Für den an die Freiheit gewohnten Hyrkanier waren Städte ebenso fremdartig wie Sterne. Deshalb fand er Janagar gar nicht eigenartig. Seine Wünsche waren einfach. Er wollte lediglich reiche Beute machen, ohne dabei einen grausamen Tod zu erleiden.

Zur Stadtmitte ging es ständig bergauf. Sie gingen mehr über Treppen als auf Straßen. Oft verirrten sie sich in den engen Gassen und betraten Gebäude, die nur einen Ausgang hatten. Zuweilen mußten sie über Dächer oder von einem Balkon zum anderen klettern. Doch sie näherten sich dem eindrucksvollen Gebäude. Oft sahen sie wertvolle Gegenstände und waren versucht, sie einzustecken, doch das Schicksal des unglücklichen Hyrkaniers hemmte die gierigen Hände.

Schließlich traten sie durch einen niedrigen Tunnel, der auf den großen Platz vor dem Haupttempel führte. Sie blieben staunend stehen. Aus der Entfernung hatte der Bau gewaltig gewirkt. Doch jetzt, unmittelbar davor, verschlug ihnen seine Größe den Atem. Die Fassade war so hoch, daß sie die riesige Kuppel gar nicht sahen. Auf dem Wehrgang des Tempels standen Statuen, die denen auf den Elefanten glichen, als sie Janagar vor Tausenden von Jahren gesehen hatten. Von ihrem Standpunkt aus schienen die Statuen lebensgroß zu sein, doch Conan verglich sie mit Punkten an der Fassade. Die Figuren mußten mindestens zehn Meter hoch sein. Das menschliche Auge war nicht imstande, die Ausmaße dieses Tempels zu erfassen.

In jeden Quadratzentimeter des Tempels waren überaus kunstvolle Reliefs gemeißelt. Von unten vermochte man die einzelnen Figuren nicht genau zu erkennen, weil sie so tief in das Gesamtwerk eingearbeitet waren. Vor dieser Steinmetzarbeit standen alle stumm vor Staunen. Die sichtbaren Steine waren aus Marmor – Marmor mit Hunderten verschiedener Farbschattierungen. Alles war so poliert, daß man den Eindruck hatte, das Gebäude sei aus Glas erbaut und von innen beleuchtet.

»Hast du je ein so riesiges Bauwerk gesehen?« fragte Achilea tief beeindruckt.

»Etliche«, antwortete Conan. »Das war in Stygien, aber keines war so hoch. Und das ist nur die Vorderfront. Erinnere dich, was wir vom Turm aus gesehen haben. Die Kuppel ist doppelt so groß wie der Tempel.«

»Wie können Menschenhände so etwas erbauen?« fragte sie sich.

»Das waren keine Menschen«, warf Kye-Dee ein. »Für mich steht fest, daß Götter oder Giganten diesen Tempel erbaut haben.«

Conan stimmte ihm insgeheim beinahe zu. Auch ihm erschien es unvorstellbar, daß Menschen zahllose Jahre, ja viele Generationen hindurch gearbeitet hatten, um diesen gewaltigen Bau zu errichten. Es war ein Wunder, dennoch fand er es widerwärtig, daß Menschen ihr ganzes Leben lang damit zugebracht hatten. Diese Menschen müssen die Seelen von Ameisen gehabt haben, dachte er.

»Es nützt nichts, wenn wir hier nur herumstehen«, sagte er und schnallte den Waffengurt um die schmalen Hüften enger. Sie gingen über den großen Platz, der mit schwarzweißen Steinplatten in herrlichen geometrischen Muster belegt war. Es kam dem Cimmerier wie eine Ewigkeit vor, bis sie den Tempel erreichten. Die Vorderfront schien vor ihnen zurückzuweichen. Doch dann standen sie vor der Fassade, die wie Klippen aufragte, und betrachteten mit offenem Mund die verschlungenen Reliefs, die in laufenden Bändern angebracht waren. Lediglich die Fenster und das mächtige Eingangsportal unterbrachen sie.

Auf jedem Band waren lebensgroße Figuren zu sehen. Wenn die Skulpturen im Tempel, in dem der Hyrkanier gestorben war, schon schamlos und widerwärtig gewesen waren, so übertrafen diese sie bei weitem. Ekun trat zu einer besonders verschlungenen Gruppe und betrachtete sie aus der Nähe. »Das ist unmöglich. Dafür braucht man drei Beine«, erklärte sie schließlich.

»Manche ihrer Götter und Dämonen hier haben viel

mehr Gliedmaßen als unsereiner«, sagte Kye-Dee. »Vielleicht waren die Bewohner von Janagar ebenso ausgestattet.«

Conan waren die Reliefs gleichgültig. Er ging zum Portal und studierte es. Die beiden Torflügel waren beinahe so groß und massiv wie die des Stadttors. Sie waren mindestens zwanzig Schritt hoch und verliefen oben in der Mitte zu einem Spitzbogen. Eingerahmt war das Portal von einem Band verschlungener Ranken. Dieses Muster kam in der Stadt sehr oft vor. Der Cimmerier trat näher. Jetzt sah er, daß es keine Ranken waren, sondern zahllose Schlangen, deren Augen aus Juwelen bestanden. Sie waren so realistisch, daß Conan glaubte, die gespaltenen Zungen würden jeden Augenblick aus den Mäulern schnellen. Achilea trat neben ihn.

»Um das einzudrücken, brauchen wir einen Widder«, sagte sie.

»Vielleicht können wir uns übers Dach Eingang verschaffen«, meinte Conan. »Zumindest können wir hier leichter hochklettern.«

»Das kannst du gern tun«, sagte Kye-Dee. »Ich spende gern von unten Beifall, aber ich klettere diese Klippe nicht hinauf, ganz gleich, wie gut man sich festhalten kann.« Die anderen Hyrkanier stimmten ihm lautstark zu.

»Feiglinge!« sagte Achilea verächtlich.

»Männer sind nicht dazu geschaffen, Mauern wie Eidechsen hinaufzuklettern!« erklärte Kye-Dee beleidigt.

Jeyba trat zum Portal und betastete die dicken Bohlen. Er stieß dagegen, und die Torflügel schwangen so lautlos auf wie eine Haustür, deren Angeln gut geölt sind.

»Vielleicht wird es doch nicht so schwierig, wie wir gedacht haben«, meinte Achilea.

»Sag das nicht, bis wir drinnen sind«, warnte der

Cimmerier. Er zückte das Schwert und schritt durch die Öffnung. Achilea wollte nicht zurückstehen und folgte ihm mit ebenfalls gezückter Klinge. Ihre Frauen und der Zwerg blieben ihnen auf den Fersen. Die Hyrkanier gingen als letzte. Sie zogen Pfeile aus den Köchern und legten sie auf die Bogensehnen.

Angespannt und wachsam wie Katzen schritt die kleine Schar durch einen hohen Bogengang, der einem Tunnel gleich durch die dicke Mauer des Tempels führte. Wie außen waren auch die Innenwände reich dekoriert. Doch war die Beleuchtung zu spärlich, um Einzelheiten zu erkennen. Die Hitze und das gleißende Licht der Wüste blieben hinter ihnen, sobald sie das Tor durchschritten hatten. Drinnen war die Luft etwas stickig, doch man konnte atmen. Vor ihnen führte der Tunnel in einen weiten hellen Raum.

Staunend betrachteten sie ihn. Ehe sie alles richtig wahrgenommen hatten, tauchte neben ihnen ein riesiger zottiger Schemen auf, der laut brüllte. Einer der Hyrkanier richtete den Bogen auf ihn, doch Conan schlug die Waffe beiseite. Der Pfeil landete an einer entfernten Wand.

»Das ist ein Kamel, du Narr!« schrie Conan den Hyrkanier an.

Der Mann wollte wegen der Einmischung des Cimmeriers protestieren, doch dann grinste er verlegen, als er seinen Fehler erkannte. »Ich habe gedacht, es wäre ein Dämon«, stammelte er.

Das Kamel, dem Conan das Leben gerettet hatte, war weiß und groß. Sein Gefährte stand gleich daneben. Dahinter kam das kleine einheimische Tier zum Vorschein, das Amram geritten hatte. Die Tiere schienen sich von Conan und seiner Schar beim Wiederkauen gestört zu fühlen.

»Das ist das erste Zeichen von den dreien«, sagte Achilea. »Du hast recht gehabt, Conan.«

Langsam schritten sie weiter in den riesigen Raum hinein. Das einfallende Licht war bunt und malte Rauten auf den Mosaikboden. Die Kuppel war in der Tat aus metallgefaßten Glasscheiben errichtet. Aus der Entfernung sahen die Scheiben winzig aus, doch Conan schätzte, daß sie tatsächlich so groß wie ein kleines Haus waren. Noch nie im Leben hatte er derartige Fensterscheiben gesehen.

Als sie den Raum zur Hälfte durchquert hatten, entdeckten sie am anderen Ende eine riesige Götterstatue. Das einfallende Sonnenlicht ließ einen Teil des Raums im Schatten. Daher hatten sie beim Eintreten nicht gleich erkannt, was dort hinten aufragte. Conans Schätzung nach warf erst die Abendsonne Licht auf diesen Koloß.

»Ist das ein Gott?« fragte Kye-Dee.

»Wenn überhaupt, dann eine Göttin«, antwortete Achilea barsch.

Die Figur erinnerte an eine Pyramide: eine nackte menschenähnliche Gestalt mit untergeschlagenen Beinen, die zahlreichen Arme ausgestreckt. Einige Hände hielten Waffen, andere wiederum Geräte, deren Bestimmung dem Cimmerier unklar war. Zwei Arme wuchsen waagrecht aus den Schultern heraus. Die Handflächen waren nach oben gekehrt. In dreifacher Reihe hingen zwischen Schultern und Nabel zwölf Brüste. Das Gesicht war heiter und schön, doch aus den mandelförmigen Augen funkelte dem Betrachter schiere, unmenschliche Bosheit entgegen. Auf Stirn, Augen und Nabel blitzten riesige Edelsteine. Staunend und zitternd näherten sich die Eindringlinge dem Götzenbild.

»Warum hat jemand ein solches Ungeheuer errichtet?« fragte Achilea. »Von einem Knie zum anderen mißt es gewiß hundert Schritte.«

»Ich weiß es nicht, aber hütet euch davor«, warnte

Conan. Er holte tief Luft und rief: »Monandas! Yolanthe! Amram! Kommt heraus und stellt euch! Wir müssen mit euch sprechen.«

Seine Rufe brachen sich an den Tempelwänden und hallten lange nach. Kaum waren sie verstummt, da trat unheimliche Stille ein.

»Und was jetzt?« fragte der Zwerg. Vorsichtig klopfte er mit den Handknöcheln gegen das riesige Schienbein der Göttin. Offenbar bestand die Statue hauptsächlich aus Bronze. Allerdings sah man keine Nähte oder Nieten. Die Konstruktion war ebenso ein Wunder wie alles andere, das sie in Janagar gesehen hatten.

»Nun«, meinte Achilea ungeduldig. »Wohin …« Sie brach jäh ab, als aus dem Innern des Götzenbilds ein tiefes, langes Stöhnen ertönte.

»Was ist das?« fragte Jeyba aufgeregt. Wieder Stöhnen und Ächzen, als würde im Innern der Statue eine Tür aufgeschoben. Sie wichen zurück und schauten nach oben, als erwarteten sie, daß die schweren Arme lebendig und nach ihnen greifen würden. Lautes Zischen ertönte über ihren Köpfen. In Panik blickten sie umher.

Ein greller Flammenstoß schoß aus den nach oben gewandten Handflächen. Die gekrümmten Finger schienen Feuerbälle zu halten. Die flackernden Flammen warfen unheimliche Schatten auf das Antlitz der Göttin, wodurch ihr Gesichtsausdruck noch bedrohlicher wurde. Entsetzt sahen der Cimmerier und seine Gefährten, wie sich die schmalen Augen weiteten. In jedem leuchtete eine scharlachrote Iris mit vielen schwarzen Pupillen. Die Hyrkanier stammelten Schutzzauber, um das Böse abzuwehren. Es sah so aus, als wollten sie die Flucht ergreifen.

»Halt!« rief Conan. »Das ist keine Göttin! Es ist eine riesige Maschine.«

»Na und?« rief Kye-Dee. »Ich will nichts damit zu tun haben.«

»Ich laufe nicht vor einer Marionette davon, auch wenn sie die größte der Welt ist!« erklärte Achilea. Ihr Gefolge stellte sich hinter sie. Jeyba hielt seine Keule fest mit beiden Händen.

Der Cimmerier stand aufrecht da. Er war bereit, zu kämpfen oder zu fliehen, je nachdem wie es die Umstände erforderten. Hatten die Zwillinge dieses Wunderwerk geschaffen? Waren sie vielleicht im Innern und bewegten die unglaublich alte Mechanik, die immer noch – entgegen aller Vernunft – ihren Dienst verrichtete?

Schritte und Klirren von Rüstungen waren zu hören, und eine Doppelreihe bizarrer Gestalten lief hinter dem Götzenbild hervor. Innerhalb von fünf Sekunden hatten sie einen Kreis um die Eindringlinge gebildet. Conan schätzte ihre Zahl auf mindestens hundert – und es tauchten noch weitere auf. Sie trugen Stücke fremdartiger Rüstungen, waren ansonsten nackt. Es waren Männer und Frauen. Alle waren bewaffnet und trugen Masken. Viele hielten Netze und Stricke.

Der Hyrkanier, der um ein Haar das Kamel getötet hätte, zielte und schoß. Der Pfeil durchbohrte mühelos die schwarzlederne Brustplatte einer Frau. Inmitten einer Blutfontäne sank sie zu Boden.

»Nein!« schrie der Cimmerier. »Es sind zu viele!«

Doch dic Hyrkanier waren nicht mehr aufzuhalten. Beim Anblick von Blut griffen sogleich zwei nach den Pfeilen. Doch schon waren sie in Netzen gefangen. Dann stießen die Feinde mit Speeren zu, die bösartige Widerhaken besaßen. Die Hyrkanier wehrten sich wie wütende Panther gegen die Harpunen, doch dann erstickten sie am eigenen Blut. Kye-Dee brüllte und zückte sein Krummschwert, doch der Cimmerier schlug ihn mit einem Faustschlag nieder.

»Halt's Maul, du Narr!« zischte er.

»Aber sie haben meine Landsleute umgebracht!« kreischte Kye-Dee.

»Deine Landsleute waren Schwachköpfe und sind wegen ihrer Blödheit gestorben«, erklärte der Cimmerier gnadenlos. »Wenn du leben willst, befolge zur Abwechslung einmal meine Befehle!«

Die seltsamen Krieger umringten sie von allen Seiten. Sie waren klein, aber muskulös. Ihre Haut war weißer als jede, die Conan je gesehen hatte. Über die Gesichter vermochte er nichts zu sagen, da alle groteske Masken trugen. Diese waren aus gehämmertem Metall gefertigt. Etliche hatten spitze Vogelschnäbel, andere langgezogene Schnauzen. Es gab auch mehrere mit grinsenden Affengesichtern. Die Rüstungen waren aus Leder und poliertem Metall. Keiner trug eine volle Rüstung, nur Brustplatten, Bein- und Armschienen. Diese waren kunstvoll mit Dornen geschmückt.

Conan bezweifelte, daß seine Schar sich durch diese seltsamen Krieger einen Weg in die Freiheit erkämpfen konnte. Sie wären sicher aufgespießt, ehe sie das Portal erreichten.

Ein Mann in besonders prächtiger Rüstung schritt ihm entgegen. In der Hand hielt er einen Streitkolben mit bösartigen Dornen und Haken. Diese Waffe zeigte auf die breite Brust des Cimmeriers.

»Legt die Waffen nieder!« rief der Mann. Er rief die Worte so, daß Conan ihn kaum verstand. Dann wiederholte er die Aufforderung – in schrillerem Ton.

»Was will er?« fragte Achilea.

»Er will uns entwaffnen«, antwortete Conan.

»Nie und nimmer! Wenn es zu einem Kampf auf Leben und Tod kommt – dann sei es! Aber ich liefere mich nicht hilflos diesen Fremden aus.«

»Laßt trotzdem die Hände von den Waffen«, warnte Conan. »Vielleicht reicht das.«

Der Mann gab einen unverständlichen Befehl. Ein Netz segelte durch die Luft, entfaltete sich und legte sich auf Achilea. Conan wollte das Schwert heben, doch eine bleibeschwerte Peitschenschnur rollte sich blitzschnell um sein Handgelenk. Dann fiel auch über ihn ein Netz. Er wehrte sich, doch selbst seine eiserne Kraft vermochte die Maschen nicht zu zerreißen. Er hörte Schreie und blickte sich um. Auch die anderen waren kampfunfähig gemacht worden.

Die Krieger hatten offenbar Erfahrung mit diesem Manöver. In Windeseile hatten sie die Gegner entwaffnet und verschnürt. Beim Cimmerier mußten gleich mehrere zupacken, doch sie verfügten über genügend Männer. Dann lag Conan auf dem Bauch, die Hände auf dem Rücken gefesselt. Eisenringe umschlossen die Fußknöchel, miteinander verbunden durch eine lange Kette. Als alle auf ähnliche Weise gefesselt waren, nahm man die Netze weg.

»Das haben wir jetzt von deinem Befehl, Cimmerier!« schimpfte Kye-Dee. »Wir hätten uns einen Weg freikämpfen sollen!«

»Ihr wärt alle getötet worden«, erklärte Conan. »So leben wir noch und haben Aussicht, hier herauszukommen. Wahrscheinlich haben deine Männer uns in diese Klemme gebracht. Wer wehrt sich gegen Eindringlinge nicht mit Waffengewalt? Es bestand kein Grund dafür, diese Frau zu töten.« Obgleich er mit ruhiger Stimme sprach, schäumte er innerlich vor Wut.

»Aber angeblich war doch niemand mehr in der Stadt«, entgegnete Kye-Dee.

»Diese Leute scheinen da anderer Ansicht zu sein«, warf der Zwerg ein.

Der Mann, der die Befehle gegeben hatte, trat beiseite, um einer Frau Platz zu machen. Sie trug eine Maske aus geschwärztem Stahl in Form eines Habichtkopfes mit einem weißen Federbusch. Ein kurzer Umhang aus schwarzen und silbernen Schuppen verhüllte ihre Schultern. Eng anschließende, kunstvoll gearbeitete Schienen schützten ihre Beine und Unterarme. Ein Gürtel mit schwarzen und silbernen Platten umfing die biegsamen Lenden. Ein Dolch und ein Kurzschwert steckten darin. Ansonsten war sie nackt.

»Wer bist du?« fragte sie mit rauchiger Stimme durch den Schnabelspalt ihrer Maske. Sie war klein, doch drahtig.

»Ich bin Conan der Cimmerier«, lautete die Antwort. »Und das ist Achilea, die Königin der Amazonen. Die übrigen sind unser Gefolge. Wir sind hergekommen, um unsere Freunde zu finden, deren Kamele dort drüben stehen.« Er nickte mit dem Kopf zu den Tieren.

»Und deshalb mußtet ihr eine der Unsrigen töten?« Sie zeigte auf die tote Frau, die man zum Götzenbild trug.

»Es war ein Irrtum«, erklärte Conan. »Wir hatten niemanden hier erwartet, und der Narr ist in Panik geraten. Er hat mit dem Leben gebüßt, ebenso wie zwei weitere meiner Männer. Wir anderen haben keinen Versuch unternommen, euch ein Leid zuzufügen.« Er hatte keine Ahnung, ob seine Worte ihr Gerechtigkeitsgefühl beeindruckten, wollte es jedoch versuchen.

Die Frau trat dicht vor den cimmerischen Hünen mit der rabenschwarzen Mähne. Sie zog mit dem Zeigefinger der rechten Hand die Muskeln auf seiner Brust nach. »Du siehst nicht aus wie diese Männer aus der Wüste, die manchmal auf die Verbotene Stadt stoßen. Wie heißt dein Heimatland?«

»Cimmerien. Es liegt hoch im Norden«, antwortete Conan.

»Sind alle Männer in deiner Heimat so groß und stark wie du?«

»Beinahe alle.«

Sie trat vor Achilea und musterte sie von Kopf bis Fuß. Sie stieß mit dem Zeigefinger gegen den Bauch der Amazonenkönigin, befühlte die Muskelstränge an Armen und Beinen, als wäre Achilea ein Kamel, das sie kaufen wollte. Mit den Handrücken strich sie über Achileas Wange.

»Noch nie habe ich eine Frau wie dich gesehen. Dein Heimatland muß noch weiter entfernt liegen als seins.« Der Kopf der maskierten Frau reichte Achilea kaum bis zur Schulter.

»In meiner Heimat bin ich eine Königin«, erklärte Achilea mit zusammengebissenen Zähnen. »Ich bin eine derartige Behandlung nicht gewohnt.«

Die Frau mit der Maske lachte schrill. »Du trägst zuviel Kleidung, Sklavin!« sagte sie und zerrte an Achileas Umhang. Die Schnur riß, die das Kleidungsstück am Hals zusammenhielt. Dann entfernte die Frau den Gürtel und den Fuchspelz, so daß Achilea nur noch ihre Fellbeinkleider trug.

»So ist es besser«, sagte die Frau zufrieden. »Möglicherweise bist du auf deine barbarische Art recht hübsch, sobald du dich gehäutet hast.« Sie achtete nicht auf die übrigen und wandte sich an ihre bizarre Kriegerschar.

»Schafft sie nach unten!« befahl sie. »Schon bald werden wir sehen, woraus diese seltsamen Geschöpfe gemacht sind.«

Die Krieger eilten herbei und schoben die Gefangenen zu dem riesigen Götzenbild. Unter den gekreuzten Fußknöcheln öffnete sich eine Bronzetür. Durch diese hindurch stieß man Conan, Achilea und die Gefährten ins Innere der Figur.

Zehn

Conan blickte nach oben. Nur wenige Fackeln erhellten das Innere des Götzenbildes. Er sah ein Gerüst aus dicken Balken und Eisenträgern. Die Bolzen, die sie zusammenhielten, waren so dick wie ein Männerbein. Es gab Räder mit einem Durchmesser von zehn Fuß und Hebel, für deren Betätigung mindestens fünf oder zehn Männer nötig waren. Metallrohre zogen sich von hierhin nach dorthin. Dicke Ketten hingen in großen Schlingen herab. Ihre oberen Enden waren in der Dunkelheit nicht zu sehen. Plötzlich fühlte der Cimmerier einen harten Gegenstand im Rücken.

»Hör auf herumzustarren!« befahl die Frau mit der Maske. »Die Große Göttin mag es nicht, wenn die Augen Gottloser in ihrem heiligen Innern umherspähen.«

Conan war nicht sicher, ob die Frau das ironisch meinte, da er sie wegen des schweren Akzents nur mit Mühe verstand. Hielt sie diesen Koloß tatsächlich für eine Göttin? Sie wußte doch, daß es innen nur Räder, Hebel und Ketten gab. Er schob die Frage beiseite. Wenn seine Annahme stimmte, war diese Religion noch viel unvernünftiger als jede andere, der er auf seinen Reisen begegnet war.

Im Mittelteil des Hohlkörpers befand sich eine Rampe, die spiralförmig abwärtsführte und die so breit war, daß zehn Menschen nebeneinander darauf Platz hatten. Die Gefangenen gingen nach unten. Achileas Frauen folgten ihrer Königin auf den Fersen, um sie vor den entehrenden Speerspitzen im Rücken zu schützen. Als Strafe dafür nahmen sie viele kleine Wunden auf Rücken und Schenkeln hin. Der Zwerg schritt trotzig vor Achilea, als wolle er jeden erschlagen, der ihr zu nahe kam.

Sie schienen schon eine Ewigkeit nach unten zu gehen. Die Rampe war aus glattem Stein, und ihre Oberfläche spiegelte die Flammen der seltsamen rauchlosen Fackeln wider, die mit leisem Zischen in kurzem Abstand zueinander brannten. Nach geraumer Zeit stellte der Cimmerier fest, daß ihre Häscher entspannter waren. Die Muskeln auf dem Rücken und am Hals waren nicht mehr so verkrampft wie zuvor, und sie gingen auch nicht mehr so steifbeinig. Warum waren sie beim Aufenthalt oben so schrecklich aufgeregt gewesen und fühlten sich jetzt freier und sicherer in vertrauter Umgebung? Conan hatte keine Ahnung. Lebten diese seltsamen Menschen denn etwa immer hier unten?

Die Spiralrampe endete an einem breiten Korridor, der wieder von rauchlosen Fackeln erhellt wurde. Die Wände und Decken des Korridors zeigten verschlungene Ranken, komplizierte geometrische Muster und schamlose Paarungen von Menschen und Dämonen.

Sie kamen an Eingängen zu riesigen Räumen vorbei, wo schemenartige Gestalten sich unverständlichen Ritualen hingaben. Aber sie durften nie stehen bleiben, um mehr als einen flüchtigen Blick darauf zu werfen. Unterwegs sah der Cimmerier kleine blasse Männer und Frauen, die Ringe um den Hals und die Handgelenke trugen. Die Fußfesseln waren durch dünne, aber feste Ketten verbunden. Diese Sklaven schienen die Aufgabe zu haben, sich um die Fackeln zu kümmern und sicherzustellen, daß sie ordnungsgemäß brannten. Sie kamen an einem Mann vorbei, der eine Fackel mit einem kleinen Instrument reinigte. Gerade als der Cimmerier bei ihm war, hatte der Mann die Arbeit beendet.

Er drehte an einem runden Knopf und schlug über der Kupferschale der Fackel mit Stahl und Feuerstein Funken. Sofort schossen Flammen hervor. Der Sklave zog schnell die Hand zurück.

»Was ist das für ein Lärm?« fragte Achilea. Endlich hatte sie sich aus der Melancholie gelöst, die sie seit ihrer Gefangennahme und der anschließenden Erniedrigung befallen hatte.

Auch Conan hatte es gehört. Es war ein alles durchdringendes Surren, als pfiffe Wind durch die Kammern einer unterirdischen Höhle. »Ich weiß nicht«, antwortete er. »Es klingt wie Wind.«

»Schweigt!« befahl die Frau mit der Maske und schlug dem Cimmerier mit dem Handrücken übers Gesicht. Er spürte den Schlag kaum, schwor sich jedoch, daß sie dafür eines Tages teuer bezahlen mußte.

Durch offene Eingänge sah Conan beim Weitergehen große Räume, wo Menschen um Tische auf dem Boden saßen und aßen. In anderen hantierten Männer in weiten Gewändern – offenbar Alchimisten – mit Phiolen, in denen es brodelte. Er sah glühende Öfen und Röhren, welche den heißen Dampf von einem Raum in den nächsten beförderten. Dann kam er an einem Tempelraum vorbei, wo Männer und Frauen sich vor einer Götzenstatue, die der Göttin oben glich, aber kleiner war, ausgesprochen lüstern im Tanz drehten. Ungefähr ein Drittel aller Bewohner trugen Sklavenfesseln. Von den Freien war die Hälfte maskiert. Alle betrachteten Conan und seine Schar mit unverhohlener Neugier, doch niemand versuchte, die Prozession aufzuhalten, oder stellte irgendwelche Fragen.

Plötzlich wurde der Korridor zu einer Brücke, die durch einen riesigen Raum führte, in dem überall Balken knarrten und Metall gegen Metall rieb. Über und unter ihnen und zu beiden Seiten drehten sich Riesenräder. Hunderte von Sklaven trabten auf den inneren

Rändern, um sie ständig in Gang zu halten. Hier war das Surren am lautesten. Conan kam zu dem Schluß, daß sich hier die Energiequelle für das Belüftungssystem der Stadt befand. In zivilisierten Ländern hatte er gesehen, wie Sklaven riesige Blasebälge betätigt hatten, um in tiefen Bergwerken für die Luftzufuhr zu sorgen. Er hatte auch gesehen, wie Wasserräder die Blasebälge antrieben, doch das hier war weitaus durchdachter und komplizierter.

»Das ist ein widerlicher Ort«, bemerkte Achilea. Conan meldete keinen Widerspruch an. Doch der Mann, der neben der Frau mit der Maske das Kommando zu führen schien, schlug mit der Peitsche nach ihr. Sofort zeigten ihre wilden Frauen die Zähne und wollten sich auf ihn stürzen.

»Halt!« befahl Achilea. »Ihr würdet völlig sinnlos sterben.«

»Die Riesin verdient es, ausgepeitscht zu werden«, sagte der Mann.

»Das bestimme ich«, erklärte die Frau mit der Maske scharf. Damit war die Rangordnung klar.

Endlich bogen sie vom Hauptkorridor ab und stiegen eine breite Treppe hinauf. Sie gelangten in eine Halle mit hohem Deckengewölbe, von dem mehrere Gebilde hingen, die Kandelabern ähnelten. Kupferröhren waren zu Körben verflochten. Jede Röhre endete mit einer Blume, aus der eine weiße Flamme loderte. Die Halle war taghell erleuchtet.

Außer den Anführern, der Frau und dem Mann, betraten lediglich zehn Krieger die Halle, um die Gefangenen zu bewachen. Der Rest wartete draußen. Abgesehen von mehreren großen Kissen war die Halle leer. Nur etliche kurze Ketten hingen von den Wänden. Die Ketten endeten in Halsringen.

Die Frau mit der Maske nahm aus einem kleinen Regal neben dem Eingang eine armlange Gerte und schlüpfte mit der Hand in die Schlinge am Ende. Mit dieser Peitsche deutete sie auf die drei Frauen, den Zwerg und Kye-Dee. »Legt diese Sklaven in Fesseln. Fünf Krieger bewachen sie. Diese beiden« – sie zeigte auf Conan und Achilea – »bringt in mein Empfangszimmer.«

Die Frauen weinten, als sie von ihrer Königin getrennt wurden, aber sie konnten nichts dagegen tun. Gnadenlos legte man ihnen die Eisenringe um die Hälse.

»Bleibt ruhig hier«, sagte Achilea zu ihnen, als hätte sie so entschieden. »Wir werden alle bald wieder frei sein.« Die Gerte traf sie über die Schultern. Sie zuckte nicht mit der Wimper, obwohl der Schlag auf ihrer ohnehin schmerzenden Haut sehr weh getan hatte.

Mit Speerspitzen vorangetrieben, stiegen der Cimmerier und die Amazonenkönigin noch eine Treppe hinab. Sie gelangten in einen kleineren Raum, der auf die gleiche Art wie die Halle oben erleuchtet wurde. Zahlreiche Seidenkissen dienten der Bequemlichkeit. Auf niedrigen Tischen standen wunderschöne Glasgefäße. Vier Sklavinnen, junge, schöne Frauen, weiß wie Albinos, hielten sich bereit. Ihr weißes Haar war kurzgeschnitten. Sie hielten die Augen gesenkt und die gefesselten Hände gefaltet.

Die Wachen paßten Conan und Achilea Halsringe an und legten sie in Ketten, die an Bronzeringe geschmiedet waren, die unter den Seidenkissen in den Boden eingelassen waren. Die Ketten waren so kurz, daß sie nicht aufrecht stehen konnten. Daher waren sie gezwungen, auf den Kissen zu sitzen, während die Sklavinnen sich um ihre Herrin kümmerten. Die Krieger zogen sich aus dem Raum zurück. Nur der Anführer blieb.

Die Sklavinnen nahmen ihrer Herrin die Rüstung ab und legten ihr ein kurzes Gewand aus silbrigem Stoff an. Es störte sie nicht im geringsten, sich nackt zu zeigen. Sie wandte sich nur ab, als man ihr die Maske mit dem Federbusch abnahm und sie durch eine Silbermaske ersetzte. Conan fragte sich, wo man in dieser unglaublichen unterirdischen Stadt, inmitten der Wüste, so prächtige Federn gefunden haben mochte. Und woher stammten diese dicken Balken?

Die Frau drehte sich um. Die Maske ließ nur ihr Kinn und den Mund mit den vollen Lippen erkennen. Die Iris in ihren Augen war so hell, daß man sie von dem weißen Augapfel kaum unterscheiden konnte. Ihre Pupillen waren winzig und schienen rot, nicht schwarz zu sein. Das Haar fiel jetzt offen in sanften Wellen über ihre Schultern. Eine Sklavin reichte ihr ein Kristallglas. Sie nippte und betrachtete ihre Gefangenen.

»Nur selten kommen außergewöhnliche Fremdlinge in die Verbotene Stadt«, sagte sie und trat einen Schritt näher. In der linken Hand hielt sie das Kristallglas, in der rechten die Peitsche. »Für gewöhnlich schleppen sich nur Männer der Wüste hierher, die in der sengenden Sonne fast verhungert und verdurstet sind.« Mit der Peitsche beschrieb sie komplizierte Muster in die Luft. Der Mann mit der Maske tat es ihr gleich. Offenbar bedeutete die Erwähnung der tödlichen Sonne einen Fluch.

»In letzter Zeit sind sehr seltsame Leute hergekommen. Könnte das der Beginn eines vor langer Zeit prophezeiten Schicksals sein?« Sie legte die Peitsche unter Achileas Kinn und zwang die Königin der Amazonen, den Kopf zu heben. »Ich habe mir nie träumen lassen, daß es eine Frau wie dich gibt. Ein großes, kräftiges Tier, nicht ohne gewisse Schönheit.« Plötzlich blickte sie den Mann mit der Maske an. »Bist du nicht auch meiner Meinung, Abbadas?«

»Meiner Meinung nach ist sie häßlich«, antwortete

der Mann, doch Conan hörte, daß er log. Am liebsten hätte er sich die Lippen hinter der Maske geleckt. »Mit Sicherheit sind dies keine menschlichen Wesen, sondern irgendwelche Wüstenaffen, die sich zu weit von ihrem heimischen Höhlen entfernt haben.«

»Das glaube ich nicht.« Die Frau lachte. »Versuch nicht, mich zu täuschen. Du begehrst sie – das nehme ich dir nicht übel. Ein solch reifer, kräftiger Körper ist bei weitem besser als alles, was wir blasse Wesen zu bieten haben.« Sie wandte sich an den Cimmerier. »Und dieser Barbar hat wahrscheinlich auch einiges zu bieten.« Dann blickte sie wieder den Mann an. »Aber faß sie vorläufig nicht an! Sie gehören mir, und ich kann mit ihnen tun und lassen, was ich will.«

Der Mann verbeugte sich mit schlecht verhohlener Wut. »Nie würde ich deine Wünsche mißachten, Omia.«

»Das ist auch besser für dich. Und jetzt geh! Wir sprechen später über alles.«

Widerstrebend verließ der Mann den Raum. Die Frau mit der Maske blickte ihm lächelnd hinterher. Dann setzte sie sich vor den Gefangenen auf ein Kissen. Wären deren Hände nicht gefesselt gewesen, hätten sie sie erwürgen können. Conan fragte sich, ob die Frau sich darüber klar war, daß er sie mühelos mit einem Tritt töten konnte. Aber dennoch war er immer noch an den Boden gekettet. Zweifellos hatte sie das bedacht.

»Meine Gäste brauchen Stärkung«, sagte Omia. Sekunden später knieten zwei Sklavinnen vor Conan und vor Achilea. Eine hielt einen Becher, die andere ein Tablett mit delikaten Speisen. Achilea drehte den Kopf beiseite.

»Iß!« forderte Conan sie auf. »Kraft ist wichtig.« Zögernd nahm sie einen Schluck aus dem Becher, den die Sklavin ihr bot. Dann biß sie in das Gebäck der anderen. Der Cimmerier tat das gleiche. Der Wein war genießbar, hatte aber einen bitteren Beigeschmack. Das Gebäck schmeckte fade. Es erinnerte ihn an Pilze.

»So ist es besser«, meinte ihre Häscherin. »Ich möchte, daß ihr beide gesund bleibt.« Sie lächelte. »Und nun sagt mir, was ihr im gesegneten Janagar sucht.«

»Wie ich bereits sagte«, antwortete Conan, »suchen wir unsere Freunde.«

»Du lügst!« schrie die Frau und schlug ihm mit der Peitsche ins Gesicht. »Nie kam jemand nach Janagar, um einen Freund zu suchen.«

»Crom verfluche dich, Weib!« brüllte Conan. »Ich spreche die Wahrheit. Wir kamen mit Gefährten, die in Janagar etwas suchten. Doch sie verschwanden in der Wüste und ritten allein hierher.«

Wieder lächelte Omia. »Das klingt schon besser.« Sie blickte Achilea an. »Und wonach haben eure Freunde hier gesucht?«

Achilea zuckte mit den Schultern. »Sie sagten, es sei ein Schatz, der in der vor Tausenden von Jahren verlassenen Stadt zurückgeblieben sei. Jetzt bin ich nicht mehr sicher.«

Omia lachte und klatschte. »Schatz! Den haben wir in der Tat – und in Hülle und Fülle! Und wir haben noch etwas viel Besseres.«

»Was ist das für eine Stadt?« fragte Achilea. »Wie können Menschen wie Ameisen unter der Erde leben, ohne je die Sonne zu sehen?« Sie verzog das Gesicht, als die Peitsche sie ins Gesicht traf. Eine scharlachrote Linie trat hervor.

»Ich stelle hier die Fragen, nicht du!« kreischte Omia. In ihren Augen flackerte der Wahnsinn. Doch dann wechselte ihre Stimmung wieder, wie Quecksilber. Sie streichelte den Striemen. »Du von allen Menschen müßtest doch wissen, wie böse die Sonne ist.«

Wieder machte sie mit der Peitsche die geheimnisvolle Geste. »Ich sehe ihre Spuren auf dir. Vor langer, langer Zeit entflohen wir dieser bösen Macht. Jetzt müßt ihr bei uns hier unten bleiben. Ihr werdet es nicht bereuen, wenn ihr euch würdig erweist.«

»Was meinst du?« fragte Achilea. Sofort traf sie wieder die Peitsche.

»Du lernst sehr langsam, richtig?« Omia stand auf. »Dein Freund, dieser Muskelprotz, ist wenigstens so klug, den Mund zu halten. Vielleicht seid ihr doch nur zwei hirnlose wilde Tiere.« Doch sogleich lächelte sie wieder freundlich. »Aber ich stimme mit Abbadas nicht überein. Ihr seid beide sehr schön.«

Sie klatschte in die Hände. »Wachen!« Zehn bewaffnete Männer und Frauen traten ein. »Schafft sie in die Pferche. Sie sollen gewaschen und gesichert werden.«

Die Wachen lösten die Ketten vom Boden. Je eine Frau führte Conan und Achilea wie Hunde an der Kette hinaus. Scharfe Speerspitzen im Rücken trieben sie an.

Aus langjähriger Gewohnheit prägte sich der Cimmerier alle Waffen ein. Er wollte genau wissen, was er ergreifen konnte, sollte sich eine Gelegenheit bieten. Außer Speeren trugen nur wenige Krieger Schwerter und Dolche. Einige führten kurzstielige Äxte mit sich. Ihre Klingen waren halbmondförmig und wirkten eigenartig vertraut. Dann erweckte das Kurzschwert, das Conans Bewacherin führte, seine Aufmerksamkeit. Es steckte so im Gürtel, daß der Griff knapp über ihrer rechten Hüfte hervorragte und die in der Scheide steckende lange Klinge schräg über ihrem Hinterteil hing. Aufgrund der Form des Griffs wußte Conan, daß es sich um eine stygische Waffe handelte. Als weiteren Beweis dafür sah er stygische Hieroglyphen auf der Scheide.

Nach kurzer Zeit kamen sie zu einer schweren Doppeltür, die von Wachposten flankiert war. Als die Flügel sich öffneten, sah Conan einen niedrigen Tunnel. Die Tunnelwände waren vollkommen schmucklos. Den Spuren nach hatte man den Gang aus dem festen Gestein herausgehauen. Das Licht wurde wieder von Kupferröhren gespendet, die Flammen hervorbrachten, kaum größer als die gewöhnlicher Kerzen. Durch Gitter in Bodennähe zischte frische Luft.

Sie marschierten an zwei niedrigen Torbogen vorbei. Der Cimmerier sah in den Kammern dahinter Sklaven beiderlei Geschlechts, die an die Wände gekettet waren. Die meisten hatten kurzgeschnittenes Haar. »Hier werden offensichtlich ungehorsame Sklaven bestraft«, sagte er.

Man führte sie in einen Raum, wo aus einer Mauer Wasser in ein großes Becken strömte, ehe es durch ein Loch abfloß. In dem schwülen Raum war es stickig, und es roch schlecht. »Hinein!« befahl ein Wachposten. Es war das erste Wort, das Conan von einem dieser Krieger und Kriegerinnen hörte. Man nahm ihnen die letzten Reste der Kleidung ab und forderte sie auf, ins Becken zu treten. Sklaven mit Krügen und Bürsten machten ihnen durch Gesten klar, daß sie ins Wasser eintauchen sollten.

»Ich könnte schwören, daß das Flußwasser ist, so wie es riecht«, erklärte Conan, ehe er untertauchte.

»Aufstehen!« sagte ein Sklave, als sie hochkamen, um Luft zu holen. Sie gehorchten. Als sie standen, reichte ihnen das Wasser bis zur Körpermitte. Die Sklaven wateten herein und gossen ihnen wohlriechendes Öl über Kopf und Körper. Dann verteilten sie das Öl mit Bürsten, bis es schäumte. Achilea biß die Zähne zusammen, als die Bürsten ihre empfindliche Haut berührten.

»He, vorsichtig«, rief Conan, »sie ist verbrannt!« Die Sklavin, die Achilea abbürstete, nickte und nahm ein

Tuch. Zumindest verstanden die Sklaven ihn, wie Conan erfreut feststellte, selbst wenn sie nicht sprachen. Vielleicht konnten sie auch nicht sprechen.

Gründlich gesäubert, stiegen sie aus dem Becken. Sklavinnen trockneten sie mit rauhen Handtüchern ab und führte sie danach tiefer in das Gefängnis hinein. Sie kamen an einem Raum vorbei, wo der Zwerg, die drei Frauen und Kye-Dee an die Wände gekettet waren. Beim Anblick ihrer Königin zerrten Achileas Dienerinnen und Jeyba an ihren Ketten und schrien vor Freude, Achilea lebend zu sehen. Der Hyrkanier schwieg mürrisch.

Als Achilea ein paar aufmunternde Worte sagte, vermochte Conan ein Lächeln nicht zu unterdrücken. Die drei nackten jungen Frauen waren eigentlich sehr hübsch, nachdem man ihnen die Kriegsbemalung abgewaschen hatte. Natürlich fehlten ihnen die sanften Züge ihrer kultivierteren Schwestern.

Man führte Conan und Achilea in einen ziemlich großen Raum und befestigte ihre Ketten an Ringen, die in den gegenüberliegenden Wänden eingelassen waren. Dann lösten die Wachen die Handfesseln und marschierten hinaus. Die beiden rieben sich die schmerzenden Handgelenke und musterten die Umgebung. Die Fackel vor dem Eingang war die einzige Lichtquelle. Wenn sie die Ketten aufs äußerste dehnten, waren sie immer noch zwei Schritte voneinander getrennt.

Nachdem sie alles gesehen hatten, setzten sie sich auf den kalten Steinboden.

»Conan, sind wir Wahnsinnigen in die Hände gefallen?« fragte Achilea.

»Schwer zu sagen. Als ich zum erstenmal in eine Stadt kam, glaubte ich, alle Menschen dort seien wahnsinnig, weil sie so anders waren als die Dörfler und Bergbewohner meiner Jugend. Ja, in diesem Ameisenhaufen leben zu müssen, brächte jeden um den Verstand.«

Sie riß an den Ketten. »Nie war ich gebunden! Ich muß weg von hier!« Ihre Stimme verriet die Anspannung, die sie so lange unterdrückt hatte.

»Ich war schon oft in Ketten«, meinte der Cimmerier. »Und es nützt nichts, sich ohne Werkzeug gegen sie zu sträuben. Verhalte dich ruhig und schick dich drein. Doch warte auf deine Gelegenheit, nimm jeden Fehler eines Wächters wahr. Ich habe unzählige Male meine Freiheit wiedererlangt. Wer verzweifelt oder vor Wut anfängt zu toben, wird niemals erfolgreich fliehen.«

»Ist das wahr?« Sie schien aus seinen Wort Mut zu schöpfen. »Dann werde ich tun, was du sagst. Aber es fällt mir schwer. Schließlich bin ich eine Königin, wenn auch im Exil, und eine solche Behandlung nicht gewohnt. Mein Stolz ist stärker verletzt als meine Haut durch die Sonne.«

»So ist's besser«, meinte Conan und lächelte. »Übrigens schadet es deinem Stolz nicht allzusehr, wenn man ihn ab und zu mit kaltem Wasser dämpft.«

»Meine Königin!« rief eine Frau. Es war Payna. »Kannst du mich hören?«

»Ja!« rief Achilea zurück. Sie beschrieb ihre Lage und leitete Conans Rat weiter. Die Frauen schienen zufrieden, solange es ihrer Königin gutging.

»Was hat deiner Meinung nach dieses bösartige Weib gemeint, als sie sagte, wir sollten unseren Wert unter Beweis stellen?«

»Keine Ahnung«, antwortete Conan. Es belustigte ihn, daß dieses wilde Weib eine andere Frau bösartig nannte. »Aber ich bin sicher, daß wir es bald erfahren werden. Mich beschäftigt das Wasser viel mehr.«

»Es hat tatsächlich wie Flußwasser gerochen, nicht wie das aus einer Quelle. Aber wie kann es mitten in dieser grauenvollen Wüste einen Fluß geben?«

»Es gibt nur eine Möglichkeit: Er fließt unterirdisch. Da besteht vielleicht eine Möglichkeit. Und noch etwas: Die Frau, die mich an der Leine führte, trug im Gürtel ein stygisches Schwert. Das heißt, daß die Leute hier irgendeinen Kontakt zur Außenwelt haben. Ich glaube, die Äxte waren ebenfalls stygisch.«

»Vielleicht sind die Waffen uralt«, gab Achilea zu bedenken.

»Möglich, aber die Scheide war nicht alt. Sie war aus Leder und mit stygischer Bildsprache verziert.«

»Na und? Was hilft uns das? Die Frau erzählte doch, daß Menschen, die halbtot sind, sich manchmal hierher verirren und dann sterben. Vielleicht ist das Schwert auf diese Weise herhergelangt.«

»Möglich«, meinte Conan. »Aber vergiß nicht, was ich gesagt habe: Halte die Augen offen! Jedes bißchen Wissen könnte uns helfen, von hier zu fliehen. Irgendwo hier muß es einen Fluß geben, und der größte Fluß der Welt befindet sich in Stygien.«

»Meinst du, du findest den Weg zurück an die Oberfläche, falls wir diesem Gefängnis entkommen?«

»Selbstverständlich«, antwortete er ohne Zögern. »Ich vergesse nie, wohin meine Schritte mich getragen haben.«

Achilea nickte. »Auch ich wuchs in einem Land ohne Wegweiser und mit nur wenigen Orientierungspunkten auf. Man konnte nur überleben, wenn man einen hervorragenden Ortssinn besaß. Aber ich saß noch nie in einem Fuchsbau wie diesem. Hier gibt es weder Sonne noch Mond oder Sterne. Auch keine Winde, welche die Richtung weisen.«

Conan fühlte, daß die unglücklichen Ereignisse der letzten Tage ihr eisernes Selbstvertrauen geschwächt hatten.

»Es hilft, wenn man eine Zeitlang in den dichten Wäldern der piktischen Wildnis oder in den Dschungeln im Süden gelebt hat«, sagte er. »Eine Stadt ist nur eine andere Art von Dschungel, selbst eine unterirdische wie diese.«

»Was denkst du über diese Fackeln, die ohne Rauch brennen? Ist es Zauberei?«

»Ich habe dergleichen noch nie gesehen«, gab er zu. »Aber irgendwie habe ich das Gefühl, daß keine Zauberei dahintersteckt. Als man uns hierherschaffte, sah ich, wie ein Sklave eine Fackel reinigte. Vielleicht verbrennen sie einen unsichtbaren Dampf. Ich habe gesehen, wie Alchimisten solche Dämpfe in ihren Laboratorien entflammten, und jeder kennt die brennenden Dämpfe, die aus den Öfen der Köhler aufsteigen.«

»Nun, das wäre möglich«, meinte sie zweifelnd. »Aber mir gefällt das trotzdem nicht.« Sie schwieg eine Zeitlang. Dann fragte sie: »Wie lange ist es her, seit wir aufgestanden sind? In dieser verfluchten Unterwelt kann man die Zeit nicht einschätzen.«

»In diesem Punkt kann ich dir auch nicht weiterhelfen«, sagte Conan und gähnte. »Aber ich glaube, wir sollten auf alle Fälle etwas schlafen.«

Beide legten sich hin. »Sie haben uns so fürsorglich gebadet, da hätten sie uns auch ein bequemeres Lager bereiten können«, sagte Achilea.

Der Cimmerier lachte. »Ich glaube, das Bad soll *ihnen* Nutzen bringen, nicht uns. Sie scheinen ein besonders reinliches Volk zu sein. An unserer Bequemlichkeit liegt ihnen überhaupt nichts.« Er legte sich auf den Rücken und verschränkte die Hände im Nacken. Dann starrte er zur Decke. »Ich bezweifle, daß ein hartes Lager das Schlimmste ist, was uns hier erwartet.«

Er schlief lange und traumlos. Als er die Augen aufschlug, sah er, wie Achilea im Schein der seltsamen Fackel ihre Haut begutachtete. Vorsichtig strich sie mit den Fingerspitzen über Arme und Schenkel und dann über den restlichen Körper.

»Ist noch alles da?« fragte er.

Sie zuckte zusammen. »Ich dachte, du schläfst noch. Ja, alles vorhanden und in besserem Zustand, als ich befürchtet hatte. Das Öl, mit dem man uns behandelt hat, muß eine heilkräftige Wirkung haben. Der Sonnenbrand tut nicht mehr weh. Die tote Haut ist zum größten Teil abgeschält. Selbst meine Lippen sind nicht mehr aufgesprungen.«

»Das ist gut.« Er setzte sich auf und rieb sich die Augen. »Du willst doch in keiner Weise geschwächt sein, wenn wir ausbrechen. Wie steht's mit deinen Augen?«

»Ich sehe so gut wie immer. Allerdings könnte ich etwas mehr Licht vertragen.«

»Ja, du siehst tatsächlich gut aus«, sagte er und meinte es ehrlich. Kein Zoll ihres Körpers blieb ihm verborgen. »Wenn diese Ketten doch nur länger wären.«

Sie warf ihm einen hochmütigen Blick zu. »Sei froh, daß sie es nicht sind. Ich würde dir deinen cimmerischen Hals umdrehen.«

»Ah, der alte Stolz kommt wieder«, sagte er beleidigt. Allerdings hatten ihre Worte nicht ganz ernst geklungen.

Ein Sklave brachte eine große Schüssel mit einer dampfenden Flüssigkeit und einen Krug mit Wasser. Beides stellte er zwischen sie und verschwand wortlos wieder. Conan setzte den Krug an die Lippen und trank, während Achilea die Schüssel an den Mund hob. Sie verzog das Gesicht.

»Wieder diese ekligen Pilze«, sagte sie und reichte Conan die Schüssel. »Haben diese Menschen kein ordentliches Stück Fleisch?« Sie nahm den Krug.

Conan nahm einen Mundvoll Brei aus zähen Pilzstücken. »Es hält uns am Leben«, meinte er. »Und selbst Menschen, denen Fleisch zur Verfügung steht, verschwenden es nur selten an Gefangene. Altes schimmliges Brot und harter Käse sind alles, was du im Gefängnis bekommst. Das hier ist zumindest eine warme Mahlzeit.«

Nachdem sie den Pilzbrei gegessen hatten, unterhielt sich Achilea eine Zeitlang mit ihren Gefährten. Diese schienen den Klang ihrer Stimme zu brauchen.

»Sprechen eigentlich die anderen Gefangenen nie?« fragte Conan.

»Sie antworten uns nicht«, sagte Jeyba.

»Sie hätten sowieso nichts zu sagen«, meinte Kye-Dee verächtlich. »Das ist ein wertloses Volk. Sklaven für Leute, die selbst Insekten gleichen, die wie Termiten in einem verfaulten Baumstamm leben.«

»Trotzdem könnten sie uns vielleicht etwas über unsere Lage verraten«, widersprach der Cimmerier. Bis jetzt hatte er noch nicht gehört, daß die Sklaven und Sklavinnen auch nur ein einziges Wort gesagt hatten – auch nicht zueinander. Er beschloß, dieser Frage nachzugehen.

Nicht lange nachdem sie gegessen hatten, kamen Wachen und führten sie wieder in die Bäder. Als danach Sklavinnen die nächste Mahlzeit brachten, packte Conan die Sklavin bei den Schultern. Achilea zog fragend die Brauen in die Höhe.

»Sprich zu mir, Weib!« befahl der Cimmerier. Die Sklavin starrte ihn verängstigt aus hellen Augen an, schwieg jedoch. Conan drückte ihr das Kinn nach unten, so daß sie den Mund öffnete. Nach einem Blick ließ der Cimmerier sie los.

»Sie hat keine Zunge«, berichtete er. »Vielleicht hat man sie allen Sklaven abgeschnitten.«

Achilea schnaubte empört. »Kultivierte Menschen bezeichnen uns als Barbaren, weil wir Raubtieren gleichen. Aber das ist eine saubere und natürliche Art zu leben. Das hier ist widerlich und unnatürlich.«

»Von mir kein Widerspruch«, sagte Conan.

Mehrere Stunden später traf eine Abteilung Wachen ein. Man band ihnen die Hände und führte sie aus der Zelle. In einem Raum in der Nähe des Bades trafen sie Achileas Frauen, den Zwerg und Kye-Dee. Sklaven legten dem Cimmerier seinen Lendenschutz aus Wolfsfell und den Gürtel an. Die Sklavinnen bekleideten Achilea mit ihrem Fuchsfell und den Beinkleidern. Von ihren Wüstengewändern war nirgends etwas zu sehen. Der Cimmerier lächelte, als er feststellte, daß die Kleidungsstücke, die man ihnen zurückgegeben hatte, makellos gesäubert worden waren.

Payna trat zu ihrer Königin und fragte leise: »Hat der Mann dich belästigt?«

Achilea lächelte. »Er hätte es gern getan, doch seine Kette war zu kurz.«

»Ha!« sagte Conan. »Sie hatte ihren einen Fuß lang gestreckt, um zu mir zu gelangen.«

»Schweigt!« rief eine Frau der Wache. Jeyba stieß ihr den Kopf in den ungeschützten Bauch, und der Frau blieb die Luft weg. Sie fiel, samt Speer, rücklings zu Boden.

»Zeig unserer Königin mehr Achtung, elendes Weib!« schrie der Zwerg. Sofort zeigten zehn Speerspitzen auf seine Kehle.

»Beruhige dich, Jeyba«, sagte Conan. »Es bringt nichts, wenn du zu früh getötet wirst.«

Mit den Speeren im Rücken verließen sie das Verlies.

Elf

Die Gefangenen betraten einen neuen Teil der labyrinthartigen Stadt. Sie stellten fest, daß nicht alles direkt am Hauptkorridor lag, sondern daß es viele Kreuzungen und Abzweigungen gab. Über eine Treppe gelangten sie zu einem Gang, wo der Flußgeruch sehr stark war. Hier marschierten sie durch riesige Naturhöhlen, wo Unmengen grotesk übergroßer Pilze wuchsen. Einige glichen Fliegenpilzen, andere verästelten Korallen. Manche hingen wie dünne Tücher oder in Klumpen oder gewundenen Formen, Widderhörnern ähnlich, von der Decke.

Eine Zeitlang flackerten keine Fackeln, denn die Pilze strahlten ein kaltes Licht aus. Es war purpurrot und widerlich grün. Bei dieser gespenstischen Beleuchtung sahen die Menschen wie wandelnde Leichen aus.

»Hast du dir gemerkt, wie wir gegangen sind, Conan?« fragte Achilea, als sie die Pilzhöhlen hinter sich gelassen hatten.

»Allerdings«, antwortete er. »Aber eine Abkürzung wäre mir lieber.«

»Schweigt!« rief einer von der Wache.

»Setz dich auf deinen Speer, du Hund«, sagte der Cimmerier wütend. »Deine Königin – oder was immer sie sein mag – möchte uns lebend. Also keine leeren Drohungen!«

»Sie hat nie gesagt, ihr müßtet unverletzt bleiben«, sagte die Frau, die Jeyba mit dem Kopf gerammt hatte. Sie stieß dem kleinen Mann die Speerspitze ins Hinterteil. Er quiekte. Jetzt hatten die Wachen etwas zu lachen.

»Zumindest haben sie Sinn für Humor«, meinte Kye-Dee.

Als sie einen Seitengang hinabgingen, hörten sie aus einem offenen Raum Geräusche, die in dieser Umgebung völlig fehl am Platz zu sein schienen. Conan warf beim Vorübergehen einen Blick hinein. Sklaven teilten mit langen Zwei-Mann-Sägen dunkle Baumstämme in Bretter und viereckige Balken. Die Luft war von dem angenehmen Geruch von Harz und Sägemehl erfüllt.

»Pilze können ohne Sonnenlicht gedeihen«, meinte Achilea. »Aber Bäume? Wie können sie …« Ein Wächter ritzte ihr mit der Speerspitze den Rücken, daß Blut hervorquoll.

»Genug ist genug!« zischte der Cimmerier. Verblüffend schnell trat er dem Mann die Füße unter dem Leib weg, wobei ihn die Kette zwischen den Fußfesseln keineswegs behinderte. Ein kurzer kräftiger Tritt in den Bauch des Mannes lähmte diesen. Dann stellte Conan ihm einen Fuß auf den Hals. Der Anführer der Wachmannschaft hatte das Schwert gezückt und hielt dem Zwerg die Spitze gegen die Kehle.

»Wenn du ihn tötest, bringe ich diesen um«, erklärte der Wächter. »Die Königin findet nur Gefallen an dir, Schwarzmähniger, und an der großen Frau. Noch ein einziger Zwischenfall von dir, und der kleine Mann ist tot. Und nach ihm – der dort drüben.« Er nickte zu Kye-Dee. »Dann die drei kleineren Weiber – eine nach der anderen. Hast du mich verstanden?«

»Ja«, sagte Conan und nahm den Fuß zurück. Der Mann rollte gurgelnd und stöhnend auf die Seite. »Aber bedenke, daß ich zwar ein geduldiger Mensch bin, doch selbst meine Geduld Grenzen hat.«

Mehr sagte er nicht. Doch die Art, wie Achilea ihn anlächelte, versetzte ihn für den Rest des Marsches in bessere Laune. Der Marsch endete in einer riesigen, beinahe kreisrunden Naturhöhle. Viele Sitzreihen waren um ein Oval aus dem Gestein gehauen. Seidenkissen lagen auf den Sitzen. Oben verbreitete der größte Lüster, den Conan je gesehen hatte, aus unzähligen Röhren Licht. Die Höhle war leer.

Man führte sie zu einem rechteckigen Käfig aus Eisenstangen hinauf. Innen stand eine Bank, von der aus man die Arena gut überblicken konnte. Die Wachen trieben sie hinein, und der Anführer schloß die Türen ab.

»Was ist das, meine Königin?« fragte Payna.

»Hast du noch nie eine Kampfarena gesehen?« fragte Conan.

»Ich schon«, antwortete Achilea. »In einigen Städten und auf Marktplätzen. Aber da bestanden der Boden aus festgestampftem Lehm und die Begrenzung aus rohen Brettern. Welche Menschen bauen einen so großen Kampfplatz, der anscheinend für die Ewigkeit sein soll?«

»Menschen, die gern Blut sehen«, sagte Conan. »Menschen, die lieber anderen beim Kämpfen zuschauen, als selbst ihr Leben zu wagen.«

Offenbar stand ihnen eine lange Wartezeit bevor. »Holz, Leder, Stoff«, meine Conan nachdenklich. »Diese Dinge müssen von der Oberfläche kommen, und ich wette, sie wurden nicht durch die Wüste herangeschafft. Die Sklaven haben frische Stämme zersägt, mit Saft und Harz.«

»Du hast nichts, womit du wetten könntest«, meinte Achilea. »Aber ansonsten hast du recht.«

»Leder kann man aus Menschenhaut machen«, sagte Kye-Dee. »Mein Stamm fertigte unsere Kriegstrommeln aus der Haut unserer Feinde an.«

»Und Seide bekommt man von Spinnen«, sagte Jeyba. »Und Spinnen leben an dunklen, sonnenlosen Orten. Vielleicht weben sie aus den Spinnenfäden Stoff.«

»Bleiben immer noch die Baumstämme«, erklärte der Cimmerier verstockt.

»Diese Leute sind mächtige Magier«, sagte Kye-Dee. »Vielleicht erschaffen sie die Stämme mit ihrer Zauberkunst.«

Der Cimmerier war nicht dieser Meinung. Bis jetzt hatte er bei dem seltsamen Volk nichts gesehen, was eindeutig auf Zauberei hinwies. Im Gegenteil! Sie schienen so nüchtern wie Ameisen zu sein. Nur der Ort, an dem sie leben wollten, war vollkommen bizarr.

Jetzt schoben sich durch die vielen Eingänge Menschen in die Höhle. Längsgänge teilten die Sitzreihen in keilförmige Abschnitte. Conan fiel auf, daß die Zuschauer nach strengen Regeln auf den Seidenkissen Platz nahmen. In jedem Keil trugen die Menschen Kleidung, die sich vom nächsten unterschieden. Es gab Männer mit kahlgeschorenen Köpfen und Umhängen, die aus Papier zu sein schienen. Eine Frauengruppe trug Schlangenmasken. In einer Abteilung saßen Frauen und Männer beisammen. Ihre Masken bedeckten jedoch nur die linke Gesichtshälfte. In den Händen hielten sie lange Stäbe mit Kristallspitzen. Ob diese Merkmale die Menschen nach Rang oder Beschäftigung einteilten, vermochte Conan nicht zu sagen.

Alle erhoben sich, als Omia eintrat. Abbadas folgte ihr. Immer noch trug er die Waffen und die Rüstung, die er bei der Gefangennahme Conans und seiner Schar getragen hatte. Hinter Abbadas kam ein kahlgeschorener kleiner Mann in einem bodenlangen schlichten Umhang aus Seide herein. Die Gesichtszüge waren dem Cimmerier eigenartig vertraut.

»Wer ist der Mann hinter Abbadas?« fragte Achilea. »Er sieht, als gehöre er zu ihnen, aber ich habe das Gefühl, ihn irgendwoher zu kennen.«

»Stimmt, tust du«, erklärte Conan grimmig. »Ein bißchen dunkle Farbe auf die Haut, ein falscher Bart und Wüstengewänder – und du hast unseren alten Freund Amram.«

»Amram! Und er gehört auch zu denen hier?«

Conan schüttelte den Kopf. »Das glaube ich nicht. Sein kothischer Akzent war zu überzeugend – auch ein Großteil seiner Geschichte. Aber er hat sich hier unten lange aufgehalten. Lange genug, um ihr Aussehen anzunehmen.«

In der Tat war der Mann, den sie als Amram kannten, beinahe so blaß wie die unterirdischen Bewohner Janagars. Aber seine Augen waren braun, und die kurzen Stoppeln auf der Glatze waren ebenfalls dunkel. Der Cimmerier vermutete, daß der Mann sich den Kopf geschoren hatte, um nicht aufzufallen; denn die Haare der Bewohner waren weiß wie bei Albinos. Amram war ein Mann, der in dieser harten Welt überlebte, indem er sich wie ein Chamäleon seiner Umgebung anpaßte.

»Wer kommt wohl als nächstes? Die Zwillinge?« meinte Achilea.

Doch das geheimnisvolle Paar tauchte nicht auf. Über der Arena gab es eine erhöhte kleine Loge. Dort ließen sich Omia und Abbadas auf weichen Kissen nieder. Amram und einige Sklaven standen hinter ihnen. Hinter der obersten Sitzreihe standen Sklaven. Jetzt spielten diese mit Holz-, Saiten- und Metallinstrumenten. Die Musik klang schrill. Junge hübsche Sklavinnen betraten die Arena und vollführten einen kunstvollen Tanz mit vielen akrobatischen Sprüngen und Windungen.

»Vielleicht wird es gar nicht so schlimm«, meinte Kye-Dee und lächelte verzerrt.

»Das glaube ich erst, wenn alles vorbei ist«, erklärte Conan. Er blickte zu Omia hinüber. »Warum sind wir hier?«

In ihren Augen funkelte Wahnsinn. »Du hast mir

keine Fragen zu stellen. Das habe ich dir doch gesagt.«

Er nickte zur Arena hinab. »Wie es aussieht, habe ich verdammt wenig zu verlieren, wenn ich Fragen stelle.«

Abbadas verzog den Mund zu einem widerwärtigen Grinsen. Omia schien vor Wut zu schäumen, doch Amram beugte sich zu ihr. »Meine Königin und meine erlauchte Herrin, dieser Hüne ist unverschämt, aber war nicht gerade seine kühne Art ein Grund dafür, warum du ihn hier haben wolltest?« flüsterte er ihr ins Ohr.

Omia ließ sich wieder auf die Kissen sinken. »Ja, so ist es. Ich hoffe nur, daß er uns nicht enttäuschen wird.«

»Sollen wir mit ihm beginnen?« fragte Abbadas.

»Nein. Er und die Frau sind die Besten dieser Horde.« Mit offensichtlicher Lüsternheit betrachtete sie ihre Gefangenen. »Diese beiden« – sie zeigte auf Kye-Dee und Jeyba – »scheinen von minderer Qualität zu sein. Sie sollen als erste gehen.«

»Was?« rief der Cimmerier empört. »Diese Schar bleibt zusammen!«

»Du trotzt mir schon wieder!« Omias Stimme wurde schrecklich schrill, und ihre hellen Augen loderten. »Ihr seid keine Schar! Ihr alle seid meine Sklaven, und ich tue mit euch, wie es mir gefällt – einzeln oder in Paaren. Wachen, trennt diesen Schurken von den übrigen.«

Mit Speerstangen drängten die Wachen den Cimmerier in eine Ecke und befestigten seinen Halsring an den Stangen. Als die Speere zurückgezogen waren, vermochte er sich nur noch einen Schritt in jede Richtung zu bewegen. Er fluchte vor Wut, doch half ihm das nichts.

Die Käfigtür schwang auf. »Ihr beide, kommt heraus!« befahl der Führer der Wache dem Hyrkanier und dem Zwerg.

»Jeyba!« Achilea legte dem kleinen Mann die Hand auf die Schulter. »Ich ...«

»Möchtest du auch an die Stäbe gekettet werden, schöne Königin der Sklaven?« fragte Omia herrisch.

Der Zwerg tätschelte die Hand seiner Königin. »Ich gehe lieber. Rächt mich, wenn möglich, aber vor allem flieht von diesem schrecklichen Ort – lebend.« Jeyba sprach so leise, daß nur die Gefährten im Käfig ihn verstanden. Er nickte in Richtung des Cimmeriers. »Halte dich an diesen da, wenn möglich«, bat er Achilea. »Wenn irgend jemand euch von hier fortbringen kann, dann er.« Nach diesen Worten verließ der Zwerg den Käfig.

Kye-Dee wollte sich ebenso tapfer dem Schicksal stellen. »Ha!« rief er und lachte höhnisch. »Ich werde diesen elenden Würmern zeigen, daß ein hyrkanischer Krieger aus dem Schildkröten-Clan besser als andere Männer ist! Ich brauche nur Waffen. Dann schafft ruhig eure Krieger, Bestien oder Dämonen herbei.«

»Du wirst Waffen erhalten«, erklärte Abbadas. »Ansonsten bötest du uns nur wenig Kurzweil.«

Omia klatschte zweimal in die Hände. Sofort hörte die Musik auf. Die Tanzgruppe verharrte mitten in der Bewegung und verließ die Arena durch das Portal, durch das sie hereingekommen waren: einen Torbogen mit einem Eisengitter, gegenüber von Omias Loge. Als die letzte Tänzerin hindurchgeschritten war, ließ man das schwere Gitter wieder herab.

Kye-Dee und der Zwerg stiegen über die Stufen zur Arena hinab, in die man durch eine schwer verriegelte Tür Zutritt erlangte. Jetzt waren die Riegel zurückgeschoben. Wachen stießen die beiden Männer vorwärts. Ein Posten ging mit ihnen und entfernte die Fesseln. Dann verließ er die Arena und schob die Riegel wieder vor.

Eine Sklavin brachte Waffen in die Arena. Sie reichte Jeyba seine metallbeschlagene Streitkeule und eine kurzstielige Axt, Kye-Dee sein armlanges Krummschwert. Der Hyrkanier schwang begeistert die Klinge und zeichnete damit Halbkreise und andere Muster in die Luft.

»Das ist eine prächtige Waffe, und damit bin ich gut«, erklärte er. »Aber wo ist mein Bogen?«

»Glaubst du, wir gäben dir eine Waffe, mit der du uns töten könntest?« fragte Omia und lachte.

»Nein«, gab Kye-Dee zu. »Aber es war den Versuch wert.«

Der Zwerg schwieg, stand nur auf den kurzen, krummen Beinen wie ein Baumstumpf da. Mit der rechten Hand hielt er seine Keule, mit der linken die Axt. Er war ein geballtes Bündel aus stahlharten Muskeln, bereit zu allem, was kommen mochte.

»Beginnt!« befahl Abbadas.

Das Tor mit dem Eisengitter, durch das die Tanzgruppe gekommen war, öffnete sich. Conan musterte die vier Krieger genau, welche eintraten. Das kurzgeschorene Haar verriet, daß es Sklaven waren. Allerdings waren diese größer und kräftiger gebaut als alle, die er bisher gesehen hatte. Offenbar waren sie Sklaven oder zum Tod verurteilte Bürger, die kämpfen mußten, um die Höhergestellten zu ergötzen. An Armen und Beinen trugen sie Schienen, die alle verschieden aussahen. Breite Halsbänder aus schwarzem Stahl schützten die Kehlen. Keiner hatte einen Helm oder eine Brustplatte, dafür Metallschilde in der Linken, die etwa einen Fuß Durchmesser hatten. In der Rechten hielten sie ein gerades doppelschneidiges Kurzschwert.

»Vier gegen zwei!« stieß Achilea wütend hervor. »Das ist nicht anständig.«

»›Anständig‹?« fragte Abbadas gelangweilt. »Dieses Wort ist mir nicht vertraut.«

»Das bezweifle ich nicht«, meinte Conan. »Laß zumindest immer nur zwei gegeneinander kämpfen.«

»Weshalb?« fragte Omia. »Die beiden werden ohnehin getötet. Wir wünschen uns zu ergötzen. Deine oder ihre Wünsche sind völlig belanglos.« Sie erhob sich und blickte auf die Zuschauer. Diese standen ebenfalls auf.

»Volk des heiligen Janagar!« rief Omia. »In grauer Vorzeit retteten uns unsere Götter vor der Bosheit der Sonne und lehrten uns, wie wahre Menschen zu leben!« Der Cimmerier vermutete, daß sie eine uralte Formel vortrug. Ihre Worte klangen eingeübt. »Wieder einmal danken wir für unsere Rettung gemäß der Sitte unserer Ahnen mit Blut. Diesmal« – jetzt wich ihre Stimme von der rituellen Rezitation ab – »opfern wir nicht nur unser eigenes Blut, sondern das derer, die im Licht der Sonne leben. Fluch der Sonne!«

»Fluch der Sonne!« schrien die Zuschauer wie aus einem Mund.

»Vor wenigen Tagen hätte ich in diesen Fluch eingestimmt«, sagte Achilea. »Doch jetzt ließe ich mich nochmals verbrennen, wenn ich sie nur eine Minute lang sehen könnte.«

Omia nahm wieder Platz, die Zuschauer taten es ihr nach. »Beginnt!« befahl Omia.

Achilea und ihre Frauen packten die kalten Eisenstäbe und preßten die Gesichter dagegen. Ihr Blick hing wie gebannt an dem Schauplatz des unausweichlichen Dramas. Auch Conan, immer noch in der Käfigecke angekettet, vermochte alles zu überblicken. Sein Gesicht war unbewegt, wie aus Stein gemeißelt, doch in seinem Innern tobten Haß und Wut.

Die vier Kampfsklaven bildeten einen Halbkreis, um die beiden Gegner von vorn und von der Flanke aus anzugreifen. Der Zwerg und der Hyrkanier standen Schulter an Schulter. Ihre Augen folgten mißtrauisch den Sklaven, als diese ausschwärmten.

»Rücken an Rücken?« schlug Kye-Dee vor.

»Das wäre am günstigsten«, stimmte der Zwerg zu. »Aber laß mir Platz!«

Kye-Dee und Jeyba gingen in Kampfstellung. Ihre Rücken waren nur einen Schritt voneinander getrennt. Die Angreifer umkreisten sie und suchten nach einer Schwachstelle in der Deckung. Plötzlich warfen sich zwei auf Jeyba, von beiden Seiten. Der von rechts kam, führte einen Schwerthieb gegen das Gesicht des Zwergs, doch dieser duckte sich und schlug mit der Keule gegen das Knie des Angreifers. Der Sklave vermochte den Schlag mit dem Schild abzufangen, doch der Stahl dröhnte wie ein Gong und wölbte sich nach innen. Der Angreifer sprang zurück und verzog das Gesicht zu einer Grimasse, da sein linker Arm durch den Schlag fast gelähmt war.

Fast gleichzeitig griff der andere Sklave von links an. Er wollte den Zwerg aufspießen. Er glaubte, der kleine Mann habe mit dem anderen Gegner alle Hände voll zu tun, und machte daher den Fehler, sich nicht genügend zu schützen. Die scharfe Klinge der Axt in Jeybas Hand sauste nach oben und spaltete ihm vom Kinn bis zur Nase das Gesicht. Dabei gelang ihm nur, dem Zwerg mit dem Speer eine leichte Wunde an der Schulter zu versetzen.

Achilea und ihre Frauen murmelten beifällig. Kye-Dee hielt die Gegner mit seinem längeren Krummschwert in Schach. Er bedrohte sie mit wilden Kreisbewegungen und Achten. Dem Cimmerier war klar, daß der Hyrkanier diese Taktik nicht lange durchhalten konnte, da sein Arm bald ermüden würde. Die Hyrkanier waren zwar auf dem Rücken eines Pferdes hervorragende Krieger, doch zu Fuß weit weniger erfolgreich. Kye-Dee jedoch schien besser als die meisten seiner Landsleute mit dem Schwert umgehen zu können.

»Ha!« schrie der Hyrkanier und machte einen Ausfall in Richtung des Sklaven zu seiner Rechten. Der auf der linken Seite warf sich in die entstandene Bresche in der Deckung. Aber der Ausfall war eine Finte, Kye-Dee wich blitzschnell zurück und versetzte dem Angreifer einen Hieb. Dieser hob den Schild, doch lenkte er damit die Klinge genau ins eigene Gesicht. Als der Mann schreiend nach hinten fiel, sprang sein Kamerad vor. Schützend hielt er den Schild hoch, dann stieß er dem Hyrkanier sein Kurzschwert in die Seite. Zwar hemmten die Rippen den Stoß, aber die Wunde war tief und schwer. Blut schoß hervor. Kye-Dee rammte dem Mann den Ellbogen ins Gesicht und zertrennte ihm mit einem mächtigen Hieb die Halsschlagadern. Der Sklave taumelte nach hinten. Widerlich blutiger Schaum bildete sich vor seiner Kehle, und Blut schoß wie eine Fontäne aus dem Hals.

Die Menge spendete kurz Beifall, als nach diesem kurzen Gefecht der Kampf in eine neue Phase eintrat. Die Amazonenkönigin und ihre Frauen feuerten ihre Kämpfer an. Jetzt war der Kampf ausgeglichen: zwei gegen zwei. Alle vier waren verwundet.

Als erster wurde der Zwerg von seinem Gegner angegriffen. Der Schlag gegen den Schild hatte seinen Arm nur betäubt, Jeybas Wunde dagegen war tief und schmerzhaft, da die Schultermuskeln getroffen waren. Blut quoll hervor.

Der Zwerg parierte den Schwerthieb mit der Keule und schwang die Axt gegen des Hals des Sklaven. Aber seine Bewegungen waren zu langsam, so daß der Gegner dem Schlag ausweichen konnte. Trotzdem gab der kleine Mann nicht auf. Wild entschlossen schlug er mit der Keule zu, um den schutzlosen Kopf des Sklaven zu treffen. Dieser schützte sich mit dem Schild, doch jeder Schlag dagegen steigerte die Schmerzen im Arm. Mit einem von unten geführten Schwerthieb traf er Jeybas Brust. Aber gleichzeitig versetzte ihm der

Zwerg mit der Keule einen Schlag gegen das Becken. Beide Männer brachen zusammen. Die Zuschauer pfiffen und zischten.

Während Jeybas Kampf war auch Kye-Dee nicht müßig. Er war weitaus schlimmer verwundet als der Zwerg – und wußte das. Deshalb mußte er den Kampf schnell beenden, ehe ihn die Kräfte verließen. Mit einem schrillen hyrkanischen Schlachtruf sprang er auf den Gegner zu und ließ sein Krummschwert tanzen. Der Sklave stürzte rücklings zu Boden. Er war blutüberströmt, da Kye-Dees Klinge ihm ein Ohr abgetrennt und Wange und Nase gespalten hatte.

Der Hyrkanier führte einen niedrigen waagrechten Streich. Anstatt den Hieb mit dem Schild zu parieren, zog der Sklave den Bauch ein, so daß die Klinge ihn um Haaresbreite verfehlte. Damit war er im Vorteil. Diesen nutzte er, indem er dem Hyrkanier den Schild ins Gesicht rammte und gleichzeitig mit dem Schwert zustieß. Kye-Dee gelang es, mit der freien Hand die Klinge vom Herzen abzuwenden, doch traf sie ihn direkt unter dem Schlüsselbein.

Kye-Dee schüttelte den Kopf, um die Sterne zu verjagen, die vor seinen Augen flimmerten. Der Sklave glaubte, ihn erledigt zu haben, und sprang vor, um ihm den Todesstoß zu versetzen. Doch der Hyrkanier hielt die Klinge niedrig und traf den Gegner so tief ins Standbein, daß dieses unterm Knie beinahe abgetrennt wurde. Schreiend sank der Sklave zu Boden. Dann sauste das Krummschwert auf seinen Hals.

Jeyba hatte sich aufgerappelt und stellte dem letzten Gegner einen Fuß gegen das Kinn. Dann zertrümmerte er ihm mit der Axt den Schädel.

Jeyba und Kye-Dee lachten triumphierend. Der Zwerg hob die bluttriefende Waffe, um seine Königin zu grüßen. Der Hyrkanier stimmte ein wildes Siegeslied an. Beide Männer waren schwerverwundet und würden bald sterben, doch in diesem Moment standen sie als Sieger da, die sich vor nichts und niemandem fürchteten.

»Ha, ihr verweichlichtes Gesindel!« schrie der Cimmerier. »Da seht ihr, welche Männer im Licht der Sonne aufwachsen!«

»Ja«, sagte Omia. »Ich bin recht zufrieden.«

»Gib ihnen stärkere Gegner«, schlug Abbadas vor. Seine Stimme war vor Blutlust ganz heiser.

»Nein, die beiden sind erledigt«, sagte Omia. »Tötet sie.«

Sofort stürzten über zwanzig Bewaffnete in die Arena. Es waren keine Kampfsklaven, sondern Wachen mit Masken. Mit gesenkten Waffen umkreisten sie die beiden blutigen Männer. Dann griffen sie an. Jeyba und Kye-Dee kämpften mit letzter Kraft, doch ihre Tapferkeit war vergeblich. Ihre Gegner setzten so lange Waffen ein, daß die beiden nicht an sie herankamen. Außerdem waren die anderen zahlenmäßig weit überlegen. Sterbend verfluchten sie ihre Feinde bis ins siebte Glied.

Ausdruckslos schaute Achilea zu, wie die blutigen Leichen aus der Arena geschleift wurden und Sklaven den Boden reinigten. Sie hielt die Eisenstäbe neben dem Gesicht so fest umklammert, daß die Knöchel ihrer Schwerthand weiß hervortraten. Ihre drei Frauen umarmten sie gleichzeitig.

»Er war schließlich nur ein Mann, meine Königin«, sagte Payna. Eindeutig bezogen sich ihre Wort auf den Zwerg. Hyrkanier bedeuteten Amazonen weniger als nichts.

»Ich habe ihn nicht gerettet, damit er so elend stirbt«, sagte Achilea mit fast tonloser Stimme. Dann wandte sie die Augen von der Arena ab und blickte Conan an. »Cimmerier, wie kannst du so unbewegt zuschauen? Das waren deine Freunde.«

»Die beiden waren großartige Kämpfer, und sie starben stehend – wie es echten Männern geziemt«, erklärte Conan eisig. »Bei meinem Volk gibt es kein größeres Lob für einen Mann. Ich entbiete ihnen meinen letzten Gruß und werde sie rächen.«

Sie hatten so leise gesprochen, daß man sie in der Loge nicht verstehen konnte. Omia und Abbadas blickten neugierig zu ihren Gefangenen herüber.

»Wer sollte als nächstes kommen? Was meinst du?« fragte Omia.

»Die drei kleineren Frauen bieten sicher eine gute Vorstellung«, antwortete Abbadas. »Stell sie gegen ausgebildete Kampfsklavinnen auf. Nach dem ersten Kampf halte ich es für besser, unseren Vorteil auszubauen. Jede Gefangene soll gegen drei unserer Sklavinnen kämpfen.«

»Das klingt verführerisch ...« Omia strich sich übers Kinn, als müßte sie tief nachdenken. »Aber das bedeutet, zwölf wären gleichzeitig in der Arena. Das wäre ein furchtbares Gedränge. Man könnte die Einzelheiten der Kämpfe nicht richtig sehen. Selbstverständlich könnten wir sie einzeln antreten lassen ...«

»Nein!« schrie Achilea. »Euch geht es doch eigentlich nur um mich, nicht um sie! Schickt mich hinaus und bringt dann eure Kampfsklaven, wenn es euch nach Blutvergießen dürstet.«

Omia lächelte. »In der Tat reizen mich diese Riesin und der Hüne mit der rabenschwarzen Mähne am meisten. Was meinst du, Abbadas, böten die beiden uns eine wirklich ergötzliche Vorstellung?«

Abbadas nickte. »Bestimmt. Und was die drei anderen betrifft ...« er warf den drei Frauen einen Blick zu, der durch die Maske hindurchbrannte –, »hätte ich für diese auch anderweitig Verwendung.«

»Wachen, schafft diese Frau«, befahl Omia und zeigte auf Achilea, »und den Hünen in die Arena! Aber

Vorsicht! Die beiden müssen erst noch gezähmt werden.«

Diesmal waren die Wachen vorsichtig. Mit vorgehaltenen Speeren trieben sie die drei weinenden Frauen in eine Ecke des Käfigs. Dann führten sie Achilea in die Arena. Sie drehte sich um, als wolle sie etwas zu ihren Frauen sagen, besann sich dann jedoch anders und schritt hocherhobenen Hauptes hinab.

Als die Amazonenkönigin in der Arena stand, kehrten die Wachen zurück, um Conan zu holen. Man schloß den Halsring auf. Von einem Bündel Lanzenspitzen angetrieben, marschierte er los. Als er an den drei Frauen vorbeikam, zischte ihm Lombi zu:

»Cimmerier! Laß die Königin nicht sterben, denn sonst werden wir dich auf viel grausamere Art töten, als es diese elenden Schwächlinge sich hier erträumen könnten.«

Conan lächelte grimmig. »Bis jetzt habe ich noch nie beim Klang einer weiblichen Stimme angefangen zu zittern, doch ihr drei könntet dieses Kunststück zustande bringen. Ich schwöre dir: Wenn eure Königin nicht lebend die Arena verläßt, werde ich es ebenfalls nicht tun. Das schwöre ich bei Crom, dem Gott meines Volkes.«

Die drei Frauen nickten mit ernsten Gesichtern. Empörung loderte in ihren Augen. Conan schritt zur Arena hinab; die Lanzenspitzen der Wachen waren nur eine Handbreit von seinem Rücken entfernt. Ein Mann zog die Riegel zurück und öffnete die Tür. Er trat ein. Achilea lächelte ihm spöttisch zu, als man beiden die Fesseln abnahm.

»Blick nicht sofort hin«, sagte sie leise, als die Wachen die Arena verließen. »Aber hoch oben, über den Sitzreihen, gegenüber der Loge unserer Gastgeber, habe ich etwas gesehen ... Ich bin aber nicht sicher. Blick hinauf und sag mir, was du siehst.«

Verblüfft gehorchte der Cimmerier. Er rieb sich die Handgelenke und beugte die Glieder, als müsse er die verkrampften Muskeln lockern. In Wahrheit war er so kampfbereit wie nie zuvor im Leben. Aber es schadete nie, dem Feind ein kleines Täuschungsmanöver zu bieten. Er drehte den Kopf, als wolle er sein steifes Genick bewegen. Dabei schaute er in die von Achilea angegebene Richtung.

Über den Sitzreihen befanden sich in den Wänden viele Nischen, in den Statuen standen. Allerdings wußte der Cimmerier nicht, ob es sich um Abbilder von Menschen, Göttern oder Dämonen handelte. Und dann sah er es: Direkt der Loge gegenüber, in der Omia und Abbadas saßen, schimmerte etwas schwach purpurrot. Er spähte angestrengt hinüber. Es war eine winzige menschenähnliche Gestalt, die vor der buntbemalten Statue einer unglaublich üppigen nackten Frau stand.

»Unser kleiner Freund aus der Wüste«, sagte er. »Unsere Verfolger geben nicht auf.«

»Ich wüßte zu gern, was das zu bedeuten hat«, meinte Achilea.

»Wir haben jetzt dringlichere Sorgen«, erklärte Conan. »Zum Beispiel: Wie gelangen wir lebendig aus dieser verfluchten Arena? Und wen müssen wir erschlagen, um das zu schaffen?«

Diesmal betraten zwei Sklavinnen die Arena. Jede trug einen Waffengurt mit Schwert und Dolch. Dankbar nahm der Cimmerier den Gurt entgegen. Er fühlte sich sofort besser, als er das vertraute Gewicht um die schmalen Lenden spürte. Auch Achilea sah glücklich aus, als sie den Gurt umschnallte. Sie trat an den Arenarand und hob etwas auf. Es war Jeybas Axt, die man dort vergessen hatte. Schnell steckte sie den kurzen Stiel in den Gürtel.

»Jeyba hätte die Frau mit Leichtigkeit töten können«,

sagte sie. »Diese Leute scheinen nicht zu wissen, daß man eine Axt werfen kann. Er hat es nur nicht getan, um mir zu helfen.«

»Er war ein guter Mann«, bestätigte Conan. »In den letzten Augenblicken muß der Wunsch, sich zu rächen, übermenschlich gewesen sein.«

»Wir wollen dafür sorgen, daß sein Mut nicht verschwendet war«, sagte Achilea. »Aber falls ich todwund getroffen bin, werde ich mit dieser Axt ihre hochnäsige Fratze hinter der Maske spalten, ehe ich den letzten Atemzug tue. Das gelobe ich.«

»Tu das«, sagte der Cimmerier. »Und ich spieße ihren Partner Abbadas mit meinem Dolch auf.« Er legte die Rechte auf den Griff. »Ich kann ihn genau gleich mit jeder Hand schleudern.«

»Gut.« Sie lächelte ihn an. »Dann wird unser Tod einen Sinn haben.«

Auch der Cimmerier lächelte ihr zu.

»He, angesichts der Umstände scheint ihr beiden ja recht fröhlich zu sein«, höhnte Omia. »Sehen wir einmal, ob ihr über eure Gegner auch so glücklich seid.«

»Bringt sie her!« rief Conan und rieb sich die Finger. »Ich nehme es mit jedem auf.«

Omia klatschte zweimal in die Hände. Gespannt warteten Achilea und Conan, als sich das Eisengitter hob.

»Ich schätze, sie schicken eine Menge herein, nachdem unsere Freunde bereits mit vieren fertig wurden«, flüsterte Conan. »Aber sie müssen alle durch diese Tür. Und da können nur zwei nebeneinander gehen. Sobald das erste Paar drinnen ist, greifen wir an. Ich nehme die linke Reihe, du die rechte. Dann haben wir es immer nur mit einem Gegner zu tun.«

»Ein guter Plan«, gab sie zu. »Aber ich fürchte, unsere Gastgeber werden enttäuscht sein.«

»Mit dieser Schande kann ich leben«, versicherte ihr

der Cimmerier und grinste. Ein Geräusch kam von der Tür. Beide zückten die Schwerter und stellten sich auf die Fußballen. Das war die Haltung von Schwertkämpfern, die zu allem bereit waren.

Doch kein lebender Gegner kam in die Arena, sondern eine Woge des ekligen Flußgestanks. Dann ergoß sich ein Wasserschwall. Doch kein kristallklarer Quell, sondern eine grünbraune Flüssigkeit, in der Algen, Erdkrume und verfaulte Pflanzenteile umherschwammen.

»Was ist das?« fragte Achilea und rang nach Luft, als das kalte Wasser ihre Knöchel umspülte und ihre Fellbeinkleider näßte. »Wollen sie uns ertränken?«

»Ihre Phantasie ist größer«, widersprach Conan. »Halte dich bereit!«

Sie hielten die Augen auf die Tür geheftet, während das Wasser bis zu ihren Knien stieg, dann bis zum Gürtel. Plötzlich hörte der Zufluß auf. Die aufgewühlten Wassermassen klatschten gegen die Wände der Arena. Conan und Achilea schenkten dem blutrünstigen Geschrei der Menge keine Aufmerksamkeit, auch nicht den lauten Gebeten der drei wilden Frauen.

»Etwas naht!« rief Achilea.

»Zurück!« schrie Conan. »Wir brauchen Platz.«

Mühsam wichen sie Schritt für Schritt durch das Wasser zurück. Sie waren erst fünf Schritte weit gekommen, als etwas durch die Tür glitt. Aus dem schuppigen Rücken ragten grünschwarze Dornen hervor. Ein mächtiger langer Schwanz peitschte das Wasser. Dieses riesige Ungeheuer war unglaublich schnell. Hinter einer langgezogenen Schnauze funkelten bernsteinfarbene Schlitzaugen mit uralter Bosheit.

»Was ist das? Ein Drache?« fragte Achilea.

»Nein, das ist ein Styx-Krokodil«, antwortete Conan. »Hüte dich vor dem Rachen, und hüte dich vor dem Schwanz! Ziel auf den Bauch!«

Dann hatte das Biest sie erreicht.

Das Monster war mindestens zehn Meter lang. Als es angriff, vermochte man nicht zu sehen, wen es als erstes Ziel gewählt hatte. Die beiden standen mehrere Schritte auseinander, um Platz für die Schwerter zu haben. Also mußte das Krokodil sich für einen von ihnen entscheiden. Das winzige Reptilienhirn war nicht imstande, einen kombinierten Angriff durchzuführen. Fünf Schritt vor ihnen versank der Echsenkopf im Wasser. Das Krokodil legte sich auf die Seite und riß den Rachen auf. Es hatte die Frau gewählt.

Conan nahm das Schwert in beide Hände, und als der Kopf auftauchte, schlug er in den Hals, dicht hinter dem Rachen. Blut quoll aus der tiefen Wunde, doch die unglaublich zähe Haut und die Hinterkante des Unterkiefers retteten das Krododil vor dem Tod. Aber der unerwartete Schlag hatte es aus der Bahn gelenkt, so daß sich der Rachen mit den scharfen Zähnen über Wasser schloß, statt über Achileas Schenkel.

Die Amazonenkönigin hieb mit aller Kraft auf den Rücken der Riesenechse ein, doch hinterließen ihre Schläge nur Kratzer auf der Schuppenhaut. Wahrscheinlich spürte das Krokodil die Schläge gar nicht. Mit einer Körperdrehung fegte es Achilea von den Füßen. Jetzt richtete es seine beachtlichen natürlichen Waffen gegen den Cimmerier.

Achilea tauchte auf und sah, wie Conan auf das Krokodil einschlug. Es vollführte erneut eine schnelle Wende und tauchte wie eine Kriegsgaleere auf Rammkurs auf den Cimmerier zu. Dieser ließ dem Monster nicht die Zeit, zu tauchen und zu wenden, sondern sprang vor. Seine Klinge landete zwischen den hervorquellenden Augen. Hinter dieser Schädelpartie lag irgendwo das winzige Hirn. Conan hoffte, den Knochenschild zu spalten und das Hirn zu zerteilen.

Zwar vermochte die Klinge nicht so weit vorzudringen, aber der Schock lähmte das Krokodil, so daß es nicht den Rachen aufreißen konnte. Aber es rammte die stumpfe Schnauze dem Cimmerier in den Bauch, so daß dieser gegen die Arenawand gedrückt wurde, direkt unterhalb der Loge. Ihm blieb die Luft weg. Das Schwert entglitt ihm. Er versank in den stinkenden Fluten. Die Schnauze preßte ihn weiterhin gegen die Mauer. Verzweifelt schlang Conan die langen kräftigen Arme um die Schnauze und hielt sie zu.

Das Reptil ballte seine Muskelkraft und schnellte hoch. Dabei hob es den Cimmerier hoch in die Luft über der Wasseroberfläche. Sofort nutzte Conan die Gelegenheit, um die Lungen mit Luft zu füllen. Das Krokodil streckte die kurzen Vorderbeine nach ihm aus. Die Klauen waren so lang wie Conans Hand. Mit einem Schlag konnten sie ihn auswaiden, wenn er nicht aufpaßte. Blitzschnell schlang er die Beine unmittelbar hinter den Vorderbeinen um die Echse. Er fragte sich, wo Achilea war. War sie noch bewußtlos und ertrank?

Die Amazonenkönigin suchte verzweifelt nach einer verwundbaren Stelle im Schuppenpanzer des wild um sich schlagenden Krokodils. Dabei mußte sie sich vor dem peitschenden Schwanz hüten. Dieser ein Dutzend Schritte lange Muskel mit sägescharfen Zacken konnte einem Menschen leicht das Rückgrat brechen oder ihn in seiner Körpermitte entzweihauen, wie ein Mann, der eine Fliege klatscht. Achilea hatte herausgefunden, daß es sinnlos war, auf den Rücken der Riesenechse einzuschlagen, doch jetzt sah sie die Gefahr, in der der Cimmerier schwebte, der mit den Beinen dem Ungeheuer den Rachen zuhielt.

Die Muskeln, die den Rachen eines Krokodils schließen, sind ungeheuer kräftig, die, die ihn öffnen, viel schwächer. Conan stellte fest, daß er mit einem Arm dem Tier die Schnauze zuhalten konnte. Damit war die andere Hand frei, um den Dolch zu zücken. Er wollte die Klinge in die schlitzartige Pupille des glitzernden Auges treiben, doch das Krokodil warf sich gerade in diesem Moment auf die Seite, so daß die Dolchspitze sich in die Knochenbank unter dem bernsteinfarbenen Augapfel grub. Der Cimmerier mußte seine gesamte Kraft aufwenden, um die Waffe herauszuziehen.

Das Krokodil tauchte erneut ins Wasser, um den lästigen Reiter loszuwerden. Es rollte sich wie ein riesiger schuppiger Baumstamm. Conan wußte, daß dies sein baldiges Ende bedeutete. Er kam nicht lange genug an die Oberfläche, um genügend Luft zu schöpfen. Wenn das Monster auf den Boden tauchte, konnte es ihn dort abstreifen oder zerdrücken, ebenso an den Wänden.

Achilea versetzte dem Krokodil überallhin Schläge. Dann fiel ihr ein, was der Cimmerier über den Bauch gesagt hatte. Als das Scheusal umdrehte, arbeitete sie sich so nahe heran, daß sie ihm das Schwert hineinstoßen konnte. Doch die Bewegungen waren so schnell, daß sie den blassen Bauch nur im Wasser vorbeihuschen sah. Bald schienen die Kräfte des Krokodils zu erlahmen. Achilea bereitete sich auf einen einzigen Stoß vor. Ihr war klar, daß sie keine zweite Gelegenheit bekommen würde.

Die Amazonenkönigin hielt das Schwert mit beiden Händen hoch. Wieder kam der helle Bauch des Krokodils hoch. Sie stach zu und legte ihr gesamtes Gewicht in diesen Stoß. Die Klinge versank dicht hinter Conans Bein. Dann riß das Krokodil sie mit ins Wasser. Achilea ließ ihre Waffe nicht los, als es sie mitschleifte. Sie schlang ebenfalls die Beine um den Körper des Untiers und schlitzte ihm den Bauch weiter auf. Blut und Eingeweide quollen hervor. Sie erstickte fast, da sie es nicht vermeiden konnte, das widerliche Wasser zu schlucken.

Endlich vermochte Conan seinen Dolch herauszureißen. Er spürte, wie sich die Bewegungen des Krokodils veränderten, aber er sah den Grund dafür nicht. Ihm blieb auch keine Zeit, danach zu suchen. Als er wieder an die Oberfläche kam, holte er weit aus und trieb die Dolchspitze durchs Auge tief in den Schädel und das Hirn.

Das Krokodil bäumte sich auf und schlug wild um sich. Im verzweifelten Todeskampf schüttelte es die beiden unliebsamen Reiter ab. Conan tauchte sofort nach unten, um sein Schwert zu holen. Achilea hatte ihr Schwert nie losgelassen. Der Cimmerier und die Amazonenkönigin stellten sich mit gezückten Waffen hin und sahen zu, wie die Lebensgeister langsam aus der Riesenechse wichen. Selbst als sie tot war, klappte der Rachen noch auf, und der Körper wand sich. Die Eingeweide quollen aus dem aufgeschlitzten Bauch. Endlich war es still. Als letzte Erinnerung an das Leben bewegte sich nur noch der Schwanz langsam hin und her.

»Das war ein großartiger Spaß!« rief Achilea.

»Bei Crom, Weib! Ich bin froh, daß nicht alle Frauen so schwierig zu ergötzen sind.«

Sie lachte beinahe fröhlich. »Ich bin nicht wie andere Frauen. Und was kommt als nächstes?«

»Keine Ahnung. Ich hoffe nur, es ist keiner dieser Dämonen, denen ich im Sandsturm begegnet bin«, sagte er. Erstaunlicherweise hatten die beiden von den scharfen Schuppen des Krokodils nur ein paar Kratzer davongetragen. »Doch eines weiß ich genau: Dieses Krokodil ist nicht durch die Wüste hergewandert. Es gibt in der Nähe einen unterirdischen Fluß – und den werde ich finden.«

»Alles der Reihe nach«, meinte sie. »Wir sind immer noch in der Arena.«

Conan blickte zur Loge hinüber. Er war verblüfft, daß Omia und Abbadas freundlich miteinander plauderten. Soweit er es den Masken ansehen konnte, lächelten beide strahlend. Dann ging Abbadas zum Käfig und betrachtete Achileas Frauen aus der Nähe, als wäre er ein Viehhändler.

»Haben wir euch ergötzt?« rief der Cimmerier hinauf.

»O ja!« antwortete Omia. »Ihr beide seid besser, als wir gehofft hatten.«

»Und gegen wen oder was kämpfen wir als nächstes? Ich bin gerade warm geworden und brenne auf einen echten Kampf!«

Achilea lachte und warf trotzig die nassen goldblonden Locken zurück.

»O nein! Nochmals wollen wir euer Leben nicht riskieren«, erklärte Omia. »Für Exemplare wie euch haben wir weitaus bessere Verwendung. Und auch für diese drei.« Sie nickte den drei Frauen zu. Abbadas sprach mit ihnen. Ihre Augen waren vor Entsetzen geweitet. Doch diese namenlose Angst galt nicht den Schmerzen oder dem Tod.

»Was meinst du, verfluchtes Weib?« rief Conan. Mit einem Rauschen senkte sich der Wasserspiegel. Das tote Krokodil trieb mit der abfließenden Flut zur Tür.

»Alles zu seiner Zeit«, erklärte Omia. »Wachen! Wenn die Arena wieder trocken ist, entwaffnet sie, legt ihnen die Fesseln an und führt sie in ihre Zellen. Doch zuvor gebt ihnen ein Bad. Beide müssen sich unbedingt waschen.« Sie lachte fröhlich, stand auf und trat ebenfalls zum Käfig, um die drei gefangenen Amazonen genau zu mustern.

Wenige Minuten später war das stinkende Wasser aus der Arena geflossen, und die Wachen marschierten herein. Sie richteten die Speerspitzen auf Conan und Achilea. Da ihnen keine Wahl blieb, ließen der Cimmerier und die erschöpfte Amazonenkönigin die Waffen auf den Boden der Arena fallen.

Zwölf

Diesmal kümmerte sich in den Bädern ein Arzt um sie. Der Mann trug ein langes Gewand und eine ausdruckslose Maske. Er befahl den Sklaven, die leichten Wunden zu versorgen. Später führte man sie an lange Tische, wo Sklavinnen sie mit wohlriechenden Ölen einrieben und massierten. Doch selbst dabei hatte man ihre Hand- und Fußgelenke mit Ketten an die Tischecken gefesselt.

Danach führte man sie in die Zelle zurück.

»Diesmal sorgen sie besonders gut für uns«, sagte Achilea und betrachtete abfällig die dünnen Matratzen, die man für sie auf den Steinboden gelegt hatte.

»Ich kann mich des Gefühls nicht erwehren, daß sie uns trotzdem nicht gerade liebgewonnen haben«, meinte Conan und rüttelte an seinen Ketten. »Aber über ihr Heilöl kann ich mich wirklich nicht beschweren.« Die Kratzspuren heilten bereits, und auch die Schmerzen waren verschwunden. Er reckte und streckte Arme und Beine. Keinerlei Muskelschmerzen. »Diese Menschen sind unvergleichlich gute Heiler.«

»Vielleicht ist das der Grund, warum solch Schwächlinge überleben können«, sagte Achilea und schürzte verächtlich die Lippen. Dann hörten sie lautes Schluchzen und Wehklagen.

»Deine Frauen sind für gewöhnlich nicht so empfindlich. Was quält sie?« fragte der Cimmerier.

»Payna! Ekun! Lombi!« rief Achilea. »Was ist los?«

»Ach, meine Königin, haben die Ameisenmenschen

dir nicht gesagt, was sie mit uns tun wollen?« rief Payna.

»Wollen sie uns fressen?« fragte Conan. »Ich kann mir vorstellen, daß sie nach den ewigen Pilzen gern einmal etwas Abwechslung im Speiseplan hätten.«

»Meine Königin!« rief Lombi, ohne auf Conans Bemerkung einzugehen. »Sie wollen mit uns *züchten*! Dieser Mann Abbadas hat uns gesagt, er wolle persönlich Vater des ersten Wurfs sein! Wir hatten nur mit Folter gerechnet!«

»Und du sollst die Spitzenstute sein!« fügte Ekun hinzu. »Und der große Cimmerier soll auch als Deckhengst eingesetzt werden.«

»Das klingt vernünftig«, erklärte Conan ungerührt. »Wir haben gesehen, wie degeneriert sie geworden sind, nachdem sie seit Generationen hier unten leben. So vorzügliche Zuchtexemplare wie wir dürften selten hergekommen sein.«

»*Du* kannst das ruhig hinnehmen!« schrie Achilea. »Wahrscheinlich ist das doch deine Lieblingsbeschäftigung! Für uns ist das anders. Wir stammen aus einem Volk von Frauen.«

»Du redest Unsinn!« sagte Conan. »Dein Volk vermehrt sich wie jedes andere – und nicht durch Zauberei, denn sonst wärt ihr längst ausgestorben.«

»Ja, aber nur einmal in jedem Jahr, mit den geziemenden Zeremonien und mit Männern, die wir ausgewählt haben.«

»Klingt schrecklich langweilig, finde ich.«

»Natürlich denkst du so, du bist ja ein halbes Tier.«

Sie hätten noch länger gestritten, doch Wachen erschienen am Zelleneingang.

»Seid gegrüßt, meine prächtigen Preise«, sagte Abbadas. Seine Augen loderten hinter den Löchern in seiner Maske. Er verschlang Achilea förmlich.

»Mit mir wirst du keinen Nachkommen zeugen, du

widerliches Insekt!« stieß sie hervor. »Ich kann dich mit einer Hand töten.«

Er streichelte ihr die Wange. »Sprich nicht übereilt! Du weißt, daß wir mit Ketten und Fesseln sehr geschickt sind. Ich kann dich mit Leichtigkeit ruhigstellen und mich mit dir vergnügen.« Achilea wurde vor Entsetzen blaß. Conan maß die Entfernung. Konnte er Abbadas einen Tritt versetzen? Doch da fuhr Abbadas fort: »Du mußt aber noch warten. Denn jetzt wünscht meine Königin mit dem da zu sprechen.« Er zeigte auf den Cimmerier.

»Der Tag, an dem du mich anrührst, wird der Tag deines Todes sein!« rief Achilea, ohne daran zu denken, daß er sie soeben gestreichelt hatte.

Abbadas lachte nur. »Nehmt den Mann!« befahl er den Wachen. »Aber seid vorsichtig.« Danach verließ er die Zelle.

Wieder legte man den Cimmerier in schwere Ketten und führte ihn fort. Achilea warf ihm wortlos einen wütenden Blick zu. Er lächelte sie an, aber es war ihm keineswegs so leicht ums Herz, wie er tat. Auch er verabscheute es, wie ein Zuchtstier behandelt zu werden. Ein freier Krieger wählte seine Vergnügungen selbst. Andererseits war er jetzt nicht frei. Das stand fest. Und war es seine Schuld, daß dieses verfluchte Weib mit der Maske einen so guten Geschmack in bezug auf Männer hatte?

Die Wachen führten ihn durch Gänge, die ihm teilweise bekannt, teilweise neu waren. Allmählich konnte er sich ein Bild von der Anlage der unterirdischen Stadt machen. Er war sicher, daß er sich einigermaßen zurechtfinden würde. Doch eines mußte er unbedingt herausfinden: Wo lag der Fluß?

In Omias Gemach bildete die Decke ein Zelt aus Seide. Auch die Wände waren mit kunstvoll bestickten Seidenbildern behängt. Die Muster waren die gleichen, die er in der oberen und in der unteren Stadt gesehen hatte. Auf dem Boden lagen Seidenteppiche und Kissen.

Omia trat ein. Sie trug die Maske und ein seidenes Wickelgewand. »Laßt ihn los!« befahl sie den Wachen. »Und nehmt ihm die Fesseln ab.«

»Aber, Majestät ...«, protestierte der Hauptmann der Wache.

»Er wird mir nichts tun«, versicherte sie. »Seine Freunde sind hinter Schloß und Riegel. Außerdem kennt er die Stadt hier unten nicht, nur die weite Wüste oben. Ich glaube, er ist zu klug, um etwas Unbedachtes zu tun.«

Widerstrebend lösten die Wachen die Fesseln des hünenhaften Cimmeriers. Dann verneigten sie sich und gingen.

»Du bist wahnsinnig«, sagte Conan und rieb sich die Handgelenke. »Wie kommst du auf den Gedanken, die anderen seien mir so wichtig, daß ich sie mehr als meine Freiheit schätze?«

»Ich beobachte, wie ihr miteinander umgeht«, antwortete Omia völlig ruhig. »Die drei kleineren Frauen hängen offensichtlich an der großen. Und heute in der Arena habt ihr beide einander beschützt, als hättet ihr dasselbe Herz.«

»Ein Krieger hilft dem anderen. Das ist so«, erklärte er trotzig.

»Nein.« Omia lächelte. »So haben der Zwerg und der andere Mann gekämpft. Bei dir und der Frau war es anders.« Sie klatschte in die Hände. Sofort brachte eine Sklavin ein Tablett. Darauf standen zwei Kristallgläser. Omia nahm beide Gläser, und die Sklavin verschwand. »Trink mit mir«, forderte sie den Cimmerier auf und reichte ihm ein Glas.

Er nahm es und trank ohne Zaudern. Dann musterte er sie über den Glasrand hinweg. Ihre Maske war aus durchsichtigem Material und ähnelte einem Schleier. Durch den Schleier sah er, daß sie feine Gesichtszüge und einen zarten Knochenbau hatte. Auch das Gewand war aus diesem Stoff gefertigt und verhüllte nur wenig. Der Wein war fruchtig und süß. Conan war sicher, daß er nicht aus Pilzen gemacht war.

Omia trat zu einem großen Kissen und ließ sich darauf nieder. Sie lag auf der Seite, auf den Ellbogen gestützt. Dann nickte sie zu dem Kissen neben ihr. »Komm, setz dich zu mir.«

Der Cimmerier gehorchte betont langsam. Er wollte unbedingt mehr über sie erfahren. Zu anderer Zeit hätte ihn ihr schöner Körper gereizt, doch jetzt erregte nur die Frau seine Aufmerksamkeit.

»Zweifellos hast du viele Fragen über das legendäre Janagar«, sagte sie, als lese sie seine Gedanken.

»Ja, so ist es. Die Menschen, die uns hergeführt haben, verfügten nur über Nachrichten aus verstaubten alten Büchern. Etwas später hörten wir verworrene Geschichten, die Generationen von Märchenerzählern weitergegeben hatten. Darin war von großem Reichtum einer Stadt die Rede, aber auch von noch größerem Bösen. Angeblich wurde sie von Göttern verflucht und von den Bewohnern Hals über Kopf verlassen. Unsere Dienstherren glaubten, diese Stadt unversehrt zu finden, samt allen Schätzen.« Er sah zu diesem Zeitpunkt keinen Grund, nicht vollkommen ehrlich zu sein. Seine Ergebenheit den Zwillingen gegenüber war ebenso verschwunden wie diese selbst in der Nacht des Sandsturms.

»Wie ist es ihnen gelungen, so … ungewöhnliche Krieger in ihre Dienste zu nehmen?« wollte Omia wissen.

»Ein Werk des Zufalls. Wir trafen uns in einem elenden Bergdorf, wo Schurken aus drei oder vier Ländern überwintern wollten. Die Zwillinge köderten uns mit einigen Bruchstücken ihres Wissens und der Aussicht auf große Schätze. Sie sagten, auch andere würden die Stadt suchen, deshalb benötigten sie Schutz. Wie du mit eigenen Augen gesehen hast, haben sie die besten Krieger bekommen.«

Omia lachte. »Bescheiden bist du nicht gerade.«

Conan zuckte mit den Schultern. »Was nutzt Bescheidenheit?«

»Du hast recht. Nun, jetzt weiß ich, warum ihr die Wüste hierher durchquert habt. Aber wie habt ihr eure Dienstherren verloren?«

Er runzelte die Stirn. »Das müßtest du doch am besten wissen. Sie trafen im großen Tempel vor uns ein.«

»Selbstverständlich weiß ich Bescheid«, versicherte sie ihm schnell. »Ich wollte nur sehen, ob du Ausflüchte suchst. Doch scheinst du ein ehrlicher Krieger zu sein, außerdem ein stattlicher und gutaussehender. Was hast du noch über Janagar gehört?« Der plötzliche Themenwechsel verriet ihre Befangenheit. Warum lenkte sie ihn von den Zwillingen ab?

»In der Wüste erzählte mir eines Abends ein alter Mann ein uraltes Märchen von einer sündigen Stadt, welche die Götter erzürnte, worauf diese sie mit einem schrecklichen Fluch belegten. Er sagte, Janagar habe einst inmitten einer blühenden, fruchtbaren Landschaft gelegen. Doch die zornigen Götter verwandelten die grünen Hügel und Täler in eine Sandwüste.«

»Und hat er erzählt, worin Janagars Vergehen bestand?« fragte sie.

»Es war wie bei den meisten alten Geschichten: Die Bewohner Janagars wollten sich zu den Göttern erheben, indem sie nach dem Geheimnis der Unsterblichkeit strebten. Daraufhin wurden die Götter eifersüchtig.«

Omia lächelte bei diesen Worten. »Du bist bei alten

Geschichten mißtrauisch? Für so klug hätte ich dich gar nicht gehalten.«

»Ich glaube den Legenden meines Volkes«, erwiderte er. »Ich sehe aber keinen Grund, den Geschichten anderer Glauben zu schenken.«

»Sehr klug. Nun, Fremdling, ich werde dir die wahre Geschichte Janagars erzählen, nicht diese übertriebenen Erzählungen, die ungebildete Märchenerzähler seit Generationen weitergeben. Nein, ich erzähle dir die wahre Geschichte, wie sie die Menschen, die alles miterlebten, in Stein gemeißelt haben. Ihre Nachkommen, zu denen ich zähle, haben das Werk fortgeführt. Die Geschichte ist seit den Tagen des Ruhms bis heute nicht unterbrochen worden, deshalb kannst du mir glauben.«

Conan leerte das Glas und nickte. »Ich höre.«

Omia klatschte in die Hände, und sogleich brachte die Sklavin zwei volle Gläser; die leeren nahm sie mit, als sie ging. Nachdem sie verschwunden war, begann Omia.

»Wisse, Fremdling, daß Janagar mit den Opaltoren fünftausend Jahre lang als Königin der Welt herrschte, als der Mittelpunkt eines Reichs, dessen Name in den barbarischen Legenden der Menschen dieses Zeitalters nicht mehr erscheint.« Conan hatte das Gefühl, daß Omia die rituelle Formel einer alten Legende vortrug. »Als der letzte goldene Ziegel auf die Kuppel des letzten großen Tempels von Janagar gelegt wurde, war Python nur eine Ansammlung armseliger Hütten mit Strohdächern, welche die primitiven Schlangenanbeter gebaut hatten, die die Geheimnisse der Schreibkunst nicht kannten und die auch nicht mehr von Zauberei verstanden als die ungewaschenen Schamanen und Scharlatane.«

»Das ist in der Tat lange her«, meinte Conan.

»Länger, als dein barbarischer Verstand begreifen

kann«, versicherte sie ihm. »Doch selbst in jenen Ruhmeszeiten war Janagar bereits so alt, daß ihre Frühgeschichte nur bruchstückhaft überliefert ist. Selbst die höchsten Kulturen fangen mit primitiven Dörflern an, die Schriftzeichen in Holz ritzen und auf Leder oder auf Pergament malen. Alle diese Zeugen gehen im Lauf der Zeit unter. Wir wissen aber so viel: Janagars anfängliche Macht beruhte wie bei den meisten Stadtstaaten auf der Macht des Schwertes. Janagars Truppen vernichteten jeglichen Widerstand, unterjochten andere Völker und heimsten Reichtum ein. Mit der Militärmacht kam unvorstellbarer Reichtum. Die Bewohner Janagars lernten, daß Reichtum Macht bedeutete und eine edlere Macht war als die des Schwertes; denn mit dem Reichtum konnten sie andere anheuern, die für sie das Schwert trugen. Dadurch konnten die edlen Herren Janagars sich wertvolleren Aufgaben widmen.«

Für den Cimmerier war das gleichbedeutend mit Verkümmerung, doch hielt er klugerweise den Mund.

»Viele, viele Jahrhunderte lang genossen die Herren von Janagar die Freuden grenzenloser Macht, verbunden mit unermeßlichem Reichtum. Sie konnten sich jede Laune erfüllen. Aus den fernsten Ecken der Welt schaffte man die seltensten exotischsten Kunstwerke für die Sammlungen der Adligen herbei. Die schönsten Töchter und Söhne aller Nationen kamen als Sklaven nach Janagar. Sie wurden mit Seide und Juwelen behängt und servierten an Janagars Tischen die erlesensten Weine und köstlichsten Delikatessen der gesamten Welt.«

Conan hätte am liebsten gesagt, daß Pilze ein herber Abstieg nach diesen Schwelgereien seien, doch schwieg er.

»Aber im Lauf der Zeit«, fuhr sie fort, »werden selbst die Freuden grenzenlosen Reichtums schal. Die Herren Janagars stellten fest, daß diese Güter lediglich

Schätze der materiellen Welt waren und daß es darüber hinaus noch andere Freuden gab: übersinnliche Schönheiten und Ekstasen, welche nur Kundigen offenstanden, die über den Mut verfügten, sich dieses Wissen zu verschaffen.« Omia nahm einen Schluck Wein. Verträumt blickte sie vor sich hin.

»Damals war die Menschheit jung«, sagte sie beinahe flüsternd. »Man wußte nur wenig, was über den Gebrauch von Stein und Metall hinausging. Auch die Herren Janagars hatten anfangs nur wenig Kenntnis der Geisterwelt. Zwar war die Menschheit jung, doch andere waren es nicht.«

»Was meinst du damit?« fragte er. Seine Nackenhaare stellten sich auf.

»Ich meine, daß der Mensch in jener Zeit nicht das einzige denkende Wesen war. Es gab noch andere, die viel älter waren. Ihr Wissen war, verglichen mit dem der Menschen, wie das eines alten Weisen mit dem eines Kindes. Diese Wesen waren längst vergreist und ihre Reiche zerbröckelt, aber sie existierten weiter in den hintersten Winkeln der Welt. Im letzten großen Zeitalter der Priesterkönige machte sich der Orden auf, um die Welt nach den verbliebenen Vormenschen abzusuchen und ihnen ihre Geheimnisse zu entreißen. Diese Expeditionen zogen sich über Jahrhunderte hin. Karawanen machten sich auf den Weg, Schiffe segelten über die Meere. Alle hatten nur diese eine Aufgabe. Generäle führten große Armeen. Kaufleute boten Unsummen als Bestechungsgelder. Sogar Einzelkämpfer, Abenteurer wie du, zogen aus. Sie hatten nur das Schwert im Gürtel und den Glanz der Belohnung in den Augen. Und dann fand man diese seltsamen, geisterhaften Geschöpfe.« Omias Augen und ihre Stimme verrieten die Ergriffenheit bei dieser Erinnerung an die Menschheitsgeschichte. »Einige hätte man trotz vorhandener störender Unterschiede für Menschen halten können. Andere glichen Menschen nur in der Gestalt. Wieder andere besaßen nichts Menschenähnliches. Und alle hatten viel Wissen weiterzugeben.«

»Solches Wissen sollten die Menschen am besten nicht anrühren«, sagte Conan.

»Die Großen Janagars waren nie wie andere, minderwertigere Menschen«, sagte Omia verächtlich. »Wage nicht, uns nach deinen primitiven, barbarischen Vorstellungen zu beurteilen. Wir ernteten von diesen fremdartigen Wesen Schätze an Wissen, von denen man nicht einmal träumen kann. Die Zauberer Janagars hätten mit ihren tolpatschigen Experimenten Äonen gebraucht, um das Wissen zu erwerben, das wir von jener unheimlichen Rasse in wenigen kurzen Jahrhunderten erlangten. Zauberer, die ihr Bewußtsein nur einige Meilen weit aussenden konnten, vermochten jetzt in Trance ferne Sterne zu besuchen. Durch die Verständigung mit den übermenschlichen Wesen auf dieser Welt lernten sie, mit Intelligenzen anderer Planeten und anderer Welten zu sprechen.«

»Ein weiser Mann bewegt sich auf den eigenen Beinen fort«, erklärte der Cimmerier mit finsterer Miene. »Oder auf den Beinen von Tieren.«

»Sei nicht so schwer von Begriff«, meinte sie. »Trotz deines eindrucksvollen Körpers und der prächtigen Muskeln könntest du mich langweilen, wenn du weiterhin so engstirnig bleibst. Möchtest du meine Geschichte hören?«

»Verzeih mir. Ich höre.« Wenn Omia ihn für dumm hielt, war das nur günstig.

»Das klingt schon besser. Du mußt wissen, daß es im Leben einer jeden Kultur eine Zeit des Wachsens und Zeiten des Stillstands gibt. Wenn die Zeit des Stillstands zu lange währt, setzt Fäulnis ein, und die Kultur bricht zusammen. Mit jeder verjüngenden Energiequelle wächst die Kultur und dehnt sich aus, erprobt die Kraft ihrer Glieder, ehe sie in Selbstzufriedenheit versinkt. So war es immer mit Janagar. Als junges, barbarisches Volk waren wir trunken von der Macht des Stahls, der Bronze und des Blutvergießens unserer Feinde. Dann dehnten wir uns mit der Macht des Goldes und anderer Reichtümer aus. Uns ergriff der Rausch des Erwerbs. Letztendlich verschafften wir uns die höchste Macht, die Zauberei, und zwängten der Menschheit unseren Willen auf. Doch selbst uns waren Grenzen gesetzt. Als junges Volk lernten wir die Grenzen der Macht der Waffen. In unserem mittleren Alter fanden wir heraus, daß einige Dinge selbst mit größtem Reichtum unerreichbar waren. In unserem Endstadium mußten wir lernen, daß es für uns als Menschen Grenzen der Zaubermacht gab, die wir uns zunutze machten.«

»›Als Menschen‹ hast du gesagt?«

»Ja. Du hörst mir ja tatsächlich zu. Es ist wahr. Wir wußten, daß wir die Welt mit denkenden Wesen teilten, welche keine Menschen waren. In anderen, jenseitigen Welten gab es Rassen, die unendlich alt und unendlich mächtig waren. Es verletzte unseren Stolz, daß wir ihnen nicht gleichwertig waren. Das menschliche Gehirn war nicht für ihre Kräfte gebaut. Der menschliche Körper konnte nicht lange genug leben, um viele Künste vollständig zu meistern, welche bei anderen Rassen üblich waren. Man beschloß, daß die Herren von Janagar sich irgendwie die Substanz der nichtmenschlichen Rassen einverleiben sollten.«

Conan lief es eiskalt über den Rücken. Er erinnerte sich an das künstlerische Motiv, das er überall in der Stadt, oben und unten, gesehen hatte: Ketten verschlungener Gestalten, Menschen und Dämonen, die sich in unaussprechlich schamlosen Stellungen paarten.

»Und so geschah es«, fuhr Omia fort. »In Janagar

paarten sich Männer und Frauen mit Wesen auf unvorstellbare Art und Weise, obgleich ihr Blut sich nie mit dem von Sterblichen hätte mischen dürfen. In den letzten tausend Jahren unserer Stadt wurde es zu einem Ritual und zum Kern unserer Religion. Die Sprößlinge dieser Paarungen waren unglaublich seltsam. Mischlinge von Fremdweltlern und Menschen saßen auf Janagars Thron und nahmen an Beratungen teil, bei denen jeder heutige Mensch vor Entsetzen den Verstand verlöre.«

»Das glaube ich«, sagte der Cimmerier.

»Der Preis war grauenvoll, aber die Zauberer Janagars hätten jeden Preis bezahlt, jedes Opfer ertragen, um Wissen zu erwerben. Und sie erwarben großes Wissen. Sie drangen in die tiefsten Geheimnisse der Materie und des Geistes vor. Sie konnten sich alle Kenntnisse verschaffen, nach denen es sie gelüstete. Alle Geschöpfe dieser Welt wurden ihre Sklaven. Selbst einige Wesen von anderen Welten und anderen Ebenen verneigten sich vor ihnen.«

»Aber nicht alle?« fragte Conan.

»Nein«, gab sie zu. »Nicht alle.« Zum erstenmal schlich sich ein Zögern in ihre Stimme. »Es waren Wesen von höheren Ebenen, Wesen mit Macht, die anderen die Sinne schwinden ließen. Die Magier Janagars nannten sie deshalb nur die Mächte. Anfangs schienen sie unglaublich groß zu sein, aber sie hatten für Menschen ebensowenig übrig wie die verfluchte Sonne. Was immer sie taten, Menschen kümmerten sie überhaupt nicht – weder in dieser noch in einer anderen Welt.«

»Waren diese Mächte Götter?« fragte Conan mit flauem Gefühl.

»Wer weiß schon, was ein Gott ist?« meinte Omia und winkte ab. »Oft ist ›Gott‹ nur ein Wort, mit dem Menschen etwas bezeichnen, das sie nicht verstehen, aber fürchten. Für Wilde sind Tiere, Flüsse, Stürme und Blitze Götter. Manche halten das Feuer für einen Gott. Viele haben sogar die verfluchte Sonne angebetet. Oft gleicht der Gott Menschen, für gewöhnlich ist es nur ein Ahne, der maßlos überzeichnet wurde, weil sein Name der älteste ist, an den die Nachkommen sich erinnern. Die damaligen Zauberer hatten längst aufgehört, an Götter zu glauben. Aber sie glaubten an die Mächte.«

Inzwischen waren die Gläser wieder leer. Omia klatschte in die Hände. »Dies ist eine lange Geschichte, die ihre Zeit braucht. Laß uns Erfrischungen zu uns nehmen.« Die Worte waren ihr kaum über die Lippen gekommen, als zwei Sklavinnen erschienen. Die eine brachte weiteren Wein, die andere ein Tablett mit Speisen. Die Frauen verneigten sich und verschwanden.

»Komm, iß!« forderte Omia den Cimmerier auf und deutete auf das Tablett. Conan griff zu. Die Pilze, die auf verschiedene Art zubereitet waren, ließ er samt den dazugehörigen Soßen liegen. Auf dem Tablett waren auch getrocknete Datteln, Rosinen und Feigen, dazu verschiedene eingelegte Früchte. Er aß Honigfeigen und spülte sie mit einem Schluck Wein hinunter. Diese Früchte waren typische stygische Erzeugnisse. Er nahm eine Handvoll Datteln und hielt sie Omia hin.

»Diese Früchte sind niemals hier unten gewachsen«, sagte er.

»In der Tat, das sind sie nicht«, gab sie ihm recht. »Aber wir sprechen nicht über so läppische Sachen wie Datteln, sondern über viel höhere Dinge.« Es war klar, daß sie nicht gewillt war, den Ursprung dieser Früchte preiszugeben.

Er gab sich gleichgültig. »Ja, Früchte sind wahrlich ein läppisches Thema im Vergleich zum Aufstieg und Fall eines Imperiums. Ich habe sie nur erwähnt, weil sie mir besser schmecken als eure ewigen Pilze.«

Sie lächelte. »Wir haben es in der Zucht von Pilzen zu einer Meisterschaft gebracht, die bei weitem gewöhnliche Pilze übertreffen. Allerdings erwarte ich nicht, daß du den Unterschied merkst. Vor langer Zeit haben wir gelernt, Dinge zu züchten, welche die verfluchte Sonne nicht brauchen. Unser Tisch ist reich und mannigfaltig gedeckt, doch dir mangelt es an Geschmack, diese Köstlichkeiten zu würdigen.«

»Oben gibt es für gewöhnlich kräftigere Kost«, sagte er. »Aber über deinen Wein beschwere ich mich keineswegs.« Er schwenkte das dritte Glas, als wäre er bereits ein wenig betrunken. Dabei hätte er als Cimmerier diesen goldenen Wein stundenlang trinken können, ehe er tatsächlich betrunken war.

»Vielleicht solltest du ihm ein wenig langsamer zusprechen«, meinte Omia. »Wenn du es übertreibst, bist du später zu nichts mehr zu gebrauchen.«

Er lachte schallend. »Ha! Ich kann wie ein Kamel trinken! Keine Angst. Es bedarf schon anderer Schwächungen, um die Manneskraft Conans des Cimmeriers zu lähmen.« Wieder lachte er und hoffte, sein Prahlen werde sie in der Meinung bestärken, daß er ein hirnloser Muskelprotz war. Ihm war klar, daß er nicht wegen seines scharfen Verstandes reizvoll für sie war.

»Es freut mich, das zu hören«, sagte sie. »Du wirst auch bald erfahren, weshalb. So, wo waren wir stehengeblieben?«

Conan aß eine Melonenscheibe, die in Ingwersirup eingelegt war. Er sehnte sich nach richtigem Fleisch. »Die Mächte«, meinte er.

»O ja. Nun, dann fahre ich fort. Durch die Vermischung von Menschen mit Nichtmenschen in sämtlichen Spielarten war es den Magiern Janagars gelungen, auch gewisse Künste zu meistern, die für reine Menschen unerreichbar waren. Sie übten diese Künste aus und vollbrachten ständig neue unvorstellbare Taten. Doch dabei überschritten sie eine unsichtbare, unbekannte Linie und lenkten die Aufmerksamkeit der Mächte auf sich. Anfangs versuchten die großen Magier mit diesen Intelligenzen ebenso zu verfahren wie mit allen anderen. Sie wollten von ihnen lernen und sich ihr Wissen aneignen.

Doch es sollte nicht sein. Die Aufmerksamkeit der Mächte bedeutete ihren gnadenlosen Haß. Die Zauberer, die mit ihnen Verbindung aufnahmen, wurden einer nach dem anderen durch Zaubersprüche ausgelöscht, die so schrecklich waren, daß die Erde in ihren Grundfesten erbebte, wenn einer der großen Zauberer von ihnen getroffen wurde. Hast du auf deinen Reisen nicht viele Geschichten über Katastrophen gehört, die in grauer Vorzeit stattfanden?«

»Ja, davon habe ich gehört. Schwere Erdbeben, weltweite Fluten und schreckliche Vulkanausbrüche spielten in jeder Sage, die man mir erzählte, eine Rolle.«

»Und kam in diesen uralten Mythen nicht immer auch ein Krieg zwischen Göttern oder zwischen Göttern und Giganten oder Göttern und Menschen vor?«

»Allerdings«, bestätigte er. »In meiner Heimat Cimmerien gibt es solch eine alte Sage von einem großen Kampf zwischen unserem Gott Crom und Ymir von Aesir. Dieser Kampf hat die Erde erschüttert. Alle Völker kennen solche Berichte.« Ohne Omia zu fragen, füllte er sein Glas aus der Karaffe, die neben den fast leeren Essensplatten stand.

»Alle diese Geschichten stammen aus jenem epochalen Kampf zwischen den Mächten und den Magiern von Janagar. Er zog sich über Jahrhunderte hin und veränderte den Zustand der gesamten Welt.«

»Wenn die Mächte so gewaltig waren, verstehe ich nicht, weshalb der Kampf so lange dauerte«, warf Conan ein. »Diese gottähnlichen Wesen hätten doch imstande sein müssen, die Zauberer mit einem Schlag zu vernichten, ganz gleich, wieviel Macht diese nach menschlichem Ermessen hatten.«

»Eine gute Frage! Aber bedenke, daß die Magier Janagars zu dieser Zeit nicht mehr *richtige* Menschen waren. Sie hatten die höheren Künste so gemeistert, daß sie den Mächten kaum nachstanden. Nur in brutaler Gewalt waren sie weit unterlegen. Diese Kämpfe tobten auch in anderen Welten und auf anderen Ebenen. Viele, viele Jahre bemühten sich die Magier Janagars den Standort unserer Welt vor den Mächten geheimzuhalten, weil es Ziel der Mächte war, die Heimatwelt ihrer Feinde zu zerstören. Das hatten sie bereits sehr oft früher getan, wie man berichtete.«

»Eure Zauberer haben sich mit Dingen befaßt, von denen sie lieber die Finger hätten lassen sollen«, sagte Conan.

Omia hob anmutig die schönen Schultern. »Es entspricht nicht dem Charakter wirklich großer Menschen, sich einer Herausforderung zu entziehen, ganz gleich, wie die Aussichten sind und wie schwerwiegend die Folgen sein mögen.«

»Aber sie haben die gesamte Welt aufs Spiel gesetzt«, entgegnete Conan.

»Na und? Verlieren bedeutete die Vernichtung Janagars und aller seiner Bewohner. Falls diese Katastrophe eintrat, spielte es wirklich keine Rolle, wenn auch alle minderwertigen Rassen ausgelöscht wurden. Oder weinst du etwa aus Mitleid mit den Ratten und Kakerlaken, die im Feuer verenden, wenn dein Haus brennt?«

»Das ist ein guter Punkt«, meinte Conan. Nicht zum ersten Mal hörte er diese Einstellung. Viele Könige hatten erklärt, daß es ihnen völlig gleichgültig sei, wenn Feuer oder Flut die Erde nach ihrem Dahinscheiden verschlänge.

»Nach geraumer Zeit gab es die größten Magier nicht mehr«, fuhr sie fort. »Und wir hatten auch alle höheren Ebenen verloren. Letztendlich bemühten wir uns nur noch in Panik, die vollständige Niederlage abzuwenden und unsere Welt und unser Reich zu retten. Der stärkste Zauber wurde selbstverständlich eingesetzt, um Janagar zu erhalten. Mit anderen versuchten wir die größeren Städte des Reichs zu schützen. Brennpunkte dieser Magie waren die Tempel, wo Tag und Nacht die entsetzlichsten Rituale stattfanden.«

»Welcher Zauber schützte sie vor diesen Wesen?« fragte Conan. Unwillkürlich war er von diesem Bericht über die Todeszuckungen eines Imperiums fasziniert.

»Der letzte Zauber – nachdem alles andere erschöpft war – war der Große Zauber des Nichtwandelbaren. Sobald er wirkte, würde die Stadt, die bisher unversehrt geblieben war, so bleiben, wie sie war – ohne irgendeine Veränderung. Und noch wichtiger war: Sie würde für die Mächte unsichtbar sein. Dadurch hatten diese auch keinen Anhaltspunkt und konnten in diese Welt weder eindringen noch sie zerstören.«

»Gut, das erklärt die Stadt dort oben«, warf Conan ein. »Aber wenn die Mächte diese Welt nie fanden, verstehe ich nicht, wie das Land zerstört und die fruchtbaren Felder Janagars in eine Sandwüste verwandelt wurden.«

»Das war nicht das Werk der Mächte. Um den Zauber zu wirken, war so ungemein viel Kraft nötig, daß die Lebenskraft aus dem Land gesogen wurde. Wie ein Schwamm Wasser aufsaugt, nahm der Zauber die Fruchtbarkeit auf. Janagar lag einst in der Nähe eines großen Flusses. Von ihm bekamen wir durch das großartigste Kanalsystem, das je erfunden wurde, unser Wasser. Dieser Fluß wurde zu einem Rinnsal und verschwand schließlich.«

»Und warum verschwand nicht auch Janagar?«

fragte der Cimmerier, obgleich er die Antwort bereits kannte. »Wenn das Wasser einer Stadt versiegt, gibt es auch die Stadt nicht mehr. Das habe ich selbst gesehen, wenn die Aquädukte einer belagerten Stadt zerstört wurden und sie keine Quellen hatte. Sobald die Zisternen ausgeschöpft sind, ist der Tod sicher.«

»Selbst du dürftest die Antwort erraten haben«, sagte sie und lächelte. »Wir haben gegraben, bis wir den Fluß wiederfanden. Er hatte das Land oben verlassen, floß jedoch noch durch ein riesiges unterirdisches Höhlensystem. Die Hohenpriester Janagars erklärten, die Sonne sei verflucht, und wir müßten ein neues Janagar aus den Eingeweiden der Erde graben, wenn wir nicht elendig sterben wollten.

Doch um den Großen Zauber des Nichtwandelbaren zu erhalten, mußte die Stadt oben genauso erhalten werden, wie sie an dem Tag war, als der Zauber ausgesprochen wurde. Aus diesem Grund ziehen jede Nacht – sobald die verfluchte Sonne untergegangen ist – Scharen von Handwerkern und Künstlern durch den großen Tempel in die Stadt hinauf, um jeden noch so kleinen Schaden zu beheben, den die Zeit angerichtet hat. Da jedoch weder Sand noch Wind von der Wüste eindringen und es nie regnet, sind diese Schäden unerheblich.«

»Was wurde aus den anderen Städten des Imperiums?« fragte Conan.

»Denen fehlte der eiserne Wille Janagars. Einige bestanden noch mehrere Jahrhunderte lang, doch hielten sie ihre Stadt nicht unverändert, und damit erlosch der Zauber. Nach und nach verloren wir die Verbindung zu ihnen. Aber dann hatten die Mächte wohl das Interesse verloren, denn sie machten keinen Versuch, durch ihre Ruinen in unsere Welt einzudringen.«

Conan erinnerte sich an die Tempelruine, in der er die Zwillinge mit dem uralten Greis gesehen hatte.

Diese Ruine mußte das Überbleibsel einer der Städte des Reichs von Janagar gewesen sein. Jetzt standen nur noch die Ruinen eines einzigen Gebäudes. Und vom Zauber des Nichtwandelbaren war lediglich ein rechteckiger Grasfleck übrig, auf dem kein Tier weiden wollte.

»Und seitdem lebt ihr hier unten und scheut die Sonne und die reine Luft oben?« fragte Conan.

»So ist es«, sagte Omia, rollte sich auf den Bauch und stützte das Kinn auf die Hände. »Es ist uns gut bekommen, doch ist es ein Leben, das nicht ohne … Folgen ist. Deshalb haben wir an dir und deinen Gefährtinnen Gefallen gefunden.«

»Wieso? Das verstehe ich nicht«, sagte Conan, obwohl er sicher war, daß ihm die Antwort nicht gefiele.

»Zwar hatten wir das dringlichste Problem gelöst, indem wir uns vor den Mächten und vor dem Fluch der Sonne schützten«, sagte sie. »Doch mußten wir auch das rückgängig machen, was wir getan hatten, um die großen Geheimnisse der Magie zu erlernen.«

»Du meinst, die Vermischung von menschlichem Blut mit nichtmenschlichem?« fragte der Cimmerier.

»Genau. Die Leute, die hier mit den unterirdischen Grabungen begannen, hätten nicht wie deine Verwandten ausgesehen – und das ist eine starke Untertreibung.«

Conan bekam eine Gänsehaut bei diesem Gedanken. »Das kann ich mir gut vorstellen.«

»Wichtigster Punkt war ein genaues Zuchtprogramm, um sämtliche nichtmenschlichen Spuren bei uns zu tilgen. Dazu waren Hunderte von Generationen nötig, doch letztendlich war es geschafft, und die Bewohner Janagars waren wieder echte Menschen.«

Das bezweifelte Conan stark. Um Mensch sein, gehörte mehr dazu, als nur wie einer auszusehen. War das Blut einmal so völlig verseucht, würde es nie wieder rein menschlich werden. Seiner Meinung nach hatten es diese Leute lediglich geschafft, wie Menschen *auszusehen*.

»Wieder einmal mußten wir für unsere Großtaten einen teuren Preis entrichten«, fuhr sie fort. »Von Anfang an war unsere Reserve an Menschenblut sehr klein. Aus übernatürlichen und auch alchimistischen Gründen kommt es zu unerwünschten Folgen, wenn man von einer so kleinen Grundlage ausgehen muß.«

»Viele Worte, um auszudrücken, daß Inzucht Entartung hervorbringt«, warf Conan ein.

»Du vereinfachst das zu sehr«, tadelte sie ihn. »Wir züchten hier keine Tiere. Es geht um den Fortbestand von Menschen. Auf alle Fälle haben wir es so gehalten, daß wir außergewöhnliche Menschen, die zu uns gekommen sind, in unsere Blutlinien einbezogen haben. Doch so wie die Wüste nun einmal ist, geschieht das nicht oft.«

»Warum macht ihr euch nicht auf und sucht frisches Blut?« wollte er wissen.

»Du vergißt, daß wir die Strahlen der verfluchten Sonne nicht ertragen können. Nein, wir bleiben hier, und zur Zucht geeignete Exemplare müssen zu uns kommen. Vor langer Zeit haben wir bereits die Möglichkeiten der Wüstennomaden ausgeschöpft. Eine Zeitlang lieferte uns ein Nomadenstamm hervorragende Gefangene, doch die Wüste wurde zu groß. Letztendlich konnten sie nicht mehr genügend Wasser beschaffen, um sich und die Gefangenen auf dem langen Weg am Leben zu halten. Das waren die letzten Menschen dort draußen, welche die genaue Lage Janagars kannten.«

Conan vermutete, daß dieser Stamm die Wadims waren, von denen der alte Mann ihm erzählt hatte. Ihre Geschichte hatte so seltsam und verworren geklungen, daß sie nur noch eine schwache Erinnerung an eine graue Vorzeit sein konnte, als ihr Stamm jung, die Wüste kleiner und weniger bedrohlich gewesen war.

»Aber mit Hilfe des Flusses habt ihr doch Verbindung zur Außenwelt.« Er sprach sehr langsam und überdeutlich, wie ein Mann an der Schwelle zum Betrunkensein. Schnell goß er sich noch ein Glas Wein ein. »Mich kannst du nicht übertölpeln. Diese Früchte« – schwungvoll deutete er auf das Tablett und hätte fast die Karaffe umgestoßen – »sind von draußen. Und ich habe hier unten ein paar Sachen gesehen, die eindeutig stygisch sind.«

»Wir haben mit einem kleinen Stamm der Flußbewohner Verbindung«, erklärte sie. »Sie leben nahe der Stelle, wo unser Fluß wieder in der Welt der verfluchten Sonne auftaucht. Aber diese Flußmenschen sind klein und nicht gut gebaut, daher bedeuten sie uns nichts. Leider sind sie zu schwach, um für uns geeignete Gefangene zu machen. Sie bewahren Stillschweigen über unser Vorhandensein, damit kein anderer Stamm sie auslöscht, um selbst Handel mit uns zu treiben.«

Conan nickte. »Jetzt verstehe ich, warum ihr euch gern mit uns paaren möchtet«, sagte er mit betont schleppender Stimme. Dann warf er sich in Pose. »In mir fließt das reine Blut Cimmeriens, der Heimat der größten Krieger der Welt. Achilea ist ein Prachtweib und stärker als die meisten Männer. Ihre drei Frauen sind auch nicht zu verachten und besser als alle, die ihr hier unten habt.« Er dachte nach, als wäre er nicht sicher, was er gesagt hatte. »Du natürlich ausgenommen«, fügte er hinzu.

Omia schüttelte den Kopf und lachte. »Du Barbar! Glaubst du wirklich, daß wir wegen deiner Kraft und deines Aussehens unser Blut mit deinem mischen wollen?«

»Ach, nicht?« fragte er, tatsächlich verblüfft.

»Nein, keineswegs. Wir verloren unser Imperium und waren gezwungen, die Nichtmenschen bei uns durch Zucht auszumerzen. Außerdem verloren wir die Fähigkeiten, Magie auszuüben. Wir besitzen viel Wissen, aber keine Möglichkeit, es zu benutzen. Es ist, als säßen wir auf einer riesigen Goldmine, hätten jedoch keine Spitzhacken oder Schaufeln, um sie auszubeuten.«

Wieder lächelte sie. Es war ein eigenartiges Lächeln. Der Cimmerier sah deutlich das Nichtmenschliche darin. »Mit deinem sauberen barbarischen Blut, dem Blut einer jüngeren Rasse, könnten wir unsere Macht und auch die Zauberkraft unserer Vorfahren wiedererlangen. Dann kann Janagar wieder ihren rechtmäßigen Platz als Königin der Welt einnehmen.«

Von allen Gründen, sich mit ihm zu paaren, behagte dieser Conan am wenigsten. »Du willst dich also mit mir paaren?« fragte er.

»Ja«, antwortete sie. »Meiner Meinung nach ist jede weitere Diskussion darüber unnötig.« Langsam setzte sie sich auf. Dabei glitt ihr durchsichtiges Gewand herab, und er sah ihre üppigen Formen.

»Ja, dann laß uns keine Zeit verlieren!« sagte Conan. Er nahm sie in die Arme und küßte sie.

»Warte!« rief sie. »Du bist zu ...«

»Zu *was*?« unterbrach er sie und bemühte sich, ihr Gewand abzustreifen, das sich ihr um den Hals gewickelt hatte. Schließlich riß er es ungeduldig entzwei.

Sie schlug ihm mit den Fäusten ins Gesicht. »Langsam, du betrunkener Barbar!«

Unerwartet ließ Conan sie auf die Kissen fallen. »Ich glaube ...« Er schwankte hin und her, als wären seine Knöchel schlecht gearbeitete Türangeln. »Ich glaube ...« Langsam und majestätisch, wie ein großer Baum, fiel der Cimmerier um. Er landete auf dem Gesicht, ohne mit den Händen den Fall aufzuhalten.

Omia schrie auf und wollte dem drohenden Unheil entkommen, doch war sie zu langsam. Conan preßte sie mit dem Körper auf den Boden.

Mit einem Ruck befreite sich Omia und stand auf. Dann versetzte sie ihrem möglichen Liebhaber mehrere Tritte in die Rippen. »Du Narr! Du betrunkener Barbar! Du elender Schuft!« Doch der Krieger stieß nur undeutliche Grunzlaute aus. Als sie nichts ausrichtete und die Tritte ihr weher taten als ihm, hörte sie auf.

Schwere Schritte näherten sich Omias Gemach. »*Das* ist der große Krieger, der das Krokodil getötet hat«, verkündete Abbadas lautstark.

»Die Frau hat ihm geholfen«, sagte Omia. »Dieser Cimmerier ist ein Tier – ein selten dämliches Vieh! Welcher Mann zieht Wein dem Körper einer Königin vor?« Die Wut in ihrer Stimme hätte auf dem Rücken jeden Mannes Blasen hervorgerufen, der empfindsamer als Conan war.

Abbadas lachte spöttisch.»Aber Omia, wir wollten sie nicht wegen ihrer großartigen Kultur oder feinen Lebensart. Ich werde jedenfalls weder Wein noch Zeit verschwenden, um diese große Frau in die richtige Stimmung zu versetzen.«

»Ich war bei dem Kerl so sicher! Anfangs hielt ich ihn auch für klüger!«

»Ach, hattest du ihn nicht hierherbringen lassen, um mit ihm zu plaudern?« fragte Abbadas mit hohntriefender Stimme.

»Wie oft habe ich Gelegenheit, mit einem Neuen zu reden?« Sie berichtete ihm kurz von der Unterhaltung.

»Du hast ihm weit mehr erzählt, als nötig gewesen wäre«, sagte Abbadas vorwurfsvoll. »Dieser schnarchende Muskelberg muß das alles nicht wissen. Jetzt müssen wir ihn noch schärfer bewachen.«

»Warum?« fragte sie. »Wir benutzen ihn und beseitigen ihn anschließend. Das bißchen, das sich seinem dicken Schädel eingenistet hat, wird ihm nichts nützen.«

»Es gefällt mir trotzdem nicht«, meinte Abbadas. »Die Hoffnungslosigkeit auf eine Flucht ist die beste Fessel für einen Gefangenen. Dieser Barbar soll sich bloß keine Schwachheiten einbilden.«

»Laß ihn fortschaffen!« sagte Omia. »Er beschmutzt mein Gemach. Ich werde es mit ihm erneut versuchen, wenn er wieder nüchtern ist. Beim nächsten Mal werde ich kein Wort an ihn verschwenden. Schaff diesen Kadaver fort!«

»Wie meine Königin befiehlt«, sagte Abbadas und grinste unverschämt. »Wachen!«

Sofort erschienen die Wachen und banden den Cimmerier wieder. Dann schleppten sie ihn stöhnend und ächzend durch das unterirdische Labyrinth Janagar zu seiner Zelle. Sie luden ihn ab, legten ihm aber die Kette an, die in der Wand verankert war. Dann gingen die Wachen. Conan wartete, da er nicht sicher war, wer außer ihm im Raum war.

»Diesmal hat dein Freund uns wenig Freude gemacht«, höhnte Abbadas. »Du solltest nicht so pflichtvergessen sein, denn das würdest du büßen. Halte dich für meinen Befehl bereit, Weib. Ich werde dich schon bald holen lassen.«

Als Antwort spuckte Achilea auf den Boden. Conan hörte, wie Abbadas die Zelle verließ. Seine Schritte verhallten auf dem Korridor.

»Conan, haben sie dich umgebracht?« fragte Achilea besorgt. »Nein, du atmest ja noch. Aber sie müssen dich grauenvoll gefoltert haben, wenn du das Bewußtsein verloren hast. Oh!« Er hörte ihre Ketten klirren und das Entsetzen in ihrer Stimme. »Verdammt, ich komme nicht bis zu dir, Conan. Ach ...« Er hörte, wie sie schnupperte. »Was ist das?« Wie durch Zauberei nahm Wut den Platz der Besorgnis ein. »Wein? Du bist betrunken! Du cimmerischer Schwachkopf! Hat man dich in eine Schenke anstelle der Folterkammer geschafft? So etwas schaffst nur du! Dieses böse Weib will sich mit dir paaren, richtig?« Das Mißtrauen in ihrer Stimme war nicht zu überhören. »Sie hat dich mit Wein abgefüllt, damit du deine Skrupel überwindest, ja? Diese Mühe hätte sie sich nicht zu machen brauchen. Wach auf, verdammt! Ich will hören, wie du mich verfluchst!«

Unvermutet setzte sich der Cimmerier auf. Achilea wich zurück.

»Ich bin überhaupt nicht betrunken. Aber ich habe es genossen, daß du dir Sorgen um mich machst.« Er grinste unverschämt. Die schöne Amazonenkönigin wurde purpurrot.

»Glaubst du etwa, mir läge etwas an deiner armseligen Haut und deinem Wohlbefinden?« fragte sie lahm. »Aber ich brauche deine Hilfe, um von hier wegzukommen.«

»Allerdings, das glaube ich.«

»Nun gut. Wenn du uns hilfst, glaube ich deiner Erzählung, was zwischen dir und dieser Königin der Entarteten geschehen ist.« Ihre Augen hatten sich verengt.

Conan streckte sich auf der Matratze aus, verschränkte die Arme hinter dem Kopf und erzählte Janagars Geschichte, wie Omia sie ihm berichtet hatte. Er erweiterte sie mit Beschreibungen der Königin, ihrer Sklavinnen und des Gemachs. Aus dem Augenwinkel stellte er befriedigt fest, daß Achilea jedesmal die Zähne zusammenbiß, wenn er die Schönheit der Königin erwähnte.

»Und dann hast du so getan, als wärst du betrunken«, sagte sie. »Und sonst ist nichts zwischen euch geschehen? Allerdings würde mich das sowieso nicht kümmern.«

»Ja, so war es«, grinste Conan.

»Nun gut, jetzt wissen wir, daß der Fluß tatsächlich irgendwo hier unten ist. Und das bedeutet, daß wir die Welt draußen erreichen können.«

»Ein Punkt liegt mir im Magen«, meinte Conan.

»Was?«

»Das Krokodil. Was haben sie mit ihm gemacht?«

»Das Krokodil?« wiederholte sie ungläubig. »Was schert das uns, solange es tot ist?«

»Vor allem der Schwanz des Krokodils macht mir Sorgen.«

»Der Schwanz? Hat die Königin dir etwas in den Wein getan, das deinen ohnehin schwachen Verstand noch mehr gemindert hat? Was geht dich der Schwanz des Krokodils an?«

»Gehäutet und ordentlich zubereitet, schmeckt ein Krododil hervorragend«, erklärte er ungerührt. »Bei Croms Gebeinen! Ich habe den Fraß hier unten satt.«

Dreizehn

Die Zeit machte ihnen keine Beschwerden. Als der Cimmerier aufwachte, wußte er, daß er kaum mehr als zwei Stunden geschlafen hatte. In dieser Unterwelt gab es zwar Tag und Nacht nicht, doch hatte ihn sein Zeitsinn nicht verlassen. Ein Geräusch hatte seinen Schlummer gestört. Jetzt wartete er in vollkommener Stille darauf, den Laut nochmals zu hören. Achilea lag auf der Seite und schlief tief und fest. Er bezweifelte, daß ihre Instinkte weniger scharf als die seinen waren, aber sie war noch nie in einem Gefängnis gewesen. Wie die meisten unerfahrenen Menschen hielt sie dicke Mauern, Eisenstäbe und Ketten sicherlich für geeignet, ihr zumindest einen ungefährdeten Schlaf zu gewähren.

Der Cimmerier hatte große Erfahrung mit Gefängnissen aller Art, auch als Galeerensklave. Daher wußte er, daß eingesperrte Menschen unter Bewachung grausamer Wächter wie Ratten in einem Käfig übereinander herfielen. Und im Schlaf war ein Mensch am verletzlichsten. Conan vermochte kaum zu zählen, wie oft er aufgewacht war und hatte sehen müssen, daß ein Mitgefangener im Schlaf mit einem provisorischen Dolch erstochen oder mit den Ketten erwürgt worden war. Es war auch vorgekommen, daß man einem Gefangenen mit einem Stein den Schädel eingeschlagen und ihn dann den Haien zum Fraß vorgeworfen hatte. Und immer hatten Feinde innerhalb des Gefängnisses diese Morde begangen. Oft war er aufgewacht und hatte gesehen, daß ein Mitgefangener nach seinem Blut dürstete. Deshalb schlief er stets ganz leicht, wenn er in Fesseln lag.

Wieder hörte er das Geräusch. Jemand war auf dem Korridor vor der Zelle. Die Schritte verrieten ihm, daß es keine der Wachen war – auch nicht Abbadas. Derartige Feinheiten vermochte er zu hören. Diese Schritte waren leicht. Noch ehe die Gestalt in der Tür erschien, war der Cimmerier sicher, um wen es sich handelte.

Conan lag reglos wie eine Leiche da und atmete so tief wie Achilea. Er war klug genug, nicht so zu tun, als schnarche er. Ein gerissener Gauner durchschaute solche Tricks sofort, und dieser Besucher war ein Veteran. Durch den Spalt unter den halbgeschlossenen Lidern sah er, wie die Gestalt auf allen vieren in die Zelle kroch. Im flackernden Licht der rauchlosen Fackel auf dem Gang schimmerte eine Klinge in der rechten Hand des Eindringlings.

Die Gestalt kam immer näher. Da streckte der Cimmerier so blitzschnell den Arm aus und packte den Besucher am Hals, daß man selbst im hellen Tageslicht nur einen Schatten gesehen hätte. Bei der düsteren Beleuchtung in der Zelle war die Bewegung unsichtbar. Mit dem Daumendruck unterband Conan den Schrei.

Achilea fuhr hoch. »Conan! Was … wer ist das?«

»Unser alter Freund Amram. Warum er hier ist, wird er uns gleich selbst erzählen. Selbstverständlich stirbt er lieber, als daß er redet. Diese Wahl muß er bald treffen.« Amram schlug wild um sich und machte klar, daß er unbedingt sprechen wollte. Conan minderte den Druck ein wenig, damit Amram Luft holen konnte.

»Freunde!« krächzte er. »Ich bin nicht hergekommen, um euch ein Leid zuzufügen. Ich biete euch die Rettung.«

»Ach ja? Und deshalb kriechst du herein wie ein Reptil?« fragte Conan kalt. »Du schleichst dich mit einer Waffe in der Faust an meine Seite?« Er drückte wieder zu.

»Das ist keine Waffe! Schau!« In der Tat lag kein Dolch in seiner Hand, sondern ein glänzender Schlüssel.

»Schon besser«, sagte Conan. »Aber nicht gut genug. Warum hast du uns im Sandsturm verlassen, du Schurke? Wo sind die Zwillinge? Was hast du mit diesen Ameisenleuten zu tun? Und warum hast du uns mit deiner Lügengeschichte hierher gelockt?«

»Bitte, mein Freund, jetzt ist nicht der richtige Zeitpunkt«, klagte Amram.

»Ach, ein Gefangener hat außer Zeit nur wenig«, sagte der Cimmerier. »Ich brenne darauf, deine Geschichte zu hören. Doch diesmal achte ich auf jede Lüge. Sobald ich die erste höre, drehe ich dir den Hals um.«

»Aber mein cimmerischer Gefährte«, sagte Amram, »ich hätte nie gedacht, daß du ein Mann vieler Worte bist.«

»Ich möchte seine Geschichten nicht unbedingt hören«, mischte sich Achilea ein. »Löse jetzt unsere Fesseln, kleiner Mann!«

»Das gefällt mir nicht«, sagte Conan. »Dieses Insekt führt doch nur Menschen in eine Falle.«

Achilea holte tief Luft und blickte ihn empört an. »Falle? Wir sind in einem Gefängnis angekettet, du Schwachkopf! Was könnte noch schlimmer für uns werden?«

»Liebe Freunde«, sagte Amram mit honigsüßer Stimme, »laßt uns nicht streiten. Ich sehe, ihr beiden seid nicht einer Meinung, doch jetzt ist weder Zeit noch der Ort, um das zu schlichten. Erlaubt mir, euch die Freiheit zu bieten. Danach könnt ihr nach Lust und Laune weiter diskutieren.«

»Nun gut«, sagte Conan. »Aber ich lasse mich nicht

täuschen. In diesem Labyrinth ohne Ketten zu sein, bedeutet noch lange nicht die Freiheit. In der Arena trugen wir auch keine Ketten, als wir gegen das Krokodil kämpften.«

»Ich glaube, unsere Lage würde sich sehr verbessern«, sagte Achilea ungeduldig. »Schließ diese Fesseln auf, Amram, ehe ich wahnsinnig werde.«

»Sofort, edle Dame. Doch zuvor muß mein guter Freund, der Cimmerier, die Güte haben, mich loszulassen.«

»Conan!«

»Na gut!« Unwillig nahm er die Hand von Amrams Hals, packte diesen jedoch sofort bei einem Fußknöchel. »Deinen Fuß bekommst du zurück, wenn wir unsere Ketten los sind«, sagte er mit finsterer Miene.

»Du bist in der Tat ein harter Mann, dem man nicht leicht einen Gefallen erweisen kann. Und ich hatte mit Dankbarkeit gerechnet – zumindest mit freundlichen Worten.«

»Wenn wir frei und weit weg von hier sind, werde ich dein Lob in höchsten Tönen singen«, sagte Conan. »Wenn du willst, werde ich einen Sohn nach dir benennen. Aber verrat uns nicht noch einmal!«

In den nächsten Minuten machte Amram sich an den Schlössern der Halsringe und Fußketten zu schaffen. Offenbar war der Schlüssel nicht eigens dafür gemacht, sondern nur ein Rohling. Es war nicht so einfach, damit die Fesseln aufzuschließen.

»Wie gut, daß sie keine Nieten verwendet haben«, sagte er. Endlich fielen die Ketten ab. Die Befreiten rieben sich die schmerzenden Gelenke und dehnten alle Gliedmaßen.

»So, und jetzt befreien wir meine Frauen«, sagte Achilea.

»Dazu ist keine Zeit«, widersprach Amram und

schüttelte nachdrücklich den Kopf. »Es sind nur Dienerinnen. Laßt sie zurück.«

Jetzt war Achilea empört und packte Amram am Hals. »Wäre ich keine Königin und daher nicht verpflichtet, dankbar zu sein, würde ich dir sofort den Hals umdrehen. Mein Gefährte kennt sich mit Ketten und Schlössern hervorragend aus. Ich wette, er weiß, wie man mit deinem Schlüssel umgeht.«

»Ja, das wäre für mich ein Kinderspiel«, sagte Conan und lächelte.

»Na gut!« Amram biß die Zähne zusammen. Offenbar waren beide zum Selbstmord entschlossen. »Ich löse ihre Ketten, aber diese Zeitverschwendung kann uns teuer zu stehen kommen.«

»Verschaff uns unsere Waffen und führe uns hinaus«, sagte der Cimmerier. »Wir sorgen dafür, daß die Ameisenleute alle Kosten übernehmen.«

»Du sprichst allzu zuversichtlich«, meinte der kleine Mann auf dem Weg in die Nebenzelle. Achilea weckte ihre Frauen. Sie legte ihnen die Hand auf den Mund, als sie sie schüttelte. Die drei strahlten vor Glück, waren jedoch so diszipliniert, daß sie kein Wort sagten, als man ihnen die Ketten abnahm. Man hielt sie augenscheinlich für weniger gefährlich als ihre Führer, denn man hatte ihnen nur einen Halsring mit einer Kette angelegt, die an der Mauer befestigt war.

»So, jetzt führ uns zu unseren Waffen und dann zum Fluß«, sagte Conan, als alle frei waren.

»Du scheinst du glauben, das wäre ein fröhlicher Ausflug, und ich könnte euch zu jeder Sehenswürdigkeit führen, die ihr euch einbildet«, entgegnete Amram.

»Dann nur unsere Waffen«, erklärte Achilea. »Wir schlagen uns auf eigene Faust zum Fluß durch. Und wir brauchen unsere Sachen aus den Packtaschen der Kamele. Ich möchte mein Trinkhorn haben.«

»Dein Trinkhorn?« wiederholte Conan und zog spöttisch die linke Braue in die Höhe. Seit Leng hatte er das kostbare Stück nicht mehr gesehen. Achilea hatte es sorgfältig eingepackt.

»Ja, bei meinem Volk ist es ein wertvolles Erbstück von meinen Vorfahren. Ohne das Horn gehe ich nicht.«

»Ich habe gehört, dein Volk wollte nichts mehr mit dir zu tun haben. Aber wenn du das Horn unbedingt haben willst – von mir aus. Ich brauche nur mein Schwert und meinen Dolch.«

Amram blickte beide an, als wären sie exotische wilde Tiere. »Ihr seid verrückt – beide. Ich bin unter Wahnsinnige geraten.«

»Und das schon geraume Zeit«, meinte Conan. »Doch habe ich den Eindruck, daß du immer dein Schäfchen ins trockene bringst, ganz gleich, wo du dich befindest. Also, tue jetzt, was wir von dir verlangen. Ich nehme an, auch du möchtest diesen grauenvollen Ort verlassen.«

»Das wünsche ich mir fast ebensosehr wie mein Leben«, beteuerte Amram aufgebracht.

»Ja, du bist eindeutig ein Mann, der alles erträgt, nur um am Leben zu bleiben«, sagte Achilea. »Also, befolge unsere Befehle.« Sie tätschelte ihm den kahlgeschorenen Schädel, doch war diese Geste noch bedrohlicher als die offen ausgesprochenen Drohungen des Cimmeriers.

Amram seufzte tief. »Nun denn, kommt mit! Aber seid ganz, ganz still. Davon hängt unser Leben ab.«

»Geh voran«, sagte Conan und grinste.

Im Vorraum befanden sich die diensthabenden Wachen. Sie waren entweder tot oder standen unter Drogen. Die Gefangenen stellten nicht eigens fest, was zutraf. Conan hob ein stygisches Schwert auf, Achilea einen Dolch. Ekun wollte eine langstielige Hellebarde mit Widerhaken an sich nehmen, doch Achilea verwehrte es ihr mit einer Handbewegung.

»Keine Waffen mit langen Stielen«, sagte sie ganz leise. »In diesen Gängen sind sie hinderlich, außerdem machen sie Lärm. Nur Handwaffen, sobald wir wieder welche finden.« Die Frauen nickten. Amram spähte auf den Gang, dann nickte er.

»Niemand da«, flüsterte er. »Folgt mir.«

»Deshalb mußt du dir keine Sorgen machen. Ich bin hinter dir«, versicherte der Cimmerier dem kleinen Mann.

»Man könnte denken, ihr würdet mir nicht trauen«, murmelte Amram beleidigt.

Der Cimmerier überhörte die Bemerkung. »Warum ist alles so still?« fragte er. Sie gingen durch Gänge, wo die Fabrikationsräume lagen, wie Conan wußte. Es herrschte Totenstille, alle Räume waren verlassen.

»Es ist Nacht. Sogar hier unten, wo man Sonne und Mond nicht kennt, muß es Tag und Nacht geben. Die Menschen müssen schlafen, und um die Arbeit am sinnvollsten zu organisieren, schlafen alle zur selben Zeit. Nur die Abteilung für die Belüftung ist tätig, und ein paar andere notwendige Arbeiten werden ›nachts‹ durchgeführt.«

»Welche notwendigen Arbeiten?« fragte Achilea.

»Psst!« Amram hob die Hand, um Schweigen zu gebieten. »Jetzt kommt jemand!« Schnell flüchteten sich alle in eine Kammer, in der Reinigungsmaterial aufbewahrt wurde. Sie standen eng aneinander gepreßt zwischen Besen und Eimern.

»Was ist los?« fragte Achilea im Flüsterton. Ihr Körper war an Conans Rücken gepreßt.

»Ich weiß es nicht, aber es ist mir gleichgültig«, flüsterte Conan. »Mir gefällt es hier.« Sie versetzte ihm einen Stoß mit dem Kopf.

»Seid ruhig!« befahl Amram. »Das ist die Patrouille der Feuerwache.«

Zwei Sklaven kamen auf dem Korridor daher. Sie blieben bei jeder Flamme stehen. Conan war aufgefallen, daß nur jede dritte Röhre brannte. Zweifellos war das so, weil es ›Nacht‹ war. Die Männer drehten an den Röhren der brennenden Flammen. Bei jeder dunklen Röhre schnupperten die Sklaven, ehe sie weitergingen. Doch bei einer dunklen Röhre machte der Sklave ein bedenkliches Gesicht und winkte seinem Kameraden. Der andere Sklave holte ein Bronzewerkzeug aus dem Beutel am Gürtel und hantierte damit an der Röhre herum. Der erste Sklave schnupperte nochmals, dann nickte er und ging weiter.

Als die beiden um eine Ecke gebogen waren, verließen die Flüchtigen und ihr Führer die Kammer. »Das hat uns wieder Zeit gekostet«, meinte Amram mit ernster Miene.

»Was haben sie gemacht?« wollte Conan wissen.

»Die Beleuchtungsanlagen müssen ständig überwacht werden«, erklärte ihm Amram. »Sie verbrennen einen natürlichen Dampf, der aus der Tiefe der Erde kommt. Er brennt sauber, ohne Rauch und ohne Geruch. Doch im unverbrannten Zustand ist dieser Dampf ein tödliches Gift. Wenn eine Flamme erlöscht und der Dampf weiter ausströmt, kann er viele Menschen töten, wenn man ihn nicht schnell abstellt. Wenn sich eine große Menge Dampf sammelt, ohne zu verbrennen, würde alles wie ein Vulkan explodieren. In der Vergangenheit sind auf diese Weise Teile der unterirdischen Stadt in die Luft geflogen.«

»Warum hat dieser Sklave so geschnuppert?« fragte Achilea.

»Sie suchen nach Lecks«, antwortete Amram. »Die Röhren bestehen aus Bronze mit Keramikfassungen. Sind sie lange in Gebrauch, können sie sich lockern.

Dann tritt der Dampf in kleinen Mengen aus, die aber sehr gefährlich sind. Deshalb müssen sie ständig überwacht werden. Da der Dampf geruchlos ist, fügt man einen anderen Dampf hinzu, der stark riecht. So kann man ein Leck entdecken.«

»Sie leben nicht nur wie wühlende Insekten unter der Erde, sondern in ständiger Gefahr, zu ersticken oder in die Luft zu fliegen«, sagte Conan. »Was für Menschen sind das?«

Amram zuckte mit den Schultern. »Bist du je auf dem Meer gesegelt? Das Leben an Bord ist bei weitem gefährlicher.«

»Aber dort lebt man zumindest in frischer Luft, unter Sonne und Sternen«, erklärte Conan.

»Jeder nach seinem Geschmack«, meinte Amram. »Ich bin ein sehr toleranter Mensch und finde sämtliche Arten, das Leben zu verbringen, gleich seltsam.«

Schweigend schritten sie durch die schlafende Stadt, breite Korridore und schmale Durchgänge entlang. Sie hörten das Schnarchen aus den Schlafkammern. Sie stiegen lange Treppen und enge Wendeltreppen hinunter. Mehrmals mußten sie sich verstecken, weil Patrouillen die Fackeln kontrollierten. Schließlich gelangten sie zu einem riesigen Raum, in dem es scharf und ätzend roch.

»Das ist die Dampfmischanlage«, erklärte Amram. »Seid vorsichtig. Hier arbeitet man vierundzwanzig Stunden lang.«

Es war eine riesige Höhle. Conan trat zögernd ein. Nicht weil er die Entdeckung fürchtete, sondern weil er abgrundtief alles verabscheute, was so unheimlich wie diese Dampfanlage war. Von Omias Bericht wußte er, daß die Leute hier nicht fähig waren, Zauberei auszuüben, aber dieses riesige Reservoir an brennbarem Dampf reichte aus, um seine barbarischen Instinkte zu alarmieren. Es gab nur wenig Unterschied zu echter Zauberei.

Hier war das Licht schwach, das von schimmernden Pilzen ausging. Der widerliche grüne, blaue, orangefarbene und gelbe Schimmer verbreitete genügend Licht, um die riesigen Tanks aus Bronze zu zeigen, von denen unzählige Röhren in kleinere Fässer führten und wiederum mit vielen Röhren zu Geräten, die Conan nicht kannte. Überall waren Räder in allen Größen zu sehen. Offenbar steuerten sie die Ventile des Dampfzuflusses. Über allem lag der beißende Geruch des Zusatzstoffes. Conan fragte sich, wie jemand *hier* ein Leck riechen konnte.

Zwischen den mysteriösen Röhren bewegten sich Schemen. Einige waren groß, andere wie Zwerge. Conans Nackenhaare kräuselten sich, als er Männer sah, deren Körper und kraftvolle Schultern Gorillas glichen, bei denen aber die Köpfe unnatürlich winzig waren. Er tippte Amram auf die Schulter und deutete auf einen Arbeiter oben auf einem Laufsteg. Dieser berührte mit den Fingerknöcheln beinahe den Laufsteg. Mit offenem Mund und leerem Blick schlurfte er dahin.

»Die sind harmlos«, flüsterte Amram dem Cimmerier ins Ohr. »Diese Sklaven wurden eigens für die Betätigung der größten Räder gezüchtet, die sich oft nur sehr schwer drehen lassen. In einem Notfall ist keine Zeit, Hilfe zu holen. Der Dampf muß sofort abgestellt werden.«

Obgleich Conan nur der Gedanke beherrschte, von diesem Ort fortzukommen, prägte er sich alle Einzelheiten genau ein. Im Vergleich zu der übrigen Stadt war es hier sehr laut. Überall zischte und brodelte es. Metall klirrte. Laute Befehle, das Keuchen der affenartigen Sklaven, deren kleine Nasen und Münder nur mit Mühe genügend Luft für die riesigen Leiber einatmen konnten.

Sie kamen an einem gigantischen horizontalen Rad vorbei, an das sechs Riesenklaven mit den Handgelenken geschmiedet waren. Conan vermutete, daß es sich um das Hauptventil handelte, mit dem man den Dampf für die gesamte Stadt abstellen konnte, falls ein Notfall eintrat. Er fragte sich, wie die Stadt bei völliger Dunkelheit weiterexistieren konnte. Doch die Antwort lag vor ihm: die Pilze, die überall ihr kaltes, gespenstisches Licht ausstrahlten. Zweifellos ließen die Ameisenleute diese Pilze überall in der Stadt wachsen, um ständig eine Notbeleuchtung zu haben.

Ja, sie hatten alles wirklich hervorragend geplant. Aber schließlich hatten ihnen auch viele tausend Jahre zur Verfügung gestanden, um die Kunst, ohne Sonne zu leben, zu vervollkommnen. Bei diesem Gedanken schauderte es ihn. Die Sklaven und freien Arbeiter an diesem Ort zeigten schonungslos die Folgen eines solchen Lebens. Das kalte Licht der Pilze ließ ihre bleiche Haut wie die eines verwesenden Leichnams aussehen.

Nach der Dampfanlage schritten sie durch bekannte Gänge. Hier waren sie entlanggekommen, als sie die Stadt betreten hatten. Als Amram sie eine Rampe hinaufführte, war er ziemlich sicher, daß sie sich dem großen Tempel näherten. Der Gedanke, wieder die Wüste zu durchqueren, behagte ihm nicht sonderlich, doch alles war besser, als die Tage als Gäste von Omia und Abbadas zu verbringen.

Plötzlich schlug Amram einen unbekannten Seitengang ein. »Wohin gehen wir?« fragte Conan und packte den kleinen Mann am Arm. »An diesen Gang erinnere ich mich nicht.«

»Wie könntest du? Aber habt ihr nicht verlangt, eure Waffen und eure Habe zu bekommen?«

Conan lächelte. »Nun, dann weiter!«

Vor einer Biegung blieb Amram stehen. Er zog Conans und Achileas Köpfe zu sich heran und flüsterte kaum hörbar: »Hinter dieser Biegung liegt der Wachraum. Es sollten mindestens zwei Wachen dort sein. Mit denen müßt ihr selbst fertig werden. Eure Sachen befinden sich in dem Raum dahinter.« Der Cimmerier und die Amazonenkönigin nickten und zückten ihre Waffen. Auf Conans Zeichen hin stürmten sie um die Biegung.

Die beiden Wachen standen neben dem Eingang und stützten sich auf ihre Lanzen. Beide waren nur halbwach. Sie trugen schwarze Rüstungen und Tiermasken. Beim Anblick Conans und Achileas waren sie so bestürzt, daß sie kein Wort herausbrachten. Der Cimmerier packte den Mann links am Hals und rammte ihm das Schwert in den Bauch. Achilea durchbohrte dem anderen mit dem Dolch die Kehle. Blitzschnell ergriffen die Amazonen die Wachen und ließen sie zu Boden sinken, ohne daß man einen Laut hörte. Geschickt schoß Amram vor und fing die Lanze auf, ehe diese klirrend umfiel.

Mit dem blutigen Schwert in der Hand stürmte Conan in den nächsten Raum, um es mit weiteren Feinden aufzunehmen. Doch da war niemand. Er musterte den kleinen Raum, der nur zehn Schritte lang war. Truhen standen dort; an den Holzpflöcken an der Wand hingen alle möglichen Gegenstände.

»Ha, dort drüben!« rief Achilea und lief zu dem Pflock, wo ihr Ledergürtel samt Schwert und Dolch hing. Schnell legte sie den Gürtel um die schlanke Taille. Dann bückte sie sich, um das Bündel zu untersuchen, das unter dem Pflock auf dem Boden lag.

Auch der Cimmerier fand seine Waffen. Sie hingen über Wüstengewändern und anderen Dingen. Er legte den Waffengurt an, rollte alles in seinen Umhang und schlang diesen über die Schulter. Achileas Frauen rafften ebenfalls ihre Habe zusammen. Den Dingen, die Kye-Dee und Jeyba gehört hatten, schenkten sie keinerlei Beachtung.

Der Cimmerier vermißte etwas. »Wo sind unsere Kamelsättel und das Zaumzeug?«

»Wahrscheinlich noch auf den Kamelen«, antwortete Achilea. »Das hoffe ich jedenfalls. Damit sparen wir Zeit, wenn wir diesen elenden Ort verlassen.«

»Kommt!« sagte Amram. »Wir halten uns hier schon viel zu lange auf. Bald wird die Stadt aufwachen, und dann wechseln die Wachen eurer Zellen. Ein Alarm breitet sich wie ein Lauffeuer aus.«

»Ich bin bereit«, sagte Conan und verließ den Wachraum. »Jetzt sind wir bewaffnet. Diese Unmenschen sollten sich uns lieber nicht in den Weg stellen!«

Sie eilten die große Spirale der Rampe hinauf. Plötzlich hörten sie Lärm hinter sich. Gongs dröhnten, Alarmglocken schrillten.

»Zu spät, ihr Hunde!« rief Achilea. »Jetzt sind wir außerhalb eurer Reichweite!«

»Nicht so voreilig!« warnte Amram. »Liebend gern bestrafen Götter Sterbliche, die so übereilte Behauptungen aussprechen.«

»Ich fürchte in diesem Augenblick weder Götter noch Menschen oder Teufel«, erklärte Achilea.

Gleich darauf standen sie im düsteren Innern des riesigen Götzenbildes in Janagars größtem Tempel. Immer noch brannten die Dampffackeln in der Bronzestatue. Doch ihre Flammen waren so niedrig, daß man nur undeutliche Schemen wahrnahm.

»Wo ist die Tür?« fragte Achilea.

»Unter den Füßen der Göttin«, antwortete Amram und lief nach vorn. »Hier müssen irgendwo die Hebel sein.« Er legte einen Hebel um. Ketten klirrten, Angeln quietschten. Doch der Lärm hinter ihnen war bereits lauter.

»Sie kommen!« rief Payna. »Es sind viele.« Die drei Frauen stellten sich vor ihre Königin am Ende der Rampe auf. Wie durch Zauberhand hielten sie plötzlich ihre Äxte und Schwerter gezückt. Conan und Achilea hielten ebenfalls ihre Klingen bereit.

»Beeil dich mit der Tür!« rief Conan. »Ich kämpfe lieber draußen gegen sie als in diesem Bronzegrab.«

Die Fackeln loderten plötzlich fünf Fuß hoch, es wurde hell im Innern der Statue. Jemand hatte unten den Dampf aufgedreht. Rein zufällig blickte der Cimmerier nach oben. Immerhin bestand die Möglichkeit, daß auch dort Feinde lauerten. Er sah einen Irrgarten aus Laufstegen und Leitern. Ketten hingen in großen Schlingen herab. Überall große Hebel und Maschinerie, deren Funktion ihm unbekannt war. Kein lebendes Wesen war zu sehen. Doch dann fiel ihm ein purpurner Schimmer ins Auge, den er zuvor schon gesehen hatte.

Es blieb keine Zeit für lange Überlegungen. Die Wachen hatten das Ende der Rampe erreicht. Der Cimmerier lief an den drei Frauen Achileas vorbei und griff sofort an. Stahl traf auf die schwarze Rüstung und drang ins Fleisch und die Knochen vor. Die ersten drei Angreifer waren schnell erledigt. Conan stellte befriedigt fest, daß diese Wachen nicht die gut ausgebildete Truppe war, die sie bei ihrer Ankunft mit Netzen und Lassos empfangen hatte. Jetzt hatten sie es mit gewöhnlichen Wachen zu tun, die als erste den Alarm gehört hatten, aber von dem schnellen Aufstieg ziemlich atemlos waren.

»Gib mir Platz!« rief Achilea. Ihre Klinge pfiff durch die Luft. Zwei Wachen griffen sie an, doch sogleich fielen sie zurück. Dem ersten hatte sie den gesamten Arm aufgeschlitzt, dem zweiten die Arterie am Schenkel durchtrennt, so daß eine Blutfontäne hervorsprudelte. Ihre drei Frauen führten die kurzen Dolche ebenfalls hervorragend gut. Die Rampe war schlüpfrig vom vielen Blut. Verwirrt wichen die Angreifer zurück.

Conan riskierte einen Blick über die Schulter. Amram hatte es geschafft, die Tür einen halben Fuß zu öffnen. Hektisch drückte er auf Hebel und schaute ängstlich auf die Kämpfenden. Nochmals drückte er auf einen Hebel. Metall knirschte. Die Tür öffnete sich wieder einen Fuß breit. Der Cimmerier prägte sich ein, welchen Hebel der kleine Mann betätigt hatte.

»Los!« rief Conan. »Geht durch die Tür. Ich halte sie hier auf und folge euch. Lauft zum großen Tor und unseren Kamelen!«

»Ich gebe nicht mitten im Kampf auf!« rief Achilea zurück. Ihr Gesicht strahlte vor Kampflust. »Und ich lasse auch keinen Mann meinen Kampf für mich austragen.«

Conan schaute die drei Frauen an. »Schafft eure Königin von hier fort!«

Sie nickten. Dann packten sie zu dritt Achilea und führten sie zur Tür.

»Conan!« rief sie. »Du kannst nicht allein bleiben. Sie werden dich töten.«

»Hast du vergessen, daß sie uns lebend haben wollen?« In Wahrheit war er nicht so sicher, daß es immer noch so war. Vielleicht wollte Omia ihn lebend, doch war sie nirgends zu sehen. Und die Wachen hatten womöglich Befehl, alle Eindringlinge zu töten. Dann sah er, wie die Frauen ihre Königin durch die Tür schoben. Amram war verschwunden. Wahrscheinlich war er als erster hinausgeschlüpft, da er wie üblich seine Haut retten wollte. Doch dann war der Cimmerier beschäftigt, denn die Wachen griffen erneut an.

Ein Mann ragte unter den anderen durch seine Größe heraus. Conan vermutete, daß es sich um den Champion handelte. Er trug mehr Rüstung als die anderen und dazu eine Dämonenmaske. In der Hand schwang er einen Streitkolben mit einem Dornenkranz. Mit einem wilden Schrei führte er einen Schlag auf Conans Kopf. Der Cimmerier duckte sich und antwortete mit einem horizontalen Hieb. Doch der Gegner sprang zurück und parierte mit der Keule. Funken stoben auf, als Keule und Klinge aufeinandertrafen. Dann sauste der Streitkolben in einem Halbkreis auf Conans Flanke zu. Conan trat blitzschnell einen Schritt vor und packte den Arm des Gegners oberhalb des Ellbogens.

Im nächsten Moment zerschmetterte Conans Schwertgriff die Maske des Mannes und die Knochen dahinter. Blut spritzte aus den Augenschlitzen. Schreiend fiel der Mann auf den Rücken. Conan entwand ihm den Streitkolben und spaltete ihm damit den Schädel. Unmittelbar danach führte er einen Rundschlag, schlug dem nächsten Gegner die Rippen ein und dem dritten Angreifer das Brustbein. Verblüfft wichen die Wachen zurück. Conan lief zur Tür.

Die Wachen faßten jedoch sogleich wieder Mut und verfolgten ihn zur Tür. Der Cimmerier war zwar bei der Tür, trat jedoch nicht hindurch. Er ließ den Streitkolben fallen, nahm sein Schwert zwischen die Zähne und drückte mit aller Kraft auf den Hebel, der die Tür bewegte. Seine Muskeln traten wie Taue hervor, als sich die Tür vor ihm schloß. Blitzschnell bückte er sich, hob den Streitkolben auf und schleuderte ihn gegen das bronzene Götzenbild.

Mit offenem Mund starrten die Wachen ihn an. Sie vermochten nicht zu begreifen, was sie soeben gesehen hatten. Dann plötzlich erschien Omia hinter ihnen, gefolgt von Abbadas.

»Was geht hier vor? Wo ist …« Da sah sie den Cimmerier, der spöttisch lächelte.

»Du hast bisher nie Stiere gezüchtet, nicht wahr?« höhnte er. »Sonst wärst du vorsichtiger gewesen. Alle

Viehzüchter wissen, daß die besten Zuchttiere auch die gefährlichsten sind.«

»Wo sind die Frauen?« rief Abbadas.

»Was geht dich das an?« rief Conan zurück. »Du wirst nicht lange genug leben, um sie anzufassen.« Danach schleuderte er den Streitkolben auf Abbadas. Diese Waffe hatte ihm noch nie gelegen. Er hatte sie nur aufgehoben, um den Türmechanismus zu zerstören. Abbadas bückte sich so geschwind, daß jeder Akrobat ihn beneidet hätte. Der Mann hinter ihm sank mit zerschmettertem Gesicht zu Boden.

»Tötet ihn!« schrie Abbadas.

»Nein!« widersprach die Königin. »Ich will ihn lebend haben.«

Doch der Gegenstand ihrer Aufmerksamkeit hörte nicht zu. Conan war mit Windeseile zur nächsten Leiter gelaufen. Wieder hielt er das Schwert zwischen den Zähnen. Er sprang bis zu der Leitersprosse hoch, die fünfzehn Fuß über dem Boden war. Wendig wie ein Affe kletterte er nach oben. Er hörte das Schnellen der Sehne einer Armbrust unter sich. Ein Pfeil prallte neben seinem Kopf von einer Bronzeplatte ab. Omia rief etwas. Offenbar war der Schuß gegen ihren ausdrücklichen Befehl erfolgt.

Die Leiter endete bei einem Laufsteg. Dicht hinter Conan kletterten die Wachen herauf. Die Leiter war zu fest angeschraubt. Er konnte sie nicht umstürzen. Wenn er hier stehenblieb, konnte er zwar jedem Angreifer den Kopf abschlagen, der auf den Laufsteg kam, aber er bot auch den Armbrustschützen ein deutliches Ziel. Und einige würden mit Sicherheit auf Abbadas' Anordnungen hören.

»Komm herunter!« rief Omia. »Dir wird kein Leid geschehen.« Abbadas beachtete ihren Ruf nicht und gab zwei Frauen mit Armbrüsten einen Wink. Gleichzeitig zischten ihre Sehnen. Die eine schoß einen bösartigen Bolzen mit Widerhaken ab, die andere einen Pfeil mit Bleispitze, der jeden Schädel durchdringen konnte. Der Cimmerier wich beidem aus, aber nur um Haaresbreite.

»Dafür wirst du sterben, du Verräter!« schrie Omia Abbadas an.

»Das glaube ich nicht«, entgegnete er und trat zu Omia. Es sah aus, als wolle er sie zärtlich umarmen. »Deine zaghafte Herrschaft ist jetzt beendet, meine Königin. Es ist an der Zeit, die Vergangenheit hinter uns zu lassen und wieder in die reale Welt einzutreten.«

»Du hast den Verstand verloren!« schrie Omia und wehrte sich gegen seine Umarmung. »Wir werden alle sterben! Janagar wird untergehen. Du darfst nicht – Wachen!« Das letzte Wort erstarb ihr im Hals, als sie Abbadas' Dolch vor sich sah. Langsam, als wäre es ein Liebesakt, zog er die scharfe Klinge über ihren Hals. Omia öffnete den Mund, um zu schreien, doch nur eine Blutfontäne schoß hervor. Bleicher konnte sie nicht mehr werden. Das Leben wich aus ihren Augen, als sie vor den Füßen ihres Mörders zusammenbrach. Die Wachen standen wir erstarrt da. Sie begriffen nicht, was geschehen war.

»Von nun an werdet ihr mir gehorchen«, erklärte Abbadas ruhig. »Ich bin der neue König Janagars. Mein erster Befehl als Herrscher lautet, diesen Schurken zu töten… Wo steckt er?« Er blickte nach oben, sah jedoch nur einen Wachsoldaten, der soeben das Ende der Leiter erreicht hatte.

Als Conan sah, wie die Königin Janagars starb, gab es für ihn kein Halten mehr. Er hatte erlebt, wie Herrschaftsverhältnisse noch dramatischer wechselten. Er wußte, daß der neue Monarch weniger zartbesaitet war als Omia. Abbadas war nicht darauf erpicht, ihn am Leben zu lassen. Leise lief der Cimmerier zum Ende des Laufstegs, steckte das Schwert in die Scheide und schwang sich mühelos zum nächsten Laufsteg hinauf, schließlich war er in den Bergen aufgewachsen. Keine Bergziege kletterte so sicher und gewandt wie ein Cimmerier.

»Da ist er!« schrie jemand. Sofort zog Conan den Kopf ein, da er wußte, Pfeile oder Bolzen würden dem Schrei folgen. Blitzschnell rannte er ein Stück und sprang in den freien Raum zu einer Kette. Mit dieser schwang er sich zu einer Plattform hinauf, wo viele Hebel und Zahnräder waren. Offensichtlich konnte man von hier aus die beweglichen Teile des Götzenbildes betätigen. Er ging zu einer Ecke der Plattform. Wohin konnte er von hier aus fliehen? Bis zum Boden waren es über hundert Fuß. Zum Glück kannte der Cimmerier keine Höhenangst. Die Wachen dagegen folgten ihm sehr vorsichtig.

Aber sie kamen doch langsam näher. Schon bald würden die zahlreichen Männer, die auf Leitern und Laufstegen heraufkletterten, die Plattform erreichen. Dem Cimmerier war klar, daß selbst der größte Krieger einer derartigen Überzahl weichen mußte. Er blickte nach oben. Dort führte eine wackelige Strickleiter wie eine Spinnwebe hinauf in die Dunkelheit. Und hoch oben saß eine menschenähnliche Gestalt, die purpurn schimmerte und ihm zu winken schien.

Drei Bolzen trafen die Plattform unter seinen Füßen. Ihm blieb keine große Wahl. Geschickt kletterte er die schwankende Strickleiter hinauf. Es war beinahe so, als steige er auf einem Schiff in die Wanten hinauf. Doch kein Schiff hatte so hohe Masten. Pfeile und Bolzen zischten an ihm vorbei. Doch selbst ein guter Armbrustschütze hatte Schwierigkeiten, aus diesem Winkel zu treffen. Conan vermutete, daß die Männer und Frauen nur selten Gelegenheit hatten, ihre Kunst auf eine so beträchtliche Entfernung zu üben. Wären ihm Hyrkanier auf den Fersen gewesen, wäre er inzwischen mit Pfeilen so gespickt wie eine Schießscheibe auf einem Dorffest.

Der Cimmerier vermochte nicht zu sehen, an welcher Stelle er sich im Götzenbild befand. Dunkelheit verhüllte das obere Ende der Leiter wie ein schwarzes Tuch. Nur der Homunculus schimmerte rötlich. Obgleich Conan jegliche Art von Zauberei zutiefst verabscheute, schien dieser Winzling ihm nicht feindlich gesonnen zu sein, was man von den Verfolgern nicht behaupten konnte.

Dann sahen seine an die Dunkelheit gewöhnten Augen noch eine Plattform über ihm. Das bewies, daß die Leiter irgendwo endete. Er waren nur noch ungefähr zwanzig Stege, als die Leiter heftig zu schwanken begann. Conan blickte nach unten und sah die maskierten Wachen. Einer von ihnen war offenbar tapferer als der Rest. Er wagte den Aufstieg auf der schwankenden Leiter.

Schläge gegen Metall hallten durch das Innere der hohlen Statue. Ganz unten bemühten sich die Wachen, die Tür zu öffnen, deren Mechanismus der Cimmerier zerstört hatte. Lachend stieg Conan die letzten Stege hinauf auf die Plattform. Seiner Berechnung nach mußten Achilea und die übrigen inzwischen in der Nähe des Opaltores Janagars ein, wenn sie schnell gelaufen waren und sich in der Stadt nicht verirrt hatten. Das Lachen verging ihm, als die kleine Plattform mit lautem Knirschen nachgab. Sein Gewicht und das des Mannes auf der Leiter hatten sie in der Verankerung gelockert.

Verrostete Nieten flogen ihm um die Ohren. Die Plattform neigte sich. Der Mann unter ihm schrie vor Angst. Conan suchte nach einer Möglichkeit, sich zu retten. Konnte er sich den Weg nach unten freikämpfen, ehe die Plattform vollständig aus den alterschwachen Halterungen brach? Diese Möglichkeit schien ebenso aussichtslos zu sein wie die andere: den Kampf gegen die Überzahl zu überleben. Wohin war der verdammte Homunculus entschwunden?

Dann sah er den purpurnen Schimmer wieder. In der nach außen gewölbten Bronzewand, aus der sich die Plattform löste, entdeckte er einen langen horizontalen Schlitz. Durch diesen Schlitz drang Licht ein. Und da stand der Winzling und winkte ihm heftig. Blitzschnell lief Conan zum Schlitz. In diesem Moment brachen die letzten Befestigungen der Plattform. Quietschend rutschte sie nach unten, wo die Wachen laut aufschrien.

Der Schlitz war kaum so weit, daß Conan den Kopf hindurchstecken konnte. Der Cimmerier mußte etwas Haut und einige Haare opfern, ehe er den unteren Rand der Öffnung gepackt hatte und sich hindurchziehen wollte.

Die Schreie der Wachen verstummten, während Conan mit dem unnachgiebigen Metall kämpfte.

Langsam und quietschend hob sich das Metall über ihm. Conan war sich bewußt, daß nicht einmal er mit seiner bärenstarken Kraft Bronze verbiegen konnte. Irgendwie hing das Oberteil des Schlitzes in Angeln, die jetzt quietschten, weil sie seit vielen Jahren, vielleicht seit Jahrhunderten, nicht benutzt worden waren. Unter Schmerzen schob er die breiten Schultern und die Brust durch die Öffnung. Danach war es leicht. Schweratmend saß er auf einem schmalen geschwungenen Vorsprung. Nachdem er tief Luft geholt hatte, sah er sich um.

Er saß sehr hoch oben, in der Nähe der Tempelkuppel. Unter ihm wölbte sich die Außenseite der riesigen Bronzestatue. Ihm wurde beinahe schwindlig. Dann musterte er den Schlitz, durch den er gekrochen war, und die Halbkuppel darüber. Er mußte lachen. Er war durch ein Auge herausgekrochen, und über ihm hing das bewegliche Lid. Bestimmt hatte früher Feuer im Kopf gelodert, und man hatte die Lider geöffnet, um die Menschen gebührend zu beeindrucken.

Conan lag auf einem Wangenknochen. Doch jetzt mußte er auf den Boden hinab, ohne sich sämtliche Knochen zu brechen und ehe die Wachen unten, die nach seinem Blut dürsteten, die Tür geöffnet hatten. Ihr Hämmern gegen die schwere Bronze hallte durch den Tempel wie ein unvorstellbar großer Gong. Nirgends war der Homunculus zu sehen. Nach der Dunkelheit in der Statue war der Tempel für ihn taghell, dagegen verblaßte der schwache purpurne Schimmer.

Direkt unter dem Cimmerier waren mindestens fünfzig Fuß Luftlinie bis zu den hervorstehenden Brüsten der Göttin zu überwinden. Selbst wenn er diesen Sprung unverletzt überstand, waren die bronzenen Halbkugeln so glatt, daß er mit Sicherheit abrutschen und in den Tod stürzen würde, weil er dann auf dem harten Schoß der Statue landen würde, als ein verspätetes Opfer für eine Gottheit, deren Verehrer vor langer Zeit ihren Tempel aufgegeben hatten.

Die Nase ragte aus dem Gesicht zu weit heraus, als daß er sich um sie herumbeugen konnte. Deshalb blickte er in die andere Richtung. Das Ohr schien Möglichkeiten zu bieten. Die Höhlung war groß genug für ihn, und das Ohrläppchen zierte ein Gehänge, das beinahe bis zur Schulter herabhing.

Mit einem Sprung konnte er die Entfernung vom Wangenknochen bis zum Ohr nicht überwinden. Doch über dem Ohr waren die Haare der Göttin aus Bronzestäben geformt, die aussahen, als trügen sie sein Gewicht. Es war riskant, aber sein Leben war immer ein Wagnis gewesen. Das Hämmern unten klang, als würde die Tür bald nachgeben.

Conan zögerte nicht länger. Er ging in die Hocke und sprang nach oben. Es gelang ihm, die Bronzestäbe zu ergreifen, doch eine Stange gab nach. Schnell packte er eine andere, während die erste klirrend weiter unten auf der Schulter der Göttin aufprallte und unten auf ihrem Schoß landete. Schnell schwang er sich von einer Bronzelocke zur nächsten, ohne an einer so lange zu hängen, daß sie brach und er in die Tiefe fiel. Dann hatte er das Ohr erreicht und plante seinen nächsten Schritt.

An dem Ohrläppchen glitt Conan nach unten bis zu dem Gehänge, das so groß und so kunstvoll wie ein nemedischer Kandelaber war. Der Cimmerier rutschte daran so leicht hinab wie an einer Eiche. Vom Ende des Ohrgehänges war es nur noch ein kurzer Sprung bis zur Schulter der Statue. Von dort aus führte eine Perlenkette über den Körper zur Hüfte.

Conan stieg an dieser Kette nach unten. Anfangs war es leicht, doch nach den üppigen Brüsten hatte er Schwierigkeiten, weil die Finger und die Füße keinen festen Halt fanden. Die leichte Wölbung des Bauches war leichter zu bewältigen. Und bald war er über dem Nabel, der wie der Eingang zu einer Höhle aussah.

Als er die vorspringende Hüfte erreichte, glitt er auf der glatten Oberfläche des mächtigen Schenkels bis zum Fußknöchel hinab. Dann stand er auf dem Podest des Götzenbildes. Ohne Zögern sprang er vom Podest auf den Boden. Er federte mit den Knien den Aufsprung ab.

Aber seine Freude über diese Leistung war kurz; denn dicht hinter ihm flog die Tür auf, die von den Wachen eingeschlagen worden war. Flink wie ein Hirsch lief Conan zum Portal des Großen Tempels und hoffte, die Armbrustschützen stünden nicht in erster Reihe.

Er hatte keine Furcht, im Lauf überholt zu werden, da diese Unterweltmenschen sicher keine guten Läufer waren. Mit langen Schritten lief er zum Portal. Pfeile flogen ihm um die Ohren und prallten auf der Wand ab oder landeten auf dem Boden. Das Portal erschien ihm wie ein sicherer Zufluchtshafen. Sonnenlicht strömte herein, und er wußte, daß die Wachen hinter ihm Sonnenlicht so verabscheuten wie andere die Pest.

Wie der Wind stürmte er durchs Portal hinauf auf den großen Platz. Dabei lachte er triumphierend. Doch das Lachen erstarb ihm in der Kehle, als er Achilea und ihre drei Frauen sah, die längst auf Kamelen sitzen und die Stadt hätten verlassen sollen. Jetzt standen sie da und blickten betreten zu Boden. Hinter ihnen sah Conan über zwanzig Männer, einige Wüstensöhne, andere fremde Krieger. Die beiden Männer neben Achilea kannte er.

»Ich nehme an, du bist Conan aus Cimmerien«, sagte der hagere große Mann, der einen purpurfarbenen Turban trug. »Meinen Freund Vladig kennst du, glaube ich.« Er deutete auf den Mann in roten Stiefeln neben sich. Vladig lächelte Conan spöttisch an.

»Ich bin Arsaces, Magier aus Qum in Iranistan. Gut, daß wir uns treffen, denn wir haben viel zu besprechen.« Beim Reden ließ er violette Kristalle von einer Hand in die andere fließen.

Vierzehn

Ein Mann mit einer Seidenjacke, auf die winzige Stahlplättchen genäht waren, nahm dem Cimmerier Schwert und Dolch ab. Conan prägte sich genau das Gesicht des Mannes und die Farbe seiner Jacke ein, um den richtigen Mann zu erwischen, wenn die Zeit käme, sich die Waffen zurückzuholen.

»Bist du unverletzt?« fragte er Achilea, ohne dem Zauberer zu antworten.

»Wie du siehst, hat niemand uns ein Leid zugefügt, aber wir sind nicht frei«, sagte sie. »Conan, hast du tatsächlich die Tür hinter uns geschlossen?«

»Ja. Ich wollte, daß ihr einen guten Vorsprung habt«, erklärte er. »Ich dachte, ihr hättet inzwischen die Stadt längst hinter euch gelassen.«

»Wie du siehst, nein.« Trotz des Schmerzes sah er in ihren Augen ein Licht, das er bisher noch nicht gesehen hatte. »Ich hätte dir verboten, die Tür zu schließen.«

Er lächelte. »Deshalb habe ich auch nichts gesagt. Ich hatte keine Lust, mit dir zu streiten.«

»Meine heldenhaften Freunde«, sagte Arsaces ruhig, »verzeiht mir, wenn ich euch unhöflich unterbreche. Aber ihr hattet genügend Zeit, euch zu unterhalten, und könnt jetzt ein Weilchen schweigen. Ich dagegen habe äußerst wichtige Dinge zu besprechen. Kommt jetzt mit mir.« Er gab seinen Männern ein Zeichen, und die vier wurden abgeführt. Conan fand es allmählich ekelhaft, dauernd abgeführt zu werden. Er warf einen Blick über die Schulter zurück. Eine Abteilung Maskierter stand im Tempelportal. Auch Abbadas war unter ihnen. Er wußte, daß sie nachts herauskommen würden, sah jedoch keinen Grund, das den jetzigen Häschern mitzuteilen.

»Wo ist Amram?« fragte er leise.

Achilea zuckte mit den Schultern. »Ich habe ihn nicht mehr gesehen, seit wir den Tempel verlassen haben. Soweit ich weiß, ist er immer noch drinnen.«

Conan schüttelte den Kopf. Dieser Bursche war so schlüpfrig wie ein Aal.

Achilea schaute nach oben. »Vor ein paar Tagen hätte ich nie geglaubt, froh zu sein, die Sonne wieder zu sehen. Doch die Vorstellung eines Lebens unter der Erde hat mich geheilt. Selbst als Gefangene ist es hier himmlisch.«

»Schweigt!« rief Vladig.

»Zeig Ehrfurcht vor Höherstehenden, du Hund!« rief Achilea zornig zurück. »Wäre es dir gestattet, mir die Füße zu küssen, würde ich auf dich spucken.«

Vladigs Rechte fuhr zum Schwertgriff. Doch Arsaces gebot ihm Einhalt. »Vladig!« Sofort wurde der Mann ruhig. Conan und die vier Frauen lachten über die Niederlage. Es war eine sehr kleine Genugtuung über die erlittene Demütigung.

Während sie durch den Irrgarten der Stadt marschierten, fiel dem Cimmerier auf, daß sich bei den Bauten etwas verändert hatte. Er stieß Achilea an und nickte mit dem Kopf nach oben. Man hatte ihnen nicht die Hände gefesselt, doch er wollte auffällige Gesten vermeiden. Die Amazonenkönigin blickte nach oben. Jetzt sah auch sie, was Conan bemerkt hatte.

Als sie zum erstenmal die unvorstellbar alte Stadt betreten hatten, war sie ihnen so jungfräulich vorgekommen, als hätte niemals jemand darin gewohnt. Omia hatte Conan erzählt, daß nachts ständig Arbeiten durchgeführt wurden, um alles genau so zu erhalten, wie es gewesen war, als die Bewohner die Stadt für ihre unterirdische Welt aufgegeben hatten. Jetzt hatte sich etwas verändert. Auf vielen Kuppeln prankten keine Halbmonde, Sterne und Sonnen mehr. Auch die Kuppeln selbst waren beschädigt. Einige sahen aus, als hätte man sie mit riesigen Hämmern eingeschlagen. Bei manchen hatte man den Eindruck, sie wären *geschmolzen*. Stein, Glas, Keramik und vergoldete Bronze waren irgendwie flüssig geworden und jetzt zu glänzenden harten Lavamassen erstarrt.

Diese Schändung der Bauten schien planmäßig zu erfolgen, als beginne jemand oben und würde die Stadt Stein um Stein, Ziegel um Ziegel abbauen. Mit Hilfe eines Vorschlaghammers und eines Kuhfußes etwas zu zerstören, war dem Cimmerier vertraut, doch die Tatsache, daß etwas die härtesten Materialien zum Schmelzen brachte, deutete auf das Spiel finsterer Mächte hin, an die der Cimmerier lieber nicht dachte.

Payna stieß ihre Königin und Conan an, als sie an einer schmalen Gasse vorbeikamen. Dort lagen Tote und zerstückelte Leichen. Die noch erkennbaren Gestalten waren wie die Bewohner der unterirdischen Stadt gekleidet und maskiert. Andere waren wohl Sklaven, doch vermochte man das nicht mehr sicher festzustellen, da sie gänzlich verstümmelt waren. Conan erinnerte sich an den massakrierten Stamm, auf den er in der Wüste gestoßen war. Ein widerlicher Aasgeruch schlug ihnen aus der Gasse entgegen. In jeder gewöhnlichen Stadt wären riesige Fliegenschwärme umhergeschwirrt. Conan vermutete, daß es sich bei den Leichen um die Mannschaft der Arbeiter aus der vergangenen Nacht handelte, deren uralte Tätigkeit mit der der Zerstörer der Stadt in Konflikt geraten war.

Sie kamen zur Stadtmauer. Das mächtige Tor stand offen. Dahinter war beim Wassertrog ein Zeltlager aufgebaut. Viele Kamele weideten auf dem Gras. Der

Cimmerier vermochte nicht zu erkennen, ob auch ihre Reittiere darunter waren. Jedenfalls sah er nirgends die prächtigen weißen Kamele der Zwillinge.

Man führte sie zu dem größten Zelt. Wie es in der Wüste üblich war, hatte man drei Seiten hochgezurrt und nur die Hinterwand als Windschutz herabgelassen. Doch gab es an diesem gespenstischen Ort keinen Wind. Doch dann spürte der Cimmerier plötzlich eine leichte Brise. Er blickte nach oben. Die vollkommen runde Schüssel, in der Janagar lag, war nicht mehr so vollkommen. Am Rand gab es Scharten. Vor seinen Augen blies ihm ein Windstoß Sand vor die Füße.

»Setzt euch«, sagte Arsaces und nahm im Schneidersitz auf einem Kissen Platz. »Wartet draußen! Ich möchte mit diesen Menschen ungestört sprechen«, befahl er den Wachen.

»Aber Herr …«, begann Vladig, doch Arsaces winkte ab.

»Ich bin sicher«, erklärte der Magier. Sein Blick und seine Stimme klangen so entschieden, daß niemand an seinen Worten zweifelte. Vladig verneigte sich und marschierte wütend mit den Wachen hinaus.

Conan und Achilea saßen Arsaces gegenüber, nur einen Schritt von ihm getrennt. Achileas Frauen saßen dicht hinter ihr. Wie gewöhnlich massierte Payna die Schultern und den Nacken ihrer Königin.

»Ihr habt mich ganz schön verwirrt«, begann Arsaces. »Ich kam her und erwartete einen Kampf zwischen Zauberern und höheren Mächten. Selbstverständlich hatte ich mit Wachen gerechnet, doch eigentlich mit Abschaum wie dem, den ich angeheuert habe.« Er nickte zu den Wüstensöhnen und Söldnern hinüber, die in einiger Entfernung hockten. Die Nomaden hatten bereits ein Feuer aus mitgebrachtem dürrem Dornengebüsch entfacht und brauten ihren Kräutertee. Arsaces betrachtete seine Gäste, die keineswegs freiwillig hier waren. »Ich hatte nicht mit einem barbarischen Helden und einer Amazonenkönigin gerechnet.«

»Das Leben ist voller Überraschungen«, meinte Achilea so königlich, als säße sie auf einem Thron, umgeben von parfümierten Höflingen.

Der Magier lächelte. »Wer wüßte das besser als ein Zauberer? Doch wart ihr mir dienlich, wenn auch ohne es zu wissen.«

»Du hast den Sandsturm über uns heraufbeschworen«, sagte Conan. »Und ich hege keinen Zweifel, daß du mir auch die Wirbelwinddämonen auf den Hals gehetzt hast.«

Arsaces blickte ihn ausdruckslos an. »Und warum nicht? Ihr habt in meinem Lager spioniert. Derartige Unverschämtheiten lasse ich mir von minderwertigen Kreaturen nicht gefallen.«

»Ich lasse nicht zu, daß man meine Königin so bezeichnet!« rief Payna; trotz ihrer zerlumpten Kleidung glich sie einer Herzogin.

»Deine Königin ist meine Gefangene. Schweig, Weib!«

Achilea tätschelte Paynas Hand. »Ja, meine Gute, sei still! Dieser Mann möchte etwas von uns. Wir müssen ertragen, daß er sich wie ein Edelmann benimmt, bis wir wissen, was das ist.«

Das Gesicht des Magiers wurde tiefrot. Obwohl es ihm schwer fiel, bezähmte er seinen Zorn. »Nun, als erstes wüßte ich gern, was dort unten geschehen ist.«

»Wir haben stundenlang gekämpft und sind um unser Leben gerannt und geklettert«, antwortete der Cimmerier. »Wie wäre es mit Essen und Trinken, ehe wir zum Geschäft kommen? Ein wahrer Sohn der Wüste hätte in seinem Zelt selbst Gefangenen längst Erfrischungen angeboten.«

»Deine Unverschämtheit ist grenzenlos!« rief Arsaces. »Aber ich nehme an, das muß man von einem Barbaren erwarten.«

»Erwarte es von Menschen aus dem Norden«, erwiderte Conan. »Wir sind keine Süßholzraspler und Speichellecker wie deine übrigen Anhänger.« Er warf die rabenschwarze Mähne zurück.

Arsaces klatschte in die Hände und rief Befehle. Gleich darauf kamen Männer und brachten Reiseproviant und mit Wasser vermischten Wein. Nachdem alle gegessen hatten, setzten sie sich auf Fersen und waren zu Verhandlungen bereit.

»Was möchtest du wissen?« fragte Conan. »Du hast den Kampf mit dem Krokodil gesehen. Uns ist dein Winzling aus Kristall in der Arena nicht entgangen. Er dient dir als Ohren und Augen, nicht wahr?«

Jetzt lächelte Arsaces. »Du bist nicht so dumm, wie du aussiehst, Cimmerier. Doch leider nur Augen. Diese Kristalle vibrieren nur auf der Ebene des Sehens, nicht des Hörens. Ja, ich habe den Kampf gesehen. Er war sehr beeindruckend. Da wurde mir klar, daß ihr beide keine gewöhnlichen Menschen seid und eure Anwesenheit hier nicht rein zufällig ist. Laßt uns also damit beginnen, daß ihr mir sagt, wie ihr bei meinem Feind in Dienst getreten seid.«

»Meinst du die Zwillinge?« fragte Achilea.

»Ich meine meinen Feind«, erklärte er entschieden. »Nun redet.«

Achilea berichtete ihm, wie sich alle in dem elenden Bergdorf Leng in den fernen Bergen Brythuniens getroffen hatten und wie sie aus Verzweiflung zugestimmt hatten, die mysteriösen Zwillinge auf ihrer wahnsinnigen Reise in die Wüste zu begleiten. Sie erzählte auch von den geheimnisvollen Kräften, welche die Zwillinge unterwegs eingesetzt hatten.

Dann übernahm Conan und sprach von den seltsamen Ereignissen, die er in den Tempelruinen in Zamora gesehen hatte. Als er die seltsamen Handlungen der Zwillinge, den alten Mann mit weißem Bart auf dem Tempelaltar und die gespenstische Stille danach schilderte, blickte sie ihn vorwurfsvoll an.

»Davon hast du mir nichts erzählt«, tadelte sie ihn.

»Manchmal ist es ratsam zu schweigen«, erklärte Conan.

»Wage es nicht, mir Geheimnisse vorzuenthalten«, warnte der Magier. »Denn ich werde jede Täuschung unweigerlich entdecken. Sprecht weiter.«

Conan erzählte von dem Ritt durch die Wüste, den Kämpfen mit den Banditen und wie sie auf den hingeschlachteten Nomadenstamm gestoßen waren. »Waren die Schlächter deine Häscher?« fragte der Cimmerier.

Der Magier nickte. »Ja, es geschah, um deinen Mut und den meines Feindes zu erproben. Ihm bin ich seit langem aus großer Entfernung gefolgt. Nie hatte ich Gelegenheit, ihn zu sehen oder meine Kräfte mit ihm zu messen.«

»Du sprichst, als gäbe es nur eine Person, nicht Zwillinge«, warf Achilea ein.

»Das werde ich euch alles im Lauf der Zeit erklären«, sagte Arsaces. »Das heißt, falls ihr glaubt, die Mühe einer Erklärung wert zu sein.«

Um die Ruhe wiederherzustellen, berichtete der Cimmerier vom letzten Teil der Reise, von seinem Kampf gegen die Wirbelsturmdämonen und dem schrecklichen Fußmarsch durch die Wüste, bei dem Achilea um ein Haar den Tod gefunden hätte. Der Magier hörte mit ausdrucksloser Miene schweigend zu. Er zog nur die linke Braue hoch, als der Cimmerier Amram erwähnte und die Geschichte des kleinen Chamäleons. Conan kam es vor, als huschte ein Lächeln um die Lippen des Magiers. Doch dann war das Lächeln sofort wieder verschwunden.

Achilea übernahm und berichtete, wie sie über das

Stadttor geklettert und die Janagar erforscht hatten. Allerdings sprach sie hastig, weil sie das alles nicht für wichtig hielt. Als sie von der Gefangennahme im großen Tempel sprach, legte der Magier die Handflächen auf die Knie und beugte sich vor, um alles ganz genau zu hören. Auf dem Teppich vor ihm pulsierte in den Kristallen ein inneres Licht.

Als Achilea zu dem Gespräch Conans mit Omia kam, nahm der Cimmerier den Faden wieder auf. Er wiederholte Omias Geschichte über Janagar wortgetreu. Arsaces nickte mehrmals, als hätte er diese Erzählung erwartet.

Die Amazonenkönigin schloß den Bericht mit der Schilderung ihrer Flucht, wie Amram ihre Fesseln gelöst und sie bis zum Tempel begleitet hatte, danach jedoch verschwunden war. »Ich nehme an, den Rest kennst du ohnehin«, schloß sie.

»Ja – doch etwas nicht«, erklärte er und blickte den Cimmerier an. »Hat Abbadas tatsächlich Omia getötet? Mein Homunculus war so hoch im Götzenbild, daß ich es nicht genau sehen konnte. Und wie ich dir bereits sagte, kann ich keine Geräusche vernehmen.«

»In der Tat hat er es getan«, antwortete Conan. »Er schlitzte ihr die Kehle auf, als wäre es eine Liebkosung.«

»Gut so. Um das Weib ist es nicht schade«, meinte Achilea. Ihre drei Frauen nickten.

»Das würdest du nicht sagen, wenn du es gesehen hättest«, widersprach Conan. »Abbadas ist kein echter Mensch – aber keiner von denen ist das. So, Arsaces.« Seine tiefblauen Augen bohrten sich in die des Magiers. »Wir haben dir die Wahrheit gesagt und nichts getan, was dich bedrohen könnte. Würdest du uns jetzt auch einige Dinge erklären?«

»Nun, warum nicht. Die Geschichte Janagars, welche die verstorbene Königin Omia dir erzählt ist, ist soweit wahr, wie auch sie diese kannte. Das Nationalepos eines jeden Volks wird so erzählt, als gebe es nur diese Nation in der gesamten Welt. Auch bei Janagar ist es so. Das Reich Janagars war riesig, doch gehörten auch Stadtstaaten dazu, deren Glanz etwas schwächer war als der der Königin der Städte. Während der Herrschaft der letzten Priesterkönige Janagars wurden diese Städte unruhig und fürchteten sich vor dem Kurs, den die übermächtigen Zauberer eingeschlagen hatten. Einer dieser Stadtstaaten war Pulawar. Es lag dort, wo jetzt die Grenze zu Zamora verläuft.«

»Wo ich den Tempel gesehen habe«, warf Conan ein.

Arsaces nickte. »Vom einst so prächtigen Pulawar, das es mit Janagar an Glanz aufnehmen konnte, stehen nur noch diese Tempelhülle ohne Dach und der Turm. Die mächtigsten Magier Pulawars vereinigten sich zur Gilde von Murghal. Dieser Name stammte von den Mächten, mit welchen sie auf der sogenannten Ebene gesprochen hatten.«

»Also hatten andere auch Verbindung mit diesen Mächten?« fragte der Cimmerier.

»Ja, aber im Gegensatz zu den Magiern Janagars taten sie es, ohne sich mit nichtmenschlichem Blut zu verseuchen. Der Greis, den du im Tempel gesehen hast, war der letzte Meister dieser Gilde. Das heißt, du hast nur seinen Geist gesehen, denn er ist seit Ewigkeiten tot.«

Die Augen des Magiers verschleierten sich, als befände er sich in Trance. »Unzählige Jahre sind vergangen, seit die Magier Janagars sich mittels des Großen Zaubers des Unwandelbaren zu retten versuchten. Die rivalisierende Gilde von Pulawar bemühte sich, sämtliche Tore zu den höheren Ebenen zu schließen. Danach versuchten sie denselben Zauber, doch waren sie weniger geübt, und Pulawar verfiel zu den armseligen Ruinen, die du gesehen hast. Als der Gilde klar wurde, daß sie nicht überleben würde, schützte man den Ort mit zahllosen Zaubersprüchen und Zauberschriften, die zumindest als Fragmente auftauchten, falls das hochmütige Janagar je wieder die Welt bedrohen sollte.«

»Abbadas!« sagte Conan. »Er sagte, er wolle wieder in die richtige Welt eintreten, als er Omia tötete.«

»Wieder bist du weitaus klüger, als du aussiehst«, sagte Arsaces. »Abbadas ist der Letzte des Herrscherhauses von Janagar. In ihm wurden die gotteslästerlichen, ehrgeizigen Pläne der alten Magier dieser verfluchten Nation wiedergeboren. Vor vielen Jahren begann er über die Möglichkeiten nachzudenken, diese Pläne zu verwirklichen. Von diesem Moment an tauchten die alten Sicherheitsvorkehrungen wieder auf. Gelehrte fanden sie, doch waren sie so bruckstückhaft, daß es vieler Jahre und vieler Beratungen bedurfte, um die Geschichte zusammenzufügen und zu einem Entschluß zu kommen, was dagegen zu tun sei. Einige Magier haben als Einzelkämpfer versucht, Janagar auf eigene Faust zu suchen, um die geheimen Schätze zu bergen. Doch die meisten büßten beim Versuch das Leben ein.«

»Und die Zwillinge hatten einige dieser Schriftstücke entdeckt, welche als Schutz dienen sollten?« fragte Achilea.

Arsaces schüttelte den Kopf. »Nein, sie *sind* eine der Sicherheitsvorkehrungen.«

»Das ist doch Unsinn!« rief Achilea.

»Ach ja?« fragte der Magier. »Euch ist doch selbst ihr unheimliches Benehmen aufgefallen – daß sie wie eine Person sprachen und nie aßen oder tranken.«

»In der Tat«, pflichtete Conan ihm bei. »Aber wie ...«

»Benutz deinen Verstand!« fuhr Arsaces ihn an. »Deine Kamele sind draußen bei der Herde. Hast du ihre seltenen Tiere dort gesehen?«

»Nein«, antwortete Conan.

»Das kommt daher, weil es keine Kamele waren. Ebensowenig waren eure Zwillinge menschliche Wesen. Tatsächlich habt ihr ein einziges Wesen nach Janagar geführt, das viererlei Gestalten angenommen hatte: einen Mann, eine Frau und zwei Kamele.«

»Das ist völlig unmöglich!« rief Achilea.

»Aber warum?« fragte der Magier. »Was wissen wir über die Wesen im Jenseits? Als die Sicherheitsvorkehrungen wieder auftauchten, kam dieses Geschöpf von seiner angestammten Ebene hierher. Seine Ausmaße sind riesig. Es gibt Gründe – die ihr jedoch nicht begreifen könnt –, warum es stets ein Gleichgewicht zwischen Masse und Energie geben muß. Seine Ausmaße vermochte es nicht zu verringern, doch hatte es die Macht, sich innerhalb gewisser Grenzen zu teilen. Um glaubwürdig zu sein, entschloß es sich, zwei Menschen und zwei Tiere zu werden. Wir sind gewohnt, daß Zwillinge sich näherstehen als andere Personen. Die Zwillinge und die beiden Kamele ergaben mehr Sinn als zehn Menschen, die sich alle gleich benehmen, meint ihr nicht auch? Doch selbst dann war es fähig, sich ganz wie ein Mensch zu benehmen.« Gebannt lauschten Conan und die Amazonen.

»Du nennst es deinen Feind – warum?« fragte Conan.

»Es ist hier, um Janagar zu zerstören.«

»Doch du auch, wie mir scheint«, sagte der Cimmerier. »Warum verbündet ihr euch nicht?«

»Weil wir die Stadt aus verschiedenen Gründen zerstören wollen. Es möchte das letzte Tor aufreißen und die Mächte in unsere Welt hereinlassen. Ich dagegen will es für immer schließen. Keiner der Magier aus uralter Zeit, keiner in Janagar oder in Pulawar hat die wahre Natur der Mächte verstanden. Die größten Gelehrten der thaumaturgischen Künste haben sie studiert. Und jetzt wissen alle, daß man nicht leichtfertig mit ihnen umgehen darf. Kein Sterblicher, auch keine Halbmenschen wie die alten Magier Janagars, können mit den Mächten fertig werden.

Die Thaumaturgen Pulawars nannten ihre Macht ›Murghal‹ – obgleich die Mächte eigentlich keine Namen tragen. Sie hielten diese Macht für gütig. Doch haben sie sich geirrt. Sie hatten nur noch nicht etwas von dieser Macht herausgeholt, welches sie als feindlich erkannten. In Wahrheit jedoch sind die Mächte allem feindlich gesonnen – auch untereinander. Ständig bekämpfen und verschlingen sie sich gegenseitig. Beim letzten Kontakt mit Murghal verschaffte sich die Gilde die Kreatur, welche ihr als die Zwillinge kennt. Dieses Wesen kam in diese Welt, ohne zu wissen, wie es die hervorragend verborgene Stadt Janagar finden könnte. Es mußte nach ihr suchen – wie wir übrigen.«

»Warum brauchte diese Kreatur Schutztruppen?« fragte Achilea.

»In dieser Welt ist es verwundbar. Es braucht fast seine gesamte Kraft, um die Pseudogestalt zu erhalten. Außerdem bemühte es sich um ein normales Benehmen. Gelehrte von hoher Herkunft würden niemals ohne eine Eskorte durch wilde Länder reisen.«

»Du gebietest doch über die Wirbelwind-Dämonen«, sagte Conan. »Doch auch sie scheinen in der Geschichte Janagars eine Rolle zu spielen. Wie kommt das?«

»Sie sind – wie mein Feind – eine andere Art von Sicherheitsvorkehrung. Seit dem Sturz Janagars lagen sie tief unter dem Sand der Wüste begraben. Doch ab und zu wurden einer oder zwei zufällig an die Oberfläche gerufen. Daher stammen die Legenden der Wüstennomaden. Diese Dämonen wurden unruhig, als andere Sicherheitsvorkehrungen in Gang gesetzt wurden, und sind in den letzten Monaten wieder aufgetreten. Sie sind dumm und morden blindlings, wie ihr bei dem

Massaker des Stammes gesehen habt, auf den ihr gestoßen seid. Wahrscheinlich wurden noch andere ihre Opfer.«

Arsaces hielt kurz inne. Dann fuhr er mit eisigem Blick fort. »Eigentlich ist es eine Großtat, jemanden zu töten. Wenn ein einzelner Mann gegen zwei Gegner in der Dunkelheit kämpft, den einen tötet und den anderen schwer verwundet, ist das eine Heldentat. Eines der Fragmente über die Sicherheitsvorkehrungen enthielt den Zauberspruch, diese Dämonen zu entfesseln. Deshalb kontrolliere ich sie jetzt. Sie können noch mehr als nur töten. Mit ihren Klauen können sie Steine zerfetzen, und ihre ätzende Körperflüssigkeit löst nicht nur Stein, sondern auch Metall und Glas auf. Mein Abschaum da draußen« – er deutete verächtlich auf seine Söldner – »kann zwar töten, ist aber jeder harten Arbeit abhold. Die Wirbelwind-Dämonen vermögen nur in der Dunkelheit tätig zu werden, deshalb zerstören sie Janagar nachts.«

»Wie lange werden sie brauchen, um das Werk zu vollenden?« fragte der Cimmerier.

»Nicht lange. Es ist nicht nötig, die Stadt vollkommen zu zerstören, um den Zauber des Unwandelbaren zu entkräften. Jetzt schon ist er ernsthaft geschwächt.«

»Noch etwas«, sagte Achilea. »Als wir Amram fanden – oder besser gesagt, als er uns fand –, sprach er von einem Zauberer namens Firagi, den er angeblich nach Janagar geführt hatte. Was das nur eine seiner vielen Lügen?«

Ein Lächeln huschte um die Mundwinkel des Magiers. »Nichts, was er sagt, ist vollkommen erlogen. Aber man darf ihm auch nie ganz glauben. Der Mann, den ihr als Amram kennt, *ist* der Zauberer Firagi.«

»Crom!« fluchte der Cimmerier. »Ist hier überhaupt nichts so, wie es aussieht! Ich hielt mich für einen guten Menschenkenner und hätte geschworen, er sei ein entlaufener Sklave, ein dem Henker entkommener Schurke aus Koth.«

»Das ist er neben anderem auch. Erinnert ihr euch, daß ich von den Einzelgängern unter den Magiern sprach, die auf eigene Faust Janagar suchen? Firagi war einer von diesen. Während seines äußerst bunten Lebens diente er als Sklave einem stygischen Magier. Von ihm erlernte er ein wenig der thaumaturgischen Kunst. Er hat einen schnellen Verstand und ein Talent, in Rollen zu schlüpfen. Viele Jahre lang war er ein Schmeißfliegen-Zauberer, den wir alle verachteten. In der Bruderschaft wurde er nur geduldet, weil er amüsant und zuweilen nützlich sein kann. Ein echter Schurke vermag oft Möglichkeiten zu erkennen, welche einem traditionellen Magier verschlossen bleiben.«

Wieder lächelte Arsaces. »Auf alle Fälle entdeckte Firagi-Amram eines der ersten Bruchstücke: ein Gefäß mit eingravierten Schriftzügen, das in Kesham ein Fischer vor fünf Jahren in einem See mit dem Netz heraufholte. Der Gauner Firagi kaufte es ihm ab und entschlüsselte insgeheim die Schrift. Damit hatte er eine der besten Beschreibungen über Janagar und seine Lage. Als das Gefäß zur Bruderschaft gelangte und diese sie mit anderen Informationen verglich, war er längst auf dem Weg zur geheimen Stadt.«

»Warum hat er das Gefäß nicht behalten oder zerstört?« fragte Achilea.

»Das konnte er nicht. Diese Bruchstücke bergen ungemein starke Zauber. Er vermochte das Gefäß nicht lange in seiner Nähe zu ertragen. Deshalb ließ er es in der Wildnis liegen, sobald er die Geheimnisse entschlüsselt hatte. Doch wie es mit derartigen magischen Gegenständen oft geschieht, wurde das Gefäß schon bald gefunden und zur Bruderschaft gebracht.«

»Was ist mit dieser Bruderschaft?« fragte Conan.

»Es ist eine lose Verbindung zwischen den Meistern

der thaumaturgischen Künste. Oft arbeiten wir allein, aber oft geraten wir in große Gefahr. Dann treffen wir uns und werfen unser gesamtes Wissen zusammen. Wir nennen es eine Bruderschaft. Viele von uns sind rastlos tätig, seit die Sicherheitsvorkehrungen in Gang gesetzt wurden. Fast alles, was wir über Janagar wissen, ist das Ergebnis unserer Forschungen seit diesem Zeitpunkt. Man wählte mich, um die Bruderschaft während der letzten Phase des Versiegelns von Janagar zu vertreten. Doch nicht weil ich der größte Magier wäre – weit gefehlt! –, sondern weil man mich in dieser Gegend am wenigsten kennt.

Doch nun mußte ich feststellen, daß nicht nur mein Feind vor mir gekommen ist, sondern auch daß Firagi bereits seit geraumer Zeit hier ist. Wie üblich hat er das Beste aus seiner Situation gemacht. Nachdem man ihn gefangengenommen hatte, schmeichelte er sich bei Abbadas und Omia ein und wurde zu ihrem Berater. Wahrscheinlich belehrte er die beiden darüber, wie die Welt außerhalb der Wüste beschaffen ist. Zweifellos entflammte er damit Abbadas' Ehrgeiz. Mittels meiner Magie vermag ich auch zu sehen, daß die beiden ihn zu den gleichen Zwecken einsetzten, wie man es mit euch plante.«

»Crom!« entfuhr es Conan. »Die müssen in der Tat *sehr* verzweifelt Zuchtstiere gesucht haben.«

»Warum hat er die Zwillinge – deinen Erzfeind – zur Stadt geführt?« fragte Achilea.

»Wahrscheinlich blieb ihm keine große Wahl. Wie ich bereits sagte, war er kein sehr großer Zauberer. Königin Omia schickte ihn wohl nur hinaus, um harmlose Reisende in die Stadt zu locken. Offenbar konnten sie es feststellen, wenn diese in der Nähe waren. Firagi hatte mit Sicherheit keine Ahnung, was der Erzfeind war, doch dürfte ihm klar gewesen sein, daß er keine gewöhnlichen Zwillinge und ihre Kamele führte. Wie immer trieb er sein eigenes Spielchen und wie immer völlig verrückt.«

»Und du weißt wirklich nicht, wo dein Erzfeind ist?« fragte Conan.

»Nein. Vor zwei Jahren hätte ich gewußt, wo ich nach ihm suchen müßte, doch inzwischen hat dieses Geschöpf viel gelernt und versteht es inzwischen hervorragend, sich zu verbergen. Solltet ihr es wiedersehen, sieht es bestimmt nicht wie die Zwillinge aus – auch nicht wie die Kamele.«

»Ha, warum sollten wir es je wiedersehen?« fragte der Cimmerier empört. »Ich jedenfalls werde auf mein Kamel steigen und von hier fortreiten. Dieser Ort ist mir von Herzen zuwider. Lieber nehme ich die Gefahren der Wüste auf mich.«

»Du vergißt, Cimmerier, daß du inmitten meiner Männer bist – ohne Waffen«, sagte Arsaces.

Conans Augen loderten vor Empörung, doch Achilea legte ihm beschwichtigend die Hand auf den Arm.

»Ich glaube, Conan, jetzt werden wir hören, was er von uns will«, sagte sie.

»Und was ist das?« fragte der Cimmerier mit finsterer Miene.

»Das habt ihr doch inzwischen mit Sicherheit erraten«, antwortete Arsaces. »Ich möchte, daß ihr zurückkehrt in die unterirdische Stadt.«

Fünfzehn

Die Sonne über der Wüste berührte den Horizont und glitt hinab. Der Cimmerier stand am Rand der großen Sandschüssel und betrachtete den langsamen Verfall. Die einst so vollkommenen Konturen waren jetzt gezackt. Wind hatte Sand ins Becken geblasen. Bald war es Nacht und damit Zeit für die Wirbelwind-Dämonen, ihre Arbeit aufzunehmen. In dieser Nacht würde es anders zugehen – und zweifellos lebhafter. Achilea kam wie immer mit schnellen, langbeinigen Schritten den Abhang zu ihm herauf. Als sie neben ihm stand, war bereits die Hälfte der Sonnenscheibe unter dem Horizont verschwunden.

»Nun ja«, meinte sie. Die rote Glut aus dem Westen beleuchtete ihr langes goldenes Haar, das im Abendwind wehte. »Wenn das der letzte Sonnenuntergang ist, den ich sehe, so ist er wenigstens schön.«

»Mir gefällt das alles nicht«, sagte Conan. »Ich mag diese Zauberer und ihr Tun überhaupt nicht. Sie haben unsere Waffen, aber ich wäre auch ohne Schwert bereit, das Risiko der Wüste auf mich zu nehmen. Was sagst du? Nur du und ich?«

Die Amazonenkönigin lächelte, schüttelte aber den Kopf. »Nein, ich erinnere mich nur zu gut an das letzte Mal. Nochmals gehe ich nicht ohne passendes Gewand und ein Reittier hinaus in diese Sandwüste – selbst wenn es ein stinkendes Kamel ist. Und mein Gefolge lasse ich auch nie im Stich – auch wenn es nur noch klein ist.«

»Ja, das ist wohl am klügsten. Nun, einmal sind wir

aus dieser Stadt lebendig herausgekommen, vielleicht schaffen wir es ein zweites Mal«, sagte er. Wie immer haßte er es, nicht sein eigener Herr zu sein.

»Conan, hast du dich nie gefragt, wie ich meinen Thron verloren habe?«

Das kam unerwartet. »Ja, das habe ich mich gefragt.«

»Du hast die Geschichten gehört, wie mein Volk sich fortpflanzt? Wie wir Männer fangen und sie nur lange genug behalten, um Kinder mit uns zu zeugen?«

»Ja, das habe ich gehört.«

»Nun, es stimmt. Nicht lange nachdem ich zur Königin gekrönt wurde, gab es eine solche Zeremonie. Ich wählte sehr sorgfältig unter meinen Gefangenen aus. Er war ein junger Aesir, ein umherziehender Abenteurer wie du, mit sonnenfarbenem Haar, einem lachenden Mund und fröhlichen Augen – nicht so eine grimmige cimmerische Visage.« Sie lächelte, als sie seinen beleidigten Blick auffing. »Wir verbrachten den vorgeschriebenen Monat zusammen. Und während dieser Zeit entflammte in mir eine Liebe zu ihm, die alles übertraf, was ich je zuvor gefühlt hatte.«

»Das war ungünstig, da du ihn hinterher töten mußtest«, sagte Conan.

»Das war meine erste Sünde«, bekannte sie. »Er hieß Aethelwulf, und ich vermochte den Gedanken nicht zu ertragen, daß es ihn nicht mehr geben sollte. Ehe die alte Priesterin ihm auf dem großen Opferstein die Kehle durchschnitt, schlich ich mich in die Höhle der Gefangenen, schlug die Wächterinnen bewußtlos und zerschnitt seine Fesseln. Ich habe ihn nie wiedergesehen. Man hatte mich bei dieser Freveltat auch nicht gesehen, aber der Verdacht fiel auf mich. Meine Schwester Briseis setzte die Gerüchte in die Welt. Monatelang litt ich darunter. Alle meinten, Achilea sei zu zartbesaitet, um Königin zu sein, und daß sie sich dem Willen der Götter unseres Volkes widersetzt habe.«

Conan lachte schallend. »Ich glaube, nur dein Stamm oder ein Barbar wie ich könnten dich je für zartbesaitet halten.«

»Nun, wie auch immer. Das war nur der Anfang. Zu gegebener Zeit brachte man mich zum Geburtsstuhl, um mein Kind zu gebären.«

Conan glaubte zu wissen, was er jetzt hören würde, sagte jedoch nichts. Nur eine schmale Sonnensichel stand über dem Horizont.

»Das Kind war männlich. Die Jahreszeit war schlecht, da für gewöhnlich keine Karawane vorbeikam, um meinen Sohn und die anderen männlichen Kinder mitzunehmen. Deshalb schaffte man meinen Sohn ins Haus der greisen Priesterinnen, damit diese ihn nach uralter Sitte töteten. Ich vermochte diesen Gedanken nicht zu ertragen. Ich stand vom Gebärstuhl auf, kämpfte mich durch die Hebammen und ergriff mein Schwert. Irgendwie brachte ich die Kraft auf, mich ins Haus der greisen Priesterinnen zu schleppen. Dort stand die älteste der Schwestern am Opferstein und hielt dem Säugling die Klinge an die Kehle. Mit einem Schlag trennte ich ihr graues Haupt von den Schultern, dann erschlug ich die anderen Priesterinnen und floh mit meinem Sohn aus dem Haus.

Draußen rannte ich zu meinem Pferd. Alle machten mir Platz. Ich muß so schrecklich ausgesehen haben, daß selbst ein Drache erschrocken wäre! Wie der Wind ritt ich auf einen Berg in der Nähe des Dorfes. Von dort aus sah ich, wie meine Schwester die anderen mit der Peitsche zwang, die Verfolgung aufzunehmen. Ich hob das Kind hoch über meinen Kopf und schrie ihr meine Verachtung entgegen. Dann ritt ich fort.«

Sie machte eine kurze Pause. »Mehrere Monate lebte ich wie ein wildes Tier, stillte meinen Sohn und ernährte mich allein von der Jagd. Dann fanden die Schwestern mich, welche mit mir das vorige Jahr in der Wildnis verbracht hatten. Sie hatten genug von Briseis und wollten lieber mein Leben als Verstoßene teilen. Damals waren es über zwanzig, doch nur Lombi, Payna und Ekun haben überlebt. So, nun weißt du alles. Selbst Jeyba, der mir seit Aethelwulf am nächsten von allen männlichen Wesen stand, hat nie die ganze Geschichte gewußt.«

»Was ist aus deinem Sohn geworden?« fragte Conan.

»Ein Säugling konnte dieses Leben nicht überstehen«, antwortete sie. »Ich gab ihn zu einer Familie, Jägern in den Bergen, und habe ihn im Lauf der Jahre immer wieder besucht. Genannt habe ich ihn Wulf, nach seinem Vater, da unser Volk keinerlei männliche Namen hat. Jetzt ist er zwölf Jahre alt, wenn er noch lebt. Zeit, ihn zu einem Krieger auszubilden.«

Der Cimmerier schwieg eine Minute lang. Dann sagte er: »Achilea, du bist die großartigste Frau, die ich je getroffen habe. Ich meine nicht deine Kraft und deinen Mut, sondern dein Herz. Für mich bist du die einzige wahre Königin, die ich kenne, und ich habe viele Frauen gesehen, die auf einem Thron saßen. Wäre ich Aethelwulf gewesen, hätte ich gegen dein gesamtes Volk gekämpft, um dich zu behalten.«

Achilea lächelte und beugte sich vor. Ihre Lippen trafen sich. Er riß sie in seine Arme. Sie erwiderte die Umarmung stürmisch. Die Küsse zwischen der Amazone und dem Cimmerier glichen denen zwischen Tigern. Dann lösten sie sich voneinander.

»Komm, laß uns unsere Waffen holen und gemeinsam in den Tod gehen«, sagte sie und klang sehr glücklich. In diesem Moment verschwand die Sonne ganz unter dem Horizont.

Mit gezückten Schwertern betraten Conan und Achilea die Stadt, die drei Frauen folgten ihnen auf den Fersen. In einiger Entfernung kamen Arsaces' Männer mit

Schwertern, Bogen und Armbrüsten. Der Magier schritt als letzter. Sein kristallener Homunculus saß ihm wie ein Lieblingsvogel auf der Schulter.

»Unser Arsaces ist ein vorsichter und bedächtiger Mann«, sagte Conan und lächelte.

»Das ist zweifellos die beste Methode, wenn man es mit Feinden wie den seinen zu tun hat«, meinte Achilea. »Mir ist jederzeit ein klares Blutbad und eine scharfe Klinge lieber.«

»O ja, auch ich ... Was ist das?« Plötzlich war die Luft von lautem Rascheln und Flügelschlagen erfüllt. Der Cimmerier blieb stehen.

»Das sind nur die Wirbelwind-Dämonen, die mit ihrem nächtlichen Werk beginnen«, rief Arsaces von hinten. »Kümmert euch nicht um sie. Geht weiter!«

Sie gingen weiter, doch konnten sie nicht so tun, als gäbe es die Dämonen nicht. Man hörte, wie Steine barsten, Glas zersplitterte, und außerdem ein seltsames Zischen. Über allem lag der widerliche ätzende Gestank, an dem sie zu ersticken drohten, als gelbe Nebelschwaden an den Mauern der hohen Bauten herabschwebten, als wären sie Wasserfälle. Sie bildeten eine knöcheltiefe Schicht auf der Straße. Die Haut an den Füßen brannte und juckte.

»Crom, weg von hier!« rief Conan und lief zur nächsten Treppe. Achilea und ihre Frauen folgten ihm geschwind wie Rehe. Die Söldner waren langsamer, da Rüstungen und Wüstengewänder sie behinderten. Der Magier schritt würdevoll hinterdrein, ohne sich etwas anmerken zu lassen.

In den oberen Teilen der Stadt war die Luft noch rein. Bald erreichten sie den großen Platz vor dem Tempel. Das Tempelportal stand offen. Im Innern sahen sie Licht flackern.

»Wir bekommen gleich Besuch«, sagte der Cimmerier. »Seid ihr bereit?«

»Ich bin stets bereit«, antwortete Achilea und legte die langen Finger fester um den Schwertgriff. Hinter ihnen nahmen die Söldner Aufstellung, und auf den umliegenden Gebäuden sammelten sich andere Wesen.

»Ich hasse die Vorstellung, auf derselben Seite wie diese Dinger zu kämpfen«, sagte Conan leise.

»Wenn die Feinde zahlenmäßig weit überlegen sind, kannst du dir deine Verbündeten nicht aussuchen.«

»Los!« rief der Cimmerier. Jetzt gab es kein Zaudern mehr. Gut oder schlecht – es war an der Zeit, das nächtliche Werk zu beginnen. Sie waren keine zwölf Schritte marschiert, als die Krieger mit gellendem Kriegsgeschrei aus dem Tempel hervorbrachen. Dann sausten Pfeile und Bolzen durch die Luft, doch bei der Dunkelheit trafen nur wenige ihr Ziel. Viele der Kämpfer aus dem Untergrund hielten Fackeln hoch, doch waberten in ihrem Schein die Schatten und verschlechterten die Sicht.

Die ersten Krieger, die den Cimmerier und die Amazonenkönigin erreichten, sanken sofort schreiend in ihrem Blut zu Boden. Die Söldner schwärmten aus und machten von den Waffen guten Gebrauch. Die Kämpfer von unten waren kleiner und daher im Nahkampf benachteiligt. Dafür waren sie zahlenmäßig weit überlegen. Zwei der Söldner Arsaces' fielen, ein dritter schrie auf, als ihm ein Bolzen das Auge durchbohrte. Dann griffen die Wirbelwind-Dämonen in den Kampf ein.

Der Cimmerier hatte sich auf zwanzig Schritte ans Tempelportal vorgekämpft, als ihn plötzlich stinkende, flügelschlagende Gestalten umringten. Ihr genaues Aussehen vermochte Conan nicht zu erkennen – und er war nicht sicher, ob er das wollte. Innerhalb weniger Augenblicke flogen ihm blutige Fleischfetzen um die Ohren, die nicht von stählernen Waffen herrührten. In Panik wichen die maskierten Krieger und Kriegerinnen zurück. Die Dämonen zerfetzten ihnen die Rücken mit den langen Klauen. Es war ein verzweifelter Kampf und kein Platz für Nettigkeiten.

Im Tempel brannten Fackeln. Riesige Flammen loderten aus den Handflächen der Bronzegöttin. Vor dem Eingang in die Unterwelt stand Abbadas und schrie seine Krieger an. Seine Stimme verriet wachsende Angst und Panik.

»Nein! Kämpft, ihr Würmer! Sie zerstören die Stadt, aber es ist noch nicht Zeit. Der Große Zauber des Unwandelbaren muß noch eine Weile länger erhalten werden.« Seine Worte verhallten ungehört, da die Söldner und Wirbelwind-Dämonen bereits in den Tempel eingedrungen waren.

Doch nun drohte die Woge des Kampfes umzuschlagen, da die Dämonen das Licht der Fackeln nicht ertragen konnten, sich in den Schatten drücken mußten und von dort aus die maskierten Wachen angriffen, die zufällig in ihre Nähe gerieten. Sie verbreiteten Furcht und Schrecken durch ihre bloße Anwesenheit, aber mehr noch durch den entsetzlich beißenden Gestank, der die Kämpfer aus der Unterwelt fernhielt. Einige wollten an Abbadas vorbei in die unterirdische Stadt laufen, doch er trieb sie mit Schwert und Peitsche zurück.

»Zurück, ihr Feiglinge!« schrie er. »Wir sind sicher, solange die Feuer hoch lodern.« Schließlich stellten sich die maskierten Wachen in Doppelreihe vor den Füßen des gigantischen Götzenbilds auf, um die Tür zu blockieren. Conan, Achilea und etliche Söldner schlugen auf diese Reihe ein und töteten viele, doch sogleich rückten neue Maskierte nach und nahmen den Platz der Toten ein. Der Kampf stand schließlich unentschieden, als eine neue, grauenvolle Gefahr hinzukam.

Der Erzfeind ließ sich von seinem Versteck hoch oben in der Kuppel herunterfallen.

Schreie des Entsetzens wurden laut. Auch der Cimmerier war mehrere Sekunden wie gelähmt, als er das Ding anschaute, das er als die Zwillinge Yolanthe und Monandas sowie deren ungewöhnliche weiße Kamele gekannt hatte. Jetzt hatte es wieder die Gestalt seiner eigenen Ebene angenommen. Er schätzte das Gewicht auf mindestens eine Tonne. Es war rund, mit struppigem Haar bedeckt. Auf der Unterseite waren sechs kurze Ausstülpungen zu sehen, die karmesinrot und grün leuchteten. Sechs überlange Fangarme mündeten in geschwungenen scharfen Scheren. Am erschreckendsten waren die Augen, drei Kugeln auf der Oberseite. Aus schlitzartigen Pupillen funkelte ihnen unvorstellbar boshafte Intelligenz entgegen. Im Vergleich dazu wirkten die hirnlosen Wirbelwind-Dämonen harmlos.

Die Menschen erstarrten beim Anblick dieses Scheusals. Stumm standen sie mehrere Sekunden lang da. Dann schossen die sechs Fangarme blitzschnell hervor und packten sechs Söldner gleichzeitig. Obgleich diese sich heftig wehrten, zermalmten die Scheren sie und schoben sie in die sechs vertikalen Mundöffnungen zwischen den Fangarmen, die mit nach innen gebogenen spitzen Zähnen besetzt waren. Die Mäuler schlossen sich, und der Erzfeind begann widerlich zu kauen.

Da ertönte donnernd die Stimme des Magiers Arsaces im wiederaufgenommenen Kampfgetümmel. Violettes Licht umstrahlte ihn.

Plötzlich hielt der Cimmerier die unterirdische Stadt für einen Ort, den er besuchen wollte. Mit beinahe manischer Wut schlug er auf die maskierten Reihen ein. Seine Klinge sauste wie ein Wirbelwind durch die Luft. Selbst die löwenherzige Achilea hielt staunend inne. Da lenkte ihn ein Schrei ab, bei dem allen das Blut in den Adern stockte.

»Meine Königin!«

Der Cimmerier warf sich herum. Entsetzen packte ihn. Eine Schere hatte Ekun erwischt und hob sie in die Höhe.

Ohne Zögern machte die Amazonenkönigin kehrt und stieß der leidenden Frau das Schwert durchs Herz. »Stirb sauber, meine Schwester!« Ein unsäglich dankbarer Blick belohnte sie, ehe die Augen brachen. Ekun war tot, ehe die Klinge ihrer Königin das Herz verließ. Achilea wischte das Blut von der Schwertspitze und zog sich eine rote Linie vom Haaransatz bis zu den Lippen. Payna und Lombi berührten ebenfalls das Schwert und wiederholten die Geste.

Das widerliche Ungeheuer wuchs, da es sich von Menschenfleisch genährt hatte. Doch da warf Arsaces die purpurroten Kristalle in die Luft. Die funkelnden Steine schossen gleich Wespen umher und woben ein dichtes violettes Licht um den Erzfeind. Die Beinstümpfe loderten in allen vorstellbaren Farben auf. Einige waren zu schmerzhaft für Menschenaugen. Das Monster hörte auf zu kauen, um den Kampf gegen den Magier aufzunehmen.

Der Cimmerier hatte genug gesehen und stürzte sich wieder wild in den Kampf. Gleich darauf hatten er und Achilea sich durch die Wachen hindurchgekämpft und standen dann im Innern des Götzenbildes. Payna und Lombi folgten ihnen. Die Söldner waren entweder alle tot oder geflohen. Nach mehreren tödlichen Hieben war der Weg zur Spiralrampe offen. Mit großen Sätzen liefen sie los und ließen das Grauen hinter sich.

»Abbadas!« rief Conan, als sie die Spirale hinabrannten. »Wo steckst du? Komm her und kämpfe, du Hund! Finde heraus, ob ich so leicht sterbe wie deine Königin, die du ermordet hast!« Keine Antwort. Nur seine eigenen Worte verhallten auf dem Gang.

Mit unbestechlichem Ortssinn führte der Cimmerier sie durch die Gänge, welche sie bei ihrer Flucht aus der

Stadt benutzt hatten. Sie trafen auf viele Bewohner, doch wichen diese angstvoll zurück. Sämtliche Krieger waren nach oben gelaufen und entweder tot, oder sie kämpften.

»Wohin jetzt?« fragte Achilea bei einer Kreuzung.

»Nach rechts«, antwortete Conan. Von dort hörte man das Ächzen, Quietschen und Zischen der Dampfanlage. Conan stürmte als erster hinein, dann Achilea, gefolgt von Payna. Lombi kam als letzte. Plötzlich stieß Lombi einen Schrei aus. Alle drehten sich um. Sie stand da und blickte wie gelähmt auf die fußlange blutige Klinge, die zwischen ihren Brüsten hervorragte. Dann verschwand der Stahl, und leblos brach sie zusammen. Hinter ihr stand Abbadas und hielt das blutige Schwert.

Der Thronräuber trug keine Maske. Man sah sein Gesicht mit der harten starren Oberfläche und den nicht ganz menschlichen Zügen. Mit sinnlicher Freude wischte er mit den Fingerspitzen das Blut von der Klinge und leckte es ab. Dabei lächelte er den dreien zu.

»Verfluchter Hundesohn!« stieß Conan hervor und wollte sich auf ihn stürzen. Doch Achilea hielt ihn zurück.

»Mein«, sagte sie nur, doch mit so viel königlicher Würde, daß der einem Berserker gleichende Barbar und die vor Wut schäumende Payna stehenblieben. Einer Löwin gleich lief Achilea zu Abbadas. Dann warf sie ihr blutiges Schwert zurück über die Schulter. Payna fing es in der Luft auf, als hätte sie das oft geübt.

»Guter Stahl wäre bei dir reine Verschwendung, du widerliche Mißgeburt!« schleuderte sie ihm mit abgrundtiefer Verachtung entgegen.

Abbadas kicherte wie ein Geisteskranker. »Stirb, wie du willst, Weib!« Er holte aus, um sie mit einem Schlag von der Schulter bis zur Hüfte zu spalten.

Doch Achilea erwischte sein Handgelenk mit der Linken. Seine Reptilienaugen traten hervor, doch blieb ihm keine Zeit, über ihre Kraft zu staunen, denn Achilea griff blitzschnell mit der Rechten über seinen Ellbogen zu ihrer Linken. Dabei stellte sie ihr rechtes Bein hinter ihn.

Nun beugte sich die Hünin vor. Dabei benutzte sie den Unterarm des Mörders als Hebel und den Ellbogen als Angelpunkt. Hätte er nach hinten fallen können, hätte er sich vielleicht ein zweites Entkommen verschaffen können, doch ihr stahlharter Schenkel war hinter ihm und verhinderte dies. Mit ekelhaftem Knacken brachen seine Knochen.

Abbadas stieß einen Schrei aus. Mit der linken Hand riß er den Dolch aus dem Gürtel. Der tödliche Stahl glitt auf Achileas Hüfte zu, doch wieder war sie schneller und parierte den Schlag dicht über ihrer rechten Hüfte. Dann brach sie ihm auch den zweiten Arm.

Nun legte ihm die Amazonenkönigin den linken Arm um den Hals und hob ihn vom Boden bis auf ihre Augenhöhe. Wild lächelnd drückte sie zu. Seine Augen quollen noch weiter hervor. Rotes Blut schoß ihm aus den Ohren, dann aus der Nase und dem Mund. Sie ließ den Leichnam fallen. Wie eine Viper, der man den Kopf abgeschlagen hat, zuckte er noch etwas, während ihm blutiger Schaum vor dem Mund brodelte und der letzte Atemzug aus der Lunge entwich.

Conan pfiff anerkennend über diesen Beweis ihrer Kraft. »Bei Crom, Weib, ich hoffe, du wirst nie auf mich wütend sein.«

Die Amazonenkönigin überhörte seine Bemerkung und trat zur toten Lombi. Sie kniete nieder, benetzte die Finger mit dem Blut der treuen Gefährtin und zeichnete noch eine Linie auf ihr Gesicht. Payna ebenso.

Conan wischte sich das Schwert an Abbadas' Gewand ab und steckte es in die Scheide. Er blickte umher. Abgesehen von den hünenhaften Sklaven waren alle Arbeiter im Dampfwerk geflohen. Jetzt standen die Sklaven mit offenen Mäulern da und wußten nicht, was sie tun sollten, da niemand ihnen Befehle erteilte.

Der Cimmerier wandte sich an die sechs Sklaven, die am Hauptrad angekettet standen. »Dreht das Ding!« befahl er. Sie starrten ihn verständnislos an.

»Crom und Llyr, samt all ihrer Brut!« fluchte er und legte selbst Hand an das Rad. Achilea und Payna halfen ihm nach Kräften. Doch bewegte es sich nicht.

»Darf ich euch helfen?«

Conan fuhr herum. Da stand Amram und lächelte sie unschuldig an. »Ich habe mich schon gefragt, wann du auftauchen würdest«, sagte Conan unfreundlich.

»Darf ich fragen, warum ihr das macht?« fragte Amram.

»Weil der Magier Arsaces es uns aufgetragen hat. Er kämpft gerade oben gegen etwas, das er den Erzfeind nennt.«

»Arsaces!« Der kleine Mann zuckte zusammen. »Dem würde ich nicht gern begegnen.«

»Brauchst du auch nicht«, meinte Conan. »Bring nur diese Sklaven dazu, mit diesem Rad der Stadt den Dampf abzudrehen.«

»Gut.« Der kleine Mann sprach einige seltsam klingende Worte, sofort legten die Sklaven ihre mißgestalteten Hände gegen die Radspeichen und drückten. Das riesige Rad war selten bewegt worden, denn es protestierte laut quietschend. Die Sklaven arbeiteten wie Seeleute, die den Anker mit einem Gangspill hochhieven. Allmählich wurde das ständige Zischen des Dampfes leiser. Nach wenigen Minuten hörte es auf.

»Gut«, sagte der Cimmerier. »Und jetzt befiehl ihnen, es zu zerbrechen.«

»Wie bitte?« fragte Amram höflich.

»Sie sollen das Rad zerbrechen, Set verfluche euch!« brüllte Conan. »Ich möchte, daß diese Maschine zerstört wird.«

»Du brauchst nicht so zu schreien«, sagte Amram beleidigt. »Klare Anweisungen genügen völlig.« Wieder sagte er etwas in der vorigen Sprache. Die Sklaven schlurften auf eine Seite des Rades – soweit es ihre Ketten erlaubten – und stemmten sich mit den Schultern dagegen. Langsam neigte sich das große Rad. Dann rutschte es von der Nabe und fiel klirrend zu Boden.

»Ist das zufriedenstellend?« fragte Amram.

»Es ist das, was Arsaces wollte«, antwortete Conan. »Jetzt können die Wirbelwind-Dämonen herabkommen und die unterirdische Stadt zerstören.«

Amram schloß die Augen und schien einen größeren Gegenstand zu verschlucken. »Die Wirbelwind-Dämonen hast du gesagt?« fragte er schließlich mit zitternder Stimme. »Wir können nicht hierbleiben!«

»Es ist aber verflucht sicher, daß wir nicht nach oben können«, erklärte Conan. »Nicht zurück in dieses Grauen da oben im Tempel.«

»Und ich kann diese elende Wüste nicht mehr sehen«, mischte sich Achilea ein und baute sich vor dem viel kleineren Zauberer auf. »Also, Amram oder Firagi oder wie immer du heißen magst, führ uns zum Fluß!«

»Jawohl«, sagte er und rang die Hände. »Jawohl, das wäre wohl die beste Idee. Aber diese phantastische uralte Stadt, mitsamt ihren legendären Schätzen und Geheimnissen zu zerstören! Welch ein Verlust!«

»Sie hätte bereits vor vielen Zeitaltern untergehen sollen«, meinte Conan. »Vergiß die Stadt und führe uns zum Fluß!«

»Nun denn, folgt mir«, sagte Amram. Während sie durch die düstere Stadt liefen, klagte er laut. »Dafür habe ich fünf Jahre gearbeitet! Es sollte mich reicher machen, als sich der größte Geizhals aller Zeiten hätte träumen lassen. Die Zauberkraft Janagars hätte mich in den höchsten Orden der Magier katapultiert!«

»Wo die *echten* Magier dir alles weggenommen und dich sofort wieder verjagt hätten«, meinte Achilea tadelnd.

»Außerdem hast du für einen entlaufenen kothischen Sklaven ganz schön eingesackt«, sagte der Cimmerier und deutete auf den prallen Beutel an Amrams Gürtel. »Offenbar hast du während deines Aufenthalts einige Wertsachen erworben.«

»Lediglich ein paar Kleinigkeiten«, verteidigte sich Amram. »Vielleicht genug, um mich nach diesem Opfer wieder ins Geschäft zu bringen.«

»Wenn das Opale sind, hast du für den Rest deines Lebens ausgesorgt«, sagte Conan.

»Aber ihr würdet mich doch nicht dieser kleinen Genugtuung berauben?«

Conan lachte. »Nein, alles, was ich möchte, ist der Fluß.«

Beim Weg durch die dunkle Stadt spendeten nur die hängenden Pilze durch ihr Schimmern etwas Licht. Die Bewohner drängten sich in Ecken und klagten. Sie hatten furchtbare Angst vor dem Untergang ihres uralten Aufenthaltsortes.

»Hinaus!« rief der Cimmerier. »Wenn einer von euch noch einen Funken Lebensmut hat, soll er zum Fluß laufen. Janagar gibt es nicht mehr!« Doch keiner hörte auf ihn.

Der Flußgeruch wurde stärker. Endlich führte Amram sie in eine riesige natürliche Höhle, wo ein breiter schwarzer Strom langsam dahinfloß. Im Schein der vielen Pilztrauben an den Wänden sah Conan, daß an einer steinernen Pier ein Floß aus Baumstämmen mit einer primitiven Hütte darauf festgebunden war.

Gleich daneben lag ein Einbaum. Auf dem Floß standen vier winzige braune Männer. Sie gestikulierten wild und überschütteten die Neuankömmlinge mit Fragen.

»Das Flußvolk«, erklärte Amram seinen Gefährten. »Sie sind aufgeregt, weil sie nicht verstehen, was geschieht und warum die Fackeln erloschen sind. Ich fürchte, ich muß ihnen sagen, daß der jahrlange Handel mit Janagar zu Ende ist. Aber vielleicht sollte ich mit dieser Mitteilung warten, bis wir ein Stück weit weg sind.« Dann redete er mit den braunen Winzlingen in einer Sprache, die der Cimmerier nicht verstand. Schnell beruhigten sich die Flußmänner.

»Wohin führt der Fluß?« fragte Conan.

»Es ist ein Seitenarm des Styx«, antwortete Amram. Er zeigte nach links. »Flußaufwärts leben die Dörfler, dann verläuft er unter einem Gebirge und taucht fast genau an der Grenze zwischen Punt und Keshan wieder auf. Und nach rechts, flußabwärts, mündet er bei der großen Biegung in den Styx. Stygien liegt auf dem südlichen Ufer, und die Shem beanspruchen das Land auf dem nördlichen Ufer. Die Dorfbewohner kommen her, treiben Tauschhandel, darunter auch mit den Baumstämmen des Floßes, und paddeln mit dem Einbaum zurück. Ich werde mit ihnen fahren und dann in mein Heim in Keshan. Ich glaube, das Kanu ist groß genug für uns alle.«

»Nein, wir nehmen das Floß«, sagte Conan. »Ich wette, in Shem tobt ein Krieg, wo ein guter Kämpfer mit einem guten Schwert und einem tapferen Herz sein Glück machen kann.« Er zog die linke Braue hoch und blickte Achilea an. Sie lächelte.

»Ja, ich verspüre plötzlich den Wunsch, die dunklen Länder mit ihren Dschungeln zu sehen. Ich bin für das Floß«, sagte sie.

»Dann lebt wohl, meine Freunde«, sagte Amram

und bestieg den Einbaum. »In drei Tagen dürftet ihr das Sonnenlicht wiedersehen.« Er schüttelte den Kopf. »Warum mußte ich ausgerechnet zwei echte Helden treffen, während es so viele Schwachköpfe, Schurken und Feiglinge auf der Welt gibt?«

»Deine Götter lieben dich nicht, Amram«, sagte der Cimmerier. »Aber sie wachen dennoch über dich. Leb wohl.« Die braunen Männer kletterten in den Einbaum und nahmen die Paddel. Gleich darauf waren sie verschwunden.

»Laßt uns fahren«, sagte Conan. Sie betraten das Floß. Die Frauen griffen zu den Stangen. Conan durchtrennte mit dem Schwert die Taue, die das Floß vorn und hinten an der Pier hielten. Sie stießen sich mit den Stangen ab und erreichten schnell die Flußmitte. Jetzt legten sie die Stangen weg, denn die Strömung trieb sie flußabwärts. Langsam verstummten hinter ihnen die Geräusche der Stadt. Bald hatten sie die riesige Höhle verlassen und glitten durch eine kleinere. Die glimmenden Pilze an der Decke wurden spärlicher.

Am Heck des Flosses stand eine mit Erde gefüllte Feuerkiste, daneben war Holz aufgestapelt. Rasch entfachte der Cimmerier ein kleines Feuer. Die rauchenden gelben Flammen kamen ihnen wunderschön sauber vor – nach der widernatürlichen Beleuchtung in der unterirdischen Stadt. Achilea stellte sich neben ihn.

»Payna, kümmere du dich um das Feuer«, befahl sie. »Wenn das Floß zu nahe an eine Felswand gerät, mußt du es mit der Stange fernhalten. Conan und ich haben Dringliches in der Hütte zu erledigen. Stör uns nicht.«

Payna musterte den Cimmerier nicht gerade freundlich von Kopf bis Fuß. Dann gab sie die längste Rede von sich, die Conan je von ihr gehört hatte. »Meine Königin, ich ehre dieses große häßliche Tier wegen der Dienste, die es dir erwiesen hat, aber – wie ich früher schon gesagt habe: Du bist viel zu weich, wenn es um Männer geht.«

Conan und Achilea betraten die Hütte. Sie war primitiv und leer. Doch das war den beiden gleichgültig. Achilea legte den Schwertgurt ab und ließ ihn neben dem seinen auf die Stämme gleiten. Dann löste sie die Riemen, welche ihre spärliche Bekleidung hielten.

»Drei Tage«, sagte sie. »Wieviel können wir in drei Tagen erreichen?«

»Mehr als gewöhnliche Menschen«, antwortete Conan. »Wie Amram gesagt hat, sind wir schließlich Helden!« Dann stürzten sie wie liebesbrünstige Tiger aufeinander los.

Die drei Menschen standen am Nordufer und sahen dem Floß nach, das hinunter zum Westlichen Meer trieb. Der Cimmerier reckte und streckte die Arme und genoß sichtlich die reine Luft und den Schein der Sonne, die hier nicht so gnadenlos herabbrannte wie in der Wüste. Nach Süden hin sah man eine Pyramide, wo irgendein vergessener stygischer König begraben war. Nach Norden, Osten und Westen erstreckte sich Weideland, so weit man sehen konnte.

»Dorthin«, meinte Conan und zeigte nach Westen. »Wenn wir dort nicht bald einen Krieg finden, kenne ich Shem nicht.«

»Nein«, erklärte Achilea und seufzte traurig. »Ich gehe in diese Richtung.« Sie deutete nach Norden.

»Warum?« fragte Conan verblüfft. »Was ist dort?«

»Meine Heimat. Ich möchte noch einmal meinen Sohn sehen. Und ich will meinen Thron zurückgewinnen. Ich werde gegen Briseis kämpfen. Bis auf Payna sind alle meine Schwestern aus der Wildnis tot, und das ist ihre Schuld. Es ist Zeit, daß Briseis stirbt.«

Er stand wie vom Donner gerührt da. »Nun gut. Ich werde dir helfen.«

Sie schüttelte den Kopf. »Nein, Conan, es ist hoffnungslos. Wenn ich wieder Königin bin, ist kein Platz für einen Mann an meiner Seite.« Sie lächelte wehmütig. »Wir könnten nicht lange zusammen sein. Das weißt du ebensogut wie ich. Wir sind Helden, und zwei davon können nicht unter einem Dach leben. Wir gingen uns an die Kehle, ehe das Jahr vorüber wäre. Leb wohl, Cimmerier.«

Sie küßte ihn, machte kehrt und marschierte nach Norden, gefolgt von ihrer letzten Gefährtin.

Conan blickte den beiden Amazonen nach, bis sie in der Ferne verschwunden waren. »Leb wohl, meine Königin«, sagte er leise. Mit grimmiger Miene schüttelte er die rabenschwarze Mähne und schritt nach Westen. Weit hinter ihm begrub die ewige Wüste mit ihrem Sand die zerstörten Bauten Janagars mit dem Opal-Tor.

CONAN-SAGA

Robert E. Howard / Lin Carter / Lyon Sprague de Camp ·
Conan · 06/3202
Andrew J. Offutt · Conan und der Zauberer · 06/4006
Andrew J. Offutt · Conan der Söldner · 06/4020
Andrew J. Offutt · Conan und das Schwert von Skelos · 06/3947
Lyon Sprague de Camp · Conan und der Spinnengott · 06/4029
Robert E. Howard / Lin Carter / Lyon Sprague de Camp ·
Conan von Cimmerien · 06/3206
Poul Anderson · Conan der Rebell · 06/4037
Robert E. Howard / Lyon Sprague de Camp ·
Conan der Pirat · 06/3210
Karl Edward Wagner · Conan und die Straße der Könige · 06/3968
Robert E. Howard / Lin Carter / Lyon Sprague de Camp ·
Conan der Wanderer · 06/3236
Robert E. Howard / Lyon Sprague de Camp ·
Conan der Abenteurer · 06/3245
Lyon Sprague de Camp / Lin Carter · Conan der Freibeuter · 06/3972
(urspr. 1972 erschienen als Conan der Bukanier
unter der Nummer 06/3303)
Robert E. Howard / Lyon Sprague de Camp ·
Conan der Krieger · 06/3258
Lyon Sprague de Camp / Lin Carter / Björn Nyberg ·
Conan der Schwertkämpfer · 06/3895
Robert E. Howard / Lyon Sprague de Camp ·
Conan der Thronräuber · 06/3263
(urspr. 1971 erschienen als Conan der Usurpator unter derselben Nummer)
Lin Carter / Lyon Sprague de Camp · Conan der Befreier · 06/3909
Robert E. Howard / Lyon Sprague de Camp ·
Conan der Eroberer · 06/3275
Robert E. Howard / Björn Nyberg / Lyon Sprague de Camp ·
Conan der Rächer · 06/3283
Lyon Sprague de Camp / Lin Carter · Conan von Aquilonien · 06/4113
Lyon Sprague de Camp / Lin Carter · Conan von den Inseln · 06/3295
Lyon Sprague de Camp / Lin Carter · Conan der Barbar · 06/3889

CONAN-SAGA

Robert Jordan · Conan der Verteidiger · 06/4163
Robert Jordan · Conan der Unbesiegbare · 06/4172
Robert Jordan · Conan der Zerstörer · 06/6281
Robert Jordan · Conan der Unüberwindliche · 06/4203
Robert Jordan · Conan der Siegreiche · 06/4232
Robert Jordan · Conan der Prächtige · 06/4344
Robert Jordan · Conan der Glorreiche · 06/4315
John Maddox Roberts · Conan der Tapfere · 06/4346
Steve Perry · Conan der Furchtlose · 06/4663
Leonard Carpenter · Conan der Renegat · 06/4664
John Maddox Roberts · Conan der Champion · 06/4701
Steve Perry · Conan der Herausforderer · 06/4745
John Maddox Roberts · Conan der Marodeur · 06/4781
Robert E. Howard · Conan und der Schatz des Tranicos · 06/4915
Robert E. Howard / Lyon Sprague de Camp ·
Conan und die Flammenklinge · 06/4930
John Maddox Roberts · Conan der Draufgänger · 06/4959
Roland Green · Conan der Wagemutige · 06/4988
Leonard Carpenter · Conan der Kriegsherr · 06/5044
Leonard Carpenter · Conan der Held · 06/5081
Steve Perry · Conan der Unbezähmbare · 06/5098
Leonard Carpenter · Conan der Angreifer · 06/5143
Steve Perry · Conan der Landsknecht · 06/5197
Steve Perry · Conan der Schreckliche · 06/5198
Leonard Carpenter · Conan der Große · 06/5345
Roland J. Green · Conan der Beschützer · 06/5436
John Maddox Roberts · Conan das Schlitzohr · 06/5437
Sean A. Moore · Conan der Jäger · 06/5657
Roland Green · Conan am Dämonentor · 06/5899
Leonard Carpenter · Conan der Gladiator · 06/5957
John Maddox Roberts · Conan und die Amazone · 06/9008
John C. Hocking · Conan und der Saphir-Lotus · 06/9026 (in Vorb.)
Leonard Carpenter · Conan der Ausgestoßene · 06/9047 (in Vorb.)
DAS CONAN UNIVERSUM von *Erhard Ringer* · 06/4908
Weitere Bände in Vorbereitung

Anne McCaffrey

Der Drachenreiter (von Pern)-Zyklus

06/5540

Eine Auswahl:

Drachengesang
Band 3
06/3791

Drachensinger
Band 4
06/3849

Der weiße Drache
Band 6
06/3918

Drachendämmerung
Band 9
06/4666

Die Renegaten von Pern
Band 10
06/5007

Die Weyr von Pern
Band 11
06/5135

Die Delphine von Pern
Band 12
06/5540

Heyne-Taschenbücher

HEYNE BÜCHER

Das Schwarze Auge

Die Romane zum gleichnamigen Fantasy-Rollenspiel – Aventurien noch unmittelbarer und plastischer erleben.

06/6022

Eine Auswahl:

Ina Kramer
Im Farindelwald
06/6016

Ina Kramer
Die Suche
06/6017

Ulrich Kiesow
Die Gabe der Amazonen
06/6018

Hans Joachim Alpers
Flucht aus Ghurenia
06/6019

Karl-Heinz Witzko
Spuren im Schnee
06/6020

Lena Falkenhagen
Schlange und Schwert
06/6021

Christian Jentzsch
Der Spieler
06/6022

Hans Joachim Alpers
Das letzte Duell
06/6023

Bernhard Hennen
Das Gesicht am Fenster
06/6024

Ina Kramer (Hrsg.)
Steppenwind
06/6025

Heyne-Taschenbücher

HEYNE
BÜCHER

Terry Pratchett

Kultig, witzig, geistreich – »Terry Pratchett ist der Douglas Adams der Fantasy.«
The Guardian

Der Zauberhut
Die Farben der Magie
Zwei Scheibenweltromane
23/117

Trucker/Wühler/Flügel
Die Nomen-Trilogie – ungekürzt!
23/129

Das Licht der Phantasie
06/4583

Das Erbe des Zauberers
06/4584

Die dunkle Seite der Sonne
06/4639

Gevatter Tod
06/4706

Der Zauberhut
06/4715

Pyramiden
06/4764

Wachen! Wachen!
06/4805

Macbest
06/4863

Die Farben der Magie
06/4912

Eric
06/4953

Trucker
06/4970

Wühler
06/4971

Flügel
06/4972

Die Scheibenwelt
2 Romane in einem Band
06/5123

Die Teppichvölker
06/5124

Heyne-Taschenbücher

HEYNE BÜCHER

Das Rad der Zeit

Robert Jordans großartiger Fantasy-Zyklus!

06/5521

Eine Auswahl:

Die Heimkehr
8. Roman
06/5033

Der Sturm bricht los
9. Roman
06/5034

Zwielicht
10. Roman
06/5035

Scheinangriff
11. Roman
06/5036

Der Drache schlägt zurück
12. Roman
06/5037

Die Fühler des Chaos
13. Roman
06/5521

Stadt des Verderbens
14. Roman
06/5522

Die Amyrlin
15. Roman
06/5523

Heyne-Taschenbücher